PEQUENOS SEGREDOS FATAIS

PEQUENOS SEGREDOS FATAIS

WANDA
M. MORRIS

Tradução: Karine Ribeiro

Diretor-presidente:
Jorge Yunes
Gerente editorial:
Luiza Del Monaco
Editor:
Ricardo Lelis
Assistente editorial:
Júlia Tourinho
Suporte editorial:
Juliana Bojczuk
Estagiária editorial:
Emily Macedo
Coordenação de arte:
Juliana Ida
Assistentes de arte:
Daniel Mascelani
Gerente de marketing:
Carolina Della Nina
Analistas de marketing:
Heila Lima, Flávio Lima
Estagiária de marketing:
Agatha Noronha

1ª edição — São Paulo

Preparação de texto:
Chiara Provenza
Revisão:
Lorrane Fortunato, Lavínia Rocha
Diagramação:
Vitor Castrillo
Capa:
Valquíria Palma
Imagens de capa:
Blackday; Jessica Felicio

DADOS INTERNACIONAIS DE CATALOGAÇÃO NA PUBLICAÇÃO (CIP) DE ACORDO COM ISBD

M875p Morris, Wanda M.

Pequenos segredos fatais / Wanda M. Morris ; traduzido por Karine Ribeiro. - São Paulo, SP : Editora Nacional, 2022
320 p. ; 16cm x 23cm.

Tradução de: All her little secrets
ISBN: 978-65-5881-089-6

1. Literatura americana. 2. Ficção. 3. Suspense. 4. Assassinato. 5. Segredos 6. Negritude. I. Ribeiro, Karine. II. Título.

CDD 813
2021-4756 CDU 821.111(73)-3

Elaborado por Vagner Rodolfo da Silva - CRB-8/9410
Índice para catálogo sistemático:
1. Literatura brasileira : Romance 813
2. Literatura brasileira : Romance 821.111(73)-3

NACIONAL

Rua Gomes de Carvalho, 1306 - 11º andar - Vila Olímpia
São Paulo - SP - 04547-005 - Brasil - Tel.: (11) 2799-7799
editoranacional.com.br - atendimento@grupoibep.com.br

Para os meus pais,
Mabel, que me ensinou o poder e a alegria da palavra escrita,
E
Herman, um guerreiro até o fim.
E para
Fred, Cynthia e Ural.

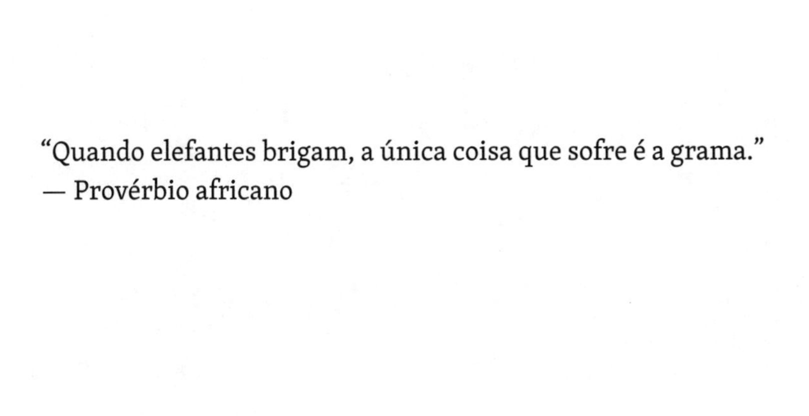

"Quando elefantes brigam, a única coisa que sofre é a grama."
— Provérbio africano

Chillicothe, Georgia, agosto de 1979

Nós três — eu, meu irmão, Sam, e Vera, ou srta. Vee, como todos em Chillicothe a chamavam — parecíamos um pequeno trio de vagabundos enquanto aguardávamos na Estação de Ônibus Greyhound, o que, em Chillicothe, significava um ponto de ônibus no estacionamento do Piggly Wiggly. Graças a Deus, tínhamos sobrevivido aos dias quentes e às noites úmidas de verão, às picadas das formigas lavadeiras, aos vergões dos mosquitos, e aos sussurros que flutuavam pela cidade. *O que aconteceu? O que esses jovens fizeram? Por que Ellie Littlejohn está saindo da cidade?* Por mais que eu estivesse indo para a Virgínia com uma bolsa integral para estudar no internato, isso não impediu algumas pessoas na cidade de falar pelos cantos e fazer perguntas inconvenientes.

O sol da manhã fervia o estacionamento de asfalto preto com alguns carros amassados e uma velha picape Ford. Mas éramos os únicos à espera do ônibus das sete e quinze, que ia em direção ao norte. Eu usava uma camiseta tie-dye e uma calça jeans que Vera tinha cortado na altura dos joelhos quando ficou muito curta. Ela ainda não tinha feito isso com a calça jeans que Sam estava usando, porque batia uns cinco centímetros acima de seus tornozelos. A camiseta amarela dele ainda tinha a mancha do picolé de cereja que chupara no dia anterior. E, pelo jeito, parecia que ele também não tinha penteado o cabelo.

Eu segurava com força a velha mala de papelão marrom que Vera havia pegado emprestada de sua amiga, a srta. Toney. Eu não tinha muita coisa, mas tudo o que era meu estava cuidadosamente organizado lá dentro, incluindo um grosso casaco de inverno, dois pares de sapatos novos e alguns produtos de higiene — cortesia da Vera, que tinha feito uma vaquinha com os amigos dela e a congregação da Igreja Batista do Evangelho.

Na outra mão, eu carregava um saco de papel com três pedaços de frango frito, dois pãezinhos e uma fatia grande de torta de batata doce. Não tinha dinheiro sobrando para comer no McDonalds ou no Burguer King durante a viagem. A prima de Vera, Birdie, nos levou até a estação e ficou esperando apoiada em seu Impala 68 preto e dourado a alguns metros de distância, enquanto nos despedíamos. Eu exalava nervosismo só de pensar em viajar para tão longe do único lugar que conheci na vida. Estava deixando Sam e Vera, as únicas pessoas que eu amava.

Mas eu tinha que ir.

Eu era alta para a minha idade, então Vera teve que se esticar nas pontas dos pés para ajeitar o grosso rabo de cavalo no topo da minha cabeça.

— Agora me escute, Ellie: foque na escola. Lembre-se, você tem que se esforçar duas vezes mais do que as crianças brancas, embora seja tão inteligente quanto elas. Mire alto. Não tome nada como garantido. — Ela deu tapinhas no meu rabo de cavalo, só para reforçar o que disse. — Me escreva tanto quanto quiser. Eu coloquei alguns selos na sua mala. Tudo vai ficar bem.

Vera, uma mulher gorda de pele clara com covinhas profundas que emolduravam um enorme sorriso de dentes separados, sempre falava com muita autoridade. Como se tudo o que dizia fosse certo ou verdadeiro. Ela me deu aquele sorriso.

— Sim, senhora.

Sam abraçou Vera de lado, arrastando a ponta emborrachada de seu tênis no asfalto. Embora ele fizesse o que chamava de "coisas maneiras", como fumar cigarros e roubar doces do supermercado, naquele momento parecia exatamente o que era: um garoto de dez anos, pequeno e assustado. Coloquei minha mala no chão, com meu saco de papel sobre ela. Agarrei a mão dele e o puxei para mim, para falar sem que Vera ouvisse.

— Nada de fumar escondido enquanto eu estiver fora, ouviu? — falei.

— Não toquei em cigarro nenhum desde que a srta. Vee me pegou. Não vou passar por aquilo de novo. — Sam revirou os olhos.

Eu ri.

— E nada de roubar o supermercado, está bem? Era fofo quando você era pequeno, mas agora está grande demais para isso. Pode se meter em uma confusão daquelas, principalmente se a srta. Vee descobrir.

Ele franziu a testa e desviou o olhar.

— Só não entendo por que você precisa ir embora. Por que você não pode ir na escola daqui? — Sam perguntou.

Tirei um fiapo do cabelinho crespo de Sam.

— Te falei. É um tipo diferente de escola. A gente estuda *e* mora lá. E não se preocupe. Você ficará seguro agora. Não tem mais ninguém por aqui para te machucar.

Me abaixei e o abracei com tanta força que, se ele fosse menor, eu poderia tê-lo partido ao meio. Alguns segundos depois, Sam se livrou do meu aperto e correu até o carro de Birdie. Eu sabia que ele estava chorando e não queria que eu visse.

O ônibus da Greyhound parou diante de nós com um sibilo longo e alto.

— Aqui — disse Vera. — Agora você tem dinheiro suficiente na bolsa para um táxi quando chegar na Virgínia. Sei que a escola tem telefones, então não finja que não tem. Me ligue assim que chegar lá. Ligação a cobrar, está me ouvindo?

Sorri.

— Sim, senhora.

Vera inclinou seu corpo largo para me abraçar e foi aí que começou a choradeira entre nós. Vera não era muito de chorar, mas qualquer um no estacionamento pensaria o contrário. Quando ela, enfim, me soltou, tirou alguns lenços de papel do bolso da saia. Usou um para secar o meu rosto e o entregou para mim.

Eu a encarei.

— Estou com medo.

Ela colocou um braço ao redor da minha cintura.

— Sei que está, querida. Mas tudo vai dar certo. Sua mãe estava certa sobre uma coisa. Você pode não ter mais que catorze anos, mas é grande demais para este lugar. Esta cidade não está pronta para segurar alguém tão inteligente e forte quanto você. Agora, entre naquele ônibus e só volte quando Deus quiser. Vá.

O motorista desceu as escadas do ônibus e sorriu para nós. Ele pegou minha mala e a colocou no bagageiro.

Vera me abraçou de novo.

— Agora, vai lá.

Subi as escadas do ônibus e entrei direto no cheiro sufocante de produto de limpeza e suor humano.

Já sou uma garota crescida. Vou dar conta.

Passei por uma mulher grávida com duas crianças pequenas aconchegadas sob seus braços, e por um senhor e uma senhora sentados lado a lado conversando antes de me sentar à janela perto do meio do ônibus. Avistei minha pequena família no estacionamento. Sammy, Vera e Birdie estavam perto do carro, acenando para mim. Eu os observei, Vera sorrindo e a srta. Birdie soprando beijos enquanto o ônibus saía do estacionamento e entrava na rua. E então chorei por uma hora inteira, sem parar até cruzar a fronteira estadual entre a Georgia e a Carolina do Sul.

PARTE 1
OS ELEFANTES

1

Seis e quarenta e cinco da manhã era cedo demais para guardar segredos.

Mas Michael e eu somos advogados, e é isso o que advogados fazem. Guardamos segredos. Sigilo entre advogado e cliente, produto de trabalho confidencial, regras de ética, todos termos chiques que usamos para descrever as maneiras como protegemos informações de olhos curiosos.

Corri pela garagem, que era um verdadeiro túnel de vento naquela manhã fria e tempestuosa de janeiro, e entrei no saguão da Houghton Transportes. A administração da Houghton orgulhosamente anunciava seu sucesso corporativo aos visitantes com sua entrada de lustres brilhantes, aço polido e portas de mármore. Dentro daquela elegante gaiola de vidro e metal, corríamos de dez a doze horas por dia em nossas rodinhas de hamster de reuniões a portas fechadas, chamadas de videoconferência e lanches rápidos na sala de descanso.

Era tão cedo que nem o segurança tinha aparecido ainda para assumir seu posto na mesa da frente.

Ótimo. Sem gracinhas.

O único som no salão era o tec-tec dos meus saltos Laboutin vermelhos de suede atravessando o chão de mármore até o elevador. Apertei o botão do vigésimo andar. Não bebo café, mas desejei ter trazido comigo uma xícara de chá ou garrafa de água para clarear a mente. Reuniões matutinas não eram incomuns para nós, mas aquela era particularmente cedo e não gosto de lidar com segredos ao nascer do sol.

Enquanto o elevador subia, fechei os olhos por um momento e me recostei na parede. Michael era o vice-presidente executivo e conselheiro geral, e eu trabalhava sob o comando dele como assistente no Departamento Jurídico. Michael tinha sido misterioso na ligação da noite anterior, talvez porque outra pessoa estivesse por perto: *Vamos nos encontrar no meu escritório de manhã. Seis e quarenta e cinco.* Eu não o pressionei. Ele tinha feito a mesma coisa na semana anterior, convocou uma reunião tarde da noite que durou mais de uma hora. Só que nós não falamos de trabalho. A gente nem transou.

Daquela vez, ele queria que eu empaticamente escutasse enquanto ele reclamava sobre a esposa. Minha consciência me dizia que eu precisava acabar com aquilo. Tantos anos. Tanto tempo desperdiçado.

Michael era lindo, com traços esculpidos, olhos azuis profundos, e com o corpo alto e esguio digno de um Kennedy de Cape Cod. Se alguém tivesse nos visto juntos como um casal, nós teríamos sido uma visão e tanto, eu com toda a minha cabeleira crespa em tons de cacau e meu rebolado em contraste com o jeitinho de bom moço privilegiado dele.

Eu tenho um metro e setenta e dois — um metro e oitenta, com os saltos certos — desde o oitavo ano. Os homens ou ficam intimidados comigo ou se sentem desafiados a escalar para conquistar a "Montanha Ellice". Sinceramente, acho que eles são atraídos pelo lado negro que veem em mim. *O que a move?*, se perguntam. Mas com Michael era diferente, ou pelo menos era o que eu dizia a mim mesma. Ele combinava comigo de todas as formas — altura, intelecto e humor. Ele era meu igual, exceto por aquela coisinha incômoda chamada esposa e dois filhos. Eu fui burra por dormir com aquele homem. Vera e os amigos dela tinham um ditado: "Onde se ganha o pão, não se come a carne".

Eu deveria ter ido para outro lugar depois que saí da Dillon & Beck, o escritório de advocacia onde trabalhava, mas ele fez uma oferta generosa e eu o segui até aqui. Mas nada mudou, apesar das promessas de um recomeço e um equilíbrio diferente entre trabalho e vida pessoal, uma vez que eu me tornasse uma advogada da casa. Talvez um dia eu tome vergonha na cara e vá atrás do trabalho — e da vida— que mereço.

O elevador apitou e as portas se abriram para a sala executiva. Tudo naquele andar era acolchoado, macio e caro, diferente das acomodações utilitárias e baratas dois andares abaixo, no Departamento Jurídico. Com as luzes apagadas, passei pelos escritórios dos puxa-sacos do presidente, mais conhecidos como Comitê Executivo, antes de chegar ao escritório de Michael. Também estava escuro. Se ele me me arrastou até aqui a essa hora da manhã e se esqueceu da nossa reunião, eu vou ficar muito puta.

A luz de emergência da empresa criava um emaranhado ameaçador de formas e sombras no ambiente. Uma ondinha de medo passou por mim quando apertei o interruptor. A mesa da assistente de Michael estava limpa e organizada, do jeito que ela sempre deixava.

Bati suavemente na porta.

— Michael, sou eu. Ellice.

Silêncio.

Fiquei toda arrepiada. Abri a porta e acendi as luzes.

O borrifo brilhante e vermelho de sangue estava por toda a parte. O choque passou por mim como um torpedo antes de se transformar em um nó no meu estômago. Meus joelhos cederam enquanto uma onda de náusea tomava conta de mim, como se eu fosse vomitar e desmaiar a qualquer momento. Mas não entrei em pânico. Não emiti um único som.

O buraco em forma de estrela na bochecha direita de Michael era irregular e horrendo, como se alguém tivesse tentado abrir o crânio dele com uma marreta em vez de uma bala. Sangue havia escorrido em correntes irregulares pelo seu rosto, criando pequenos rios vermelhos nas rugas de sua mandíbula antes de se acumularem na ponta do queixo e pingar na camisa branca engomada. O ar estava pesado com o cheiro pungente e metálico de sangue. E o chiar das luzes fluorescentes, o único barulho na sala, soava como mil abelhas.

Em um instante, minha mente estalou, como se houvesse alguém dentro da minha cabeça me direcionando.

Corre. Só vai.

Tirei os olhos do corpo sem vida de Michael e da arma ao lado dele. Me odiei pelo que estava pensando. No meio daquela carnificina, meu primeiro pensamento foi correr, sair sem pedir ajuda.

Ninguém sabe que estou aqui.

Devagar, me afastei do corpo, tomando cuidado para não tocar em nada. Os poucos fragmentos de consciência que eu tinha me avisaram que partir seria imperdoável.

Orei a Deus por perdão, apaguei as luzes e, devagar, fechei a porta atrás de mim.

Aquele seria o nosso último segredo.

2

Que diabos eu fiz?

Saí apressada do elevador no décimo oitavo andar, onde ficava o Departamento Jurídico. Meu corpo tremia como se alguém tivesse me dado um tapa, deixando a dor ribombar sob a minha pele. Meus pensamentos estavam em chamas. Sangue. Morte. Era Chillicothe tudo de novo. E eu fiz o que sempre faço: eu fugi. Minha memória mais antiga é de fugir. Meu irmão, Sam, ainda não tinha nascido. Minha mãe, Martha, segurava minha mão enquanto corríamos, minhas perninhas se esforçando para acompanhá-la. Era noite. Fazia frio lá fora. E ela ficava dizendo para eu me apressar. Não sei de quem ou do que estávamos fugindo. Comecei a chorar, mas ela disse que se eu chorasse teria que me deixar para trás. Então corri.

Não acionei o interruptor para a luz reserva; os holofotes fracos eram suficientes. Eu precisava do manto da escuridão para cobrir minha vergonha. Corri pelo labirinto de cubículos de parede fina no centro do andar que abrigava a equipe de apoio. Escritórios de advogados, apertados mas com janelas, formavam um perímetro ao redor do labirinto. Embora não contabilizássemos nossas horas de trabalho como fazem nos escritórios de advocacia, a maioria das pessoas desse departamento ainda mantinha os mesmos horários de uma firma comum: comece tarde, trabalhe até mais tarde. Com sorte, demoraria mais de uma hora para alguém aparecer.

Às sete da manhã naquele andar era como um corpo de bombeiros depois de uma chamada de emergência — escritórios e cubículos vazios, esquecidos e bagunçados. Cada um de nós que trabalha até tarde da noite uma hora percebe que tem crianças para buscar da escola e lavanderias para frequentar antes que fechem, largando mesas, documentos e papéis desordenados esperando por nós exatamente onde foram deixados na noite anterior.

Consegui sair da sala executiva e chegar no meu escritório sem que ninguém me visse.

Graças a Deus.

Ninguém me via de verdade naquela empresa mesmo. Eles viam só o que eu queria que vissem. Inteligente. Contida. Ellice Littlejohn, a profissional perfeita. Conselhos jurídicos certeiros. Guarda-roupa impecável. Engraçadinha quando necessário. Quem admiravam e respeitavam. Essa era a versão de mim que eles viam.

Me escondi dentro do espaço apertado e frio que servia como meu escritório. Eu era a única pessoa negra no Departamento Jurídico. Não estou dizendo que uma coisa tem a ver com a outra, mas, se o espaço do escritório de um funcionário reflete seu valor para a empresa, Houghton não me dava muita importância. Eu costumava sonhar em me tornar a diretora jurídica ou até mesmo a CEO de uma empresa da lista da Fortune 500. Já era para eu ter tudo isso: um marido amoroso, filhos inteligentes e talentosos, e uma carreira de sucesso que as pessoas invejariam. Mas agora todas essas coisas saíram do meu alcance. Eu estava mais perto da menopausa do que de um casamento.

Todas as decisões burras que eu tomei me levaram àquele freezerzinho cinzento em forma de escritório. Me tornei a solitária advogada negra trabalhando com outros advogados com metade da minha idade, cuja maioria eu não gostava. Suas atitudes pomposas de sabe-tudo dificultaram a minha adaptação ao escritório e a minha entrada na "família Houghton", como a gerência gosta de se referir à empresa. Michael sempre me pagou tão bem que aprendi a ignorar.

O comecinho de uma dor de cabeça atacou minha têmpora direita. Joguei meu casaco e bolsas em uma das cadeiras para os clientes, dei a volta na mesa e peguei um pequeno aquecedor portátil detrás de uma pilha de pastas. Girei o termostato para o nível alto e ouvi o murmurar arranhado das pás por alguns segundos antes de me jogar na minha cadeira. Ter um aquecedor portátil no escritório era uma violação da política da empresa, mas nunca que eu ia desistir do meu aquecedor antes de instalarem um sistema melhor de climatização naquele andar.

Agora, havia um homem morto dois andares acima de mim e, se alguém soubesse que eu estava dormindo com ele, seria outro desastre. Fechei os olhos. Um enorme buraco sangrento na cabeça dele. Uma arma caída no chão ao seu lado. Abri os olhos.

Suicídio?

Não fazia sentido, embora Michael tivesse reclamado sobre a esposa recentemente. Talvez algo mais tivesse acontecido entre eles. Talvez ela tivesse descoberto sobre nós. O que eu ia fazer agora? Manter minha bunda nessa cadeira, ficar quietinha e deixar outra pessoa me trazer as horríveis notícias sobre Michael. Quanto mais longe eu ficar disso, melhor.

Deus me perdoe.

Tudo o que eu precisava fazer era pedir ajuda. Certamente fazer isso não seria o suficiente para alguém revirar o meu passado. Seria? Seria, sim. Eu tinha tomado a decisão certa ao sair daquele escritório. Ele estava morto. Ficar lá para responder a um monte de perguntas da polícia não o traria de volta. E então, em um instante, a tristeza tomou conta de mim. Michael não merecia aquilo.

Encarei o rubor rosa-alaranjado do amanhecer se espalhando pela cidade. Longas nuvens brancas em forma de dedos vagarosamente cruzando o céu. Em construção constante, o horizonte de Atlanta tinha demolido seus prédios de tijolos atarracados para dar lugar a arranha-céus reluzentes como os de Nova York ou Chicago. Uma Meca sulista para negócios e indústrias. O Novo Sul. Eu ainda olhava pela janela quando as luzes do andar se acenderam. Meu pulso acelerou. Tinha mais alguém aqui. Eu sabia que não havia câmeras de segurança no escritório executivo. Michael me disse. Mesmo assim, pensei: *Será que alguém me viu saindo do vigésimo andar?*

Observei a porta e me empertiguei para ouvir mais sons. As paredes do Departamento Jurídico eram tão à prova de som quanto um papel higiênico. Mas estava tudo silencioso. Eu precisava parecer ocupada caso alguém passasse pelo meu escritório, então liguei meu computador e encarei a tela. Depois de alguns segundos, o emblema da empresa — um caminhão cinza em alta velocidade — e o lema dela apareceram na tela: "Transportes Houghton — onde você é família, e família vem sempre em primeiro lugar!"

— Bom dia, raio de sol!

Dei um pulo. Rudy Clifton, um dos advogados seniores do Departamento Jurídico, estava reclinado na minha porta com um copo do Starbucks na mão e um sorriso branco enorme. Embora eu fosse a superior de Rudy, ele nunca teve qualquer problema em entrar no meu escritório sem ser convidado e, na maioria das vezes, sem bater. Eu tolerava porque ele trazia bons materiais de trabalho e boas fofocas. Rudy e eu tínhamos trabalhado em vários casos juntos ao longo dos anos, e nos tornamos bons amigos. Quando ele foi dispensado do escritório de advocacia onde trabalhava, imediatamente o chamei para a Houghton, seis meses depois de Michael me contratar. Ele me devolvia o favor com uma lealdade inabalável; era uma das poucas pessoas em quem eu confiava na Houghton.

— Por que você está aqui tão cedo? — Pude ouvir meus nervos em frangalhos pelas falhas na minha voz.

— Bom dia para você também. — Ele fez uma careta. Rudy era bonito e corpulento no estilo garoto de fraternidade com sua barba por fazer e cabeleira escura e ondulada. — Aquelas pessoinhas que vivem na minha casa... elas acordaram às quatro da manhã chorando por mamadeira. Não consegui voltar a dormir. O que te trouxe aqui tão cedo?

Hesitei por uns segundos, procurando alguma desculpa. Fingi um sorriso.

— Você não ficou sabendo? Agora eu durmo aqui, já que o acordo não deu certo no caso Robbins.

— Boa sorte com esse caso. — Rudy riu. — Ah, você quer saber da última?

Ainda vestindo o sobretudo, ele olhou para trás antes de entrar no meu escritório.

— Por favor, Rudy. Nada de fofoca assim tão cedo. — Esfreguei meu dedão na têmpora esquerda. O barulho do trânsito matutino e sirenes soavam lá embaixo.

— Ouvi dizer que Jonathan está tendo um caso. Adivinha quem é a sortuda.

Suspirei profundamente e me recostei na cadeira. Eu sabia que ele não ia sossegar até contar o que descobrira daquela vez. Rudy era o rei da fofoca. Sua natureza amigável e habilidade para conversar com qualquer um fazia as pessoas contarem a ele seus segredos mais sombrios. E então ele me contava tudo. Sob quaisquer outras circunstâncias, eu poderia ter fingido estar interessada.

— Vamos lá. Adivinhe.

Balancei a cabeça e dei de ombros.

— Willow... Willow Sommerville. Vice-presidente dos recursos humanos.

Loguei no computador e fingi ler algo na tela.

— Ah.

— *Ah?!* É tudo o que você tem a dizer?

Rudy ficava feliz em ser o primeiro a passar para a frente uma baita fofoca, e eu sabia que o tinha decepcionado muito.

— O que foi? — disse ele, me inspecionando como se eu fosse um par de pneus Michelin em um carro usado. — Você está bem?

— Só estou um pouco cansada, acho.

— Tem certeza? — Ele ergueu uma sobrancelha. Rudy tinha farejado alguma coisa. — Sei que você é minha chefe, mas é minha amiga também. Tá tudo bem?

— Estou bem. — Me levantei e peguei minha caneca, como se estivesse prestes a ir para a sala de descanso, uma deixa sutil para ele sair do meu escritório. — Sério, estou bem. Só um pouco distraída. Não dormi bem na noite passada.

Antes que eu pudesse conduzir Rudy para fora do escritório, Anita, minha assistente administrativa, enfiou o rosto redondo para dentro da sala. *Mas, que droga!* Será que eu não podia ter um minuto de paz?

Anita era uma mulher baixa e robusta com um permanente grisalho de poodle que, ou comprava roupas pequenas demais ou tinha decidido que que não compraria novas que servissem.

— Ei, vocês viram a ambulância lá embaixo? — perguntou ela.

Meu Deus.

Espiei o relógio. Não eram nem oito horas e alguém já descobrira o corpo de Michael.

Rudy arregalou os olhos.

— Ambulância?

— É, tem uma ambulância e um monte de viaturas na frente do prédio. Jimmy, da segurança, disse que algo aconteceu no vigésimo andar, mas não deu detalhes. Pelo menos foi o que ele me contou — disse Anita, a última frase tomada pelo ceticismo em sua voz.

Rudy e eu corremos até a minha janela e olhamos a rua lá embaixo. O quarteirão inteiro da Peachtree Street era um borrão de luzes vermelhas e azuis. O tráfego estava engarrafado até a Seventeenth Street. Alguns motoristas impacientes buzinavam para a montanha de carros dando ré, como se fizesse alguma diferença no trânsito de Atlanta. Um temor pesado se instaurou em meu peito. Me afastei da janela.

— Sério isso? — disse Rudy, para ninguém em particular. — Já volto.

Anita e eu observamos enquanto ele saía do meu escritório e seguia pelo corredor. Eu sabia que ele estava em busca de seus informantes para conseguir mais detalhes. Eu já sabia o que diriam.

— O que você acha que aconteceu? — perguntou Anita, tirando o casaco.

Não respondi. A dor de cabeça se espalhou pela minha testa.

Fica calma.

Eu precisava me manter sob controle. Logo, todos no escritório, advogados e pessoas do administrativo iam circular entre seus escritórios e cubículos, deixando migalhas de fofoca e palpites pelo caminho. Era assim em Houghton. Este era o protocolo para grandes eventos no departamento que ninguém queria discutir abertamente, como demissões, rebaixamentos ou, nesse caso, o suicídio de um executivo.

Quinze minutos depois, Rudy entrou no meu escritório com uma careta e fechou a porta.

— Michael cometeu suicídio.

— Quem te disse isso? — Minha pele recomeçou a formigar.

Será que alguém tinha me visto sair do vigésimo andar?

— Nem me pergunte. Mas suicídio? — Rudy balançou a cabeça. — Não faz sentido. Que homem rico e bem ajustado se veste para o trabalho, guarda uma arma na maleta e diz para si mesmo: "Tudo bem, vou comer minha arma aqui na mesa depois que terminar de ler o *Wall Street Journal*"?

— Por favor, não fale assim.

Mexi em umas pastas sobre a mesa para acalmar meus nervos.

Rudy se jogou na cadeira em frente a minha mesa.

— Só estou dizendo que as pessoas geralmente não cometem suicídio no trabalho, a não ser que seja um tiroteio, mas aí eles tentam levar outras pessoas junto. Suicídio é um ato privado.

Virei minha cadeira para assistir ao nascer do sol em pleno inverno, agora banhando o horizonte do centro da cidade. Atos privados. Pensei na minha vida. Décadas se passaram e eu acho que compreendi o horror, mas de alguma forma ele ainda está presente e flui pelo meu corpo. Alguns segundos depois, memórias de Chillicothe me vêm à mente. Um velho galpão, as lágrimas de um garotinho e uma caverna de medo.

As pessoas daqui não viram o meu verdadeiro eu.

Como era de se esperar, tive dificuldade em me concentrar no trabalho. Depois que Rudy foi embora, pelo menos três pessoas enfiaram a cabeça no meu escritório, perguntando: "Ficou sabendo o que aconteceu no vigésimo?". Michael estava morto e, aos poucos, detalhes e mais detalhes sobre sua morte pingavam como gotas em uma torneira mal fechada, atada às opiniões e ao julgamento de cada pessoa que compartilhava a terrível notícia. Michael estava depressivo. Michael já tinha tentado se matar antes. Michael atirou em si mesmo por acidente. Tudo longe da verdade e do que eu sabia sobre ele.

Era pesado demais. Decidi descer ao saguão para tomar uma xícara de chá e espairecer. As luzes piscantes e as sirenes haviam se transformado no brilho costumeiro do trânsito do lado de fora e no murmurinho das pessoas passando pelo saguão, assentindo tristemente umas paras as outras, especulando por que um cara tão legal faria uma coisa tão horrível.

Dei a volta no quarteirão ao sair do Starbucks quando vi Hardy King, o diretor do Departamento de Segurança da empresa. Hardy dava duas de mim, e eu não sou pequena. Seu blazer e camisa amassados tinham desistido, havia muito tempo, de lidar com sua barriga enorme, dando a ele a aparência de uma cama feita às pressas com um travesseiro jogado de qualquer jeito no centro. Hardy era de Nova Jersey. Sem sotaque sulista. Eu também não tinha um. Me livrei do meu sotaque quinze minutos depois de pisar na Academia Preparatória Coventry, quando uma garota riu depois que levantei minha mão na orientação para dizer que queria *fazê* uma pergunta. Aprendi a forma certa de dizer a palavra e nunca mais cometi um erro de pronúncia. Minha primeira lição de alternância de código linguístico.

Hardy me deu um abração de urso. Hardy abraçava todo mundo.

— Ficou sabendo?

— Sim.

— Como você está? E o resto do povo no Departamento Jurídico?

Hardy fora testemunha em alguns casos e conhecia todos no departamento. A maioria das pessoas na empresa consideravam Hardy um idiota, um cara que recebia em excesso para atuar como motorista para Nate e os outros executivos do vigésimo andar. Mas, assim como Rudy, ele era um cara legal, sempre prestativo e por dentro de fosse lá o que estivesse acontecendo na empresa. Também era um viúvo sem filhos. Imagino que ele seja solitário, então sempre senti pena dele.

— Acho que estamos todos chocados. Não faz sentido.

Hardy balançou a cabeça tristemente.

— É, Mikey era uma pessoa boa.

Eu estava nervosa, mas tinha que perguntar.

— Quem encontrou ele?

— A assistente. Ela está mal também. Com razão. Não foi uma cena bonita. Tivemos que mandar ela para casa.

— Ah.

O corpo ensanguentado de Michael passou pela minha mente de novo.

Hardy olhou para mim, todo triste e digno de dó com os cantos da boca voltados para baixo.

— Ele falou alguma coisa que indicasse que faria algo assim?

— Não. Por isso estamos todos em choque. Michael odiava armas. Não achei que ele tivesse uma.

— Sério?

Duas mulheres passaram, rindo de alguma coisa. Não soaram exatamente alto, mas seu comportamento parecia deslocado no saguão naquele dia. Hardy e eu as observamos até o som de suas vozes sair do nosso alcance.

— Ele deixou algum bilhete?

Hardy coçou o cabelo grisalho.

— Nada.

Uma parte de mim estava feliz por isso. Quaisquer que fossem os demônios com os quais Michael estava lidando, deveriam ficar só para ele. Menos material para fofoca. Por um breve momento, me perguntei qual era a minha parcela de culpa pela morte dele. Teria sido esse o jeito que ele encontrara para sair de um casamento ruim e um affaire sem graça?

— Acho que não importa agora, mas tinha algo acontecendo no Departamento Jurídico? Algum caso grande que estava perturbando ele? Estressando ele?

— Não. Estou dizendo, ele estava bem.

— Que loucura. — Hardy balançou a cabeça devagar. — E acho que a mídia vai ter um dia cheio com isso tudo. Não se esqueça do povo lá fora.

Me virei para as janelas do saguão que davam para a Peachtree Street. Um pequeno grupo de manifestantes carregava cartazes: "HOUGHTON ODEIA NEGROS" e "TRATAMENTO INJUSTO, CONTRATAÇÃO INJUSTA" e "NÃO GASTE SEU $ COM A HOUGHTON".

— Os manifestantes estão lá fora faz meses — Hardy disse. — Não acho que irão embora agora que as câmeras estão aí.

— Três meses para ser exata. Mas você tem que admitir: não há muitas pessoas como eu nesta empresa.

Hardy assentiu, compreensivo.

— É, isso também precisa parar.

Os protestos começaram algumas semanas depois que várias pessoas negras e latinas prestaram queixa alegando que tiveram oportunidades de emprego negadas na Houghton, apesar de serem qualificadas. Algumas semanas depois, vários funcionários negros do Departamento de Operações se juntaram a eles, dizendo que suas promoções para gerência foram negadas. A empresa estava se preparando para um processo. Com o passar das semanas e a proximidade das festas de fim de ano, a multidão de manifestantes foi diminuindo. Restavam só alguns agora, mas Hardy tinha um bom ponto. Alegações de discriminação racial e o suicídio de um executivo poderiam ser a receita perfeita para um pesadelo do Departamento de Relações Públicas.

— Você não acha que as duas coisas estão ligadas, acha? — perguntei.

Hardy deu de ombros.

— Isso não vai ter importância se os caras das notícias conseguirem contar a própria versão dos fatos. De qualquer forma, não é um bom momento para a Houghton.

3

Algumas horas mais tarde, saí do elevador para o vigésimo andar, *de novo*, desta vez agarrando com força um bloquinho e uma caneta. Eu havia sido intimada para a sala de Nate Ashe. Eu nunca tinha estado no escritório do CEO, até aquele momento. Michael havia me feito uma série de promessas quebradas de me dar mais exposição entre os executivos, oportunidades para "abrir as asas" e ser promovida para um cargo de negócios na empresa. Recentemente, quando eu reclamava de não ir a reuniões com os executivos ou de não receber a pauta das apresentações, ele dizia que estava me protegendo e que eu deveria agradecê-lo.

Nossa pequena situação de "amizade colorida" havia se desgastado e ainda tinha me deixado de mãos abanando.

Era ali, no vigésimo andar, que os executivos da Houghton decidiam os destinos de funcionários em nível de diretoria como eu, famintos pelo próximo degrau na escada corporativa. Ali, éramos reduzidos a pastas de RH com currículos e avaliações de desempenho, que eram examinados e separados pelo Comitê Executivo. E, quando as coisas não iam bem, era onde decidiam quem seria demitido. Eles tinham descoberto sobre mim e Michael? Seria isso um *deja vu* do que acontecera no escritório de advocacia?

Qualquer que fosse o motivo de eu estar ali, não podia ser bom.

Saí do meu escritório cinzento e apertado, dois andares abaixo, e entrei no escritório de Nate como Dorothy explorando o brilho tecnicolor do mundo de Oz. O CEO estava sentado atrás de uma enorme mesa com capa de couro personalizada, sem uma folha de papel sequer sobre ela. As poltronas macias de encosto alto deixavam as cadeiras duras do meu escritório no chinelo. Duas paredes inteiras de janelas do chão ao teto ofereciam uma vista fascinante dos Parques Ansley e Piedmont, com os arranha-céus do distrito financeiro de Buckhead ao fundo. Arte moderna com salpicos de cores vivas adornava as paredes restantes, dando a toda a sala um ar do Museu de Arte Moderna de Nova York.

— Oi. Você queria me ver? — perguntei.

— Olá, Ellice! Entre. Você quer água, uma Coca-Cola? — Nate perguntou com seu sotaque sulista suave.

— Não, obrigada.

— Vamos sentar ali onde é mais confortável.

Nate apontou para a cadeira vintage em formato de ovo e o sofá de couro do outro lado da sala. Tudo sobre ele era cálido e amigável. Seu sotaque sulista calmo, a espuma de cabelo branco-prateado, o bigode bem aparado, o terno Armani e o pequeno indício de pancinha o tornavam muito estadista. Ele poderia facilmente se passar por um senador do grande estado da Geórgia, gentilmente cedendo a palavra a seus colegas no Congresso. Em vez disso, reinava como CEO, uma sábia figura paterna, guiando sua empresa familiar.

Por um momento, fiquei admirando uma pintura pendurada sobre o sofá. Mostrava um elefante africano correndo entre árvores e folhagem, e se destacava das outras artes no escritório.

— Você gostou dessa pintura, hein? — quis saber Nate.

— Gostei.

— Foi presente de um amigo. Ele a encomendou de um artista no México. Você sabia que os indianos, os persas e os cartagineses usavam elefantes como tanques nas antigas batalhas?

— Não sabia.

Nate deu a volta na mesa e ficou ao meu lado.

— O elefante é uma das criaturas mais inteligentes da Terra. — Ele inclinou a cabeça e cruzou os braços sobre o peito, admirando a peça como se ele mesmo a tivesse pintado. — Também são poderosos; não por causa do tamanho, mas porque são comprometidos com a família, têm essa habilidade de permanecer juntos que é incomum nas outras espécies, exceto na humana. Eles até ficam de luto, como a gente. Me faz pensar em nós, aqui na Houghton, avançando, juntos, cuidando um dos outros. Isso é poderoso.

Esse negócio de família de novo.

— Você já fez um safari? — perguntei, tentando sair do assunto.

— Não, a não ser que você chame de safári caçar cervos e coelhos selvagens nas Montanhas Blue Ridge. — Nate riu.

Dei um meio-sorriso. Então Nate era só mais um velho branco que satisfazia as fantasias coloniais atirando em animais indefesos na natureza por esporte.

— Vamos lá, Ellice — disse ele, sentando-se no sofá abaixo da pintura. — Vamos relaxar um pouco.

Me sentei na cadeira diante dele. Nate era agradável o suficiente. Mesmo assim, fui cuidadosa. Antes daquela conversa, eu teria apostado o dinheiro da minha hipoteca em Nate ser incapaz de me reconhecer em uma fila.

Alguns segundos depois, Willow Somerville entrou no escritório de Nate sem bater.

— Boa tarde, Ellice — cumprimentou ela naquele sotaque sulista meloso que me lembrava de senhoras tomando julepe de menta e fofocando na varanda.

Ela usava um vestido de tricô vermelho-sangue e parecia a quintessência da beleza sulista dos dias modernos — loira e tão magra que mostrava os ossos. O boato começou logo depois que Nate a escolheu como chefe de RH de toda a organização, uma gerente de nível médio relativamente nova e desconhecida. Ela se sentou ao lado de Nate no sofá, bem na beirada, os pés cruzados como uma concorrente de concurso de beleza esperando sua vez de fazer o discurso para resolver a paz mundial. Os dois estavam me dando o que Vera costumava chamar de "sorriso de merda". Um sorriso falso.

Estavam tramando alguma coisa. Meu palpite: o RH estava ali como testemunha da minha demissão. De alguma forma, eles tinham descoberto sobre mim e Michael. Agora Michael estava morto e eu seria demitida. Senti o medo descer pela minha espinha.

Nate falou primeiro.

— Pensei que seria uma boa ideia ter Willow aqui conosco.

Willow assentiu, o mesmo sorriso desconfortável estampado no rosto. Tudo em que consegui pensar foi: *Pra onde vou agora?*. Fazia três anos que eu seguira Michael até a Houghton depois do fiasco no escritório de advocacia.

Nate olhou pela janela por um momento antes de se virar para mim.

— Não preciso te dizer quão difícil está sendo a morte de Michael para nós. Algo horrível assim deixa marcas, principalmente nas pessoas que trabalharam com ele. Está sendo difícil aqui também.

Eu conseguia sentir meu olho tremendo. Abaixei o olhar para o meu bloquinho.

Nate continuou.

— Membros do conselho estão ligando e pedindo detalhes que não posso dar. Sayles era família, mas eles estão mais preocupados com a repercussão do caso na mídia. É uma chatice. A pior coisa do mundo é um membro do conselho com tempo demais sobrando, né?

Sorri para a piada dele.

Nate alisou o bigode, franzindo as sobrancelhas. O escritório ficou em silêncio. Se ele ia me demitir, queria que andasse logo. Olhei para Willow. Pela primeira vez desde que entrara no escritório, a expressão dela mudara. Deu um olhar preocupado para Nate.

— Onde é que eu estava mesmo? — disse ele.

Willow olhou para mim e então de volta para Nate.

— Acho que você estava prestes a falar sobre as mudanças no Departamento Jurídico — disse ela.

— Ah, é! Isso mesmo. Ellice, quero que você coordene o Departamento Jurídico. Gostaria que você substituísse Michael como vice-presidente executiva e conselheira geral da Houghton.

Fiquei boquiaberta.

— Sua promoção será facilmente aprovada pelos diretores do conselho — Nate continuou. — E não se preocupe. Vou garantir que manteremos o salário precedente de Michael e te pagar generosamente. Vamos te dar um aumento de salário de trinta e cinco por cento. Você receberá um bônus, subsídio para carro, associações para clubes. Todas as vantagens que acompanham o cargo. Não é verdade, Willow?

— Com certeza! — respondeu ela.

Eu não conseguia respirar. Minha matemática malfeita dizia que esse aumento me colocaria no salário estratosférico dos advogados e executivos na Houghton. Ali estava a promoção que eu queria, junto com um salário enorme.

Eu não esperava que aquilo fosse acontecer, não desse jeito.

— Mas por que… digo… por que eu? — Eu podia ouvir minha voz tremendo um pouco. — Pensei que Walter Graves ou um dos outros advogados que estão aqui há mais tempo seriam…

Nate riu.

— Por que não? Você certamente é qualificada. Sei que você seria a primeira escolha do Michael. Ele chegou a te contar a história por trás da sua contratação?

— Hã, não tenho certeza de a qual história você se refere.

Eu não conseguia imaginar Michael compartilhando os detalhes do nosso relacionamento ou de como acabei indo trabalhar na empresa. Ele era muito discreto. Nós dois éramos.

— Michael estava convencido de que você era a pessoa certa para trabalhar com ele no Departamento Jurídico. Disse que você era inteligente e que não se importava de trabalhar duro. Inferno, Michael disse que se demitiria se eu não autorizasse a sua contratação.

— Eu não sabia disso.

Michael nunca tinha me contado essa história, aquilo me fez sentir ainda mais culpada.

— Ele estava certo. Você é uma advogada inteligente, e esse é o melhor tipo! — Nate sorriu e deu uma piscadela.

— Obrigada.

— E as pessoas também te respeitam. Gosto disso. É difícil encontrar seu caminho em uma empresa como a Houghton. — Nate me encarou por um momento. — Então, me conte um pouco sobre você.

Olhei para Willow. Ela também se endireitou, como se de repente tivesse encontrado algo interessante na reunião.

— Ah... bem, imagino que você já sabe o que realmente importa — falei. — Estudei em Georgetown, me graduei na faculdade de direito de Yale. Trabalhei na Dillon & Beck antes de vir para Houghton e...

Nate gesticulou com ambas as mãos.

— Você está certa, já sei tudo isso. Essas são as coisas que você *fez*. Quero saber quem você *é*.

— Acho que sou só uma das muitas almas trabalhadoras do Departamento Jurídico.

Ri baixinho. Eu sabia que essa era a parte da conversa em que eu deveria relaxar e conversar educadamente. Compartilhar uma história sobre as crianças que não tenho e do jogo de tênis que não joguei. Em vez disso, fiquei sentada lá, meu cérebro em um atraso de dois minutos tentando entender por que me ofereciam um posto no escritório executivo.

Nate sorriu.

— Tenho certeza de que há mais coisas por trás de todo esse pedigree educacional. Onde você cresceu?

— Aqui em Atlanta.

Contei a mesma mentira que sempre contava desde que saíra de Chillicothe. Não importava. Chillicothe, Georgia, era tão pequena que a maioria das pessoas nunca tinha ouvido falar e, se tinham, geralmente a confundiam com a cidade de mesmo nome no sul de Ohio.

Nate se inclinou para a frente, seus olhos azuis cor do oceano ancorados em mim.

— Casada? Filhos?

— Não.

Deus, faça isso acabar para que eu possa sair daqui.

Willow ainda estava plantada no sofá como um manequim bem-vestido, não oferecendo nada à conversa.

— Uma mulher bonita como você? — Nate sorriu. — E sua família?

— Sou filha única. — Melhor não mencionar a minha família, ou o que restara dela.

— Entendo.

— E você? É de Atlanta? — Eu já sabia a resposta, mas perguntei só para continuar a conversa.

— Sim. Nascido e criado aqui. — Nate se recostou no sofá. — Sabe, Ellice, acho que você pode ser exatamente o que esta empresa precisa agora. Uma advogada forte e inteligente que pode tirar as teias de aranha de certas pessoas aqui. Não é, Willow?

— Eu não poderia concordar mais, Nate. — Willow não ergueu o olhar enquanto endireitava a bainha do vestido, como se estivesse limpando migalhas invisíveis do colo.

Nate tornou a piscar.

— Olhe, não vou mentir. Você ser negra é como combinar arroz com feijão. — Ele riu, se divertindo com a própria piada.

A empresa nunca fizera nenhum treinamento para lidar com diversidade, e dava para notar. Willow olhou para mim antes de pigarrear e erguer uma sobrancelha para Nate.

Então era isso. Não era sobre me reconhecer como uma adição valiosa à empresa. Era sobre ser uma *adição negra* que eles podiam mostrar às pessoas para tirar os manifestantes da porta da Houghton.

Nate ou fingiu não perceber o sinal de Willow ou não o viu, porque continuou falando como se nada tivesse acontecido.

— Sim, uma mulher negra como você é exatamente o que precisamos aqui.

— B-b-bem — gaguejei. — Aprecio o voto de confiança, mas não tenho certeza se... Quer dizer... Faz pouco tempo que...

— Olha, eu entendo. Michael acabou de morrer e você acha que é cedo demais para substitui-lo. Acredite, não é. Temos uma responsabilidade com esta empresa, com a família Houghton.

Embora quisesse uma vaga no andar executivo havia muito tempo, eu não queria *aquela*. Não daquele jeito. Abri a boca para objetar com mais vigor, mas Nate ergueu a mão.

— Me escute. O conselho está agindo como um monte de menininhas ansiosas. Todos preocupados com as aparências. Mas eu estou mais preocupado em continuar o bom trabalho que Michael começou. — Nate se inclinou mais à frente. — Michael era um cara legal. Um cara muito legal. Tinha uma moral firme. Acho que o melhor que podemos fazer para respeitar a memória dele é seguir em frente do jeito que ele conduzia. Sei que ele gostava muito de você. Acho que será a advogada perfeita para substituí-lo. Além disso, este tipo de oportunidade pode fazer maravilhas pela sua carreira.

Nesse último ponto eu não tinha como discordar. Nate estava me oferecendo o trabalho de bandeja. Era muito incomum indicar alguém para o andar executivo sem o processo tradicional, contratando uma empresa para escolher e entrevistar os candidatos.

Mas também era muito incomum que um conselheiro geral cometesse suicídio em seu escritório.

Nate se levantou, foi até a janela e deu uma olhada lá fora. Depois se virou para mim.

— Olha, eu odeio as circunstâncias que nos trouxeram até aqui. Mas precisamos continuar tomando as decisões certas pelos motivos certos. E acho que você é a melhor pessoa para nos ajudar a fazer isso. Sei que foi muito repentino e não espero uma resposta agora. Tire um tempo para pensar.

— Humm... Tudo bem, vou pensar. Obrigada.

Enfim me levantei da cadeira, feliz de estar indo embora.

Fui em direção ao elevador com uma sensação de remorso tão grande que me fez encolher. Eu não deveria querer aquele emprego. Michael morrera no escritório que Nate agora me oferecia. Tentei absorver a ideia de trabalhar no andar executivo. Como sempre, eu seria "a única" no vigésimo andar, assim como eu era no Departamento Jurídico. A negra solitária de quem se esperava que falasse por todas as pessoas negras, que representasse o sucesso ou o fracasso de toda mulher negra que trabalhava em escritórios nos Estados Unidos. Óbvio que não era verdade, mas não conseguia me sentir de outra forma. Era um fardo que eu carregava desde a Academia Preparatória Coventry.

Mas me tornar uma executiva era um trabalho com o qual eu sonhava havia anos. E era difícil não sorrir para mim mesma sempre que pensava em como eu podia finalmente estar no caminho certo, para variar. Como Vera costumava dizer, tudo acontece por um motivo, e talvez houvesse um motivo para eu ser apontada para esse cargo.

4

Uma hora depois, sentei à minha mesa, o aquecedor portátil soprando uma corrente morna, quase insuficiente para derrotar o frio de gelar os ossos no meu escritório. Eu estava a alguns graus de pegar o cobertor que mantinha na gaveta de baixo. A insanidade dos eventos da manhã pesava meus pensamentos: a descoberta e o *abandono* do corpo de Michael e a oferta para substituí-lo no conselho geral da Houghton.

Anita bateu suavemente à porta antes de colocar a cabeça para dentro do meu escritório.

— A segurança ligou. Tem um tal Detetive Bradfort aqui para te ver.

— Um detetive? — Me endireitei na cadeira. — Para *me* ver?

— Sim. O que aconteceu? — perguntou ela, entrando no meu escritório. Toda de olhos arregalados e cheia de expectativa, como se fôssemos pré-adolescentes prestes a confessar nossa queda por um garoto. — Por que a polícia quer falar com você?

Apoiei meu queixo na mão.

— Não tenho certeza se um dia nós teremos a resposta para essa pergunta.

— Hã? — Anita me encarou, perplexa.

— Talvez, se você for buscá-lo, nós duas possamos descobrir. O que acha?

Ela riu.

— Ah, certo. Desculpe — disse antes de sair.

Anita era agradável o bastante, mas meio xereta. Geralmente, eu não gosto de gente assim, mas ela trabalhava mais do que qualquer outro administrador desse andar e tinha um bom senso de humor, o que tornava o ambiente mais suportável.

Me reclinei na cadeira e massageei minha têmpora.

Ah, Deus, onde está Sam e que besteira ele fez agora?

Odeio a polícia. Talvez fosse minha criação sulista ou minha experiência pessoal com agentes da lei que me fazia odiar qualquer cara com um distintivo e uma arma. E agora, Sam os estava arrastando para dentro do meu escritório. Tentei imaginar em que tipo de confusão ele tinha se metido dessa vez. Apostas ilegais. Furtos. Roubo de carros.

Alguns minutos depois, Anita voltou ao meu escritório trazendo a reboque uma mulher negra de mais ou menos trinta anos. A figura esbelta dela, com cabelo curtinho e bem-vestida, a fazia parecer como uma modelo — não como alguém que sairia por aí atirando em bandidos. Seu corpo longo, magro e quase sem gordura sugeria que ela praticava corrida. Fiz uma nota mental para encontrar uma academia para frequentar no fim de semana. Anita saiu, fechando a porta atrás de si.

— Srta. Littlejohn. Sou a Detetive Shelly Bradford. Gostaria de falar com você sobre a morte do sr. Sayles. — A voz dela era suave, profissional, sem sotaque sulista. Mostrou um pequeno distintivo que mal olhei enquanto lutava contra o frio na minha barriga.

Então não era sobre Sam.

Mas talvez isso fosse ainda pior.

Gesticulei para a detetive se sentar em uma das cadeiras duras em frente à minha mesa. Ela se sentou, cruzou as pernas e avaliou meu escritório apertado com um ar que pairava em algum ponto entre a curiosidade e o desdém. Ela me lembrava das garotas que frequentaram a Academia Coventry comigo, bonitas em sua superioridade.

— Você trabalhava com o sr. Sayles, certo?

— Sim, trabalho... Trabalhava.

— A assistente dele nos disse que você e o sr. Sayles geralmente se encontravam cedo quase todas as manhãs. — A detetive ficou em silêncio, procurando por algum tique incriminador. Não me mexi. — Você o encontrou esta manhã?

— Não.

Eu não estava mentindo. Tecnicamente, eu não tinha me encontrado com ele. Mas se Michael cometera suicídio, por que ela estava no meu escritório fazendo um monte de perguntas? Talvez alguém tivesse me visto saindo do vigésimo andar. Um pequeno pulsar começou na minha têmpora esquerda.

A detetive me encarou por alguns segundos.

— Você bateu ponto ou usou seu crachá para entrar, como todos que trabalham aqui?

Minhas palmas começaram a ficar pegajosas de suor.

— Perdi meu crachá há alguns dias e não tinha ninguém na guarita de segurança quando cheguei.

— O segurança ainda não estava trabalhando? Que horas eram?

O pulsar na minha têmpora se intensificou.

— Cedo. Talvez sete ou um pouco depois.

Só relaxe. Tudo isso podia acabar em questão de minutos. A única coisa que ela sabia era que eu tinha entrado no prédio. Eu sabia que não havia câmeras de segurança no vigésimo andar, então ela não tinha como saber que eu estivera lá ou em qualquer lugar perto do escritório de Michael.

A detetive assentiu, comprimindo os lábios, e olhou ao redor do meu escritório apertado com mais atenção. O silêncio entre nós era desconfortável, mas a longa pausa não me afetou. Sou advogada. Nós inventamos as longas pausas.

— Qual foi a última vez que você se encontrou com o sr. Sayles?

— Semana passada.

— Uma reunião de manhã cedo?

— Não.

Outra mentira. Mais pulsações.

— Mais alguém esteve nesse encontro com vocês dois semana passada?

— Não.

— Posso perguntar sobre o que conversaram?

— Só sobre questões legais da empresa. Nada fora do comum. Por que você está investigando a morte se ele cometeu suicídio?

— Só procedimento de rotina — respondeu casualmente. Analisou as pastas sobre a minha mesa. Eu ficaria surpresa se ela pudesse ler de cabeça para baixo e não se entediar com a porcaria na qual eu estava trabalhando. — Você sabe se o sr. Sayles teve algum desentendimento com alguém aqui no Departamento Jurídico ou talvez com algum colega no andar executivo?

— Hã, não. Não consigo pensar em ninguém — falei baixinho. Aquilo era mais do que procedimento de rotina. Ela sabia de alguma coisa.

— Ouvi falar que ele podia ter alguns problemas pessoais. Você sabia algo sobre isso? Talvez problemas com a família ou com dinheiro?

— Não! De jeito nenhum... — Me interrompi. Estava tão cansada de pessoas repetindo esse papo como motivo para um homem que obviamente estava sofrendo muito. Outras pessoas no departamento disseram a mesma coisa. — Quer dizer, esse tipo de especulação não poderia estar mais distante da verdade. Michael era muito respeitado aqui e na comunidade jurídica.

Bradford sorriu.

— Entendo. Há quanto tempo você trabalha na Houghton?

— Três anos.

A culpa começou a pesar minha consciência. Talvez, pelo menos daquela vez, eu devesse ter explicado as coisas em vez de fugir.

— Sempre com o sr. Sayles?

— Sim.

Desta vez, a detetive me encarou por mais tempo do que era confortável para nós duas. Talvez eu tivesse sido enfática demais ao refutar suas teorias sobre Michael.

— Bem, se você se lembrar de alguma coisa que possa ser útil para a minha investigação, espero que me ligue. — Ela se levantou e me entregou um cartão de visitas.

— Claro.

— A propósito, você sabe quem substituirá o sr. Sayles como conselheiro geral?

— Hã... eu... não tenho certeza. — Não era exatamente uma mentira, já que eu ainda não havia aceitado formalmente o trabalho.

— Obrigada pelo seu tempo.

— Disponha.

Fiquei sentada em silêncio, observando o casaco caramelo dela sair pela porta do meu escritório. Por que uma detetive estava fazendo perguntas de *rotina* sobre o suicídio de Michael e por que as estava fazendo para *mim*? A detetive Shelly Bradford foi para o topo da minha lista de pessoas em quem não confiar.

— O que está acontecendo? — Anita disse enquanto entrava no meu escritório.

— Só a polícia fazendo perguntas de rotina. Você pode fechar a porta quando sair? Preciso voltar ao trabalho.

— Está tudo bem?

— Está sim. Obrigada.

Estava tudo mal. Me recostei na cadeira. Um céu pesado e triste cobria a cidade e ameaçava um tempo sombrio. Adequado, já que as perguntas da detetive me deixaram desamparada.

Algumas lembranças nebulosas me vieram à mente. Uma agulha fina de tricô azul metálica, uma lona cinza suja, água marrom lamacenta subindo a margem acidentada de um rio. Os pensamentos vieram tão rápido que não consegui recolocá-los nos arquivos da minha mente. Todos ficaram borrados com a visão do corpo ensanguentado de Michael. Todas as imagens fatais se misturaram, rodando numa repetição silenciosa na minha cabeça, como curtas vinhetas de morte. Quanto mais eu tentava me livrar dele, mais o passado se amarrava com o presente. Pisquei. Chillicothe. Pisquei novamente. Atlanta. Pisquei. Chillicothe.

Chillicothe, Georgia, abril de 1978

O vento da primavera da Geórgia soprou pela Periwinkle Lane e pelo nosso bairro pobre de casas estreitas e quintais cobertos de mato, trazendo a promessa de problemas. Uma perturbação taciturna no ar se revelou quando Willie Jay Groover levou sua viatura policial até a casinha de quatro cômodos de Earthalene Jackson, do outro lado da rua.

Nada de bom estava indo para a casa dos Jackson.

Willie Jay Groover era o tipo de homem sobre o qual as pessoas na cidade falavam, mas não de um jeito bom. Ele tinha uma olhar duro, cabelo loiro e feições angulares e pequenas. Willie Jay lembrava uma serpente mocassim d'água, se ela pudesse andar em duas pernas: comprido e magro com movimentos vagarosos e deliberados, mas prestes a avançar sem aviso. Willie Jay era uma bola de demolição humana que esmagava carne e espírito.

Enquanto ele descia da viatura, devagar, as pessoas saíram de trás das portas teladas e foram para as varandas como crianças tímidas chegando em um espetáculo de circo bizarro. Alguns se empoleiraram ao longo do meio-fio para observar o desenrolar das coisas. Srta. Birdie, vizinha dos Jackson, estava sentada ao lado da prima, srta. Vera, em cadeiras de vinil vermelho de cozinha que haviam arrastado para a varanda. As duas mulheres pararam de falar e foram para os degraus da frente assim que perceberam a viatura.

Sam e eu nos sentamos em silêncio na varanda. Minha mãe, Martha, se inclinou para a fora da janela da frente.

— Quem chamou a polícia? — A voz estridente dela cortou o ar. — O que está acontecendo na casa da Earthalene?

Martha Littlejohn provavelmente pesava 40 quilos, um fiapo pequeno e negro de mulher que você poderia derrubar se soprasse com muita força, graças à sua dieta constante de vinho Thunderbird e salgadinhos de milho Golden Flake. Martha tinha o hábito de falar rápido demais e tagarelar sobre nada.

Willie Jay, vestindo o uniforme azul da polícia, subiu os degraus do alpendre da casa de Earthalene e bateu na porta de tela com a lateral do punho. E então o show começou. Ele se virou devagar e observou todos nós. O alpendre da sra. Jackson era seu palco, e todos os olhares curiosos do quarteirão estavam sobre ele. Fosse lá o que tivesse acontecido na casa da sra. Jackson, seria uma lição benéfica para sua pequena audiência esfarrapada, um impedimento direto para qualquer um que pensasse em enfrentá-lo no futuro. Todo mundo nas proximidades observou e esperou. Willie Jay tornou a bater, balançando a velha porta de madeira telada.

— Mario Jackson, saia daí. *Agora!*

O silêncio pairou sobre a vizinhança. Willie Jay bateu de novo. Por fim, a sra. Jackson apareceu e parou na porta, sem se preocupar em abri-la. Ela era uma mulher negra magra, vestida com um roupão rosa florido e usando bobes no cabelo.

— Sim? Posso ajudar? — ela perguntou, tão casualmente como se estivesse atendendo um cliente no Piggly Wiggly, onde trabalhava.

— Onde está o seu filho, o Mario? Diga a ele para vir aqui.

— Mario não tá aqui e não sei onde ele está. — A voz dela soou mais desafiadora desta vez.

Willie Jay descansou a mão na arma pendurada no coldre.

— Tem certeza?

Sra. Jackson revirou os olhos.

— Já falei, ele não tá aqui.

Quando ela estava prestes a fechar a porta, uma segunda viatura apareceu. O xerife Butch Coogler desceu do carro. Ele cuspiu no chão um círculo marrom escorregadio de tabaco de mascar e ajeitou as calças. Coogler era um homem baixo e corpulento que mal alcançava o bolso da camisa de Willie Jay. Quase não dava para ver um sem o outro — Coogler se certificava disso. Ele subiu os degraus da frente da casa. Os dois homens estavam no alpendre, espiando pela porta de tela da sra. Jackson.

— Falei pra vocês, Mario não tá aqui. Não tenho tempo pra isso. — Ela deu as costas e começou a se afastar quando Willie Jay bateu com força na porta de tela, e o trinco barato cedeu.

A sra. Jackson gritou.

— Ei! Você não pode simplesmente invadir a minha casa!

— Quero ver com meus próprios olhos — Willie Jay disse enquanto entrava. Da forma como passou pela sra. Jackson, era como se ela fosse invisível.

A srta. Vera se apressou para descer os degraus da frente da casa de Birdie.

— Ele não pode entrar lá. Ele não pode invadir assim.

Coogler olhou inocentemente para trás enquanto Vera se aproximava.

— Espere aí, srta. Vee. Isso é assunto da polícia.

Ela o ignorou e passou por Coogler para entrar na casa. Ele tornou a olhar para trás, para nós, antes de dar alguns passos hesitantes casa adentro.

Alguns minutos depois, Willie Jay saiu às pressas de lá. Mario Jackson tropeçou para fora, algemado, Willie Jay segurando-o pelo colarinho. A camiseta dele estava rasgada em alguns pontos e seu jeans estava torto. A lateral de seu rosto tinha uma marca vermelha intensa. Nem precisávamos adivinhar o que acontecera depois que os dois homens entraram na casa.

— Eu não fiz nada! — Mario gritou. — Já disse que não fiz nada!

Coogler os seguiu. Vera e a sra. Jackson saíram em seguida, a última chorando nos braços da primeira. Willie Jay jogou o adolescente na parte de trás da viatura com tanta força que a cabeça de Mario bateu no topo da porta, fazendo-o urrar de dor. Seu grito enviou uma faísca elétrica de medo pelo meu corpo. Um aperto duro se formou em meu peito ao ver Mario sendo maltratado e jogado na viatura como um brinquedo descartado por uma criança. Willie Jay deu a volta no carro, saltou para dentro e saiu em alta velocidade, deixando Coogler para trás. O homem baixo e atarracado ficou no meio de três mulheres negras, nervoso ao tentar explicar que Earthalene poderia pegar seu filho na delegacia depois que terminassem o interrogatório.

Dois minutos depois, vi Birdie entrar em ação, dando ré em seu velho Impala para sair da garagem e entrar na frente da casa da vizinha. Earthalene, ainda de roupão e bobes no cabelo, entrou no carro com srta. Vera. As três foram embora em alta velocidade, seguindo o rastro da viatura.

Três horas depois, as mulheres voltaram com Mario. Ele perdera dois dentes e um de seus olhos estava inchado e cheio de sangue. Tudo porque a velha senhora Nessie, que morava do outro lado dos trilhos, dissera à polícia que *achava* ter visto Mario jogando pedras nas janelas de um prédio abandonado.

Duas semanas depois, Earthalene e Mario Jackson colocaram na van do irmão dela tudo o que tinham e se mudaram para algum lugar ao norte. Naquele mesmo dia, Martha Littlejohn chocou a todos na Periwinkle Lane ao anunciar que iria se casar... com Willie Jay Groover.

5

Que dia do cão. Se eu fosse de beber, teria sido a desculpa perfeita para me afogar em uma garrafa de vinho. Meus pés doíam, eu estava com fome e miserável só de pensar em passar o resto do dia sozinha. Eram quase oito da noite quando me arrastei à porta da frente do meu condomínio em Vinings, uma parte conservadora de Atlanta com um monte de gente branca rica e alguns poucos que decidiram quebrar a tradição e adicionar um pouco de melanina à vizinhança. Todos os dias, eu passava por um marco histórico que indicava o local onde as tropas da União do General William Tecumseh Sherman marcharam em direção a Atlanta para acabar com os soldados confederados. Até hoje, alguns fãs obstinados da Guerra Civil ainda reencenam a Batalha da Montanha Kennesaw a menos de trinta minutos dali.

Ao fundo, sons calmantes de um dos concertos para piano de Ravel flutuavam do apartamento do sr. Foster, do outro lado do corredor. Eu não conhecia nenhum dos meus vizinhos, com exceção dele, um viúvo propenso a jogar conversa fora na porta de casa. Àquela altura, ele provavelmente estava sentado em sua poltrona favorita na sala de estar, escutando seus discos. Ele odiava CDs e, da única vez que tentei explicar a conveniência de serviços de streaming como Spotify e Pandora, ele dispensou o assunto dizendo que eram tolices para pegar o dinheiro das pessoas. Talvez ele tivesse razão. O disco de vinil estava voltando à moda. Às vezes, eu desejava ter crescido com um pai como o sr. Foster. Um homem elegante, de bom gosto e opiniões certas sobre as divisões sociais. Alguém para me dar conselhos e compartilhar sabedoria enquanto conversávamos no sobre bifes Porterhouse envelhecidos a seco em um restaurante bem avaliado. *Bobagem.*

Larguei minha bolsa e as chaves no hall de entrada, tirei os sapatos e o casaco e atravessei meu apartamento — um espaço aberto enorme com cozinha, sala de jantar e sala de estar integrados. Eletrodomésticos de ponta, sala de jantar com capacidade para oito pessoas, três quartos grandes, todos primorosamente decorados. Meu santuário. Cada metro quadrado da minha casa era como um barômetro de quão longe eu me afastara da miséria daquela casa caindo aos pedaços em Chillicothe, Geórgia.

Entrei na cozinha, coloquei um bule sobre o fogão e acendi, então fiquei olhando para a chama azul dançante. Chequei o meu celular. Três mensagens de voz de Grace e outras duas de Lana. Nós éramos colegas de quarto na Universidade de Georgetown. Alguns segundos depois, o telefone vibrou em minha mão. Outra chamada de Grace. Eu não tinha energia para falar com ela naquela noite, mas atendi mesmo assim.

— Oi, Grace. — Tentei soar normal.

— Ellice, você está bem? Lana e eu tentamos falar com você o dia todo. Vi no noticiário que um advogado da Houghton cometeu suicídio no escritório. Você o conhecia?

— Conhecia. Ele era meu chefe.

— Ah, céus. Que diabos estava acontecendo? Por que ele cometeu suicídio? — Eu já imaginava que ela ia perguntar algo assim. De nós três, Grace era quem não tinha filtro.

— Não sei. Ele não deixou um bilhete.

— Sinto muito. Já falei, vocês trabalham demais. Pelo menos sei que você sim. Faz uns meses que não te vemos. Como você está?

— Estou bem.

— Amiga, você *não tem como* estar bem. Você trabalha para um homem que acabou de se matar. Esse não é o mesmo cara com quem você trabalhou no escritório de advocacia?

— Olha, Grace...

— Vocês não eram meio próximos?

Algo na pergunta me assustou. Será que eu tinha falado tanto assim sobre Michael ao longo dos anos? Nunca contei a Grace ou Lana sobre meu caso com ele. Deixaria a conversa no brunch de domingo estranha, já que mulheres casadas normalmente não encorajam mulheres solteiras a dormir com o marido de outra mulher.

— Você quer companhia? Posso passar aí.

— Obrigada, mas não. Foi um longo dia. Acho que vou tomar um banho e ir pra cama.

— Tudo bem... se é o que você quer. Vamos nos ver neste fim de semana. Só você e eu. A Lana pode ficar um pouco sozinha. Assim não teremos que ouvi-la reclamando sobre o marido. Além disso, ele não pode ser tão ruim quanto ela disse, ou já teria deixado ele e todo o dinheiro para trás há muito tempo, não é? — Grace deu uma risadinha.

— É. Escuta, Grace, foi um dia infernal.

— Claro, vou te deixar descansar. Te ligo no fim de semana. Vê se atende.

Dei uma risadinha fraca.

— Vou atender sim. Boa noite.

Nossa pequena trindade — Lana, Grace e Ellice — ainda andava junta desde a faculdade. De nós três, Lana era quem remendava os arranhões e hematomas que sofríamos na vida, tirando a poeira da gente e nos enviando de volta ao mundo. Grace era quem sempre tentava nos fazer tomar shots de gelatina e passar o dia fazendo detox em um spa, como se estivéssemos dando nossos últimos suspiros de juventude antes de entrar naquela coisa estranha chamada meia-idade. Se eu estivesse com problemas, Lana traria comida para minha casa e me ajudaria a encontrar um bom advogado. Grace traria um galão de água sanitária, uma lona e algumas pás.

Anos atrás, sempre que nós três nos encontrávamos, éramos como um grupo de adolescentes, cheias de energia e potencial ilimitado para fazer algo grande no mundo. Mas as coisas mudaram ao longo dos anos, como era de se esperar. Agora, o modo como eu sempre fugia delas era vergonhoso. Quando eu estava livre, elas estavam ocupadas com coisas de família, como jogos de basquete dos filhos e aniversários de casamento. Na maioria das vezes, queriam me levar para um encontro de casais, arrastando consigo algum amigo almofadinha de um de seus maridos para ser meu acompanhante. Ultimamente, quando me convidavam para sair, eu me safava com as desculpas de sempre de "tenho que trabalhar" e então me aninhava no sofá com a última edição da *O Magazine* ou com trabalho de verdade para fazer.

Pela primeira vez em muito tempo, me senti completamente sozinha em casa. Mesmo que Michael não morasse ali, de alguma forma eu conseguira encher o lugar com a presença dele: o tipo de café que ele bebia, as revistas de que gostava, o espaço no armário reservado para ele, com algumas camisas e cuecas limpas. Sinceramente, eu nunca quis viver um conto de fadas com Michael, ou com qualquer outro homem. Muitos solteiros da minha idade carregam bagagem demais — ex-mulheres amargas e filhos ciumentos — ou então se incomodam com a minha bagagem, como o fato de eu ter um salário mais alto do que o deles. Para mim, Michael era alguém que satisfazia meus desejos e, supostamente, orientava minha carreira. Às vezes, eu podia ser uma vadia oportunista, e outras, uma mulher de meia-idade solitária em busca de uma companhia que não me cabia. Até aqui, apenas metade do meu plano deu certo: enfim tinha conseguido a promoção. Mas ainda estava sozinha.

Peguei o jantar da despensa — um pacote grande de batatas fritas Lay's sabor churrasco — e comi direto do saco enquanto esperava a chaleira apitar. Poucos minutos depois, fui para o quarto com uma xícara de chá de camomila e minha janta debaixo do braço.

A primeira coisa que notei no quarto foi a mala de viagem de Michael ao lado do armário. Coloquei minha comida na mesinha de cabeceira e peguei a mala. Corri meus dedos ao longo da alça e lutei contra as lágrimas. Eu não amava esse homem, então por que estava chorando?

Talvez ele significasse algo para mim.

Ou talvez eu estivesse chorando por causa da minha reação horrível de deixar o corpo dele para trás sem chamar por ajuda.

Abri a mala. Lá dentro havia um cilindro de desodorante, dois pares de cuecas boxer e uma camisa polo branca. E bem ali, se escondendo no fundo da bolsa, estava o panfleto de uma loja de armas chamada Tri-County Outfitters. Meu coração parou de bater. Como eu não percebi o que ele estava planejando? E por que ele tinha me pedido para encontrá-lo no escritório se planejava se matar? Ele *queria* que eu encontrasse seu corpo?

Deixei a bolsa e o panfleto de lado e me enfiei na cama. Coloquei meu celular para carregar e abri o aplicativo de música. Começou a tocar uma velha canção de Curtis Mayfield, *You're so Good to Me*. Seus vocais suaves flutuaram pelo meu quarto como se virassem poeira lírica caindo sobre as memórias de nós dois juntos.

Me abraçando assim... beije meus lábios para sentir... Nunca vou superar, superar você.

Da cama, encarei o espaço vazio ao meu lado. O lado dele. Michael havia se deitado ali algumas noites atrás. Deitei a cabeça no travesseiro dele e inspirei, procurando pelo cheiro suave de menta de sua loção pós-barba, o cheiro picante de seu suor. Quando Michael me tocava, era como se eu não tivesse cicatrizes ou celulite ou uma crescente gordurinha na barriga. Todas as minhas inseguranças desapareciam quando eu estava com ele. O que era para ser só um pouco de diversão inofensiva entre dois adultos estava começando a doer demais.

E pela primeira vez desde que deixei o corpo ensanguentado de Michael naquele escritório, chorei. Me deitei no lado dele na cama e chorei, com Curtis Mayfield ainda cantando no fundo...

Nunca vou superar, superar você.

6

O dia amanheceu claro, mas muito frio. O tipo de dia aparentemente ensolarado que te provoca a deixar o casaco em casa se não verificar a previsão do tempo antes de sair. Dirigi para o escritório cheia de arrepios e com uma sensação de medo pelo corpo. Eu não conseguia explicar, mas podia sentir. Pensei em ligar dizendo que estava doente, mas sabia que isso levantaria mais perguntas. "Por que Ellice ficou tão arrasada com a morte de Michael que não pôde vir trabalhar?", ou "O que ela está escondendo?". Mas... e se aquela detetive aparecesse novamente com mais perguntas e suspeitas?

Sou uma mulher adulta. Dou conta disso. Sou Ellice Littlejohn. Tranquila sob pressão. Houghton ainda teria que se esforçar muito para mexer comigo.

As poucas horas de sono que tive na noite anterior me deixaram confusa e sem foco, como se meu cérebro estivesse boiando em uma sopa de mariscos. Pensei em centenas de motivos pelos quais Michael *não tinha* se matado. Eu o conhecia melhor do que qualquer outra pessoa na Houghton. Suicídio não fazia nenhum sentido. Não para o Michael Sayles que eu conhecia. Mas, por outro lado, ele tinha uma esposa e dois filhos de quem conseguiu manter segredo sobre o nosso relacionamento. A probabilidade de que ele pudesse esconder um ou dois segredos de mim também era muito alta.

Escutei, meio sem prestar atenção, o rádio tocando *Don't You Worry' Bout a Thing* do Stevie Wonder. A música terminou e o DJ chamou um âncora de fala mansa para apresentar as manchetes da manhã:

— *Ontem pela manhã, Michael Sayles, diretor jurídico da Transportes Houghton, foi encontrado morto em seu escritório, vítima de um aparente suicídio.*

Com um gancho final, o âncora soltou um comentário adicional sobre os recentes protestos em frente à Houghton, como se os eventos estivessem relacionados. Hardy estava certo. A mídia conectaria todas as coisas ruins sobre a empresa ao suicídio de Michael. Desliguei o rádio. Não suportaria ouvir outra reportagem insensível sobre ele.

Ao entrar na garagem, notei mais manifestantes na frente do prédio. Eram quase o dobro do dia anterior e soavam mais altos também. Rostos negros, de aparência séria como o meu, entoando:

—Houghton odeia negros! Houghton odeia negros!

Uma cantiga desconfortavelmente repetitiva que poderia se prender no ouvido e se aninhar na mente. Alguns carros que passavam buzinaram em apoio aos manifestantes. A mesma onda de culpa e vergonha caiu sobre mim, exatamente como tinha feito meses atrás, quando os protestos começaram. Traidora. Vira-casaca. Eu recebia um contracheque gordo todo mês de uma empresa que raramente contratava pessoas que se pareciam comigo. O que qualquer um dos manifestantes pensaria se soubesse que eu trabalhava discretamente em um lugar onde eles acreditavam que não eram bem-vindos? Eu estava fazendo minha parte para ajudar os meus ou só estava pegando os ganhos ilícitos de uma corporativa preconceituosa?

Lá dentro, o saguão ecoava com o frenesi do segundo dia após a morte de Michael. Seguranças extras em uniformes muito apertados vagavam pelo saguão junto com um par de policiais sérios que reconheci do dia anterior. Hardy e sua equipe de segurança fizeram um bom trabalho em manter o circo da mídia fora do prédio, mas havia pouco que pudessem fazer com o número inesperado de funcionários da Houghton vagando e olhando pela janela para os manifestantes e repórteres.

Tentei passar por um grupo de pessoas espiando pela janela que bloqueavam meu caminho.

— Com licença — falei antes de empurrar um careca baixinho que me ignorou.

Enfim, encontrei um caminho livre até a mesa da segurança e acenei amigavelmente para um guarda de aparência ansiosa antes de assinar a folha de ponto.

— Bom dia, srta. Littlejohn. Ainda não encontrou seu cartão de identificação, hein?

— Oi, Jimmy. Não acho em lugar nenhum. Vou ter que usar a plaquinha da vergonha hoje de novo.

— Não sei se você ficou sabendo, mas estão nos obrigando a ser mais rígidos — disse ele. — Sabe, depois do que aconteceu ontem. Não querem que os jornalistas entrem. Não nos deixam mais fazer vista grossa. Você precisa arrumar outro cartão se não encontrar o seu logo. Desculpe.

— Eu entendo.

Ele deu um sorriso simpático cheio de uma fileira de dentes tortos enquanto me entregava um adesivo de identificação temporária.

— Ah, o quarto elevador está fora de serviço de novo. Talvez demore um pouco para você conseguir subir.

— Obrigada. — Peguei a identificação e segui na direção dos elevadores, contornando o andaime de madeira e a fita isolante ao redor do que estava fora de serviço.

Dois minutos depois, entrei no Departamento Jurídico. Uma calma sobrenatural dominava o ar. Os típicos barulhos matutinos de digitação, máquinas de xerox zumbindo e pessoas conversando baixinho sumiram, substituídos pela mortalha pesada e silenciosa da morte de Michael. A fofoca do suicídio consumiu a empresa inteira, principalmente os funcionários do Departamento Jurídico. As pessoas foram tomadas pela perda. Alguns dos administradores até chegaram a chorar.

Enquanto o peso da tragédia se instalava, as pessoas trabalhavam em silêncio em suas mesas ou conversavam em pequenos grupos, falando baixinho. Apressei o passo quando avistei um grupinho de assistentes parado do lado de fora da porta do meu escritório. Uma delas, Penny Dolan, assistente de Walter Graves, estava ao lado de outras duas assistentes. Rudy e eu a chamávamos de "Menina Faz Nada" porque ela tinha a notável habilidade de se livrar do trabalho ou evitar fazer qualquer coisa que a exigisse ficar até depois das cinco da tarde. De braços cruzados, ela observou enquanto eu me aproximava. Jogou o cabelo para trás, sobre a sua mais recente aquisição da liquidação do shopping, uma camisa cem por cento poliéster.

— Parabéns, Ellice. — Sem sorriso. Só sarcasmo.

— Como é?

Ela revirou os olhos e se afastou do grupo.

Olhei para os outros.

— O que foi isso?

As outras mulheres saíram correndo como uma dupla de baratas expostas à luz da cozinha. Às vezes, gostaria que houvesse outra mulher negra trabalhando no departamento. Uma pessoa que pudesse me segurar quando eu quisesse pular na garganta de uma dessas bruxas. Rudy e Hardy me apoiavam, mas não era a mesma coisa.

Entrei no meu escritório e fechei a porta. Tirei meu casaco e o pendurei na maçaneta enquanto me sentava ao computador. Comecei com os e-mails. O primeiro:

Comunicação Interna

Data: quarta-feira, 4 de janeiro
Para: Família Houghton Transportes
De: Nate Ashe, Presidente & CEO
Cc: Comitê Executivo

É com o coração pesado que anuncio a partida inesperada de Michael Sayles, vice-presidente executivo e conselheiro geral. Michael era um líder incansável na nossa organização. Seu intelecto e sua ética conduziram a família Houghton por uma série de desafios e sucessos. Sentiremos imensamente a sua falta.

Fico feliz de anunciar que Ellice Littlejohn aceitou a promoção para substituir Michael como vice-presidente executiva e conselheira geral. Ellice se graduou com honras na Georgetown University e na Faculdade de Direito de Yale. Ela tem sido uma parceira jurídica exemplar desde que se juntou à família Houghton há três anos. Seu comprometimento inabalável será uma adição incrível para todos nós. Por favor, juntem-se a mim ao parabenizar Ellice nessa incrível conquista.

Mas o quê?!

Fiquei tão atordoada com o e-mail de Nate que tive que ler duas vezes para garantir que não estava enganada. Eu não tinha aceitado a proposta. Concordamos que eu pensaria a respeito. Por que ele faria esse anúncio?

Peguei o celular.

— Oi, Sarah. É a Ellice. Eu...

— Parabéns, Ellice! — disse ela, dando uma risadinha.

— Hã... sim... obrigada. Estou ligando para saber se Nate tem alguns minutos. Preciso falar com ele. É urgente.

— Bem, se você quiser subir agora. Ele tem a próxima hora livre.

— Obrigada.

Uma inundação de luz solar saturava o escritório de Nate, dando ao ambiente uma sensação leve e arejada. As cores vibrantes das obras de arte pareciam saltar das paredes, se instaurando em todas as superfícies reflexivas da sala. E o elefante na foto acima de seu sofá parecia que ia sair correndo da parede e cair no centro da sala.

Nada era o que parecia.

— Ellice, entre, querida. Posso te oferecer um café, um suco?

— Não, obrigada. Queria falar com você sobre o e-mail que enviou esta manhã. Bem... Achei que você me daria alguns dias para pensar sobre a oferta. Digo...

— Sobre esse assunto. — Nate se recostou na cadeira com um sorriso amplo e colocou os pés sobre a mesa. — Queria muito que tivéssemos o privilégio do tempo. Mas, querida, a Houghton tem muito o que fazer. Precisamos de um advogado no cargo agora. Willow sempre me diz que não temos mulheres suficientes no Comitê Executivo.

— Entendo. Mas...

— Então, o que foi? Não pode ser o dinheiro. Qual é o motivo da sua hesitação?

Encarei Nate por um momento. Eu estava tentando ser respeitosa e encontrar as palavras certas.

— É uma responsabilidade enorme. Só achei que eu teria mais tempo para considerar.

— Oi. Eu não queria interromper. — Me virei para encontrar Willow na porta do escritório. — Parabéns, Ellice!

— Willow, ainda bem que você está aqui. Ellice parece um pouco hesitante em aceitar o emprego.

As sobrancelhas dela se arquearam de surpresa. Willow olhou de mim para Nate antes de entrar e ficar ao meu lado.

— Ellice, você não está pensando em recusar a vaga, está? — questionou ela, a voz uma oitava mais alta que o normal, perguntando como se minha recusa fosse uma afronta pessoal a ela.

— Eu só não esperava tudo isso tão cedo. Michael morreu *ontem*. As pessoas mal tiveram tempo de processar a perda dele e agora já estamos anunciando uma substituição. Só acho que está tudo indo rápido demais.

— Bem, a empresa não pode parar, ainda mais agora — disse Nate.

Willow sorriu e, gentilmente, deu um tapinha no meu ombro.

— Como profissional de RH, posso te dizer, você não quer dispensar um avanço desses na carreira. E, seja a substituição temporária ou permanente, ainda precisamos de alguém no comando. Só pensamos que, resolvendo isso, as coisas poderiam voltar ao normal o mais rápido possível.

Nate tirou os pés da mesa e ficou de pé.

— Escute, pelo que ouvi aqui na empresa, você é o verdadeiro cérebro do Departamento Jurídico. Michael vivia dizendo. Sei que ele iria querer isso.

— É só que... pensei...

De repente, eu estava sem palavras. Eles presumiram que eu iria aceitar o emprego porque jogaram um grande saco de dinheiro no meu colo. Como eu poderia explicar que talvez eu estivesse *planejando* aceitar o emprego, mas que seria legal pelo menos fingir que eu podia opinar no que aconteceria na minha própria carreira? Inferno, eu sequer tinha decidido se queria trabalhar no mesmo escritório onde alguém *morrera*. Eu não acreditava em fantasmas nem nada, mas ainda valia a pena pensar no assunto.

Nate sorriu para mim.

— Nos dê uma chance. Acho que você vai gostar do andar executivo.

Talvez eu estivesse sendo boba ao pensar em desperdiçar uma oportunidade tão grande. Todas as minhas dúvidas eram só isso: dúvidas. Com certeza eu era inteligente o bastante para subir ao vigésimo andar. Além disso, estava cansada de ver pessoas com metade da minha idade e um quarto do meu intelecto serem promovidas. Agora era a minha vez. Mas eu também não era burra. Sabia que essa promoção era mais para acalmar os protestos em frente ao prédio do que para qualquer outra coisa. Houghton precisava de uma pessoa negra nos escalões mais altos. Quem sabe, no final, nós dois poderíamos sair ganhando: a Houghton sustentaria sua horrenda reputação e eu usaria minha posição para, enfim, convencer a empresa a contratar mais pessoas negras.

Os dois ficaram olhando para mim, sorrisos otimistas perfeitamente plantados em seus rostos. Devolvi o sorriso.

— Também acho que vou gostar.

— Agora sim, hoje é um excelente dia para o Comitê Executivo — disse Willow, juntando as mãos na frente do corpo. — E, como falei a Nate antes, uma empresa como a Houghton sempre pode se beneficiar de outra mulher inteligente trabalhando no nível executivo.

Nate deu uma risadinha.

— Viu, Ellice? O que eu te falei?

Senti como se tudo aquilo tivesse sido planejado bem antes de Nate me oferecer o emprego no dia anterior. Mas como podia? Quem poderia saber que Michael cometeria suicídio?

— Escuta, tenho umas duas coisas que gostaria que você tivesse como prioridade — disse Nate. — Alguns assuntos pendentes deixados por Sayles.

Ele encarou a janela por um tempo longo demais para uma olhada rápida. Talvez estivesse com dúvidas, com pontadas de culpa pela velocidade vertiginosa com a qual as coisas estavam prosseguindo. Todo mundo seguindo em frente, como se Michael não significasse nada para nós, como se a morte dele fosse só um pontinho breve no radar da empresa.

Um momento depois, Nate desviou o olhar.

— Desculpe, onde estávamos?

Pigarreei.

— Você mencionou que Michael tinha alguns assuntos pendentes que gostaria que eu resolvesse.

— Hmm... — Nate tornou a se sentar e reclinar na cadeira. Nós três ficamos em silêncio por um momento. — Me deixe pensar. — Ele esfregou a testa. Willow deu a ele um olhar preocupado. — Ah, sim. Lembrei, agora. Estamos nos preparando para o retiro da empresa em duas semanas. Vou precisar da sua ajuda para preparar alguns relatórios.

— Certo.

Willow tirou uma mecha do cabelo com corte chanel de trás da orelha.

— Nate, não quer comentar sobre a festa para o conselho deste fim de semana?

— Ah sim, que bom que você mencionou. Não sei por que não lembrei antes. Ellice, convidei os membros do conselho e algumas outras pessoas para se juntarem a mim em um clubezinho que frequentamos perto de Savannah. É bastante informal, só uma maneira de me conectar com o conselho em nível social. Com a morte de Michael e todo o resto, preciso de uma ajudinha, sabe? E que melhor maneira do que apresentar nossa nova conselheira a todos? Quero que você se junte a nós. Seria uma surpresa bem legal para eles.

— Bom... Eu adoraria, mas...

— Não vou aceitar um não como resposta. Essa vai ser a minha chance de te exibir. — Nate se levantou e deu a volta na mesa. Colocou um braço ao redor do meu ombro. — Você pode pegar o jatinho da empresa no sábado de manhã e estará de volta a Atlanta, quentinha de pijama, antes da hora de dormir. Você nem precisa passar a noite. Nós decolamos do aeródromo Brown. Sarah te dará todos os detalhes. Acho que todo mundo vai te adorar.

— Nate, obrigada pelo convite. Estou animada — falei, sempre a boa funcionária. Os fins de semana eram para ser só meus. O tempo que eu precisava para reabastecer as energias para conseguir encarar outra segunda-feira e o fardo de ser a única "colher de feijão". Me livrei do braço de Nate. — É melhor eu ir.

Na saída, assenti educadamente para Sarah, uma mulher baixinha e esguia de sessenta anos que conduzia o escritório de Nate com precisão.

— Ah, Ellice, querida, espere um segundo! Tenho uma coisa para você — Sarah disse enquanto deixava um molho grande de chaves na gaveta. — É melhor você começar a ver isto aqui. — Ela enfiou a mão debaixo da mesa e me entregou vários catálogos enormes .

— O que é isso?

— Amostras de estofamento, de piso, sabe, todas as coisas que o Departamento de Construção precisa para deixar seu novo escritório pronto, querida. Tem pisos, móveis e até algumas peças de arte se você quiser pendurar algo bonito nas paredes.

— Ah.

Sarah sorriu inocentemente.

— Parabéns. Agora, querida, dê uma olhada nessas amostras e eu pedirei ao decorador para falar com a Anita e conseguir um tempo na sua agenda para discutir os detalhes.

— Tudo bem... Obrigada.

Sarah voltou sua atenção para um telefone tocando e me deu um tchauzinho enquanto atendia.

Com dificuldade para carregar os catálogos de amostras, comecei a me sentir um pouco inebriada com a forma como as coisas estavam se encaixando. Mas talvez, para variar, o universo estivesse do meu lado, apesar da maneira inimaginável como tudo havia acontecido.

— Opa! Me deixe te ajudar com isso aí, Senhora Advogada. — Hardy riu, se aproximando. Ele pegou alguns dos catálogos. — O que é tudo isso?

— Aparentemente, são coisas para me ajudar a decorar meu novo escritório.

Caminhamos para o elevador juntos.

— Que novo escritório?

— Alguém não conferiu os e-mails hoje...Vou ficar com o cargo do Michael.

— Ei! Parabéns!

— Ah, obrigada.

Chegamos ao elevador e Hardy apertou o botão.

— Você não parece muito feliz.

— Não é isso. É só que... está tudo acontecendo rápido demais.

— Hmm... Eu entendo. Mas talvez você possa me indicar. Max diz que está tentando me promover para um cargo no Comitê Executivo também. Vice-presidente da Segurança. Ele disse que o RH está com problemas, mas deve dar certo qualquer hora dessas.

— Que legal. Vamos ser colegas.

— Então, você vai sair hoje à noite para comemorar sua grande promoção?

— Não sei se estou no clima de comemoração. O funeral de Michael é depois de amanhã.

— Fiquei sabendo.

O elevador chegou, e entramos. Apertei o botão para o décimo oitavo andar.

— Parece tão estranho e surreal, sabe?

— Nem me fala. Este lugar não é o mesmo sem o Michael. Sinto muito pela esposa dele. Perder o marido, isso é difícil — disse Hardy. — Os dias seguintes à morte da minha Junie foram os mais difíceis da minha vida.

A voz de Hardy estava suave, distante. Decidi não interrompê-lo. Eu não tinha nenhuma palavra de conforto a oferecer. Nunca compartilhei nada sobre a minha vida pessoal com ninguém no trabalho e não ia começar agora. Todas as outras pessoas na Houghton se consideravam família, mas eles não eram a *minha* família.

Saímos do elevador e fomos em direção ao meu escritório.

— Ninguém me amou como aquela mulher — continuou Hardy. — Ninguém. Nem mesmo minha própria mãe...

— Sinto muito. O que aconteceu?

— Câncer. De ovário. No final, já tinha se espalhado. — Ele ficou em silêncio por um momento. — Vou te dizer uma coisa: eu teria enlouquecido se não fosse por Nate. Ele pode ser o CEO da empresa, mas esteve comigo o tempo todo. Disse que eu era da família e me tratou como se fosse. Quando acabou, ele estava ao meu lado no hospital. Não há nada que eu não faria por aquele cara.

— Sinto muito por sua esposa.

— Obrigado. Enfim, acho mesmo que você vai gostar de trabalhar para o Nate. Ele é incrível.

Chegamos ao meu escritório.

— Obrigada pela ajuda.

— Disponha. — Hardy colocou os catálogos em uma das cadeiras e olhou em volta, para o meu escritório apertado. — Parece que o novo lugar vai ser uma melhoria e tanto.

— Só me diz que o sistema de aquecimento funciona melhor lá em cima e já estarei satisfeita.

Rimos.

— Escuta, se precisar de alguma coisa, só falar.

Hardy saiu.

Larguei na cadeira os enormes catálogos restantes, sentei e liguei o aquecedor embaixo da escrivaninha. Mudar para o andar executivo seria mais do que eu jamais havia sonhado antes e minhas dúvidas eram maiores do que minha confiança. Será que eu conseguiria administrar um departamento inteiro? Será que eu queria *mesmo* substituir Michael e trabalhar no mesmo escritório onde ele tinha morrido? Vera teria dito que isso era a minha "intuição divina" tentando me avisar. Deixei para lá; era o nervosismo falando. Eu seria a primeira vice-presidente executiva negra da Houghton.

Para o inferno com o nervosismo.

7

Odeio funerais.

Três dias após a morte de Michael, eu tremia enquanto subia os degraus da frente da Primeira Igreja Presbiteriana de Buckhead, um prédio pequeno que rapidamente se enchia. Carros da imprensa estavam estacionados ao longo da rua, quase tantos quanto no dia da morte dele. Repórteres grisalhos e novatos estavam parados diante de câmeras de vídeo enormes, falando em microfones e apontando para os enlutados. Por que aquele interesse repentino da mídia outra vez?

Todos entravam na igreja, cabeças baixas, lábios comprimidos e solenes. A maioria das pessoas se dirigiu para a primeira fila para oferecer abraços e condolências a Anna, a esposa de Michael. Eu não conseguia encará-la. Me esgueirei em silêncio ao longo da parede lateral antes de me sentar várias fileiras atrás da família dele. Avistei Hardy do outro lado, junto com os advogados e a equipe do Departamento Jurídico espalhados entre os enlutados. Apesar da multidão, apenas um suspiro ou tosse ocasional quebrava o melancólico silêncio.

Se os curiosos acharam que encontrariam algo, procurando por evidências cruéis da morte de Michael, Anna tinha outros planos. Não haveria caixão aberto com o corpo dele cheio de formol e coberto de maquiagem. *Graças a Deus*. Na frente da igreja, uma foto grande de Michael estava apoiada em um cavalete. Ele tinha um bronzeado, os cabelos ao vento, sorrindo enquanto conduzia um veleiro. Uma foto calma e despreocupada que destoava no desconfortável silêncio da igreja.

E a solenidade respeitosa da missa presbiteriana também foi percebida. Todos os funerais dos quais participei antes daquele foram no estilo típico dos Batistas do Sul, repleto de mulheres chorando e gritando "Por quê, Deus?!", um pastor de voz rouca e agressiva, cujo discurso durava bem mais de uma hora, e caixões abertos que não eram fechados até o verso final do coro de *I'll Fly Away*.

Os dois filhos de Michael, com idade para estarem na faculdade, sentaram-se ladeando a mãe, os três pintados em uma tela estoica de luto familiar junto com os pais de Michael, curvados e de aparência frágil, que pareciam estar na casa dos oitenta anos. A morte de Michael devia ter causado devastação suficiente para levar os pais dele à beira de suas próprias mortes. Ele era o alicerce da família e, com sua partida tão inesperada, estavam todos entrando em território desconhecido sem uma bússola emocional para guiá-los. Vera costumava chamar o momento que se seguia a morte de um ente querido de "temporada enfeitiçada" — aquela fase surreal em que todos buscam um novo normal, mas o vazio é tão profundo que nos deixa em um limbo emocional.

Observei Anna na primeira fila, vestida com um terno de lã preta, o rosto contraído e pálido, o olhar vazio de uma mulher tomada pelo desespero. Por um momento, achei difícil acreditar que ela era a mesma pessoa que permanecia ao lado de Michael em jantares e ria das piadas dele, não importando quantas vezes as tivesse ouvido antes. Ela era meu exato oposto, o sonho de todo homem americano branco, desde sua tez pálida e seu coque loiro preso à nuca, até seu corpo magro mantido assim por zelosamente evitar carboidratos e manter uma rotina constante de pilates e balé.

Rudy e a esposa, Kelly, chegaram alguns minutos depois. Kelly e eu nos abraçamos cordialmente antes de eles se sentarem ao meu lado, com Rudy no meio. Era assim que geralmente nos sentávamos em todos os eventos de trabalho aos quais Kelly comparecia, para que ela não corresse o risco de se tornar uma cerca humana sobre a qual Rudy e eu conversávamos. Eles formavam um casal atraente. Kelly era a boneca Barbie bonita para o Ken alto que era Rudy. Mas ela também era uma garota sensata. Não como as falsas com quem estudei na Coventry. Às vezes, eu tinha vontade de poder sair mais com os dois, mas quis evitar os boatos de que eu teria favoritos entre a equipe jurídica. Já era ruim o bastante Rudy passar metade do dia em meu escritório fofocando.

Ele me empurrou de leve com o ombro.

— Então, cadê seus novos colegas? — sussurrou.

— Quê?

— Tem alguém aqui que seja do vigésimo andar?

Olhei ao redor. Nem sinal de Nate, Willow ou qualquer outra pessoa que trabalhasse no andar executivo.

— Hmm... A detetive que foi ao meu escritório naquele dia me perguntou se Michael tinha alguma desavença com os colegas de trabalho.

— Deve ter sido um desentendimento e tanto para não virem ao funeral de alguém que chamavam de "membro da família Houghton". Tô só dizendo.

Rudy estava certo. Analisei a igreja de novo. Nem mesmo a antiga assistente de Michael tinha aparecido.

Um minuto depois, Rudy se inclinou para sussurrar no meu ouvido.

— Ficou sabendo da última sobre Michael?

— O quê? — perguntei me empoleirando, nervosa.

— Fiquei sabendo que ele estava tendo um caso.

Meu estômago se revirou em um nó apertado e meus ouvidos ficaram abafados, como se de repente eu estivesse debaixo d'água. Talvez fosse meu subconsciente tentando *não* ouvir o que eu estava ouvindo.

— De quem você está falando? Quem te contou?

— Uma das administradoras do vigésimo. Ela disse que ele tentou terminar e a mulher o matou, fazendo parecer que foi suicídio.

— Que loucura! — Uma mulher sentada à minha frente virou a cabeça e me deu um olhar mortal. Voltei a sussurrar. — Quer dizer, a polícia disse que foi suicídio. É de se pensar que eles saibam mais do que uma administradora do vigésimo. Ela disse quem era a mulher?

— Não.

— Bem, então é só uma especulação boba. Caramba, você é pior do que uma velha fofoqueira — falei, balançando minha cabeça e gesticulando para que ele fizesse silêncio.

— É, não tenho certeza se é verdade ou não. Michael sempre me pareceu ser um bom moço, do tipo certinho. Enfim, com o tanto que ele trabalhava, com quem é que *poderia* estar tendo um caso?

— É mentira — falei, balançando minha cabeça vigorosamente. — Pare de falar assim. Estamos no funeral dele, pelo amor de Deus.

Remexi a alça da minha bolsa e olhei direto para a frente.

Alguns minutos depois, Rudy tornou a me cutucar. Desta vez, usou o queixo para gesticular para um estranho sentado diante de nós.

— Quem é aquele?

Segui o queixo de Rudy. Um homem negro de aparência séria, com a cabeça raspada, vestindo um terno caro cor de carvão, olhou em minha direção. Algo em sua postura tinha uma aura de formalidade, de profissionalismo.

Olhei para Rudy e dei de ombros.

— Também não conheço. Ele parece deslocado aqui — disse Rudy baixinho.

— O quê? Você acha que ele parece deslocado porque é um homem negro no funeral de Michael?

— Só tô dizendo. Você e eu sabemos que tem poucos homens negros que trabalham na Houghton. Nunca vi ele lá, nem em nenhuma das festas do Michael.

— Você está tentando me dizer que conhece todo mundo aqui, exceto aquele homem?

— Não é isso que estou dizendo.

— Michael tinha uma vida fora do trabalho. Talvez ele seja um amigo.

Rudy balançou a cabeça devagar.

— Hmm... Não sei. Tem algo sobre ele que...

Kelly nos deu um olhar sério.

— Vocês dois parem de fofocar. O pastor está prestes a começar a oração.

Rudy e eu trocamos um olhar culpado antes de abaixar nossas cabeças.

Mas ele havia incitado a minha curiosidade. Tornei a olhar para o homem. Eu podia vê-lo observando o ambiente como se estivesse fazendo anotações mentais. Rudy estava certo. Ele parecia deslocado aqui.

O pastor pigarreou no púlpito e a multidão fez silêncio antes de se preparar para o sermão. Ele começou com palavras elogiosas sobre a devoção de Michael à sua família e sua ética de trabalho. Olhei para a foto dele e tentei pensar em coisas que eu odiava em nós dois, coisas que me impediriam de chorar. Coisas como o segredo e todas as falsas promessas de me promover. Fui tão incrivelmente burra em perder meu tempo com ele. Meu coração doeu como se um cobertor molhado fosse jogado sobre uma fogueira, pesado e sufocante. Não importava que eu estivesse sentada atrás de sua esposa e filhos enlutados, ou que me sentasse ombro a ombro com um de meus subordinados diretos que espalhava rumores sobre Michael ter um romance com uma mulher ainda não identificada.

Estávamos do lado de fora da igreja. Os filhos de Michael e os pais dele ignoraram as câmeras da imprensa e lentamente se amontoaram em uma limusine preta, onde seriam levados para um funeral particular no cemitério. Os olhos de Anna esbarraram nos meus antes que entrasse no carro. Ela hesitou um pouco, e seu olhar penetrante me fez congelar. Por um momento, ficamos encarando uma à outra. Será que ela sabia? Lembro que Vera costumava dizer que nem todo marido é fiel à esposa, mas toda esposa sabe a verdade sobre o marido. "Você só sabe", ela dizia.

Encarei a pequena família de Michael, agasalhada e saindo na manhã fria de inverno em direção a uma despedida particular. Fiquei parada na fumaça do escapamento da limusine, assistindo ao carro preto elegante enquanto se afastava da igreja. O vento soprou em meu rosto. Nada de despedida particular para mim. Ninguém para segurar minha mão e me dizer que tudo ficaria bem com o tempo. Ninguém com quem compartilhar a temporada enfeitiçada. Pisquei para conter as lágrimas.

Eu encontraria meu próprio caminho. Sempre encontrei.

Observei os repórteres começarem a desmontar e guardar o equipamento de volta nas vans. Respirei fundo antes de olhar para o outro lado da rua. Fiquei surpresa quando avistei um rosto que não esperava ver. Desviei meu olhar e rapidamente fui em direção a Rudy e Kelly, na frente da igreja.

— Ei, Rudy, você pode estar certo sobre aquele homem que estava na igreja, o que você disse que parecia deslocado.

— É?

— Não olhe agora, mas sabe a pessoa com quem ele está conversando? Mulher negra atraente, casaco cinza, pernas longas. Ela é a detetive que foi falar comigo.

Rudy espiou o outro lado da rua.

— Ah, agora faz sentido.

— O que faz sentido?

— Eles estão aqui para ver quem mais veio. E quem não apareceu. — Rudy ergueu uma sobrancelha para mim. — O irmão da Kelly é policial. Às vezes eles fazem isso.

A detetive Bradfort me viu os olhando e cutucou o homem de casaco cor de carvão antes de os dois se aproximarem.

— Olá, srta. Littlejohn — disse a detetive. Voz firme. Calma. Perfeita como seu cabelo curto. Olhei para ela e me perguntei se eu era tão confiante quanto ela quando tinha trinta e poucos ou em qualquer outro momento da minha vida. — Deixe-me apresentar você ao meu parceiro, o detetive Charles Burke.

Burke assentiu, as mãos enfiadas fundo nos bolsos, sem intenção de passar pelo protocolo normal da apresentação. Rudy me deu um olhar estilo *eu não disse?*.

— Parece que você estava certa — disse a detetive. — Julgando por quem veio ao funeral, muitas pessoas admiravam o sr. Sayles.

— Sim. — Assenti.

— Já sabe quem vai substituí-lo?

Bradford me pegou desprevenida. Hesitei, como se estivesse sendo exposta, como se algum grande segredo estivesse sendo vazado. As perguntas dela eram sempre tão diretas. Talvez fosse só o fato de ela ser policial. Mas, de certo modo, no nosso primeiro encontro, me senti um pouco fora de forma diante de sua presença.

Dei uma olhada rápida para Rudy e Kelly.

— Eu serei a nova conselheira geral.

Bradford ergueu a sobrancelha, sorrindo.

— Parabéns.

— Obrigada.

— Bem, espero que possa contar com você para me ajudar na investigação. Talvez queira saber, o legista disse que o sr. Sayles foi assassinado. Aparentemente, alguém o matou e encenou sua morte para parecer suicídio.

Alguém o matou.

Meus joelhos ficaram fracos. As palavras da detetive se repetiram de novo e de novo como minhocas entrando na minha cabeça. *O legista disse que o sr. Sayles foi assassinado.* E bem ali, em frente à Primeira Igreja Presbiteriana de Buckhead, senti algo mudar. Como o primeiro pequeno puxão em um fio solto que desenrola uma tapeçaria. Uma curva preocupante no arco da minha vida. E tudo o que eu queria fazer era ir embora, fugir silenciosamente de tudo, como já tinha feito antes.

Chillicothe, Georgia, agosto de 1979

O dia estava pesado, carregado com o calor sufocante do verão. A umidade era densa e selava a cidade inteira com um manto de suor e apatia. As pessoas estavam sentadas nas varandas, se abanando, enxotando moscas e falando sobre quanto tempo havia passado desde a última chuva. Por volta das oito da noite, a temperatura mal tinha caído abaixo dos trinta e dois graus.

Eu estava no alpendre da casa de Martha espiando por um buraco na porta de tela barata, rezando silenciosamente para que a srta. Vera estivesse certa sobre todo o plano. Aquela era a última peça do quebra-cabeça a ser montada antes de eu ir para a Virgínia. Eu podia ver Martha esparramada no sofá marrom esburacado da sala de estar. Ela usava um short de algodão listrado sujo e uma camiseta azul do Happy Days, a alça suja do sutiã aparecendo por baixo da manga. O corpanzil de Vera pairava sobre ela como um dirigível humano. As duas mulheres eram negras, mas não podiam ser mais diferentes: Vera, grande e formidável; Martha, pequena e fraca.

— Te falei pra sair da minha casa — disse Martha, arrastando as palavras. Em noites como aquela, quando os seus "demônios", como ela chamava, a perseguiam, sua fala ficava mais vagarosa e incompreensível. — Não quero ouvir nada do que você tem a dizer.

— Você vai me ouvir hoje.

Martha não respondeu. Nenhuma delas falou nada, e eu prendi a respiração, esperando. As cigarras cantavam alto por baixo da madeira farpada da varanda, destacando o silêncio insuportável entre as duas mulheres. Eu estava morrendo de medo de Vera desistir de falar com ela.

— Martha, você está ouvindo?

Martha piscou algumas vezes enquanto se endireitava no sofá. Ela costumava fazer eu e Sam andarmos na ponta dos pés em noites como aquela, porque dizia que qualquer barulhinho fazia sua cabeça doer. Vera estava longe de ser silenciosa.

— Você está me ouvindo, Martha?

Ela franziu a testa para Vera por um segundo, e então massageou a testa.

— Preciso de um cigarro. Sammy? SAMMY, me traga um cigarro!

— Ele não está aqui — Vera disse suavemente. — Está na minha casa. Ellie me contou que você não vai deixá-la ir para a escola particular. Por que quer impedir a garota de ter um bom futuro?

— Não — Martha disse com uma careta. Parecia que ela já estava com raiva da srta. Vera, já que Sam e eu tínhamos começado a passar muito tempo na casa dela. Mas as coisas eram tão melhores lá. — Eu disse não. São meus filhos. Quem você pensa que é para vir até a minha casa e me dizer o que fazer com os meus filhos? — Martha se levantou do sofá com as pernas cambaleantes. Ela poderia ter caído de cara no chão se Vera não a tivesse segurado. — Não tenho dinheiro pra isso. Ela pode ficar aqui e ir pra escola. O que foi, ela é *boa demais* para as escolas aqui da cidade?

Apoiei minha cabeça na porta, lutando contra as lágrimas. Dentro da casa, as duas tornaram a ficar em silêncio. Espiei pela tela. A princípio, foi difícil ver o que ela estava fazendo. Depois, percebi que Martha estava revirando o sofá em busca de um cigarro.

— Escuta aqui, Martha, Ellie é inteligente. Aquela escola vai pagar pelos livros, pela comida e por tudo o que ela precisar. Agora, eu e Birdie e mais algumas pessoas juntamos um dinheiro. Temos o suficiente para levá-la até lá.

Martha se endireitou.

— Que dinheiro?

— Fizemos uma vaquinha. A igreja também ajudou. Agora, você é a mãe dela, e não é certo eu mandá-la sem a sua permissão. Mas se for preciso, mandarei. Então está tudo bem para você, certo?

Martha olhou para a porta e me pegou espiando.

— Ellice Rennee Littlejohn. — O tom dela estava amargo em sua língua. — Entre aqui!

Meu estômago se revirou. Só esperava que Vera se colocasse entre nós se Martha tentasse me dar um tapa ou me agarrar pelos cabelos. A porta de tela rangeu lentamente, anunciando minha entrada em casa. A sala cheirava a cerveja choca, provavelmente derramada em um tapete em algum lugar. Eu não tinha estado em casa nos últimos dias. Isso significava que ninguém estava por perto para limpá-la.

Não passei da soleira.

— Senhora? — Eu nunca chamava Martha de "mamãe" ou outra variação de mãe. Sempre "Martha" ou "Senhora".

— Venha aqui.

Olhei para Vera. Ela assentiu antes que eu me aproximasse do sofá.

Martha me analisou dos pés à cabeça antes de me encarar.

— Você é minha filha. — As palavras de Martha se misturavam, o vinho Thunderbird controlando sua língua. — *Minha* filha. Está me entendendo? Você faz o que eu te mando fazer. — Ela tocou o próprio peito para enfatizar.

Lutei contra as lágrimas e olhei para Vera de novo. Vera deu um sorriso fraco.

— Conte a ela sobre a escola, Ellie. Vamos lá, querida.

Vera e Martha esperaram que eu falasse. Em qualquer outro momento, eu falaria da bolsa de estudos sem parar nem para respirar. Mas daquela vez abri a boca para contar a Martha e as palavras não saíam. Engoli em seco e respirei fundo.

— Como eu disse antes, é uma escola no norte, como a srta. Vee contou. Eles só te aceitam se você passar no teste, e eu passei. A escola vai pagar por tud...

— Eu disse que você não vai a lugar nenhum. E por que você passa tanto tempo na casa da Vera? Ela nem é da família. Você precisa voltar para casa e ficar comigo — disse Martha. Ela viu a metade de um cigarro no chão ao lado da mesinha de cetro e o agarrou como se temesse que Vera ou eu o pegássemos primeiro. Ela pegou alguns fósforos e o acendeu. Então deu uma longa tragada, inclinou a cabeça para trás e soprou a fumaça em direção ao teto como se fosse uma oferenda aos deuses. A sala logo se encheu do cheiro pungente de tabaco queimado. — Você e Sammy precisam ficar comigo. Sei que tivemos uma briguinha há algumas semanas, mas Vera consertou as coisas. Não foi, Vera? Tudo será melhor agora.

Ela tentou alcançar minha mão, e eu me encolhi. Com Martha, nunca dava para ter certeza se o toque seria de dor ou carinho, se suas palavras cortariam ou consolariam.

Martha se afundou no sofá e deu outra longa tragada antes de soprar a fumaça pelo canto da boca. Fiquei congelada, sufocando naquele espaço pequeno e quente. E então Martha fez o que sempre fazia em noites como aquela. Começou a chorar, soluçando abertamente. Eu não sabia se me mexia ou se ficava no lugar. Vera não se moveu, então fiz o mesmo.

— Já chega, Martha Littlejohn. Vou mandar esta menina para a Virginia. Tentei fazer o que era certo com você, mas estamos cansadas. Ouviu? Ellie vai sair desta cidade morta e vai construir um futuro para si, quer você queira, quer não. Ela vai embora no ônibus das sete e quinze amanhã de manhã. Você é quem decide se vai se despedir direito quando ela for. A escolha é sua.

Martha parou de chorar e limpou o rosto com as costas da mão. Eu tinha esperança de que ela dissesse algo bom, mas em vez disso encarou a mesinha, repleta de cinzeiros lotados de bitucas, uma garrafa vazia de vinho Thunderbird, e o jornal *Tolliver County Register*.

Martha não tirou os olhos da mesa quando falou, tão suavemente que quase não ouvi.

— Você sabe que a minha mãe morreu quando eu era pequena. Já te contei isso. Todo mundo que amei me deixou.

Martha nascera em Rome, na Georgia, uma "cidadezinha cheia de nada", como costumava dizer. A mãe dela morrera quando ela tinha sete anos, e desde então foi passando por casa de parentes e vizinhos que a acolheram até que, com quinze anos, fugiu com um homem de vinte e sete, que a levou para Chillicothe e a largou quando ela estava grávida de seis meses, de mim. Martha me contava a história com tanta frequência que eu poderia recitá-la como se fosse minha.

Ela continuou:

— Tudo o que eu queria fazer era dar a você e a Sammy um lar. Algum lugar que pertencesse a vocês. Agora *você* também está me deixando.

Me sentei no braço do sofá, ao lado dela.

— Não estou te deixando — falei. — Só estou indo estudar. Posso voltar para casa nos feriados e nas férias de verão.

Martha me encarou. O tempo se arrastou, como se engatinhasse. Ela deu outra tragada dramática no cigarro e soprou uma longa nuvem de fumaça no meu rosto.

— Você não me deu nada além de dor de cabeça desde que nasceu.

Não era a primeira vez que eu ouvia aquilo dela, mas mesmo assim tive que resistir às lágrimas. Nunca descobri como fazer Martha feliz. Talvez, sair de Chillicothe lhe fizesse isso, e ela só não sabia ainda. Talvez ela enfim fosse ser feliz quando eu partisse.

— Não, eu sei que você não vai voltar. Você sempre se achou melhor do que isso aqui — disse ela, gesticulando. — Como se fosse boa demais para Chillicothe. Como se fosse melhor do que eu ou algo assim.

Daquela vez, as palavras dela me feriram muito. Era como se estivesse enfiando o dedo na minha cara, me acusando do crime de querer algo melhor. Pus a mão no ombro dela.

— Eu vou voltar.

Martha se sacudiu para se livrar do meu toque e amassou a ponta do cigarro no cinzeiro. Se levantou do sofá, reta como um lápis. Em um instante, ela mudou. Por um momento, ergueu a cabeça e olhou para a porta de tela, como se tivesse chegado ao final da conversa e tomado uma decisão. Eu não estava acostumada a ver nela aquele tipo de resolução. Talvez eu tivesse sorte, e Martha concordasse com o plano. Esperei que ela me abraçasse e, se o fizesse, eu a compensaria por ter me encolhido antes. Eu a abraçaria com tanta força se ela deixasse...

Ela não deixou. Em vez disso, Martha me olhou de soslaio com ódio e foi até a cozinha. As últimas palavras que a ouvi proferir antes de deixar Chillicothe:

— Não bata a porra da porta quando sair.

8

No sábado de manhã, embarquei no jato corporativo da Houghton, um Gulfstream 550, com interior de couro feito à mão, propulsionado por dois motores turbo Rolls-Royce. Mais um privilégio do cargo. Eu era a única passageira, viajando sozinha rumo à festa de Nate em Savannah, Geórgia. Todos os outros executivos haviam partido na noite anterior. Eu viajar sozinha naquele avião — para ir a uma festa, ainda por cima — parecia um excesso. E a ideia de passar parte do meu fim de semana com colegas de trabalho era tão divertida quanto um tratamento de canal. Eu odiava eventos como aquele. Mas aprendi no meu estágio, ainda no terceiro ano da faculdade de direito, que convites para ir à casa no lago de algum sócio, ou a torneios de golfe beneficentes das empresas de advocacia não eram atividades opcionais. Era trabalho tanto quanto participar de uma reunião no café da manhã às sete e meia.

O comissário de bordo, um cara magro com cavanhaque e cabelo espetado, tentou jogar conversa fora. Eu não estava a fim de bater papo, e ele enfim entendeu a deixa. Tudo que eu queria era chegar em Savannah, sobreviver à irritação de passar tempo com um monte de gente que eu não conhecia, retornar ao avião e voltar para casa.

Quarenta e cinco minutos depois, aterrissei em Savannah, onde um motorista e um carro particular aguardavam no aeroporto para me levar ao Altamonte Club, nos arredores de Savannah, em Tybee Island. Pesquisei e não gostei do que descobri. O Altamonte foi estabelecido como um clube masculino na virada do século passado. As mulheres só podiam entrar se estivessem acompanhadas pelos maridos. Nada de judeus. Nada de negros. Nada de católicos. Em resumo, nada de gente "diferente". O clube enfim decidiu se juntar ao século XX em 1996, quando admitiu seu primeiro membro negro. Pelo que descobri, ele continuava sendo o único. Ir a uma festa dentro de um lugar como aquele me fez questionar as pessoas que eu agora chamava de colegas.

Mais quarenta e cinco minutos depois, chegamos em Altamonte. O "clubinho" de Nate, como ele gostava de chamar, começou a aparecer. Carvalhos de duzentos anos cobertos por barba de velho alinhavam-se na entrada sinuosa do clube. Seus galhos nodosos e retorcidos um dia haviam escondido meus ancestrais escravizados fugitivos e oferecido sombras como alívio às cabeças queimadas de sol dos soldados confederados. Um passado tortuoso que vergonhosamente conectava todos nós no Sul.

O carro passou por estábulos e quadras de tênis antes de enfim parar em frente a uma imensa fonte de água, com sagus-de-jardim e um enorme prédio de estuque branco com telhas de barro. Respirei fundo algumas vezes, tentando não agir como uma turista idiota em sua primeira viagem para fora da fazenda.

Parecia cruel — quase blasfemo — ir a um coquetel no dia seguinte ao funeral de Michael. Ele tinha sido assassinado. Não fazia vinte e quatro horas que o corpo fora enterrado. Seus colegas executivos nem se deram ao trabalho de comparecer ao funeral, e agora riam e tagarelavam como se ele nunca tivesse existido. O que acontecera com toda aquela palhaçada de "família Houghton"?

Meus novos colegas se juntaram à detetive Bradford na lista de pessoas em quem eu não confiava.

Retoquei o batom, ajeitei meu cabelo recém-pranchado e saí do carro. Alisei o vestido frente única de crepe preto uma última vez.

Ombros para trás. Cabeça erguida. Hora do show.

Entrei por um saguão de mármore que dava para uma grande sala cercada por paredes de janelas enormes, uma moldura perfeita para a água azul cintilante do Oceano Atlântico. Música suave vinha de um pequeno trio de jazz tocando em um canto da sala. O clube estava lotado de pessoas, incluindo membros do conselho, executivos e até mesmo alguns senadores. Vi um comentarista da Fox News, considerado por algumas pessoas um dos defensores mais fervorosos do "tornar a América ótima de novo". Os homens eram pomposos e de peito estufado, se gabando de seus jogos de golfe. Suas esposas eram magras como palitos, se amontoavam por perto usando vestidos de verão sem alças e sandálias Tory Burch, seus rostos cheios de botox e desejos não atendidos.

Analisei rapidamente a sala, como sempre faço em eventos assim, procurando convidados com rostos como o meu, contando o número de mulheres, de pessoas negras, de qualquer um que pudesse ser "diferente". Só tinha eu. Como sempre. A festa de Nate era o vislumbre de uma parte luxuosa do mundo que me lembrou da Academia Coventry: riqueza que ia além da imaginação; pessoas que me olhavam como se eu fosse uma novidade; e, assim como na Coventry, eu era "a única". A boazinha. A confiável.

Todos se misturavam, bebendo Moët e Chandon, conversando e rindo, enquanto os garçons, *todos* negros, serviam *gravlax* e *blinis* com caviar em bandejas de prata. Nate já estava passando pela sala, como um político de cabelos grisalhos, dando tapinhas nas costas das pessoas e se curvando para rir; até mesmo provocou um dos membros do conselho sobre sua tacada no tênis.

— Olha quem chegou! — Uma voz estrondosa ecoou na antessala atrás de mim. Me virei, e Hardy já estava avançando, jogando os dois braços ao meu redor, me envolvendo em um grande abraço de urso.

— Ah, oi, Hardy — eu disse, lutando contra seu corpanzil.

Ele estava suando e, por um breve momento, senti uma leve repulsa pelo seu toque.

— Uma festa no dia seguinte ao funeral de Michael? — comentei. — Você não acha que é um pouco cedo para algo assim, quando um dos executivos da empresa foi *assassinado*?

— Acho sim, mas você acha que vou dizer ao nosso CEO quando e onde ele pode dar uma festa? Estou aqui só para garantir que ninguém toque em um fio de cabelo precioso dessas cabeças ricas e bêbadas.

Nós dois rimos.

— Entendi.

— Ei, você quer beber alguma coisa? Vou pegar uma taça de vinho ou algo assim.

— Não, obrigada.

Hardy pegou algumas brusquetas de uma bandeja que passava e enfiou pelo menos duas na boca ao mesmo tempo.

— Então, você ficou sabendo sobre o Michael?

— Fiquei. Você falou com a polícia? Eles têm alguma pista? — perguntei.

— Acho que não. Aquela detetive me disse que a única coisa de que eles têm certeza é que precisaria ter sido alguém com acesso ao prédio. Brilhante, não? Mas acho que você estava certa sobre Mikey não gostar de armas. Acho que foi isso que fez a polícia pensar que não foi suicídio.

— Me parece trabalhoso demais. A pessoa queria Michael morto sem levantar dúvidas.

Pensei na mala de viagem dele na minha casa. Por que teria o panfleto de uma loja de armas se não gostava delas e não se matou?

— Infelizmente, Nate não quer câmeras de segurança no andar executivo, então não temos nenhuma filmagem do vigésimo.

— Por que ele não quer câmeras no vigésimo andar?

Hardy balançou a cabeça.

— Algo sobre todo mundo ser família, em quem se pode confiar. Não é a melhor ideia para um protocolo de segurança, se você quer saber minha opinião, a opinião do cara encarregado da segurança. Como eu disse antes, ele é o CEO. O chefe fala, eu só obedeço.

Hardy limpou os últimos pedacinhos da brusqueta e engoliu.

— Um dos meus caras disse que Mikey estava trabalhando muito ultimamente. Disse que ele foi ao escritório no último sábado e no domingo para trabalhar.

— Sério? — Tentei pensar no fim de semana anterior. Parecia que fora há muito tempo. Ele passou a noite de sexta na minha casa, mas não mencionou que iria para o escritório no dia seguinte. Era fim de semana de ano novo. Eu simplesmente presumi que ele estava indo para casa para ficar com a família.

Hardy continuou:

— Eu sei que ele e Jonathan estiveram juntos nas últimas semanas. Tentei perguntar a Jonathan, mas...

Um homem negro mais velho passou com uma bandeja de cubinhos de frango. Eu sorri e balancei a cabeça negativamente para ele. Hardy tirou três da bandeja.

— Mas o quê?

— Digamos que Jonathan não ajudou muito. — Hardy enfiou um cubinho na boca.

— O que isso quer dizer?

— Disse que ele e Mikey estavam trabalhando em alguma coisa importante e que não poderia comentar comigo. Que era um trabalho confidencial. — Hardy engoliu outro pedacinho de frango. — Mas posso te perguntar uma coisa?

— Claro. — Olhei ao redor da sala e examinei a porta, mais por força do hábito. Da mesma forma que sempre evitei me sentar de costas para a porta.

— O que vai acontecer com os manifestantes e aquele negócio da Comissão de Oportunidade de Emprego Igualitária?

— Eles têm vários advogados, então é muito provável que haja um processo, a menos que possamos fazer um acordo. Por quê?

— Ouvi algumas pessoas no vigésimo falando sobre isso. Nem todo mundo pensa igual você.

— Como assim?

Antes que ele pudesse responder, Jonathan Everett caminhou até nós como se houvesse um narrador anunciando sua chegada. Jonathan era o "yin" do "yang" de Hardy. Como diretor financeiro da Houghton, ele sempre chamava a atenção por sua energia de "o dinheiro é que manda", barba por fazer grisalha e óculos de aro de chifre. Tinha o hábito irritante de sempre olhar para seu Rolex, na esperança de que outras pessoas também olhassem. Constantemente usava termos como "imersão" e "perspectiva" para parecer inteligente. Muitas mulheres da empresa o achavam atraente. Eu não.

— Parabéns, Ellice — disse Jonathan.

— Obrigada.

— Com licença. Tenho que fazer uma ligação. Ellice, me avise se precisar de mais alguma coisa — Hardy disse de repente com uma expressão irritada antes de revirar os olhos para Jonathan e sair.

Jonathan não olhou para Hardy nem se incomodou com sua saída. Estranho.

— Então... Você já está se acostumando? — Jonathan perguntou.

— Sim. — Eu deslizei as mãos para dentro dos bolsos do meu vestido. — Estou ansiosa para trabalhar no vigésimo andar.

— Nós também. Bom, espero que você não esteja planejando administrar um departamento do *não* como o seu antecessor. Esperamos grandes coisas de você.

Um departamento do não? Que diabos? Talvez os rumores fossem verdadeiros sobre esse cara ser um babaca. Antes que eu pudesse responder,

Nate se aproximou de mim e colocou uma taça de champanhe na minha mão, apesar de eu não beber.

— Oi, desculpe interromper vocês. Ellice, venha comigo. Quero que você conheça algumas pessoas.

A julgar pelos modos incomumente desinibidos de Nate e o cheiro forte de Bourbon em seu hálito, ele tinha começado a festejar muito antes de eu chegar. Logo me conduziu pela sala prometendo às pessoas por quem passávamos que voltaríamos mais tarde para as apresentações formais.

— Quero que você conheça esses dois membros do conselho em particular. Eles podem ser um pouco inconvenientes, mas quero que gostem de você tanto quanto eu.

Saímos para a varanda, onde vários convidados se misturavam. O clima no sul da Geórgia estava mais quente, uma mudança agradável em comparação ao frio do inverno de Atlanta. A varanda dava a volta na construção e parecia atrair o barulho suave das ondas e da espuma do mar dançando na praia lá embaixo. A maresia me inebriou e, em circunstâncias normais, eu poderia ter relaxado um pouco e aproveitado o ambiente. Mas aquele era um evento de trabalho e, apesar de o lugar ser lindo, trabalho ainda era trabalho.

Nate me levou até uma dupla de homens grisalhos que conversava tranquilamente.

— Senhores — disse ele. — Eu gostaria de apresentá-los à nossa nova diretora jurídica, Ellice Littlejohn.

Os dois homens imediatamente se levantaram. Bem à moda antiga. Gostei.

— Ellice, eu gostaria de te apresentar Newt Harris e Denmark... Denmark...

— Ealy. Denmark Ealy. — O homem balançou a cabeça e sorriu para Nate. — Cuidado com o Jack Daniels, hein.

Os três homens riram.

— Desculpe, Denny — disse Nate. — Esses dois são membros do conselho do Comitê Financeiro.

Eu sorri e ofereci meu aperto de mão mais firme.

Nate deu um tapinha nas costas de um dos homens e educadamente anunciou que iria se retirar. O mais velho deles assentiu e olhou para mim com um sorriso frio e desconfortável. A retração do cabelo dele revelava um padrão aleatório de manchas causadas pela idade e uma verruga no formato de um rim na qual ele provavelmente precisava ficar de olho. O outro homem parecia tão horrorizado que pensei que ele fosse mijar nas calças ou ter um ataque cardíaco bem ali, na minha frente. Ficamos de frente uns para os outros, os três em silêncio. Reparei em seus broches de lapela idênticos, um coração vermelho entre duas bandeiras douradas que se entrelaçavam.

Tentei quebrar a estranheza do momento com um pouquinho de conversa fiada.

— Que diferente esse broche. O que significa?

O homem mais velho deu um sorriso duro que mal mexeu um músculo de seu rosto e deu um tapinha gentil no broche.

— Ah, é de um clubinho do qual fazemos parte. Então, Ellice Littlejohn... que tipo de nome é esse?

— Desculpe?

— Littlejohn? Digo, não é muito comum. Que tipo de nome é esse? De onde você vem com um nome assim?

Esse cara estava falando sério? Olhei ao redor da varanda, atordoada e ofendida. Metade dos negros que conheço não consegue traçar sua linhagem para além de seus bisavós. *Quem é meu povo?* Meu povo foi escravizado pelos ancestrais desse cara.

— Bem, não fiz meu teste de ancestralidade, mas suspeito que meu nome surgiu como o seu. Dos nossos ancestrais em comum, que tal? Eu adoraria saber de onde seus ancestrais migraram, mas talvez possamos fazer isso uma outra hora. Vocês me dariam licença por um momento?

Ele piscou e se calou, atordoado. Coloquei minha taça de champanhe em uma mesa próxima e voltei para dentro.

A pergunta dele foi outro exemplo do "racismo discreto" do Novo Sul, muito parecido com a forma como os negros em Atlanta coexistiam em torno das estátuas de soldados confederados e em espaços cujos nomes continham as palavras "plantation" e "Dixie" — termos usados para se referir aos estados confederados onde a escravidão era permitida por lei. A expectativa era que fossem símbolos inofensivos da herança branca. Não eram. Eram relíquias do período escravocrata e de uma sociedade separatista que espalhava mensagens horrorosas de racismo. E agora um membro do conselho queria saber de onde eram os proprietários dos meus parentes escravizados. Minha vontade era de correr para a saída mais próxima e pegar um voo de volta para casa. Eu mesma pagaria pela maldita passagem, e eles poderiam ficar com o jatinho.

Voltei para dentro da festa, onde Nate estava conversando com Willow e alguns outros membros do conselho. Ele me viu, bateu no copo com seu anel de formatura da Universidade de Auburn e pigarreou.

— Pessoal, posso ter um momento de atenção? — disse ele.

Parei de repente.

Um silêncio caiu sobre a sala enquanto as pessoas baixavam suas vozes.

— Alguns de vocês já sabem quem é Ellice Littlejohn, nossa nova conselheira geral. Para aqueles que ainda não a conhecem, espero que aproveitem a oportunidade para se apresentarem. Ellice é uma advogada brilhante que nos ajudará a conduzir Houghton a novos patamares de sucesso. Estou orgulhoso por ela ter aceitado a oferta de nos liderar em todos os assuntos jurídicos. Um brinde a Ellice.

— A Ellice! — todos disseram em uníssono.

As pessoas aplaudiram e brindaram em um tilintar pretensioso, como se eu tivesse feito algo extraordinário. Senti meu rosto esquentar. Não tinha certeza se era o constrangimento ou só uma onda de calor.

Durante o resto da festa, tentei aproveitar a situação. Mas havia uma sutileza perturbadora que percorria a multidão, como se as pessoas estivessem ansiosas, nervosas até. Algumas tentaram interagir comigo. Mas a maioria delas ficou parada, me encarando ou me ignorando completamente. Eu era uma mulher adulta. Sabia que eles não me queriam ali. O sentimento era mútuo.

Festas do escritório como aquela, a necessidade de estar "por dentro", podiam ser muito exaustivas. Sorrir e fingir desfrutar das conversas forçadas, aguardando o momento em que alguém conta uma piada totalmente inadequada e todos me encaram, buscando a confirmação de que não havia problema em rir daquilo. Certa vez, em uma conferência, fiquei ao lado de Michael e um grupo de advogados. Um dos homens, barrigudo e de rosto vermelho, estava reclamando de uma das palestrantes durante uma apresentação e disse:

— Não sei dizer se ela era apaixonada por ações judiciais coletivas ou se estava menstruada.

Todos eles se acabaram de rir. Eu me afastei do grupo. Michael me seguiu, tentando explicar que era apenas o jeito dos caras falarem. Aquela besteira de "meninos serão sempre meninos". Era como se eu fosse invisível para eles.

Analisei a sala novamente. O suposto Novo Sul não era muito diferente do "Antigo Sul" — eu e os garçons éramos as únicas pessoas negras. Certamente, aquilo não deveria ser normal no século XXI. Vi uma das garçonetes me olhando, negra, mais ou menos da minha idade, vestida com calça e camisa pretas, avental branco e um par de tênis escuros salpicado com as manchas de uma dúzia de festas anteriores àquela. Seus olhos estavam vazios e frios enquanto servia patê e espetos de cordeiro em uma bandeja de prata.

Poderia ser eu.

No fundo, sabia que eu poderia estar usando um avental branco e passando bandejas se tivesse nascido alguns anos antes ou se nunca tivesse escapado de Chillicothe. Ela estendeu a bandeja na minha direção. Dei um sorriso caloroso e assenti para ela. Mais por força do hábito. Meu jeito de dizer, "posso até me misturar com eles, mas não esqueci quem sou". Ela retribuiu minha saudação calorosa com a mesma expressão impassível que deu a todos os outros convidados da festa. Obviamente, não estava acreditando naquela merda de "não esqueci quem sou". Ou talvez ela tivesse trabalhado em muitas festas como aquela, testemunhando os excessos e trivialidades dos convidados — tanto negros quanto brancos — e estivesse cansada demais para se preocupar em fazer com que eu me sentisse melhor.

Atribuí aquela festa a outro exemplo de eu "ser negra demais" para um certo grupo de pessoas e "não ser negra o suficiente" para outro. Saí da festa em busca do banheiro para respirar um pouco. Atravessei o saguão e segui pelo corredor, onde ouvi vozes masculinas discutindo. Estavam reunidos em uma sala de frente ao banheiro. Fiquei parada do lado de fora por um momento.

— Eu dei a ele a porra de um serviço simples, e ele estragou tudo!

Jonathan?

A outra voz era sulista:

— Podemos falar sobre Libertad por um minuto? Não acho que Libertad deva fazer parte disso. É muito arriscado. Tudo poderia ser exposto.

Jonathan respondeu:

— Tentei dizer a Nate que tudo isso era uma ideia ruim. Eu mesmo vou ter que consertar isso. E tira a porra desse broche.

As vozes baixaram. Entrei no banheiro na ponta dos pés e fechei a porta até sobrar só uma frestinha aberta. Esperei. Um momento depois,

Jonathan saiu furioso da sala com Max Lumpkin, o vice-presidente executivo de Operações, atrás dele.

Fiquei em frente ao Altamonte Club, esperando o carro para me levar de volta ao aeroporto. Eu só queria um banho e a minha cama. Da próxima vez que Nate me convidasse para uma dessas festas repulsivas, racialmente *não*-diversificadas em seu clube de velhos, eu encontraria uma bela desculpa para não comparecer.

Alguns minutos depois, Maxwell Lumpkin apareceu ao meu lado. Ele tinha por volta de sessenta anos, era um tipo de homem baixo e de cabelos claros, com um penteado aceitável e a extraordinária capacidade de se misturar à parede de qualquer cômodo em que entrasse. Eu nem tinha percebido que ele estava na festa até que o vi seguindo Jonathan. Ele usava um paletó e ostentava o mesmo broche de lapela que os membros do Conselho. Não era de se estranhar, já que Max parecia alguém que facilmente poderia pertencer ao mesmo clube de campo super branco que aqueles velhacos.

— Oi, Max. Eu não sabia que você ia voltar hoje à noite.

— É, tem igreja amanhã de manhã. — A voz de Max carregava o tipo de sotaque sulista em staccato curto que lembrava um polegar calejado tocando um banjo.

Ficamos ali, a fonte de água sendo o único som entre nós. Max enfim quebrou aquele silêncio constrangedor.

— Olha, Ellice, serei sincero com você. Eu gostava do Michael. Ele era um cara inteligente, mas admito que te conheço muito bem. Uma empresa como a Houghton pode jogar coisa demais em cima de você, e isso significa que é preciso muito para estar preparada para o trabalho. Tenho certeza de que você é uma boa pessoa, mas não vou sacrificar a segurança dos funcionários da Houghton ouvindo conselhos de novatos.

Fiquei tão chocada que não conseguia falar. Foi um daqueles momentos em que não conseguia pensar em um comentário à altura para colocá-lo em seu devido lugar, e só pensaria no que dizer muitas horas depois. Minha primeira ideia foi recitar meu currículo todinho para convencê-lo de que eu era perfeitamente capaz de fazer meu trabalho, de que também pertencia ao andar executivo. Mas eu sabia que ele já tinha decidido sua opinião sobre mim. As entrelinhas do comentário de Max soaram em alto e bom som. Tradução: *Michael era um homem branco como eu. Inteligente. Não acho você inteligente, embora não saiba nada a seu respeito. Não vou te passar trabalho se não for necessário*. Racista? Talvez. Ignorante? Com certeza.

Nós dois voltamos para Atlanta no jatinho corporativo — eu sentada na frente, ele, atrás — em total silêncio.

9

A corrente vagarosa e pacífica do rio Chattahoochee passou por mim sem esforço ou preocupação. Meu barco a remo se afastou da costa enquanto eu mergulhava meus dedos na água. Um pequeno respingo ecoou pelo rio. As ondas causadas por meus dedos se espalharam pela superfície. Lindos cisnes brancos nadavam ali. Era como se estivessem sorrindo, se isso fosse possível. Não conseguia me lembrar há quanto tempo estava no barco, mas gostaria de poder flutuar daquele jeito para sempre. E, bem quando pensei que aquele lento passeio pelo rio não poderia ficar melhor, comecei a levitar, uma subida suave. Fiquei encantada com minha habilidade de me elevar tão alto. Mais alto. Mais alto. De repente, sem aviso, comecei a cair em direção ao rio. A superfície da água se aproximava rápido. Gritei a Sam por ajuda. Mas ele não respondeu. Um nó de medo se formou no meu coração. Atingi a água escura com uma força tão intensa que tirou meu ar. Eu não conseguia gritar. Eu não conseguia respirar. Enquanto lutava contra o rio lamacento, sinos suaves tilintavam em meus ouvidos. Foram ficando mais altos. Abri meus olhos; estava quase ofegante.

A luz do dia irradiava pela janela do meu quarto.

Era a minha campainha.

Alguém estava na porta. Me sentei na cama e olhei para o relógio: oito e dezessete da manhã. *Quem em sã consciência estaria tocando a minha campainha às oito horas da manhã de um domingo?!* Me livrei do sonho e saí da cama.

Abri a porta.

— Grace? O que você está fazendo aqui?

— Eu sabia que, se ligasse, você inventaria uma desculpa. Ellice Littlejohn, você está se escondendo de mim.

Grace era uma mulher negra pequena, com um mapa de sardas vermelhas pontilhando todo o rosto. Mesmo depois dos quarenta, ela ainda exibia o mesmo brilho jovial no semblante e um rabo de cavalo que usava desde o dia em que a conheci, no primeiro ano em Georgetown.

Ela vestia um casaco vermelho brilhante, jeans e um par de botinhas de camurça que lhe davam os centímetros extras que seu DNA lhe havia negado.

Sorri e me inclinei para um abraço. Ela estava certa. Sempre que estava lidando com algo terrível, eu não ligava para minhas amigas para "conversar" sobre meus problemas. Me escondia dentro de mim mesma e me abrigava em todas as minhas coisas: meu apartamento, meu trabalho, minha dor.

— O que está acontecendo contigo? Você está evitando minhas ligações desde que alguém entrou no prédio do seu trabalho e matou seu chefe. Vi no noticiário que ele não se matou. Ele foi assassinado. E não tente mentir pra mim.

— Acho que as coisas têm estado bem doidas ultimamente.

Grace entrou, e eu fechei a porta atrás dela. Eu tinha contado a Grace as mesmas mentiras que contava a todo mundo — nada de irmão encrenqueiro, nada de amante secreto. Tudo o que ela sabia era que tia Vera me criou. Me formar em uma escola preparatória de prestígio como a Coventry me deu o disfarce perfeito para começar minha nova vida como Ellice Littlejohn, órfã e filha única vinda de Atlanta, Geórgia.

— Elliiiice. — Ela arrastou o final do meu nome como se soubesse que eu estava mentindo.

Bastava quinze minutos de conversa com Grace para saber que ela poderia ter sido a primeira presidente negra dos Estados Unidos. A sua personalidade carismática e a sua capacidade de aprender e pensar rápido eram as características que eu mais amava nela. Mas, no segundo semestre do primeiro ano, ela conheceu Jarrett Sampson. Um estudante do segundo ano e principal armador do Georgetown Hoyas. Ele prometeu que poderia dar a Grace uma vida melhor do que aquela que ela havia imaginado. Ela acreditou tolamente nele. Depois de ter sido recrutado para a NBA, logo após a faculdade, Jarrett comprou para Grace o maior anel de diamante que eu já vi na minha vida, e o resto é história negra burguesa. Eles moravam em um amplo condomínio fechado no lado sudoeste de Atlanta, onde muitas pessoas negras endinheiradas se estabeleceram. Ele tinha se aposentado do Atlanta Hawks e agora era dono de uma das concessionárias Lexus de maior sucesso da região. Mas Grace ficou entediada de ser uma esposa-troféu e, seis anos antes, se formou na Escola de Direito Emory. Ela nunca exerceu a profissão, mas bastaria o momento certo em uma conversa regada a drinques para ela provar que era uma advogada.

Grace tirou o casaco e pendurou no braço do sofá. Ficou à minha frente e inclinou a cabeça.

— Ellice, o que realmente está acontecendo?

— Tudo bem, tudo bem. Eu ia te contar. Fui promovida para substituir meu chefe.

— O quê?! Meu Deus. Isso é fantástico. Quero dizer a promoção, não a morte do seu chefe, é claro. Então, agora você é a conselheira geral?

— Sim, mas é estranho. A forma como tudo aconteceu...

— Estranho, como?

— O CEO me ofereceu o emprego no mesmo dia em que Michael foi assassinado e anunciou minha promoção no dia seguinte. Sequer me deu a chance de pensar a respeito.

— Mas a maioria das empresas não anuncia uma substituição provisória? Para que nada saia do controle?

— Sim. Mas a situação não foi essa. Eu sei que parece loucura, mas é quase como se eles estivessem com tudo planejado para que eu aceitasse o trabalho quando Michael morresse.

— Sim, chamam isso de planejamento de sucessão. Toda empresa inteligente tem um plano de sucessão. Você é advogada corporativa, deveria saber disso.

— Hmm... Michael nunca mencionou que eu era parte do plano de sucessão da Houghton. Existem outros advogados que estão lá há mais tempo, têm mais experiência e tal. É tudo um pouco conveniente demais. Não sei. Talvez eu esteja indo muito longe com os meus pensamentos. Deixa pra lá. Agora sou a vice-presidente executiva e conselheira geral da Houghton Transportes. Eles deram uma festa em Savannah ontem para me apresentar aos membros do conselho.

— Legal.

Comecei a ir para a cozinha.

— Você quer um café ou uma xícara de chá?

— Esquece isso. Vá se vestir. Vamos comemorar! Vamos tomar um brunch e depois fazer compras. Você precisa tirar da sua cabeça todo esse papo de morte.

Pela primeira vez desde a morte de Michael, eu estava me divertindo de verdade. Grace me convenceu de que comemorar minha grande promoção significava comer o que eu quisesse. Eu poderia voltar a contar carboidratos e calorias no dia seguinte. Gargalhamos comendo omeletes e bebendo, mimosas para Grace e Bloody Mary virgens para mim, enquanto ela me contava todas as fofocas das pessoas que conhecíamos. Eu não bebo, porque Martha bebia, e eu nunca quis fazer o que ela fazia ou ser o que ela era. Depois, passeamos pelas lojas de Buckhead, uma imitação espalhafatosa da Rodeo Drive da Califórnia, com butiques e lojas caras.

— Como está sua tia Vera?

Soltei um longo suspiro.

— Na mesma. E me sinto tão mal. Eu devia ser melhor para ela.

— O que isso quer dizer?

— Ela sempre me disse que nunca queria ir para uma casa de repouso. E o que eu fiz?

— Ell, você não deve se sentir mal. Beachwood é a melhor de Atlanta. Meu sogro estava lá antes de falecer. Garota, com as horas que você trabalha, você não conseguiria cuidar dela.

— Eu sei, mas mesmo assim... — Fiquei em silêncio, me perguntando o que Vera estaria fazendo naquele momento. Talvez eu passasse para fazer uma visita quando Grace fosse embora. Eu levaria algumas revistas ou balas, coisas que sempre a alegravam.

— Então, eu não queria tocar nisso de novo, mas o que está acontecendo com a investigação do assassinato? — Grace disse.

— Não sei. A polícia não está compartilhando muitas informações.

— O cara... Michael, certo? Ele tinha algum inimigo?

Grace estava falando de assuntos sérios outra vez. Eu só queria voltar a rir e fofocar sobre as pessoas que conhecíamos. Queria continuar rindo como fazíamos na faculdade. Eu não queria lidar com a vida real.

Caminhei até a vitrine de uma loja supercara chamada The Port.

— O que você acha daquele vestido azul? Aquele com o cinto.

— Hmm... É ok. Mas gosto mais daquele terninho. Ele era casado? A polícia sempre suspeita do cônjuge primeiro.

— Sim, ele era.

— Você não disse que era o mesmo cara com quem você trabalhava no escritório há alguns anos?

Continuei olhando para a vitrine da loja.

— Aham.

— Vocês eram próximos?

Eu podia sentir os olhos dela me examinando. Grace estava me investigando de novo, mas acho que a intenção era boa. Ela era minha melhor amiga. Mesmo assim, não desviei meu olhar da vitrine.

— Você acha que esse tom de azul é muito brilhante para mim? Tendo em mente que eu não tenho mais vinte anos.

— Você não precisa ter vinte anos para usar cores vibrantes. E você não sabe disfarçar. Está agindo da mesma maneira que agia na faculdade quando estava de caso com aquele cara da Biologia no segundo ano.

Enfim me virei para encará-la.

— Vamos fazer compras ou falar sobre meu gosto questionável para homens?

Grace estreitou os olhos.

— Você estava dormindo com seu chefe?

— Achei que você tinha dito que viemos aqui para me distrair.

Grace me deu um olhar tipo *aham, tá,* mas não disse nada.

— Você está certa, ainda posso ficar um arraso nessa cor. Poxa, a mãe da Beyoncé usa o que quer e ela já está na casa dos sessenta! Vou experimentar.

Grace balançou a cabeça e me seguiu até a loja.

— Boa tarde — a vendedora ofereceu uma saudação curta, com um sorriso plástico de batom vermelho brilhante e facetas de porcelana. Eu vi quando ela deu uma rápida olhada para o segurança parado perto da porta.

— Boa tarde — Grace e eu dissemos em uníssono.

A loja era um daqueles lugares com prateleiras esparsas de roupas penduradas em correntes no teto e mesas redondas de vidro com orbes brilhantes de joias e acessórios. Grace e eu começamos a circular. Eu não estava nem na metade de uma prateleira quando percebi o segurança se movendo atrás de Grace enquanto ela mexia nos brincos em uma mesa.

— Ei, o que você acha destes? — Grace ergueu um par de brincos de cristal em formato de globo. Assenti para ela. Minha amiga virou o rosto sério para o segurança, que estava tão perto que ela poderia se inclinar e beijá-lo nos lábios. — O que *você* acha? — perguntou a ele.

Ele ficou vermelho de vergonha e se afastou. Ela olhou para mim e silenciosamente murmurou:

— Foda-se ele.

Sorri e peguei uma blusa. Percebi a vendedora pela minha visão periférica enquanto saía de trás do balcão. Éramos as únicas clientes na loja, mas ela ainda não se oferecera para nos ajudar com nada.

— Aquele vestido azul na vitrine, você tem tamanho quarenta e seis? — perguntei.

— Aquele vestido é um Alexander McQueen e custa dois mil e setecentos dólares.

Olhei para Grace e depois de volta para a vendedora.

— Não foi isso o que eu perguntei, mas obrigada pela informação. Tamanho quarenta e seis, por favor.

— Não tenho certeza se esse estilista em particular faz roupas acima do tamanho quarenta e quatro.

— Então talvez você devesse ir verificar, não?

Ela fez uma careta e correu para os fundos da loja. Eu a observei se afastar. Olhei para o segurança novamente. Ele me deu um olhar inocente antes de se afastar.

— Meu Deus — disse Grace. — É sério isso?

— Pois é. — Eu balancei minha cabeça, desgostosa. — Acho que acabei de ser insultada duas vezes:. sou negra e gorda. Esta cidade é o quê, cinquenta por cento negra? O berço do movimento pelos direitos civis... Vamos embora. Deixe que ela venda aquele trapo para outra pessoa.

Saímos da loja e por um instante ficamos na calçada em silêncio. O racismo é exaustivo e constrangedor, até mesmo na frente da minha melhor amiga, que também é negra. É como se houvesse uma corrente oculta de suposições injustificadas, desprezos mesquinhos e rejeições sempre prontas para aparecer e reforçar a ideia de que as pessoas negras não são boas o suficiente, não são bem-vindas. A realidade é que eu ganhava dinheiro suficiente em um dia para pagar uma semana do salário daquela vendedora. Mesmo assim, ela se sentiu no direito de presumir que eu não tinha dinheiro para comprar um vestido que ela era paga para vender.

— Então, como foi a festa ontem? — Grace perguntou, mudando de assunto.

— Você quer dizer a festa que deram no *dia seguinte* ao funeral de um colega? — Balancei a cabeça, ainda sem acreditar que tinham escolhido aquele momento para a festa. — Bem, acho.

— Você acha?

Caminhamos pela rua novamente, mas eu tinha perdido meu interesse em olhar as vitrines depois de nossa recepção na The Port.

— Bom, para início de conversa, fui a trabalho, então quase não tinha nada nem parecido com *diversão* por lá.

Grace deu uma risadinha.

— Mas foi uma experiência — continuei. — Eles deram essa festa exatamente um dia após o funeral de Michael, ao qual nenhum deles foi. Talvez tenha sido minha imaginação. Não sei. Foi uma energia que captei enquanto estava lá.

— Como o quê?

— Bem, como sempre, eu era a *única* ali, sem contar os garçons. Mas, mais do que isso, era como se algumas pessoas carregassem essas expressões falsas, encenadas, enquanto a maioria me olhava com ódio.

— Mas você já tinha dito antes que não há muitos *primos* na Houghton.

— Verdade. Mas algo nessa festa foi diferente. Algumas das pessoas agiram como se eu fosse a primeira pessoa negra que tinha visto na vida. Você se lembra daquela cena do filme *Corra*, em que o cara entra na festa do jardim e todos os brancos o bajulam de forma esquisita e tudo mais? Sim, foi meio assim, exceto que as pessoas não estavam me bajulando e não eram tão sofisticadas. E o vice-presidente de operações, Maxwell Lumpkin, basicamente me disse que não me passaria nenhum trabalho. A *energia* dele não deixou dúvidas.

— Aaah... Ele parece encantador. Ell, como você conseguiu encontrar a única empresa em *toda* Atlanta sem pessoas negras no nível executivo?

— Você ficaria surpresa com a mínima quantidade de pessoas negras que existem nos cargos executivos das grandes empresas. Está melhorando, mas ainda temos um longo caminho a percorrer.

— E aqueles protestos contra a Houghton que estão mostrando no noticiário?

— Foi isso que me fez aceitar o trabalho. Talvez, agora que estou lá, eu possa ajudar a mudar tudo isso. Tenho um plano para trabalhar com o RH, ajudá-los com iniciativas e políticas para contratar mais de nossos primos.

— Boa sorte. Só acho que o ódio lá dentro deve ser muito profundo se eles conseguiram manter o andar executivo perfeitamente branco em uma cidade que teve prefeitos negros pelos últimos quarenta anos, e uma deles se chama Keisha.

Eu ri alto.

— Nisso você tem razão. Michael costumava me garantir que a empresa estava trabalhando para mudar essa situação, mas, sendo familiar e tudo mais, estava demorando mais do que o normal. — Me interrompi. Nunca gostei de falar muito sobre Michael com Grace. Paramos na esquina, esperando o semáforo mudar.

— Posso te perguntar uma coisa? Você promete não ficar brava? — perguntou Grace.

— Ai, Deus, o quê?

— Por que você seguiria seu chefe até uma empresa com um histórico péssimo de contratação de minorias e continuaria lá depois que alguém o matou?

A pergunta de Grace era boa, mas eu desviei.

— Mencionei o aumento de trinta e cinco por cento no salário?

Ela inclinou a cabeça e me deu um sorriso malicioso do tipo *garota, pelo amor de Deus*, totalmente ciente do que eu estava fazendo.

— Ell, você estava dormindo com Michael, não estava?

O semáforo abriu para os pedestres e saímos do meio-fio. Entrelacei meu braço dentro no dela.

— Vamos. Vamos encontrar uma loja que não se importe em aceitar dinheiro de pessoas negras.

10

A promoção para chefiar o Departamento Jurídico aconteceu como quase todas as outras coisas em minha vida: uma ironia cruel de bênçãos. Enfim consegui o emprego que queria, e isso custou a vida de um homem, um homem com quem eu estava tendo um caso. Enfim cheguei ao ápice da minha carreira, mas não pude decidir nada. Deus estava falando comigo de alguma forma. Eu só queria ter entendido o que Ele estava querendo dizer.

Grace e eu nos despedimos depois de fazer compras e fui visitar a única pessoa com quem eu compartilhava tudo, as coisas boas e as ruins. Vera. Dependendo do tipo de dia que ela estava tendo, podia ser que não entendesse minhas boas notícias. Mas só de estar perto dela já era o suficiente para mim.

Vinte minutos depois, parei no estacionamento do Centro de Cuidados Assistidos de Beachwood. Dentro do saguão bem iluminado, o cheiro forte e pungente de desinfetante atacou meu nariz. Mas o lugar não cheirava a xixi ou coisa pior, o que às vezes acontecia em outras casas de repouso. De acordo com as recomendações, aquela instalação era a melhor de Atlanta, mas sempre duvidei da minha decisão de colocar Vera ali.

Sorri ao chegar na recepção. Uma mulher jovem e bonita, de vinte e poucos anos, com tranças nagô cor de mostarda olhou para cima e devolveu o sorriso.

— Ah, olá, srta. Littlejohn.

— Oi, Quineisha. Como está minha garota hoje? — perguntei enquanto assinava o registro de visitantes.

— Ela está tendo um dia ótimo. O apetite está bom também, comeu todo o café da manhã.

— Bom saber.

O elevador chegou e subi para o terceiro andar. Aquele andar estava sempre cheio, começando com alguns residentes sentados em cadeiras de rodas na sala de TV assistindo a *Supergatas* no volume mais alto. Sorri para eles antes de dobrar a esquina do corredor e caminhar até uma porta com uma placa que dizia “Vera Henderson”. Lá dentro, berrava a música-tema com saxofone de um episódio de *Sanford and Son*. Vera estava afundada na poltrona de couro marrom ao lado da cama, dormindo, uma revista *Redbook* aberta e colocada no topo de sua cabeça como uma tenda.

O chapéu de palha dela outra vez.

Gentilmente removi a revista, me inclinei e beijei o topo de sua cabeça. Ela sorriu, os olhos ainda fechados, como se estivesse curtindo os últimos resquícios de um sonho divertido.

— Oi, dorminhoca.

Devagar, Vera abriu os olhos e deu um sorriso sonolento.

— Ei, docinho.

Ela não me reconheceu. Ou Quineisha mentiu, ou o bom dia de Vera se foi depois do café da manhã.

— Desligue essa caixa barulhenta e sente-se comigo um pouco.

Apertei o botão no controle remoto.

Ela se mexeu na cadeira por alguns segundos, lutando para erguer seu corpo frágil.

— Cadê aquele treco?

Tirei meu casaco.

— Quer que eu pegue algo para você, Vee?

— Meu chapéu. Não consigo encontrar meu chapéu. O sol tá muito quente. Você viu meu chapéu de palha?

— Não, mas não acho que você precise dele agora. Estamos dentro de casa.

— Ah. — Vera olhou ao redor com curiosidade e depois se voltou para mim. Ela pestanejou antes de olhar para o próprio colo.

Quando eu era criança, Vera era o que as pessoas chamavam de “redbone”, termo usado no sul para descrever uma mulher negra de pele clara. Os homens a desejavam. As mulheres também. Mas ela costumava dizer que “quase não tinha tempo” para nenhum dos dois. Sempre que penso em Vera em Chillicothe, me lembro dela rindo. O tipo de risada que saía de suas entranhas, antes de ressoar e jorrar seu espírito contagiante sobre todos ao seu redor.

Ela chegou à Geórgia em 1967 de trem, saída direto dos manguezais de Louisiana. Como ela costumava dizer, "o homem branco piscou, e eu me libertei". Nunca soube realmente o que aquilo queria dizer, mas sabia que tinha acontecido algum tipo de problema lá. Vera disse que se estabeleceu na Geórgia em vez de ir para Chicago, onde tinha família, porque "eles" teriam procurado por ela lá. Nunca consegui detalhes sobre quem a procurava ou por quê, e Vera achava desrespeitoso que crianças questionassem os mais velhos. O que quer que tenha acontecido, foi ruim o suficiente para fazê-la dispensar a Grande Migração Afro-americana que seguia para o norte e escolher Jim Crow, as leis de segregação racial sulista, e uma cidade tão pequena que mal ocupava um lugar no mapa rodoviário da Rand-McNally.

Agora, décadas e uma dúzia de doenças depois, o volumoso rabo de cavalo ruivo que ela costumava usar amarrado à nuca tinha se transformado em duas longas tranças grisalhas que caíam sobre seus ombros. Sua pele macia e dourada agora tinha uma cor opaca de cobre, acinzentada e agarrada a ossos finos e frágeis. Mas seu sorriso largo e sem dentes continuava igual.

Ela falava sobre Chillicothe como se décadas não tivessem se interposto entre ela e a cidadezinha da qual se lembrava, sobre os dias em que seus amigos, a srta. Toney e Burgalar, apareciam e se sentavam em sua varanda, lamentando a morte prematura de alguma pobre alma. A prima de Vera, Birdie, também costumava aparecer com uma torta de maçã ou um bolo de chocolate. A velha casa de fazenda era barulhenta com o som de pessoas rindo e "trocando mentiras", como Vera gostava de dizer, e Otis Redding ou Aretha Franklin saindo do grande rádio preto apoiado no parapeito da janela. Eu sabia o quanto Vera sentia falta de sua modesta casa, construída sobre vinte e cinco hectares de terras agrícolas que ela tinha herdado de um "amigo gentil", como costumava chamá-lo. Embora eu odiasse Chillicothe, sentar-me ao lado da cama de Vera ouvindo suas histórias sobre o lugar era como um bálsamo para minha alma ansiosa.

Poucos minutos depois, eu me distraí até que ela pronunciou o nome de minha mãe.

— Vi aquela inútil da Martha Littlejohn hoje no Piggly Wiggly.

Dei a Vera toda a minha atenção, com medo de quais pecados do passado ou segredos ela poderia revelar. Que coisas horríveis ela poderia ter dito para uma enfermeira ou atendente que confundira comigo? Caso dissesse algo, eles a levariam a sério ou atribuíriam isso a uma disfunção cerebral?

Vera continuou:

— Ela saiu correndo de lá também, quando eu disse a ela para não ir mais à minha casa. Ellie e Sammy são meus agora. Então, ela correu. — Vera deu um tipo de risada comemorativa como se tivesse vencido uma batalha.

Afundei de volta na cadeira, olhando para ela cautelosamente, como uma mãe superprotetora zelando por seu primogênito.

— Fiz tortas de batata-doce — continuou Vera. — Você quer um pouco de torta de batata doce?

— Não, obrigada. Estou bem. — Dei a ela um sorriso cansado. Cozinhar era uma das poucas memórias que o tempo e a doença permitiram a Vera. Ela não fazia uma torta havia anos, tanto tempo quanto Martha Littlejohn estava morta. Eu sentia falta de uma dessas coisas, mas não da outra.

— Você tem visto o Sammy? Faz tempos que ele não passa lá em casa. — Vera tirou um lenço do bolso do vestido e torceu a ponta com dedos finos e negros. — Quero que ele instale minhas telas aqui, para que eu possa abrir as janelas.

— Vou dizer a ele para passar aqui.

— E a Ellie? Tem visto a Ellie?

Lágrimas arderam em meus olhos.

— Vou dizer a ela para passar por aqui também.

Acariciei o braço de Vera, mais para me confortar do que a ela. Ficamos sentadas em silêncio por alguns minutos até que a porta se abriu. Um assistente, com dois dentes de ouro simétricos colocados na frente da boca, entrou segurando uma bandeja.

— Hora do jantar, sra. Henderson — disse ele em um tom alto e alegre, expondo os dentes dourados.

O sorriso de Vera se transformou em uma careta, e eu farejei problemas. Dei um tapinha no ombro de Vera e coloquei a poltrona na posição vertical.

— Bife e purê de batatas — disse ele, pousando a bandeja na mesa à frente dela. O olhar de Vera se fixou no homem, como um leão encarando sua presa.

O assistente a olhou cautelosamente, depois para mim e de volta para Vera.

— Eu trouxe chá doce, exatamente como você pediu. — Ele sorriu, tirando um guardanapo branco de cima do copo alto.

Me aproximei e levantei a tampa de aço inoxidável da bandeja.

— Parece bom, Vee. — O assistente esperou em silêncio por alguns segundos antes que eu tornasse a falar. — Vou te ajudar com isso.

Estiquei o guardanapo de papel e o coloquei dentro da gola da blusa de Vera.

— Não vou comer essa merda! — falou ela, o olhar frio ainda preso no assistente.

Ele deu uma risada nervosa.

— Ahhh... Sra. Henderson, a comida aqui não é tão ruim, é?

— Falei que não vou comer essa merda.

— Tudo bem... Vou deixar aqui. Você pode comer depois. — O assistente me deu um olhar que pedia ajuda.

Vera olhou feio para o atendente, os olhos cheios de raiva. Era o tipo de semblante que só aparecera depois da mudança para a casa de repouso, mas que estava se tornando mais frequente com o avanço da doença.

O atendente se inclinou ligeiramente na direção de Vera com um sorriso hesitante. De repente, ela bateu as mãos finas e negras na bandeja, jogando no ar bife, purê de batata e pratos que atingiram a parede e caíram no chão com um estrondo. O atendente se encolheu para evitar ser atingido.

Vera virou para mim, seu rosto suplicante.

— Moça, por favor, me ajude. Eles estão tentando me envenenar aqui. Por favor, me ajude.

O atendente assentiu para mim compreensivamente antes de se ajoelhar para limpar a comida e os cacos de vidro espalhados pelo chão.

— Vera... me escute. Ninguém está tentando te envenenar. — Segurei as mãos dela. — Está tudo bem, querida.

— Me tire daqui! Eu quero ir para casa!

Os apelos de Vera, exigentes no início, logo se transformaram no tipo de soluço choroso que sempre me fazia sentir muito culpada por estar fazendo aquilo com ela. Vee só queria estar em um lugar familiar. Dois anos e todas as minhas visitas não tinham sido capazes de transformar aquilo em um lar para ela.

— Vou buscar um esfregão — disse o assistente em voz baixa, enquanto levava os restos da refeição de Vera.

— Obrigada. — Eu me virei para ela. — Shhh... Vee, está tudo bem. Tudo bem.

Acariciei suas mãos, lutando contra minhas próprias lágrimas. Eu sentia tanto a falta dela, embora estivesse bem ali ao meu lado. A dor no coração é diferente quando alguém que você ama muito está fisicamente presente, mas mentalmente a centenas de quilômetros de distância. O assistente voltou e limpou a bagunça. Continuei segurando Vera mesmo depois que ele saiu, até que o zumbido do aquecedor nos embalou em um silêncio hipnotizante. Sentei-me no braço da poltrona, abraçando Vera e acariciando suas tranças grisalhas. Aquela mulher, que um dia fora uma força dominante em Chillicothe, agora era como um pequeno e frágil pássaro em meus braços, com as asas quebradas pela demência. Depois de alguns minutos, Vera adormeceu. Eu costumava pensar que estar ali na segurança daquela instalação era melhor do que vagar sozinha por uma velha casa de fazenda. Agora, eu não sabia mais o que pensar.

Alguns minutos depois, meu irmão, Sam, entrou no quarto vestindo calça jeans, uma jaqueta corta-vento e um boné de beisebol da Nike. Sam era negro e parecia dez anos mais jovem do que realmente era. Não éramos parecidos e, conhecendo Martha Littlejohn, tenho quase certeza de que viemos de pais diferentes. A parte de cima da tatuagem azul de crucifixo em seu pescoço despontava onde a jaqueta terminava. Ele se vestia como se fosse para um jogo de futebol americano no outono, em vez de para uma noite fria de janeiro.

— Oi! Aí estão minhas garotas favoritas.

— Shhh... Ela está dormindo — sussurrei.

Endireitei Vera na poltrona antes de encontrar Sam aos pés da cama. Fiquei feliz em vê-lo ali, para variar. Eu sabia que ele não vinha visitar Vera com tanta frequência quanto eu.

— Ah, desculpe. — Sam baixou a voz. — Onde você estava se escondendo? Tentei te ligar algumas vezes. — Ele se inclinou, me deu um beijo na bochecha e terminou a saudação com um fraco abraço de lado. Eu sabia o que estava por vir. Conheço meu irmão desde que ele veio ao mundo, e houve apenas alguns momentos em que ele me cumprimentou com tanto entusiasmo. — Eu estava passando por perto e vi seu carro estacionado.

— Ah, sei, estava *passando*.

De nós dois, ele era o extrovertido. Era ele quem conversava com idosas na fila do supermercado antes de deixá-las passar na frente. Ou comprava uma cerveja para um cara sem sorte que conhecera no bar, os dois trocando histórias sobre suas experiências na prisão. Ele era uma pessoa muito sociável.

— E quanto a me ligar, eu já disse, não posso falar com você quando estou no trabalho — continuei, ignorando a pitada de culpa por trás daquela mentira. — Por falar em trabalho, você deixou seu currículo naquela loja de ferragens de que te falei? Eles estão em busca de pessoas com experiência em elétrica.

— Trabalho, trabalho, trabalho. Você pensa em outra coisa além de trabalho?

— Vou interpretar isso como um não.

— Você já pensou em ter um hobby, ou um homem, ou algo assim? — Sam disse, sorrindo infantilmente.

— Você já pensou em conseguir um emprego de verdade, estável?

— Estou falando sério. Talvez você precise encontrar um homem para derreter essa sua imagem de rainha do gelo. — Ele riu.

— Cala a boca, Sam. Você não é engraçado.

Fui até a janela e fechei as cortinas.

Sam ficou olhando Vera dormir.

— Sabe, ela pode ficar comigo se você estiver muito ocupada para cuidar dela.

— *Rá*! Sei. E quem vai ficar com ela quando você desaparecer por semanas?

Sam deu um meio sorriso.

— Ela é forte, mas todo mundo morre um dia.

— Não fala assim.

— Estou mentindo? Sabemos que é questão de tempo.

Sam se sentou na cadeira em frente a Vera, tirou o boné e passou a mão por seu cabelo crespo.

— Já que estou aqui... hã... Você pode me dar um dinheiro?

Olhei para ele.

— Então é por isso que você está aqui?

— Não, já falei. Eu só...

— Caramba, Sam. Vamos fazer um acordo. Você pode ficar com todo o meu dinheiro quando eu morrer, ok? Mas, por enquanto, por que você não me deixa ter um pouco para mim mesma?

— Só uns dois mil, Ellie. Prometo que vou devolver.

— Não vai, não. Você vai desaparecer com o dinheiro, torrá-lo em Deus sabe o quê, e não terei notícias suas até a próxima vez que precisar de dinheiro ou de um álibi. Sam, não posso mais me dar ao luxo de cuidar de você. — Eu hesitei. — Para que você precisa de dinheiro dessa vez?

Sam olhou para o chão.

— Preciso cuidar de uma coisa. Tenho um pouco, mas não o suficiente.

— Outra dívida de jogo? — Eu estava tão cansada de tirá-lo da prisão pagando a fiança ou quitando suas dívidas com aposta.

— Você vai me emprestar o dinheiro ou não?

Cruzei os braços.

— Não.

Sam se levantou da cadeira.

— A mesma Ellie de sempre. Sempre egoísta. Eu sou sua família.

Revirei os olhos.

— Pare de ser dramático.

— Estou falando a verdade. Eu sou a coisa mais real da sua vida. Mas tudo bem. Continue pensando que o mundo gira ao seu redor. Vou conseguir o dinheiro em outro lugar.

Dormindo, Vera grunhiu. Olhei para ela e abaixei minha voz.

— Sam, você some por semanas. Sem ligações, sem contato. Normalmente, depois de criar alguma bagunça que eu tenho que limpar. E então, quando liga, está atrás de esmola.

— Esmola? ESMOLA? — Sam respirou fundo. — Para com isso, Ellie... Nós só temos um ao outro agora. Perdemos Vera. Não vamos nos perder também.

— Já falei para parar de falar assim. Não perdemos Vera. Ela ainda está *muito* viva naquela cadeira. Na verdade, ela perguntou sobre você hoje. Você poderia tentar vir visitar com mais frequência. Talvez quando não estiver tentando me chantagear por dinheiro.

— Quer saber de uma coisa, Ellie? Você é impossível. Você vive sua vida como se fosse a única pessoa importante nela. É como se eu nem existisse. E ainda arrastou Vera para fora da casa dela e a trancou aqui. Tudo para que você possa bancar a advogada importante. E quando estávamos em Chillicothe? Você não era tão importante naquela época, era?

Cerrei os dentes.

— Achei que você ficaria grato por eu ser importante. Se eu não fosse, quem ia pagar a sua fiança?

Sam olhou para mim por um momento e, em seguida, recolocou o boné. Meu coração parou de bater. Eu tinha ido longe demais. Mas antes que pudesse dizer outra palavra, ele saiu pela porta.

— Sam, espere. — *Merda!* Eu o segui, mas ele já estava na metade da escada. — Sam!

Ele foi embora. Dei um golpe baixo e agora estava com ódio de mim mesma. A habilidade de Sam com elétrica o levara à prisão por ter se envolvido com uma quadrilha de assaltantes. Eu sabia que ele estava tentando de tudo para evitar voltar para a cadeia.

Nosso relacionamento sempre foi tão complicado, resultado da nossa infância em Chillicothe. Eu consegui escapar. Sam, não. Depois que fui embora, ele ficou entre morar na casa de Vera e morar com a nossa mãe. Vera fez o melhor que pôde com ele. Mas Sam sempre esteve dividido entre as regras duras de Vee e seu desejo de salvar Martha do próprio comportamento autodestrutivo.

E Sam estava certo. Lentamente, Vera estava indo embora. A cada dia, ela entrava mais nos recônditos de sua mente defeituosa e errática. A doença estava diminuindo sua independência e mantendo a mente dela no aqui e agora. E, não importava quantas vezes eu a visitasse, não poderia impedi-la de partir.

Voltei para o quarto.

— Vee. — Toquei o ombro dela suavemente. — Vee, vou embora agora. Volto amanhã.

Vera grunhiu e então abriu os olhos.

— Tudo bem, docinho. Foi bom você ter passado aqui. Diga ao reverendo Sampson que eu disse *oi* e que estarei de volta ao coral no próximo domingo.

— Vou dizer. — Coloquei meu casaco e me agachei, meu rosto no nível do dela. Eu a encarei diretamente nos olhos, esperando que a proximidade pudesse iniciar algum reconhecimento no cérebro de Vera. Talvez, se olhasse bem de perto, ela pudesse me ver. Ver sua Ellie.

Vera sorriu e deu um tapinha na minha mão. Nada.

— Eu te amo — sussurrei.

— Eu também te amo, docinho.

Inspirei fundo e peguei uma velha colcha azul com margaridas amarelas desbotadas do pé da cama, desdobrei e cobri o colo de Vera. A mesma colcha em que ela havia me enrolado anos antes, depois que apareci em sua porta. Com catorze anos, assustada, desesperada e grávida.

Chillicothe, Geórgia, junho de 1979

Martha contava os absorventes Kotex no banheiro todos os meses. Mesmo que passasse metade do dia jogada no sofá e bêbada, ou fora de casa, de alguma forma, ela sempre estava sóbria o bastante no dia quinze para fazer um inventário dos produtos de higiene feminina, como uma balconista de farmácia. No primeiro mês em que minha menstruação não desceu, peguei minha porção diária e joguei na lata de lixo do banheiro da escola. Mas no mês seguinte, eu estava de férias e me esqueci completamente. Eu não tinha nenhum grande plano. Acho que só torci para que tudo se resolvesse por conta própria.

Eu estava sentada na cama lendo um livro no quartinho que dividia com Sam na casa de Willie Jay. Lá fora, Sam jogava em algum lugar. Estava quente dentro de casa, mas com a cortina fechada o quarto oferecia um breve alívio do impacto da luz solar. Um lugar tranquilo onde eu podia enfiar meu nariz em um livro e escapar daquela casa. Da casa dele.

Ouvi os passos pesados de Martha se aproximando do quarto. Ela irrompeu pela porta.

— Você está grávida?!

O choque percorreu meu corpo.

— Eu... Eu... — De repente, percebi que tinha esquecido de pegar os absorventes no banheiro. Eu não sabia como responder. Tinha medo demais.

— Eu fiz uma pergunta. Me responda. — A voz de Martha era fraca, como se ela estivesse prestes a chorar.

Antes que eu pudesse dizer uma palavra, Martha pulou e me deu um tapa com tanta força que meus ouvidos zumbiram.

— Responda, sua piranha! — Então ela começou a chorar. — Por que você faria isso comigo?

Martha ergueu a mão e a desceu de novo em meu rosto, fazendo arder. Não me encolhi. Ela puxou meu cabelo e me arrastou para fora da cama. O livro voou em uma direção e Martha me arrastou para outra.

— Por que você faria isso comigo?!

Martha tinha um jeito de me fazer sentir como se eu fosse a fonte de todos os nossos problemas. Agora eu tinha dado a ela um motivo para justificar todos os nomes feios com os quais ela me chamava. Suas palavras, enfim, fizeram sentido.

Willie Jay correu para o quarto e agarrou Martha antes que ela me batesse de novo.

— Martha, deixe a garota em paz.

A preocupação dele me surpreendeu. Pela maneira como ele sempre tratava a gente, seu esforço para me resgatar do veneno de Martha foi meu segundo choque do dia.

— Você arruinou tudo! Estragou tudo! — gritou ela, enquanto Willie Jay a arrastava pelo corredor até o quarto deles.

Fiquei caída na beirada da cama e, em silêncio, olhei para o esmalte lascado em minhas unhas dos pés. Ouvi a porta bater, as vozes abafadas do outro lado.

Martha estava certa. Tudo estava arruinado. Todo o meu trabalho duro, a bolsa de estudos na Coventry Academy, meu único jeito de escapar de Chillicothe, tudo fugindo de mim. Eu queria tanto aquela bolsa que sonhava acordada com ela o dia todo. Era a primeira coisa na minha mente quando acordava e a última antes de adormecer. Fiz todo o possível para evitar que alguém recusasse minha inscrição depois de vê-la. Notas altíssimas? Confere. Recomendações impressionantes? Confere. Vulnerabilidade financeira? Confere. Confere. Confere.

A sra. Cook, minha professora, enviou os materiais para a inscrição, junto com um bilhete convidando Martha a ir à escola para combinar tudo. Propositalmente, esperei o dia em que os "demônios" de Martha a perseguissem para falar sobre a bolsa de estudos. Ela até desmaiou enquanto eu falava. Assim, decidi resolver o problema com as minhas próprias mãos. Preenchi toda a papelada sozinha. Até esbocei um bilhete em um dos papéis chiques que a srta. Vera me dera, me desculpando por não poder ir à escola para falar sobre a bolsa de estudos e assinando o nome de Martha. Eu não tinha certeza se minha letra enganara a sra. Cook. Se não o fez, ela nunca demonstrou. Ela provavelmente sabia como Martha era. Todo mundo em Chillicothe sabia.

Me sentei na cama e tentei prender, em um rabo de cavalo, a parte do meu cabelo que Martha puxara. Pensei em ir à casa da srta. Vera. O único ponto positivo de morar na casa de Willie Jay era o fato de ser perto o bastante da casa dela para Sam e eu irmos até lá sempre que quiséssemos. Se Martha não estivesse de mau humor, deixava que a gente passasse a noite lá. A prima da srta. Vera, Birdie, me dava brilho labial Bonne Bell ou um pouco de óleo de almíscar. A srta. Vera preparava a refeição favorita de Sam, macarrão com queijo e costeletas de porco fritas, e me deixava pintar minhas unhas em seu quarto. Mas se eu fosse à casa dela naquele momento, ela me perguntaria por que eu estava tão chateada, e eu tinha medo demais de contar a verdade a ela ou a qualquer outra pessoa.

Esperei alguns minutos, depois atravessei a cozinha correndo e saí pela porta dos fundos. O calor lá fora era sufocante. O ar úmido e espesso grudava em minhas roupas, minha pele, meus pulmões. Aquela cidadezinha miserável estava me sufocando, me cobrindo com seu manto de pobreza, me afogando em poeira e calor. Ter quatorze anos e estar grávida era como uma sentença de morte para uma garota pobre e negra em uma cidade como Chillicothe. Corri para a margem acidentada do rio que passava atrás da casa e caí de joelhos, chorando. O que eu faria agora?

O dia estava quase escuro; era pouco antes de o coro de grilos e corujas começar. Ouvi o bater tranquilo da água contra a margem do rio, sua superfície escura, verde-acinzentada como um manto aveludado e macio. Quem se sentasse bem quietinho em uma noite calma como aquela, poderia ver as escamas grossas da cabeça de um jacaré flutuando devagar pelo rio. Encarei a água até que um surgisse gentilmente na superfície. Eu o observei balançar e se esgueirar pelo rio, passando por mim pacificamente como se tudo de bom em minha vida estivesse indo embora com ele.

O que eu faria com um bebê?

11

Segunda-feira de manhã. Dentro de uma semana, tudo na minha vida profissional havia virado de cabeça para baixo. As dúvidas sobre a promoção se instalaram no fundo da minha mente, incomodando cada pensamento que me ocorria sobre trabalhar no andar executivo. Tudo a respeito aquela promoção parecia preocupante. Conveniente demais. Apressado demais, como quando você corre para dentro de casa após os primeiros trovões, pouco antes de uma chuva torrencial começar a despencar. Muita correria, nenhum pensamento.

Me sentei em uma cadeira personalizada no antigo escritório de Michael — agora *meu* escritório —, olhando para as árvores nuas de inverno no Parque Piedmont. Aquele escritório era pelo menos dez vezes maior do que o meu antigo. A reforma fora concluída em tempo recorde. Piso de madeira de lei substituía o carpete encharcado de sangue da semana passada. Quinze mil dólares por um tapete oriental tecido à mão. Cadeiras de linho branco Bernhardt de dez mil dólares — duas delas! Só então, sentada no escritório como sua dona por direito, apreciei a vasta fronteira que mapeava o cenário "nós-contra-eles" da empresa. Apesar de toda a conversa da Houghton sobre família, era óbvio que alguns membros do clã tinham regalias muito maiores que outros.

E todos os executivos desfrutavam do mesmo tipo de luxo. Para uma marca que estava afogada em dívidas apenas alguns anos antes, pensei que administraríamos melhor os recursos da empresa. Eu não conseguia entender como Houghton havia se recuperado tão rápido.

Com aquele escritório, troquei minha visão cotidiana da Peachtree Street no Departamento Jurídico pela vista tranquila do Parque Piedmont. Dava para ver até o parquinho infantil. Adorei a vista, embora naquele dia as temperaturas gélidas e o céu cinza-metálico tornassem o parque uma ilha deserta. Nos dias mais quentes, o parquinho ficava lotado de crianças gritando. Eu tinha me convencido de que não queria filhos. Ou talvez as escolhas que fiz tenham decidido por mim. De qualquer forma, eu geralmente olhava para elas com incerteza, imaginando como seria ter outra pessoa em quem pensar antes de mim, em me sacrificar por alguém completamente dependente de mim.

Esfreguei minha nuca e suspirei. Michael tinha sido assassinado ali, naquele escritório. Minha primeira reação foi como a de Grace — talvez a esposa, Anna, fosse a culpada. Talvez ela tivesse descoberto sobre nós. Isso explicaria por que olhou para mim de forma tão estranha no funeral de Michael. Mas por que usaria o escritório para encenar o suicídio dele? Talvez fosse mais inteligente do que eu pensava. Se ela sabia sobre nós, podia ter contratado alguém para fazer aquilo... Talvez fosse para eu estar no escritório também quando Michael foi morto. Talvez... O pensamento me fez estremecer.

— Oi! — chamou Anita, entrando em meu escritório com um punhado de papéis. Ela usava uma calça preta e uma blusa rosa neon tão justa que fazia os botões dançarem precariamente dentro dos furos para manter tudo escondido. — Aqui está a agenda do Comitê Executivo e o material de apoio para a reunião. Além disso, más notícias sobre os e-mails de Michael. Passei os últimos dias no telefone com o Departamento de TI, tentando resolver o problema do acesso à conta de e-mail dele.

— O que você quer dizer?

— O TI disse que apagaram tudo. Disseram que era a política da empresa, sempre que alguém sai.

— Ou isso é uma grande mentira, ou temos um belo problema em mãos se estivermos apagando e-mails automaticamente. Vou verificar com Jonathan. O TI é responsabilidade dele.

— Eu teria checado com a assistente de Michael, mas ela se demitiu. Disse que não vai trabalhar em um escritório onde pessoas são assassinadas.

— Provavelmente é um bom caminho a seguir.

Anita riu. Ela deixou os documentos sobre a minha mesa, alinhando-os em um feixezinho.

— A propósito, marquei a reunião com a Rainha Willow para falar sobre a contratação de minorias, como você pediu. Vai ser na sexta-feira.

— *Rainha* Willow? — Arrastei os documentos pela mesa e dei uma risadinha. O senso de humor de Anita era revigorante em um escritório onde todo mundo se levava tão a sério.

— O RH é um mundo diferente agora que Joe Barton levou um pé na bunda e a Rainha Willow assumiu.

Eu sorri.

— De acordo com o comunicado oficial, Willow Sommerville foi promovida para substituir Joe Barton depois que ele se aposentou.

— Que se dane o comunicado oficial! Se quer saber minha opinião, Willow é uma magrela arrogante.

Me interessei imediatamente.

— Por que isso?

— Um dia, Joe estava aqui. No outro, não. E tudo porque Willow dorme de conchinha com Jonathan.

— Então você acha que ela foi promovida porque está tendo um caso com Jonathan?

— Dã.

— Você é engraçada.

Girei minha cadeira e olhei pela janela. Meus olhos focaram um cara praticando corrida lá embaixo, bem quando ele se aproximava do parquinho. Alto e magro. Sua passada confiante e precisa.

Anita continuou falando.

— A propósito, o Setor de Operações quer marcar uma reunião no Centro de Operações Conyers para revisar algumas ordens de envio. E Mallory quer saber se pode ter uns trinta minutos do seu tempo para falar sobre a administração do time dela. Parece que o problema de flatulência de George voltou, e o povo nos cubículos ao redor se convenceu de que ele está fazendo de propósito. E alguns dos advogados estão reclamando do memorando que você enviou esta manhã com os novos prazos para a submissão de orçamentos. Sabe como é, você é a nova chefe, e todos querem te testar.

Suspirei, olhando pela janela.

— Uma viagem de quarenta e cinco minutos até Conyers? — Balancei minha cabeça negativamente. — Faça Rudy ir se encontrar com o time de Operações — falei sem emoção por sobre o ombro. — E a resposta para Mallory é não. Não tenho tempo para lidar com a falta de noção de George. Ela vai ter que se virar. E sobre as reclamações dos advogados, não dou a mínima, mas você não precisa dizer isso a eles.

Anita estava certa. Todos no Departamento Jurídico iam querer testar a chefe nova. Não fazia nem uma semana, eles estavam jogando conversa fora comigo na pausa para o café ou parando no meu escritório para me mostrar uma foto do filho fazendo um gol. Agora, eu era a inimiga, a vendida.

Observei o cara correndo enquanto ele passava pelos escorregadores, pelos balanços, indo em direção à lagoa. Um dia frio para correr, mas o cara ia dar a volta no parque. Um corredor firme, forte. Provavelmente fazia maratonas. De repente, me senti como uma fraude naquele escritório, pequenos estilhaços de dúvida ferindo minha confiança. Como queriam que eu lidasse com um pântano de questões jurídicas para uma empresa como a Houghton? Reuniões trimestrais do Conselho? Supervisar um grupo de pessoas, parte delas com quase metade da minha idade, e cuja maioria eu sequer gostava? Meu pensamento seguinte: *Talvez eu não deva ficar no escritório dele.* Mas falei a mim mesma que era só a vozinha incessante da síndrome de impostora. Eu tinha todo o direito de estar naquele escritório.

— Vista superbacana, hein? — comentou Anita.

Quase me esqueci de que ela estava na sala comigo. Enfim, me girei na cadeira para dar a ela um sorriso fraco.

— É, bem legal se você gosta de vistas de tirar o fôlego — murmurei com quase tanto entusiasmo quanto um adolescente em dia de prova.

Anita pensava em si mesma como a "Mamãe Urso" do Departamento Jurídico. Ela foi até a lateral da minha mesa e me olhou como se estivesse prestes a me disciplinar.

— Vamos lá, conte tudo. O que foi?

— Nada, sério.

— Não parece — disse Anita, olhando para a blusa, checando a situação dos botões.

Me inclinei em direção a um buquê com rosas amarelas, hortênsias azuis e lavanda na minha mesa. Fechei meus olhos por um momento e inalei o perfume agradável.

— A propósito, obrigada pelas flores. Muito gentil, mas você não precisava.

— Ah, não é nada de mais... Só uma mistura de plantas que comprei no supermercado por cinco dólares. Além disso, o escritório precisa de um toque pessoal. Algo para mostrar que uma pessoa de verdade, viva, trabalha aqui.

— Você está cheia das piadinhas hoje.

— Posso te fazer uma pergunta pessoal?

— Não — respondi enquanto procurava nas gavetas da mesa por uma caneta tinteiro.

Me fazer perguntas pessoais era sempre inapropriado, principalmente no escritório.

— Por que você não tem nada seu no escritório? Uma foto? Um diploma? Qualquer coisa.

— Então você vai perguntar mesmo assim? — Em todos os anos que trabalhei em escritórios, Anita fora a única a mencionar isso.

— Quero dizer, este escritório é lindo, mas não há nada que diga às pessoas que *você* trabalha aqui. Sei que não é casada. Mas que tal uma foto das férias com suas amigas? Uma foto do seu cachorro ou hamster?

Revirei minhas canetas por mais alguns segundos, tentando pensar em algo inteligente para dizer. Nunca tinha sido minha intenção criar um ambiente de trabalho emocionalmente estéril. Acho que veio junto com quem eu era: a filha de Martha Littlejohn. Eu aprendera, havia muito tempo, a separar as diferentes áreas da minha vida — família, trabalho, amigos — em várias caixinhas, colocadas lado a lado, mas que nunca se tocavam. Tornava mais fácil lidar com as dores e lembranças. Era minha versão de terapia, sem a cobrança de duzentos e cinquenta dólares a hora.

Peguei uma caneta azul e a cliquei algumas vezes para garantir que funcionava, fechei a gaveta e então dei um olhar sério para Anita.

— Respondendo à sua pergunta, este é o meu escritório, não a estante da minha sala de estar. Eu não penduro relatórios jurídicos nas paredes da cozinha, do mesmo jeito que não ligo para encher meu escritório com evidências da minha vida pessoal. Trabalho é trabalho, e casa é casa. Mais alguma coisa?

— Não, senhora. — Anita ergueu a sobrancelha e deu um sorriso frágil. — Isso basta.

Talvez eu tenha soado como uma chata de galocha, mas pelo menos havia encerrado o assunto. Uma pontada de culpa me atingiu. Anita era uma das poucas pessoas decentes por ali. Enxerida ou não, ela tinha boas intenções, diferentemente de alguns do Departamento Jurídico, que ou atacavam para passar por cima, ou agiam pelas costas causando intrigas para evitar que os outros saíssem na frente.

— Enfim, só espero que não voltemos para o décimo oitavo andar tão cedo — disse Anita. — Amo aqui. A cadeira na minha mesa parece ter sido feita sob medida para a minha bunda. E você viu como a sala de descanso é abastecida? Nunca mais compro outra Coca Diet ou um Snickers na minha vida.

Eu ri e balancei a cabeça para as bobagens de Anita. Pelo menos uma de nós estava se ajustando confortavelmente ao andar executivo. Meu gosto para luxo finalmente encontrara seu par na extravagância daquele escritório. Embora eu amasse, não conseguia entender por que esse meu lado me perturbava tanto.

Alguns minutos depois, atravessei o corredor em direção ao banheiro feminino. Apesar de todas as minhas dúvidas, eu precisava admitir que a vida no vigésimo era cem por cento melhor. O sistema de aquecimento funcionava gloriosamente e o banheiro ficava muito mais perto do meu escritório, o que era ótimo para a minha bexiga minúscula. No caminho, vi Jonathan rindo na mesa da sua assistente.

— Com licença, Jonathan, posso falar com você por um minuto?

Ele olhou para o Rolex. Eu ignorei o gesto. Se ele tinha tempo para ser nojento com a assistente, tinha tempo para a pergunta de uma colega.

— Claro. O que foi?

— Não consigo acessar nenhum dos e-mails do Michael. Sei que o Departamento de TI é de sua responsabilidade, então eu pensei que talvez você pudesse mexer alguns pauzinhos para mim.

— E-mails? Por que você quer os e-mails de Michael? Usamos arquivos compartilhados aqui no vigésimo. Talvez sua assistente possa te mostrar como funciona. Você vai conseguir encontrar tudo o que precisa nas pastas compartilhadas.

Meu Deus, esse cara era um babaca-mor.

— Eu sei como os arquivos compartilhados funcionam. Mas preciso acessar algumas das correspondências que ele possa ter trocado com colaboradores de fora do conselho. Coisas assim. Você pode me ajudar?

— Claro. Vou ligar lá pra baixo. — Ele me lançou uma expressão irritada, como se eu fosse uma criança que derrubara o leite que ele teria que limpar. — Mais alguma coisa?

A assistente dele distribuiu um olhar entre nós dois antes de voltar sua atenção ao monitor.

— Você acha que eu consigo esse acesso ainda hoje?

Jonathan suspirou profundamente.

— Vou ver o que posso fazer.

Ele me deu as costas e voltou a conversar com a assistente. Tive a impressão clara de que ele não se apressaria para pegar o telefone e ligar para ninguém para me ajudar. Obviamente, estava confundindo minha civilidade com fraqueza.

Babaca.

Um pouco mais tarde, me sentei na minha mesa, pensando sobre Vera e Sam e a briga que tivemos na noite anterior. Eu odiava discutir com Sam. Ele era o único parente que eu tinha — que eu soubesse. Talvez ainda estivesse bravo comigo, mas só havia um jeito de descobrir. Peguei meu celular e apertei a discagem rápida para o número dele.

Sam atendeu no primeiro toque.

— Ellie?

— Oi, tá ocupado?

— Não. Mas estou de saída. — Ele soava apressado, preocupado. — Espera, pensei que você não pudesse conversar enquanto está no trabalho. Está tudo bem?

— Sim... sim. Eu só... Olha, desculpe pela noite passada.

Pedir desculpas para Sam nunca foi difícil para mim. Eu havia feito um milhão de coisas pelas quais me desculpar.

Houve uma longa pausa. Queria preencher o silêncio, mas não sabia o que dizer. Eu era a rainha de estragar minhas relações pessoais. Não o culparia por ficar bravo comigo. Mas ele não ficou.

— Não foi nada. Esquece. — Típico do Sam. Nunca guardava mágoa. Sempre pronto para seguir em frente.

— Não, você está certo. Posso ser uma megera às vezes. Passa lá em casa hoje à noite. Posso te emprestar o dinheiro.

— Que nada, não se preocupa com isso.

— O que você quer dizer?

— Você estava certa ontem. Já sou um homem adulto. Preciso melhorar. Estive conversando com o Sucão.

— O Sucão? Por quê?

— Ele tem um colega, amigo de um amigo, que me passou um serviço e tem mais trabalho pra me passar.

— O que isso quer dizer? — Senti outra briga se aproximando, então pisei no freio. — Sam, você não vai se envolver em mais confusão, vai?

— Não. É tudo dentro da lei. Bem certinho.

— Que tipo de trabalho?

— Não tenho todos os detalhes ainda. Olha, preciso ir. Vou te ligar mais tarde.

— Promete?

— Prometo. Tá tudo bem entre a gente.

Minha culpa suavizou um pouco.

— Tudo bem. Eu te amo.

— Também te amo.

Desliguei o celular. Me lembrei de quando Sam era pequeno. Ele costumava colecionar moedinhas que encontrava na rua ou no sofá de Vera. Sempre moedinhas de cobre novas. Nunca as velhas. Que coisas novas e brilhantes ele estaria perseguindo agora?

12

Algumas horas depois, entrei às pressas na sala de reuniões da Houghton, uma estrutura toda feita de vidro no vigésimo andar, afetuosamente chamada de Aquário. Sem nenhuma surpresa, fui a primeira a chegar. Me organizei para que fosse assim. Sempre gostei de saber o que acontece antes de uma reunião. Decisões são tomadas na "pré-reunião", nos almoços fora e nas partidas de golfe sábado de manhã.

Mais itens de luxo. Um aparador antigo servia de apoio para um enorme arranjo floral exótico e uma variedade de bebidas. Uma longa mesa de conferência de mogno se estendia pelo comprimento da sala, cadeiras de couro altas ao redor. O time de gerenciamento executivo era pequeno e completamente desproporcional para o tamanho da mesa. Embora eu estivesse benzida contra todas as armadilhas externas da liderança executiva, por dentro me sentia como uma caloura no primeiro dia de ensino médio. Aquela seria minha primeira reunião do Comitê Executivo. Eu tinha certeza de que havia um certo protocolo a seguir e queria estar a par dele. Onde eu deveria me sentar? Como Nate conduziria a reunião? Desejei uma vaga no andar executivo por muito tempo. Agora que conseguira, não sabia muito bem como me comportar.

Willow entrou pouco depois de mim.

— Oi, Ellice, querida — disse ela, o sotaque sulista pingando. — Seu cabelo está muito bonito assim.

— Obrigada.

Mulheres brancas geralmente elogiavam meu cabelo quando estava liso, e mulheres negras elogiavam quando estava cacheado. Tenho certeza de que há uma reflexão filosófica por trás disso. Desde a minha promoção para o andar executivo, eu estava pranchando meu cabelo. Mais uma concessão, mas uma batalha a menos para lutar. Tentei usá-lo cacheado quando trabalhei no Departamento Jurídico. Mas sempre provocava algum comentário esquisito, ou, Deus me livre, alguém perguntando se podia tocá-lo. Eu invejava outras mulheres que usavam o cabelo natural e pronto — ondas, cachos, crespos, dreadlocks, de todos os jeitos. Mulheres que desafiavam seus colegas a julgarem-nas pelo seu valor, e não pela sua coroa.

— Acho que somos só nós por enquanto — falei.

Willow nem ligou para o meu comentário. Ela cruzou a sala e ficou na minha frente, apoiada na mesa de conferência.

— Ellice, querida, posso te dar um conselho que recebi quando comecei aqui?

— Claro.

— Lidar com esses caras pode ser uma dança delicada.

— O que isso quer dizer?

Alguns segundos depois, ouvimos vozes se aproximando.

Ela tocou meu braço gentilmente e sussurrou:

— Vamos conversar mais tarde.

Jonathan e Max entraram. Vi Jonathan tocar o broche na lapela de Max.

— Por que tão formal hoje, Maxie? Você devia tirar isso.

Jonathan olhou para mim e foi até uma cadeira vazia sem dizer mais nada. Max esfregou o broche nervosamente e se sentou. Esperei perto do aparador, nos fundos da sala, cutucando uma garrafa de água Voss e dando aos outros uma chance de pegarem seus lugares de sempre na mesa. Com todos posicionados, me sentei em uma cadeira vaga ao lado de Willow.

Jonathan disse:

— Oi, Ellice. Bem-vinda ao coração da Houghton.

Acenei com a cabeça para Jonathan e então me virei para Max.

— Bom dia, Max — falei com uma certa cadência na voz.

Ele assentiu e se virou. Pouco me importava se ele gostava ou não de mim, mas ele teria que se contentar com o fato de que eu era sua igual agora. Algumas pessoas devem ser obrigadas a se lembrar de você mesmo depois que você sair de perto. Principalmente se a pessoa acha que você nem sequer merece estar ali, para começo de conversa.

Nate foi o último a entrar. Ele se sentou na cabeceira da mesa, conosco ao redor, lado a lado, formando um pequeno conglomerado no final da mesa.

— Vamos começar — disse Nate, assentindo na minha direção. — Primeiramente, quero dar as boas-vindas a nova membra do Comitê Executivo. Estamos muito felizes que você esteja se juntando ao time. Quando se tratar de conselhos jurídicos, nos grudaremos a você como um fio de cabelo em um queijo quente. — Alguém, não tive certeza de quem, deixou escapar um suspiro baixo e impaciente. — Sentiremos falta de Michael, mas estou feliz que você está aqui. Bem-vinda, Ellice.

Eu sorri.

— Obrigada.

— Agora, ao trabalho. — Nate espiou suas anotações. — Algumas atualizações sobre os assuntos da reunião passada antes de começarmos. Primeiro, manifestantes. A multidão parece ter aumentado desde que a imprensa apareceu com a morte de Sayles. O que faremos a respeito?

Max respondeu primeiro.

— Já que a porcaria do nosso time de segurança não consegue lidar com um bando de bandidos na frente do prédio, sugiro que contratemos uma empresa privada de segurança.

Bandidos.

— Isso seria um exagero, Maxie — disse Jonathan. Ele sorriu e retirou os óculos, tamborilando o queixo como se estivesse pensando na solução para todos os problemas da Houghton. — Devemos simplesmente esperar que eles saiam. Talvez as coisas se acalmem como aconteceu antes das festas de fim de ano.

Esperar que saiam. Ele estava falando sério?

— Bem, pode ser que funcione. Ellice, o que você acha? — disse Nate.

Eu ainda estava com raiva pelo comentário de Max, mas consegui inspirar fundo antes de falar.

— Os manifestantes têm todo o direito de estar na frente do prédio. Eles são inofensivos, e não há nenhum motivo para a equipe de segurança ou a lei se envolverem. Minha recomendação é que encaremos essas manifestações dentro do contexto maior do que está acontecendo na Houghton. Nossos números de contratação e promoção de minorias são baixos. — Ouvi o suspiro de novo. *Max.* Eu o ignorei e prossegui. — Meu conselho é tomarmos conta da situação e negociar um acordo com as acusações da comissão. Atualmente, temos seis alegações de discriminação sendo investigadas. Pela forma como as acusações foram escritas, acreditamos que os reclamantes têm advogados. Podemos esperar um processo a qualquer momento. As coisas só vão piorar se formos processados e continuarmos a ignorar os manifestantes. Talvez devamos pensar em interagir com eles. Descobrir o que poderíamos fazer para fazê-los parar com as manifestações.

— Bem, isso é absurdo! — A voz alta de Max soou na sala. — Por que negociaríamos com essas pessoas? São encrenqueiros. Só isso. E eu não acho que dar atenção a encrenqueiros terá algum resultado positivo.

Eu não estava apenas irritada com Max, tinha chegado ao limite. Que diabos? Eu era uma *daquelas pessoas*. Meu rosto ficou quente. Mesmo irritada como estava, sabia que teria que ser a "adulta" na sala. Era minha responsabilidade lidar com a situação se eu não quisesse ser rotulada como uma negra barraqueira. Inspirei fundo de novo.

— Max, acho que você não está entendo a situação aqui. Nosso histórico de contratação e promoção é o que traz os manifestantes até aqui todos os dias.

— Olha, tenho certeza de que você tem boas intenções, mas está bem enganada. Aquelas pessoas estão tentando acabar com a boa reputação da Houghton. E nós não negociamos com baderneiros.

Eu queria dar um tapa naquela cabeça mal penteada dele. Mas resisti à vontade.

— Até que mostremos às comunidades negras que estamos comprometidos em ser inclusivos e deixar a Houghton mais parecida com o mundo real, você pode esperar protestos como esse acontecendo por muito tempo, junto com os processos.

Max balançou a cabeça antes de se inclinar em direção a Nate e apontar o dedo para mim.

— Viu? É esse tipo de pensamento. É disso que estou falando.

— Como é? — falei.

— O que quero dizer... Acho que Michael teria uma abordagem diferente.

— Bom, Michael não está aqui. Eu sou a conselheira geral e meu conselho é que você tenha uma abordagem mais mente aberta nas questões de diversidade e inclusão.

Max me encarou antes de se virar para Nate.

— Nate?

Todos olhamos para ele, que olhava pela janela, em silêncio.

Jonathan pigarreou.

— Certamente é algo a se considerar. Você não concorda, Nate?

Nate saiu de seu transe.

— Ah, sim. Claro.

— Então estamos de acordo? Vamos conversar com os manifestantes? — perguntei.

Max fez cara feia para mim. Me perguntei o que ele pensaria se soubesse que seu amado Michael Sayles, branco como ele, estava dormindo com uma mulher negra.

Jonathan retomou as rédeas.

— Ainda não. Vamos usar a estratégia de esperar para ver, por mais uma semana mais ou menos. Você não concorda, Nate?

— Claro. Está bom assim — disse Nate, seu rosto sem expressão. Pensei que ele fosse vomitar ou algo assim, mas se recuperou. Tornou a olhar para as anotações. — Vamos ver... hã, Max, como estamos lidando com os novos regulamentos do departamento de transportes?

— Tudo bem, Nate. Tudo sob controle — Max respondeu, evitando fazer contato visual comigo.

— Você deixou nossa nova conselheira dar uma olhada? Estamos falando de segurança aqui.

— Fico feliz em ajudar — falei.

— Não será necessário — Max disse, me encarando, seus lábios comprimidos de raiva.

Nate fez uma pausa, alisando o bigode.

— O próximo tópico... Libertad Ex-cursi-ones. — Ele arrastou a última palavra, pronunciando errado. Deu uma risadinha. — Meu espanhol não é bom. Nunca aprendi outra língua. Só inglês. — Todos riram, menos eu. — É melhor eu aprender a pronunciar, já que Libertad vai nos colocar no mapa para acordos internacionais, contratos com empresas maiores. Este é o terceiro acordo que fazemos em doze meses. Cada um nos impulsionando mais alto. Jonathan, estamos prontos para anunciar o acordo?

— O acordo está aprovado. Mas acho que devemos mantê-lo confidencial por um tempo. — Jonathan deu um sorrisão e assentiu para Willow. — Como já falamos, não acho uma boa ideia fazer um grande anúncio para esse acordo. É melhor deixar ele passar nas revistas de comércio sem alardes. Menos expectativa. Menos competição.

— Tudo bem. Ótimo.

Libertad? Onde é que eu tinha ouvido aquele nome antes? A festa em Savannah... Jonathan e Max tinham discutido sobre algo chamado Libertad.

Eu podia ficar sentada ali em silêncio ou podia descobrir o que era tão importante para colocar um contra o outro. Me senti incentivada a falar. Pigarrei e olhei ao redor da mesa de conferência.

— Com licença.

— Sim, Ellice? — disse Nate.

— O acordo Libertad. Não estou familiarizada com ele e não vi nenhum material a respeito no pacote que você enviou com a pauta de hoje. — Sorri olhando para Jonathan, esperando falar diretamente com ele.

— Ah, me desculpe, Ellice. Eu deveria ter mencionado — disse Jonathan, ajustando os óculos e sorrindo para mim. — Michael e eu já resolvemos. Não há muito para você fazer. Pode ser que precise rascunhar alguns contratos. Te passo mais tarde o que precisa ser feito.

O privilégio branco masculino esperneava entre a recusa de Max em trabalhar comigo e a tentativa de Jonathan de me deixar de fora.

— Parece um acordo grande, e eu tenho zero informações...

— Eu disse que está resolvido. — Jonathan me dispensou como se estivesse retirando um pedaço de linha do paletó. — Não há com o que se preocupar, Ellice. Michael e seu advogado externo passaram um pente fino nesse acordo. Como Nate disse, não fazemos nada aqui sem a benção do Jurídico. Nate, posso atualizar a Ellice depois.

O sorriso de Jonathan derreteu em uma expressão séria quando tornou a olhar para mim.

Nate ergueu uma mão na direção de Jonathan, silenciando-o.

— Você está de acordo com isso, Ellice?

Procurei um rosto empático na sala. Todos os olhares recaíam sobre mim. Mas eu estava sozinha.

— Claro. Tudo bem. E, Jonathan, talvez você possa me dar acesso aos e-mails do Michael, já que está me atualizando. — Sorri para amenizar o golpe.

As narinas de Jonathan inflaram e pensei ter visto uma veia pulsar no meio da testa dele.

— Hã... Com certeza.

Nate me deu uma piscadela e um meio-sorriso.

— Tudo bem então, vamos prosseguir.

No fim da reunião, vi Max dando uma batidinha no ombro de Jonathan e sorrindo para ele. Ao que parecia, eles haviam feito as pazes desde a festa. Ou talvez estivessem se parabenizando por terem conseguido calar a única mulher negra no andar executivo. Jonathan se aproximou de Willow, e os dois ficaram conversando. Comecei a juntar minhas coisas.

Max deu a volta na mesa de conferência e parou ao meu lado.

— Ellice, posso falar com você por um momento? — ele perguntou baixinho.

O tom de banjo de sua voz era mais tolerável quando ele falava baixo.

— Claro.

— Só quero que você saiba que não sou seu inimigo aqui. Me importo com a Houghton e, principalmente, com o Nate. Gosto do pequeno experimento dele em fazer as coisas de um jeito diferente, mas espero que não azede.

— O que você quer dizer com "o pequeno experimento dele"? — Eu sabia exatamente o que ele queria dizer, e seu comentário se enfiou debaixo da minha pele, aumentando minha pressão sanguínea e minha ira. Era a segunda vez que dizia uma besteira racista dessas.

— Só espero que saiba o que está fazendo quando for aconselhar o povo aqui em cima. Michael sempre tomava o cuidado de analisar a questão por todos os lados.

— Acho que sou muito mais qualificada para dar conselhos sobre os manifestantes. Mais do que Michael ou qualquer outra pessoa neste andar. Se você tem um problema com o meu conselho, talvez deva reclamar com o Nate.

Ele fez uma careta de deboche.

— Como eu falei, tenha certeza de saber o que está fazendo. Agora que você está aqui, não quer estragar tudo, quer? Pode ser uma queda muito feia de volta ao décimo oitavo.

Imitei a careta dele.

— Isso é uma ameaça ou você está mesmo preocupado com a minha carreira?

Max se afastou sem dizer nada.

— Ellice, posso falar com você por um momento? — Nate pediu.

Willow e Jonathan pararam de falar de repente e encararam Nate.

— Eu gostaria de dar uma olhada no seu novo escritório — Nate disse enquanto sorria para os dois.

Nate e eu seguimos em silêncio pelo corredor. Nenhum de nós disse uma palavra até que chegamos ao escritório e fechamos a porta.

— Parece que fizeram um excelente trabalho por aqui. Você escolheu os móveis? — perguntou ele.

— Sim.

Com certeza não tínhamos ido até o escritório para falar da decoração.

Nate se aproximou da janela, as mãos nos bolsos. Algumas moedas ou chaves tilintaram enquanto ele olhava para o parque lá embaixo.

— E, é claro, a vista... amo esta vista. — Ele se virou e sorriu para mim. — Está gostando do seu novo espaço?

— É muito bom.

— É muito bom *mesmo*. Quero que tenha o que precisar para ser bem-sucedida nesse cargo. É um trabalho difícil, lidar com todas as questões legais que uma empresa como a Houghton pode ter.

Ele pigarreou como se estivesse prestes a dar o discurso mais importante desde o Discurso da Cortina de Ferro de Churchill. Deixei escapar um longo suspiro antes de me jogar na cadeira. Nate não tinha vindo até aqui para ver nada. Eu conseguia perceber que um sermão estava por vir.

— Senti uma tensãozinha entre você e o Jonathan.

— Bem, eu não estava feliz com ele. Mas estou mais perturbada com a ameaça que Max me fez.

— Max é um bode velho e rabugento. Ignore-o. Agora, quanto a Jonathan, ele trouxe o acordo da Libertad para nós. Esse é o bebê dele. É claro, quero que você traga sua perspectiva e seus talentos para esta equipe. Mas primeiro... *primeiro*, você precisa sentir como as coisas funcionam por aqui, como fazemos as coisas, e como apoiamos uns aos outros. Se quer ter sucesso aqui no vigésimo, precisa de aliados.

Eu assenti. Ele estava certo. Eu quebrara a primeira regra do mundo corporativo: faça alianças para proteger seu próprio rabo.

— É só que eu tenho zero informações sobre o acordo com a Libertad. Não consigo acessar os e-mails do Michael. Só quero garantir que estou ciente de todas as questões jurídicas da Houghton.

— Agradeço por isso. Mas pessoas como Jonathan exigem tato. Confrontos diretos com ele não são a melhor tática.

Eu ouvi, mas me irritou o fato de eu precisar ajustar meu comportamento para acomodar o que era uma conduta claramente machista e provavelmente racista da parte deles.

Nate ergueu a sobrancelha e respirou fundo.

— Sabe, tem uma coisa que meu pai me disse uma vez. Um antigo ditado. “Quando elefantes brigam, a única coisa que sofre é a grama”. Quando pessoas com muito poder brigam, são os inocentes que se ferem no processo. Vocês vão se acertar. Só lembre que estou do seu lado. Mas quero que você dê um jeito de trazer outros a bordo também. — Nate atravessou a sala e se acomodou em uma das cadeiras de linho. — Sabe, algumas pessoas não ficaram felizes com a minha escolha de te pôr como conselheira geral. Disseram que não te conheciam o suficiente, que eu chamei uma desconhecida do Departamento Jurídico. Mas sei que você é inteligente e faz as coisas acontecerem. Então, por que não se esforça para fazer com que eles vejam o que vejo em você? Pode ser?

— Tudo bem. — Dei um sorriso fraco. — Obrigada pelo apoio.

— Você é família, Ellice. Todos nós somos. Sabe por que trato as pessoas aqui como família? É porque esta empresa foi fundada por uma. Meu avô começou a empresa com um velho Ford Zephyr que dirigia para fazer entregas em Henry County. Ele criou esta empresa do zero. E, enquanto eu estiver no comando, farei tudo o que puder para garantir que esta empresa seja viável e competitiva no mercado. Luto todos os dias por ela.

O olhar de Nate pousou na chuva que batia na janela.

— Meu filho morreu quando tinha apenas dezesseis anos. Meu único filho. Culpa de um motorista bêbado. A mãe dele nunca mais foi a mesma. — Nate deu um longo suspiro cansado. — Eu tinha tudo planejado. Eu o traria aqui, ensinaria tudo o que sei, e ele assumiria quando eu me aposentasse. — Nate ficou em silêncio.

Encarei minhas mãos. Era quase como se eu estivesse ouvindo uma conversa privada.

Ele enfim se recuperou.

— Aqui na Houghton somos família. Sabe por que trato as pessoas aqui como família? É porque esta empresa foi fundada por uma. Meu avô começou a empresa com um velho Ford Zephyr que dirigia para fazer entregas em Henry County. Ele criou esta empresa do zero. E, enquanto eu estiver no comando, farei tudo o que puder para garantir que esta empresa seja viável e competitiva no mercado. Luto todos os dias por ela.

Que diabos? Ele tinha acabado de dizer aquilo.

— *Toc-toc!* — Willow bateu na porta, com um sorrisão no rosto. — Não queria interromper, mas, Nate, temos uma reunião com o time de Jonathan sobre a auditoria.

— Ah, sim, é mesmo. Ellice, seu escritório está ótimo! Continue com o bom trabalho. Vamos lá, Willow.

Que diabos foi aquilo? Ele estava bem? E aquela coisa de "brinque direitinho com Max e Jonathan no parquinho" embora eles me tratassem como merda? Eu estava furiosa. Odeio quando as pessoas mijam em mim e tentam me convencer de que está chovendo.

Meu celular tocou. Peguei-o da mesa e quase o derrubei no chão.

No identificador de chamadas: Michael Sayles.

13

— Alô? — sussurrei no celular.

— Ellice, aqui é Anna Sayles. Esposa do Michael. Encontrei seu número no celular dele.

Congelei.

— Você pode falar agora? — perguntou ela.

Meu estômago se revirou.

— Hã... Posso.

— Preciso falar com você. É sobre Michael, e é bastante urgente. Você pode passar aqui em casa?

— Tudo bem... Claro. Posso ir depois do trabalho — respondi, tentando mascarar meu pânico.

— Não. Como eu disse, é urgente. Você pode vir agora?

— Bem... Acho que posso sair para almoçar mais cedo. Está tudo bem?

— Vamos conversar quando você chegar aqui.

A casa de Michael ficava em Buckhead, uma comunidade exuberante, cheia de dinheiro branco de berço, que se espalhou pelo noroeste de Atlanta para incluir lojas de luxo e se tornou um local popular entre as celebridades. Dirigir até a casa dele foi como fazer uma estranha excursão para dentro do pesadelo de uma amante. Como eu deveria agir com a pobre viúva atordoada que, de repente, descobriu que seu marido, agora morto, tinha outra? Estacionei na entrada circular da enorme casa colonial francesa e desliguei o motor. Mesmo na sonolência do inverno, as linhas inclinadas do telhado e os jardins exuberantes exalavam uma riqueza discreta. E, apesar do tamanho da casa e de seu endereço em Buckhead, Michael e sua família viviam modestamente em comparação com alguns dos outros executivos da Houghton.

O pensamento veio até mim de novo: *Talvez Anna tenha matado Michael.* Que esposa rejeitada nunca sonhou em matar seu marido traidor e a amante? Eu poderia estar caindo em algum tipo de armadilha. Não sabia dizer se era o martelar na minha cabeça, a pressão de um confronto com Anna, ou talvez o meu próprio comportamento deplorável após a morte de Michael, mas considerei seriamente ligar o carro e dar o fora dali. Mas não foi o que fiz. Em vez disso, planejei oferecer à viúva Sayles cinco minutos do meu tempo e depois iria embora, fingindo que ela nunca tinha existido.

Saí do carro e subi o caminho de pedra. Uma espiadela pela grande janela saliente da sala de estar não revelou nenhum movimento. Toquei a campainha e fiz uma profunda melodia de sinos reverberar pela casa. Um cachorro latiu em algum lugar ao longe antes que passos suaves se aproximassem da porta.

Uma senhora idosa e pequena, de cabelo cinza-azulado e um vestido do mesmo tom, abriu a porta. Eu a reconheci do funeral, sentada na primeira fila com Anna.

— Olá. Posso te ajudar?

— Oi. Sou Ellice Littlejohn. Eu trabalho... hã, trabalhei com Michael... na Houghton.

A mulher estreitou os olhos ao me analisar.

— Desculpe, Anna está descansando agora. Eu posso...

— Acredito que Anna esteja me esperando. — Fui educada mas firme.

— Desculpe. Ela realmente precisa repousar. Talvez você possa voltar uma outra hora.

— Está tudo bem, mãe — interrompeu Anna, aparecendo na lateral da porta. — Ellice, por favor, entre.

Sorri para a senhora vestida de cinza, passando por ela enquanto entrava. A mãe de Anna estreitou os olhos para mim antes de fechar a porta e desaparecer nos fundos da casa.

— Aqui, me deixe pendurar seu casaco — Anna disse.

Eu não esperava ficar tempo o bastante para precisar pendurar o casaco, mas o removi mesmo assim.

— Obrigada.

Ela o pendurou em um gancho ali perto.

— Você mencionou que era seu horário de almoço, então preparei uma coisa.

A hospitalidade dela era perturbadora. A esposa sulista exemplar, mesmo agora, prestes a confrontar a amante de seu marido morto. Segui Anna pela casa. A cozinha era gigantesca, mas acolhedora. As bordas afiadas dos eletrodomésticos de aço inoxidável eram suavizadas pelos armários de cerejeira e o cheiro de pão recém-assado que flutuava no ar. A ilha central estava coberta de sanduíches e saladas.

— Fique à vontade. Posso te servir algo para beber?

— Não, obrigada. Não precisa. — Ela pareceu decepcionada. — Não tenho muito tempo. Preciso retornar para uma reunião.

Eu não era louca o bastante para comer a comida da esposa do homem com quem eu tinha um caso. Martha Littlejohn não fora uma mãe exemplar, mas não criara uma idiota.

Sentei-me em uma das banquetas de estofado macio na ilha central e observei Anna pegar algumas taças de vinho do armário. Seu pequeno corpo estava envolto em uma camisa de seda cinza e calças de lã, o cabelo loiro preso em um rabo de cavalo frouxo. Ela encheu a primeira taça com vinho tinto e a segunda com água com gás e sorriu enquanto deslizava a com água em minha direção.

— Água, já que você tem que voltar para o trabalho. — Ela ergueu a taça dela, fingindo um brinde. — Quanto a mim, já passou das seis em algum lugar do mundo. Saúde.

Me perguntei há quanto tempo tinha estado bebendo durante o dia. Provavelmente desde a morte de Michael. Talvez não soubesse de nada.

— Como você está? — perguntei.

Estranho, mas eu não sabia o que mais dizer. Não tinha o hábito de socializar com a esposa do homem morto com quem eu estivera dormindo. Do nada, uma imagem do corpo ensanguentado de Michael surgiu na minha mente. Inspirei fundo e me contive para não sair correndo daquela casa.

— Não sei. A maioria dos dias são difíceis. As crianças voltaram para a escola. — Anna tomou um gole de vinho. — Enfim, e você? Fiquei sabendo da sua promoção. Parabéns. — Os olhos dela se iluminaram um pouco.

— Obrigada. — Eu estava muito desconfortável. Olhei para a porta. Certamente ela não havia me chamado ali para tomar champanhe e almoçar. — Você mencionou algo urgente sobre Michael?

Ela me olhou por um momento.

— Ellice, eu preciso saber de uma coisa. E quero a verdade, está bem?

— Sim... claro.

Ai, Deus. Lá vem. Só seja sincera, peça desculpas e vá embora.

— O que estava acontecendo no escritório? — ela perguntou com a voz suave e baixa.

Minha boca ficou seca. Minhas mãos tremiam e suavam.

— Eu... hã... Não sei o que você quer dizer.

— Sei que alguma coisa estava acontecendo no escritório, Ellice.

— É... bem...

Me interrompi. Percebi algo nela. Seu comportamento havia mudado. Os ombros caíram e o rosto corou de preocupação. Não era o que eu esperava de uma esposa prestes a entrar em uma briga com a amante de seu marido morto. Meus instintos entraram em ação. *Apenas fique quieta. Deixe ela falar. Não admita nada.*

— Ellice, quero saber o que estava acontecendo naquele lugar para fazer Michael mudar.

— Mudar? Espera... Quê?

Estávamos falando da mesma coisa?

— Ele passou muito tempo trabalhando em um caso. Primeiro, eu não quis pressioná-lo. Pensei que ele resolveria cedo ou tarde e as coisas voltariam ao normal. Sei que vocês, advogados, têm regras de confidencialidade, mas dessa vez, fosse lá no que ele estivesse trabalhando, era diferente. O consumiu de uma forma que nunca vi antes.

Vasculhei meu cérebro, tentando me lembrar das últimas semanas com Michael. Como eu não percebi o que era aparentemente óbvio para Anna? Lembrei de Hardy me dizendo que os seguranças viram Michael trabalhando durante o final de semana anterior ao assassinato.

— Ele te disse alguma coisa? — perguntei. — Um nome, ou sobre o que era o caso?

— Não, ele não disse, mas quero te mostrar uma coisa. — Eu a segui pelo corredor até o escritório de Michael. — Sexta passada, quando estávamos no funeral, a casa foi invadida.

— Invadida?

Anna abriu a porta do escritório e acionou um interruptor. De um lado, livros e papéis estavam espalhados pelo chão. Do outro, alguns porta-retratos e papéis estavam empilhados desigualmente sobre a mesa.

— Não repare a bagunça. Ainda não consegui organizar — disse Anna. — Durante a invasão, este cômodo foi revirado,— o *único* cômodo na casa inteira. A polícia procurou por impressões digitais, mas não encontrou nada. Tentei conectar isso a todo o resto.

Anna parou no meio do escritório, mãos nos quadris, balançando a cabeça, perplexa, como se tivesse acabado de acontecer.

— Meu Deus. Eles levaram alguma coisa? — Observei o caos. Pelo que parecia, Michael tinha algo que alguém queria.

— Não que eu tenha percebido. E isso inclui as joias que estavam lá em cima e a louça e prataria na cozinha. Computadores. Televisões. Nada foi roubado. Eles desativaram o sistema de alarme e tudo. Sabiam o que estavam fazendo, um trabalho realmente profissional. A polícia acha que tem relação com a morte de Michael. Mas não podem dizer com certeza. Eu te digo, seja lá quem entrou aqui estava procurando algo em específico. Mas sei que não encontraram.

— Por que você tem tanta certeza?

— Eu estava mexendo nas coisas do Michael no nosso armário. Encontrei uma chave e o contrato de aluguel de um cofre em Wells Fargo. — Anna ergueu um grande envelope pardo da mesa. — Esta manhã, fui ao banco. Encontrei isto no cofre. Acho que pode ser o que eles estavam procurando.

Abri o envelope e alguns papéis lá de dentro. O primeiro documento:

3 de Janeiro
Para: Nathaniel C. Ashe, CEO & Presidente
Conselho de Diretores da Houghton
De: Michael Sayles, Vice-presidente Executivo & Conselheiro Geral

Renuncio imediatamente ao meu cargo de vice-presidente executivo e conselheiro geral.

Curto. Escasso. Onze palavras. A carta de renúncia estava datada do mesmo dia da morte de Michael. Tirei meus olhos do papel e olhei para Anna, sem palavras.

— Exatamente! Você sabia que Michael planejava renunciar? — perguntou ela.

— Não... Eu não sabia.

— Bem, nem eu. Continue lendo.

Passei para a próxima página, a cópia de uma conversa por e-mail entre Michael e um advogado externo chamado Geoffrey Gallagher. Pelo que entendi, Michael contratou Gallagher para revisar documentos relacionados a um empreendimento conjunto entre a Houghton e uma empresa chamada Libertad Excursiones.

Libertad. Lá estava aquele nome outra vez.

A resposta de Gallagher para Michael veio exatamente sete minutos após a solicitação:

Me ligue imediatamente!!!

Escrito na margem do papel, um número de telefone com código de área 614.

— Quem é Geoffrey Gallagher? — perguntei. Aquele não era o advogado externo que normalmente usávamos para fusões e aquisições habitual.

— Pesquisei sobre ele. É um advogado especializado em defender executivos que se envolvem em problemas criminais. Para crimes de colarinho branco ou algo assim. Você o conhece?

— Colarinho branco? — Balancei a cabeça, confusa. — Não, não o conheço.

— Bem, seja lá quem for, acho que ele e Michael podem ter encontrado um problema na empresa… Libertad, não é? O que é isso? — Anna perguntou, impaciente.

— Não tenho certeza. Esses eram os únicos documentos no envelope? Só isso?

— Que tipo de acordo é esse? — Anna perguntou, mais intensa desta vez.

Mordi o lábio inferior e dei a Anna um olhar do tipo *queria poder te contar*.

— Ellice, estamos falando do meu marido. Alguém pensou que esse acordo, ou seja lá o que for, valia mais do que a vida do meu marido.

— Anna, eu não sei o que tudo isso significa. Você mostrou à polícia?

— Não. — Ela balançou a cabeça. — Não.

— Você precisa ir à polícia.

— NÃO!

— Me escuta. Alguém *assassinou* o Michael. Você realmente precisa compartilhar isso com a polícia.

Por mais que eu odiasse a polícia, até eu sabia que aquilo era importante o bastante para envolver a detetive Bradford.

— *De jeito nenhum*. A imprensa inteira tentou fazer Michael parecer um suicida. E, quando enfim convenci aquela detetive de que Michael nunca se mataria, ela começou a agir como se eu estivesse envolvida no assassinato dele. Não — ela balançou a cabeça com força —, eu não vou deixá-los arrastar o nome do meu marido na lama de novo. Se eu levar isso até a polícia, eles levarão para a Houghton e... a empresa vai distorcer tudo para fazer Michael parecer ruim. Além disso, aquela detetive... Bradford. Não gosto dela. É por isso que te chamei, Ellice. Você é uma das poucas pessoas em quem ele confiava naquele lugar.

— Não sei como eu posso te ajudar, Anna.

— Acho que Michael estava com algum tipo de problema. Talvez ele soubesse algo que não deveria saber. Não sei. O que sei é que não vou aguentar aquele olhar acusatório de novo. Os carros da imprensa ficaram estacionados na nossa porta o dia todo. Pessoas gritando, dizendo todo tipo de loucuras. Achando que o assassinato do meu marido teve algo a ver com os protestos contra a empresa, como se Michael fosse o culpado pela Houghton não contratar pessoas negras. Ellice... Eu não posso... — Os olhos de Anna se encheram de lágrimas, e ela envolveu os braços ao redor do próprio corpo.

— Todo mundo sabe que Michael era honesto. Ele nunca se envolveria em algo ruim.

— Preciso que você me ajude, Ellice. Descubra se Michael estava com algum tipo de problema. Se ele fez algo errado, quero saber, sem que a polícia manche o nome dele.

— O quê? — Eu não sabia como fazer o que ela estava pedindo. — Escuta, Anna, se Michael estava com algum tipo de problema, a polícia precisa investigar. Só assim vão descobrir quem o matou.

— Você não entende. Michael tinha mudado nas últimas semanas, e acho que esse era o motivo. Tinha que ser algo muito ruim se ele não podia falar do assunto comigo.

— É exatamente por isso que você precisa ir à polícia.

— Talvez você possa ligar para o advogado... Gallagher? Descobrir do que se trata.

— Anna... — Olhei para os documentos de novo. — Desculpe, Anna. Eu não acho que posso... — Tentei entregá-los a ela. — Desculpe.

— Você precisa. Não por mim. — Anna se recompôs e me lançou um olhar calmo e sério. — Você não estava no escritório dele na manhã do assassinato?

— O... do que você está falando?

— Nós *duas* sabemos do que estou falando. Sei que vocês dois tiveram uma de suas reuniões *matinais*. — Ela se abaixou, pegou alguns papéis do chão e gentilmente os colocou na mesa. — Sei tudo sobre suas reuniões matinais no escritório, as conferências jurídicas, as saídas de Michael sábado de manhã para jogar golfe... no seu condomínio.

Olhei para ela. Todos os meus medos se acumularam no fundo do meu ser. Ela sabia. Ela sempre soube.

— Anna...

— Fiz as pazes com isso há muito tempo. Não tive escolha. Desde o primeiro dia em que você pisou na Dillon & Beck, ele só falava de você. Sabe como é difícil competir com a mulher que capturou seu marido porque ela é tão inteligente, tão trabalhadora, tão... tão perfeita? Então me dei conta. Os sentimentos de Michael por você não tinham a ver com a sua aparência, com sua educação, nada disso. Nem sequer tinham a ver comigo. Você o fez sentir algo que eu não conseguia. Meu marido estava apaixonado por você. E como dizer a um homem para parar de amar quem ele ama?

Lembrei de Vera dizendo: "Uma mulher simplesmente sabe". Olhei para Anna e então desviei o olhar. Uma tristeza profunda e dolorosa tomou conta de mim.

— Preciso ir.

— A polícia sabe que você estava no escritório dele naquela manhã?

Quase derrubei os papéis.

— Do que você está falando?

Desta vez, Anna casualmente pegou um livro do chão como se estivesse limpando a casa em um sábado de manhã. Ela olhou para ele antes de colocá-lo na prateleira. Ela se aproximou de mim, se apoiou na lateral da mesa e me deu um olhar simpático.

— Mantive o meu casamento porque não queria que meus filhos sofressem com o divórcio. Por que razão *você* permaneceu no meu casamento por todos esses anos?

A pergunta dela me feriu como uma lâmina de aço, me forçando, de novo, a enfrentar a decisão burra que tomei de me envolver com Michael.

— E o que você teve todos esses anos? Alguns fins de semana e alguns jantares em um restaurante remoto fora da cidade? — Ela ergueu uma sobrancelha. — Você tem o quê? Quarenta e um? Quarenta e dois?

Eu era alguns anos mais velha, mas não respondi.

— Você já foi casada? — Anna perguntou.

— Não.

— Então talvez você não saiba que todo casamento é perfeitamente imperfeito. É como as coisas são. Todo casal tem algum tipo de pacto. Algum acordo tácito que nenhum dos dois discute, mas cujos termos ambos entendem perfeitamente. Suspeito que, se Michael tivesse se casado com você, também teriam feito seu próprio pacto. Homens não mudam.

Ela inspirou fundo antes de falar de novo.

— Sei que você não matou Michael. Talvez você tenha pensado que estava apaixonada por ele. Mas a polícia pode achar o contrário se souber o que realmente estava acontecendo, não é? Escuta, só preciso que você me ajude a descobrir se ele estava com algum tipo de problema. Você e eu sabemos que meu marido não era um santo. Mas eu sou a esposa dele, tenho filhos com ele. Não quero que o legado dele fique manchado com algum tipo de escândalo após a morte do qual ele não possa se defender. Só me ajude.

Eu não estava preparada para aquele tipo de apelo. Gostaria que ela tivesse começado a gritar. Que tivesse gritado, me chamado de vadia destruidora de lares, e me dado um tapa. Qualquer coisa, menos aquilo. Eu não conseguia mais olhar para Anna. Encarei os papéis em minhas mãos. O pedido dela, o silêncio entre nós, os segredos... Tudo se arrastava como pesos de chumbo em volta do colarinho da minha consciência.

— Ellice, se você amava Michael, me ajude a descobrir se ele estava com algum tipo de problema. Prefiro ouvir de você. Talvez haja uma maneira de ajudá-lo, mesmo após a morte. Sei que Michael não era um homem perfeito. Mas era um homem bom. Por favor, me ajude.

Se você amava Michael. Eu o amava? Se sim, quem o amava mais? Sua amante irresponsável que o largou morto no escritório ou a esposa que ele traiu e ainda estava tentando proteger sua reputação na comunidade jurídica? Aquela mulher estava diante de mim, pedindo a *minha* ajuda para seu marido *traidor*.

Fechei os olhos por um momento. Quando os abri, Anna ainda estava lá, implorando, esperando por uma resposta.

— Me deixe ver o que consigo descobrir. Vou investigar um pouco, mas, depois disso... Anna, em algum momento você precisa compartilhar essa informação com a polícia, está bem?

— Sim, claro. Eu sei que não deveria pedir isso de você, mas...
— Como você disse, ele não era perfeito, mas era um homem bom.

Saí da garagem de Anna e dirigi para a rodovia, me punindo mentalmente por me envolver com Michael. Agora, eu estava sendo arrastada para o assassinato dele também. Deveria ter chamado a polícia no momento em que descobri o corpo. Não importava quais fossem os demônios com os quais lutei, todos os fantasmas do meu passado, a verdade permanecia clara: ele merecia coisa melhor. Talvez, ajudar Anna fosse o mínimo que eu pudesse fazer para compensar meu comportamento hediondo ao abandonar o corpo sem pedir ajuda.

Além disso, eu não confiava nos meus novos colegas. Talvez pudesse descobrir por que essa Libertad continuava aparecendo no meio daquilo tudo.

14

Voltei ao trabalho, e me sentei à minha mesa remexendo o conteúdo de uma marmita de camarão frito. Havia rejeitado o almoço na casa de Anna e meu apetite continuava ausente. Depois da reunião do Comitê Executivo pela manhã e da bomba que Anna havia jogado em mim, eu estava começando a achar que talvez fosse melhor sair da Houghton. O lugar onde fui promovida a conselheira geral para um grupo de pessoas que não achavam que precisavam de uma. O lugar onde Michael foi assassinado, naquele mesmo escritório, com um acordo misterioso acontecendo. Eu precisava ligar para um recrutador e encontrar um novo emprego antes de me afundar ainda mais naquela bagunça.

Deixei a comida de lado e estava prestes a pegar os documentos que Anna havia me dado quando a detetive Bradford entrou no meu escritório com tanta confiança que alguém poderia ter achado que *ela* era a conselheira geral. Agora que a morte de Michael era considerada um homicídio, percebi a polícia mais presente no prédio. Eu tinha visto a detetive Bradford no saguão alguns dias antes, conversando com alguns dos seguranças. Meu desprezo pela polícia e, por extensão, por essa mulher, era bobo e baseado em eventos antigos que nada tinham a ver com a detetive. Não havia sentido em fazer suposições sobre ela com base nas ações do xerife ignorante de uma cidadezinha. Ainda assim, a última coisa de que eu precisava agora era Bradford no meu escritório.

Antes de se sentar em uma cadeira, ela parou e olhou ao redor.

— Acho que preciso te dar os parabéns — disse com um sorriso fácil. — Isso aqui é bastante impressionante.

O terninho de lã cor de carvão que ela usava não era ruim, exatamente o que se espera que um funcionário público de nível médio possa pagar. Cada centímetro da peça acentuava sua figura esguia. Mas eu não estava com inveja. Quando ela chegasse aos quarenta, todo aquele corpo esbelto se voltaria contra ela e a acordaria para a meia-idade.

— Boa tarde, detetive — eu disse na voz mais alegre que consegui. — Como posso te ajudar?

Quanto mais rápido eu respondesse as perguntas, mais rápido conseguiria tirá-la do meu escritório. Eu sabia que ela só estava fazendo seu trabalho. Mas isso não apaziguava a sensação opressora de que ela estava me julgando, esperando o momento de um deslize.

— Hoje pela manhã demos uma olhada nas imagens do circuito de segurança do saguão. Talvez você possa olhar algumas fotos comigo.

Como Hardy dissera, não havia filmagens do andar executivo. Balancei a cabeça em direção às cadeiras de linho caras na frente da minha mesa.

Bradford não se sentou. Em vez disso, ela espalhou duas fotos granuladas na mesa diante de mim. Foram tiradas pelas câmeras do saguão, uma de um ângulo superior, próximo à catraca de segurança, e outra voltada para a frente, perto dos elevadores. O homem nas fotos estava vestido casualmente. Um boné de beisebol cobria uma parte de seu rosto, mas não o suficiente para torná-lo irreconhecível.

— Você conhece este homem? — Bradford perguntou.

Olhei para a primeira foto. A sensação de frio na barriga foi instantânea. Olhei para a segunda foto e de novo para a primeira.

— Quem te deu essas fotos?

A detetive Bradford olhou para mim de sobrancelhas franzidas.

— Por que não tentamos de outra forma? Eu faço as perguntas e você responde. Você conhece este homem, srta. Littlejohn?

— Difícil dizer. Essas fotos não estão muito nítidas.

O olhar da detetive era inquietante, então tirei a atenção dela e tornei a focar nas fotos.

— Observe com cuidado.

A atitude tranquila de Bradford me fez entrar em pânico por dentro. Como ela sabia?

— Bom... com o boné de baseball, é difícil ver o rosto dele. Como este homem está conectado à morte de Michael?

— Me diz você. Este homem foi visto entrando no saguão da Houghton um dia antes de seu chefe ser assassinado. Ele usou *seu* crachá de identificação para entrar no prédio. Então, pela terceira vez, srta. Littlejohn, você conhece esse homem?

Meus olhos se fixaram nas fotos granuladas. Tentei desacelerar minha respiração, organizar meus pensamentos, manter o controle da situação.

Inspire. Expire.

— Como eu disse da última vez que você esteve aqui, perdi meu crachá faz alguns dias.

— Sim, você mencionou isso, não foi? — a detetive disse sem emoção. Ela balançou a cabeça. Dava para ver que não tinha acreditado nem um pouco.

Não se desespere.

— Acho que esse cara deve ter encontrado meu cartão e entrado no prédio — respondi.

— Vocês têm uma segurança péssima aqui. — Ela ficou esperando uma resposta. Outra pausa familiarmente longa entre nós. — Então você está dizendo que não sabe quem é este homem?

— Não sei. — Foi perturbador quão facilmente a mentira deixou meus lábios. Assim que falei, soube que tinha cometido um grande erro. Mentir para a polícia não era bom, especialmente como advogada. Olhei para a porta, torcendo para que um colega intrometido aparecesse, ou talvez eu só quisesse fugir.

— Deixa eu ver se entendi. Você não encontrou seu chefe como normalmente faria no dia em que ele foi brutalmente assassinado, e um homem que você alega não conhecer usou o *seu* crachá para entrar no prédio. — Bradford balançou a cabeça devagar. — Uma coincidência e tanto, não acha? — Ela me encarou, suspeitando.

Tornei a olhar para as fotos e soltei um suspiro longo e profundo.

— Desculpe, detetive. Eu gostaria de poder ajudá-la.

— Eu também. Eu gostaria que *qualquer um* nesta empresa me ajudasse com a investigação. Michael Sayles foi morto bem aqui, neste escritório, e ninguém sabe de nada. — Bradford recolheu as fotos. — Mostrei essas fotos para algumas pessoas aqui e ninguém parece saber quem ele é. Nem mesmo a dona do crachá que ele usou.

Dei de ombros. A detetive me encarou de novo. Sabia que ela não acreditava em mim, mas isso era problema dela, já que não podia provar que eu estava mentindo.

Ela deu uma volta de trezentos e sessenta graus e inspecionou o cômodo, analisando meu escritório de novo.

— Está gostando de ser a nova conselheira geral?

— É bom. — Fui direta, assim talvez ela entendesse a mensagem e fosse embora em vez de ficar por ali tentando me pegar em uma mentira.

— Então agora você trabalha direto para o CEO, não?

— Isso.

— Pelo que parece, deve ser um trabalho muito bom. — Bradford passou um dedo na superfície de linho de uma das cadeiras diante da mesa. — Vista bonita, mobília cara, flores frescas. Chique mesmo. E você gosta de trabalhar com seus novos colegas?

— Eles são tranquilos.

— A sua promoção também aconteceu muito rápido. — Ela se inclinou sobre as costas da cadeira e me deu um sorrisinho. — Já fui transferida de departamento. Na minha experiência, sempre leva um tempinho para os novos colegas se acostumarem a trabalhar com pessoas como nós, a nova mulher no bando. Como está indo?

Tentei sufocar minha ansiedade. Bradford era inteligente. Talvez mais do que eu.

— Há algo mais que eu possa fazer por você, detetive? — perguntei calmamente.

— Você deveria substituir seu crachá.

— Farei isso.

Ela deu outra olhada suspeita no cômodo antes de me encarar por um momento e ir embora. Eu a observei sair do escritório pela segunda vez, e pela segunda vez, tive que mentir pra ela.

Merda. Tentei pensar. Por que diabos Hardy não me disse que eles tinham liberado a filmagem do saguão para a polícia? Eu teria que lidar com esse detalhe mais tarde. Eu tinha problemas mais importantes no momento.

Dei à detetive o que imaginei ser tempo suficiente para sair do vigésimo antes de pegar minha bolsa e casaco e sair do escritório.

— Anita — chamei. — Preciso ir.

— Ok, está tudo...?

— Pode ser que eu não volte hoje! — gritei por cima do ombro.

Eu sabia exatamente quem era o homem das fotos e precisava do resto do dia para descobrir por que meu *irmão* estava perambulando pelos corredores da Houghton com o *meu* crachá um dia antes do assassinato de Michael.

15

Parei na frente do Mercado do Geno, uma lojinha de aparência desleixada, localizada em um shopping no lado oeste de Atlanta. Era provável que Sam estivesse ali no meio do dia. Aquele era o pedaço da cidade que a explosão de prosperidade de Atlanta havia esquecido. A área era tomada por vitrines que ofereciam manicure, restaurantes de *soul food*, apliques de cabelo por vinte e cinco dólares e coisas do tipo. Era questão de tempo até que os gurus e desenvolvedores da gentrificação encontrassem aquela joia em estado bruto.

As vitrines da loja eram protegidas por barras de segurança de ferro preto, e luminosos letreiros de néon anunciavam de tudo um pouco, de Budweiser à loteria da Geórgia. Todas as tentativas que fiz para sair de Chillicothe e deixar lugares como aquele para trás foram compensadas pelos maus comportamentos de Sam, que sempre me arrastaram de volta. E toda vez que tinha que caçá-lo em algum lugar como aquele, eu jurava que seria a última. Sempre me lembrava das vezes em que eu tinha que entrar na Taverna do Blackjack para arrastar Martha de lá quando Sam e eu estávamos com fome e não havia comida em casa. Me sentia culpada por ter ido para um colégio interno e deixado aquela terrível tarefa para ele.

Fosse lá no que Sam houvesse se metido, qualquer que fosse o motivo que o fizera aparecer no meu trabalho, chegou perto demais da linha que eu traçava entre minha vida pessoal e profissional.

Estacionei minha BMW ao lado de uma picape branca encardida na frente da loja. Dois caras encostados no prédio olharam para mim antes de se entreolharem e sorrirem. Fiquei tensa. Pendurei a alça da bolsa cruzada sobre o meu corpo com cuidado. Eu esperava que ainda estivessem observando. Queria que soubessem que, fosse lá o que planejavam, eu não desistiria sem lutar. Saí do carro.

— Oi, linda — o mais pesado disse enquanto eu me encaminhava para a porta.

— Senhores — cumprimentei sem parar. Aprendi, havia muito tempo, que com alguns homens era melhor responder e continuar andando, a não ser que eu quisesse ser chamada de vadia arrogante ou voltar mais tarde para encontrar meu carro arrombado e com os pneus furados.

Lá dentro, o lugar não lembrava nem um pouco uma loja de conveniência. As prateleiras estavam quase vazias, mas havia uma grande seleção de cerveja e vinho. Fora isso, o lugar dificilmente seria um destino atrativo. Não havia ninguém na loja, exceto pelo caixa, um cara desleixado com uma longa barba desgrenhada, que estava sentado atrás de um vidro à prova de balas.

— Posso te ajudar? — perguntou ele.

— Estou procurando uma pessoa. Preciso ir para os fundos.

Ele me encarou impressionado.

— Não sei do que você está falando.

— Qual é o seu nome? Rolly? — Eu soube pelo súbito arquear de sobrancelhas que ele estava surpreso por eu saber seu nome. — Sei que você é um amigo do Sam. Preciso encontrá-lo. Só me deixe dar uma olhadinha. Sairei em um minuto ou dois.

— Não conheço nenhum Sam. Não sei do que você está falando.

Ele espiou por cima do meu ombro, como se algum outro cliente fosse se aproximar a qualquer minuto.

Que ele se danasse. Eu não estava com tempo para joguinhos.

— Escuta, eu estou procurando por Sam Littlejohn, e a polícia também está. — Acenei para a porta ao lado da caixa registradora. — Sugiro que você destranque essa porta e me deixe entrar lá atrás antes que a polícia apareça aqui procurando por ele. Não serão tão educados quanto eu.

— Ele não está aqui. — O caixa tomou um gole de refrigerante.

— Então me deixe conferir. — Eu não estava com medo dele, embora Sam tenha me dito uma vez que o proprietário matinha uma espingarda atrás do balcão para lidar com potenciais assaltantes. Mas também sabia que a polícia era uma ameaça maior do que eu. — Olha, só abra a porta. Vai ser rápido. Você nunca me viu.

O cara esfregou a barba, calculando quantos problemas Sam poderia trazer à sua porta. Ele levou o refrigerante aos lábios e deu outro gole, me encarando por um instante antes de apertar o botão embaixo do balcão. Ouvi o clique da fechadura e passei pela porta.

Entrei no que deveria ser o estoque da loja — se eles tivessem algum estoque para vender. Era uma sala de bom tamanho, mal iluminada, onde zumbia o barulho de uma dúzia de caça-níqueis. Cada máquina estava ocupada por alguma pobre alma esperançosa de ter uma grande vitória. De acordo com a lei estadual, a Geórgia permite o que é chamado de "jogos de habilidades operados por moedas" — máquinas caça-níqueis onde você pode inserir dinheiro, mas não sacar. Em vez disso, ganha bilhetes de loteria ou mercadorias da loja. Mas casas de jogo secretas como aquela tinham caça-níqueis de verdade, que haviam entrado ilegalmente no estado e pagavam em dinheiro. O que as pessoas debruçadas sobre essas máquinas não percebiam é que os jogos eram manipulados para conceber pequenas vitórias, apenas o suficiente para mantê-las jogando, entregando mais dinheiro do que ganhariam. O velho Rolly e seus sócios estavam ganhando uma pequena fortuna com as pobres almas que iam ali regularmente, tudo sem o conhecimento do leão do estado da Geórgia.

Passei pela primeira fileira de máquinas à procura de Sam. Fiquei de olho na porta, sem saber o que Rolly poderia fazer, agora que eu o tinha forçado a me deixar entrar. Ninguém se mexeu ou se deu ao trabalho de levantar a cabeça quando passei. Todos estavam sentados como se fossem zumbis de algum programa de TV antigo, em preto e branco, os olhos grudados nas telas. Uma jovem estava sentada diante de uma das máquinas, segurando um bebê e jogando algo chamado Segure & Dobre. Por um nanossegundo, tive vontade de arrancar a criança de seus braços e arrastá-los para fora.

Fazia alguns anos desde a primeira vez que tirei Sam daquele tipo de covil, na noite em que Martha morreu. Vera ligou, informando que precisávamos voltar para Chillicothe imediatamente porque Martha morrera em um incêndio. As autoridades acreditavam que ela tinha adormecido no sofá enquanto fumava. Fomos de carro para Chillicothe naquela noite, chorando durante todo o trajeto — Sam por Martha, e eu por Sam, porque ele havia perdido alguém que amava.

Percorri a sala duas vezes, mas Sam não estava lá. Voltei para a frente da loja.

— Encontrou o que procurava? — Rolly perguntou com um sorrisinho.

Eu o ignorei.

Lá fora, por sorte, os dois homens tinham sumido e meu carro estava intacto. Abri a porta e ouvi meu nome.

— Ellice!

Me virei. O amigo de Sam, "Sucão", como era conhecido na vizinhança, se aproximou. Sucão era o único amigo de Sam que eu conhecia. Ele era alto, negro e muito bonito. Curtos dreadlocks emolduravam o seu rosto como varinhas dançantes de cabelo castanho. Se ele tivesse um trabalho de verdade e menos problemas, poderia fazer alguém feliz.

— Olá, linda. O que você está fazendo aqui? — Sua voz tinha um tom profundo e sensual, e eu me irritava comigo mesma pelas borboletas que batiam asas em meu estômago sempre que o via.

— Sucão, estou procurando por Sam. Você o viu? Preciso encontrá-lo. É urgente.

— Está tudo bem?

Ele não precisava de detalhes.

— Faz uns dias que ele não atende minhas ligações.

— Você conhece o Sam. Ele provavelmente encontrou uma novinha e não quer ser interrompido pela irmã perguntando se ele almoçou ou não. — Ele riu da própria piada, mas eu não. — Pera aí.

Sucão pegou o celular do bolso de trás e discou. Ele se apoiou no meu carro, me olhando.

— Mulher, quando você vai parar de partir meu coração e se casar comigo?

Revirei os olhos.

— Eu não namoro os amigos do meu irmãozinho.

— Ai! Sabe, idade é só um número — ele disse com um sorrisão. — Hum... — Ele olhou para o celular. — Nada. Só toca e cai na caixa postal.

— É, foi assim quando liguei.

— Se quer saber, Sam não fica por aqui mais. Meu mano está progredindo.

— O que você quer dizer?

— Eu vi ele faz uns dois dias. Disse que cansou desses trampos e lugares como o Geno. Vai entrar na linha.

— Ele me disse que você tinha um amigo que tinha um trabalho para ele. Onde Sam está trabalhando?

— Não tenho certeza. Eu o indiquei para um amigo de um amigo. Mas é coisa séria. Não estou tentando enviar meus manos de volta pra cadeia. Eu não faço isso.

— Olha, se você vir ele, diga para me ligar. É muito importante.

— Vou dizer. — Sucão sorriu pra mim. — Ei, me dá seu número, caso... sabe, eu encontre com ele.

— Boa tentativa. Me dá o seu.

Sucão riu e disse o número enquanto eu digitava. Entrei no carro e dei a partida.

— Falando sério, se você não encontrar Sam, me liga. Ele é como um irmão para mim.

— Obrigada.

Tirei o carro do estacionamento. O rosto de Sam passou pela minha mente. As imagens da câmera de segurança com ele passeando pelo saguão da Houghton antes de Michael ser assassinado, o histórico dele com roubo e os alarmes desativados na casa de Anna. Tentei o número de Sam mais uma vez, e nada. Uma onda nauseante de pânico tomou conta de mim.

Dei meia-volta e acelerei para a casa dele.

16

Sam não estava atendendo o celular, mas teria dificuldade em fugir de mim se eu aparecesse na porta da sua casa. Virei na rua dele, localizada em um bairro "transitório" do lado leste de Atlanta. Houve uma época em que os negros idosos que foram donos daquelas casinhas de tijolos sentaram-se nas varandas e cuidaram dos pequenos jardins de entrada. Agora, esses proprietários estavam morrendo ou vendendo as casas. Casais jovens e brancos estavam se mudando em massa e gastando suas rendas de seis dígitos e fundos fiduciários para renovar as propriedades em um bairro gentrificado e de alta demanda, com casas no estilo artesanal de três mil e quinhentos metros quadrados. Entre as impressionantes reformas estava o pedacinho de "sonho americano" de Sam, um pequeno bangalô de tijolos vermelhos. A casa era organizada e agradável, mas não tinha personalidade. Sem flores ou plantas. Cortinas fechadas.

A primeira coisa que percebi quando entrei na garagem de Sam foi a placa de À VENDA no centro do gramado bem aparado, o número de telefone de Sam rabiscado em tinta preta. Ele não tinha me contado que estava vendendo a casa. Se quisesse mesmo vender, poderia ganhar o triplo do dinheiro que pagara por ela. Ou, melhor dizendo, o dinheiro que eu paguei por ela.

Saltei do carro e me apressei pelos curtos degraus até a varanda. Toquei a campainha. Sem resposta. Espiei dentro da caixa de correio perto da porta da frente. Nenhuma correspondência. Significava que ele estivera em casa não fazia muito tempo. Bati algumas vezes. Ainda sem resposta. Encontrei a chave extra no meu chaveiro e a coloquei na porta da frente. A porta não se moveu. Tentei chacoalhar. Nada. Os novos moradores já tinham trocado as fechaduras? Isso não fazia sentido, já que a placa continuava no gramado.

Bati na porta.

— Sam... Sou eu, a Ellie. Abra a porta. Preciso falar com você.

Nada.

Me inclinei contra a porta, me esforçando para ouvir qualquer som vindo de dentro. Nada. Olhei ao redor. Um gato cinza se esgueirou pela rua e por baixo da casa ao lado. A rua inteira estava vazia, exceto por um Escalade preto e um Mini Cooper vermelho estacionados ali perto. Uma forte rajada de vento soprou, farfalhando as árvores e arbustos próximos. As luzes da rua piscaram algumas vezes, sinalizando a chegada do crepúsculo de inverno. Elas enfim firmaram, iluminando a vizinhança sinistramente.

Talvez ele estivesse trabalhando. *Ou talvez algo estivesse errado.*

Lembrei que, quando Sam roubava os cigarros de Martha para fumar no banheiro, ele abria a janela para espantar a fumaça, e sempre se esquecia de trancar depois de fechá-la. Com cuidado, olhei para as casas próximas. Os vizinhos de Sam não existiam ou estavam confortavelmente acomodados dentro das casas. Segui para a parte de trás da propriedade e subi até a pequena varanda de madeira. Estava vazia, exceto por um balde de tinta laranja e duas latas de lixo para reciclagem vazias.

Por sorte, a casa de Sam dava para um conjunto de árvores, mas mesmo assim examinei o quintal para me certificar de que estava sozinha. Peguei o balde de tinta, virei de ponta-cabeça e o coloquei sob a janelinha de vidro fosco no final da varanda. Dei uma pancada rápida na janela.

ARRÁ!

Segurei meu casaco e meu vestido, subi até o batente e comecei a escalada nada feminina pela janela do banheiro de Sam, silenciosamente me xingando por não usar calças com mais frequência. Deus me livre que os vizinhos de Sam vissem a mulher louca com um casaco de cashmere Prada de três mil e quinhentos dólares entrando pela janela do banheiro. Mas os vizinhos não seriam nada se a polícia aparecesse e descobrisse a representante jurídica da Houghton Transportes invadindo uma casa.

Balancei minhas longas pernas pela janela e firmei meu pé no topo do tanque do vaso sanitário. A tampa do tanque balançou com o peso do meu corpo antes de escorregar e cair. Perdi o equilíbrio, me agarrando ao peitoril da janela antes que ela se espatifasse no chão. Logo recuperei o equilíbrio, apoiando meus pés em cima da borda estreita do vaso sanitário.

— Que droga, Sam, custa abaixar o assento do vaso? — sussurrei para mim mesma.

Fechei a janela, recoloquei a tampa no lugar e tentei endireitar o casaco e o vestido.

A casa estava silenciosa. Espiei dentro de um quarto que tinha uma única cama perfeitamente arrumada e um armário de madeira. Parecia que ninguém não entrava ali havia dias. Uma leve camada de poeira cobria os móveis. Me perguntei quanto tempo fazia desde que Sam dormira ali. E onde ele estava agora?

Caminhar pela casa dele me fez perceber quão pouco eu sabia do meu próprio irmão agora que ele era um adulto. Tirando o Sucão, eu não conhecia nenhum dos seus amigos. Será que ele costumava convidar mulheres para entrar? Será que tinha algum vizinho que passava para devolver uma chave de fenda que pegara emprestado ou para dar uma ajudinha em projetos pela casa? O lugar precisava de uma reforma, e Sam sempre fora habilidoso com uma caixa de ferramentas, especialmente quando se tratava da parte elétrica. Ele tinha acabado de voltar para Atlanta, depois de sair da Prisão Estadual de Dodge três anos atrás. Sam se envolvera com um bando de assaltantes usando seus talentos para desarmar alarmes. Fiquei tão mal por ele que dei vinte e oito mil dólares para comprar aquela casa. Pensei que o trabalho extra para a tornar habitável seria distração suficiente para evitar que ele voltasse para a prisão.

O piso de madeira rangeu enquanto eu avançava pelo corredor. O pôr do sol lançava um brilho laranja e quente sobre toda a casa, mas vi uma luz vindo da cozinha.

— Sam?

Na sala de estar, a decoração era ainda mais sóbria. Os únicos móveis: um sofá preto de couro sintético, uma cadeira combinando e um pequeno suporte de metal para TV — sem a TV. Nem um livro, foto ou bugiganga em qualquer um dos cômodos. Como eu, Sam não mantinha muitas lembranças por perto. Outra herança de Martha Littlejohn. Nada naquele lugar indicava um lar. Sussurrava abrigo.

Atravessei a sala de estar e fui até a cozinha. Nada de Sam. Espiei pela janela acima da pia, rezando para não ver um vizinho intrometido ou pior, um policial me encarando. Abri a geladeira. Um pote de mostarda, meio pacote de salsichas e três Budweisers de um fardo de seis, os anéis de plástico ainda intactos nas cervejas restantes. *Mas o quê...? Esse homem não come?!*

Fechei a geladeira e procurei na mesa da cozinha. Avisos finais e contas sem abrir — água, luz, gás — estavam espalhadas pela mesa junto com meu crachá da Houghton. *Mas que diabos Sam estava fazendo com meu crachá?* Bem ao lado dele, um pequeno celular dobrável. Sam tinha um iPhone. Eu sabia disso, porque ele estava no plano família do meu celular. Mas muitas pessoas que fazem coisas que não devem andam por aí com vários celulares, então, talvez não fosse tão estranho ele ter um extra.

Eu o abri. Ainda tinha um pouco de bateria. Nenhum e-mail. Apenas uma mensagem de um número com código de área 614. Parecia o mesmo tipo do número de telefone do e-mail que Anna me dera! A mensagem tinha várias fotos, todas da mesma pessoa. Uma delas era o retrato profissional de um homem de meia-idade vestido com um terno escuro e gravata listrada. A calvície e o sorriso estático do homem eram como milhares de outros rostos masculinos brancos que eu tinha visto em jornais jurídicos e organogramas de empresas. Havia outras fotos do mesmo homem, uma tirada enquanto ele saía do Hotel W no centro da cidade; outra era dele saindo de um carro.

Conferi a agenda do celular. Apenas um número salvo. O mesmo, com o código de área 614. Decidi ligar, ouvir quem quer que atendesse e desligar. Talvez a pessoa do outro lado dissesse o suficiente para me conduzir até Sam. Toquei o botão de rediscagem. A ligação precisou de alguns segundos para chamar. Um momento depois, um celular tocou — *atrás de mim.*

Um nó pesado de medo se instalou no meu peito. Antes que eu pudesse me virar, senti.

Com força.

Um golpe forte na minha nuca, tão rápido e intenso que me derrubou no chão da cozinha. A dor foi instantânea, um pulsar quente se espalhando pela minha cabeça, ouvi passos correndo. Tentei erguer minha cabeça, seguir a direção da pancada. O chute de uma bota atingiu a lateral do meu rosto e bateu minha cabeça contra o chão de novo. A dor me dominou.

— Sam! — gritei.

Faíscas brilharam na minha cabeça. Tentei me levantar, lutando contra o giro vertiginoso da luz. Não conseguia ver através do borrão de dor. Mas conseguia ouvir. Os passos estavam atrás de mim. Se movendo de novo. Correndo da cozinha para a sala. Tentei me levantar. Minhas pernas não obedeciam. Ouvi um tranco, e então uma porta batendo forte contra a parede. Passos seguiram para fora, descendo as escadas do alpendre. A última coisa que ouvi foi o guinchar dos pneus na rua.

Depois de um momento, enfim consegui apoiar as mãos e os pés no chão e semicerrar os olhos em direção à sala de estar. A porta da frente estava escancarada. Minha cabeça latejava. Rastejei até uma das cadeiras da cozinha e me coloquei de pé. Uma onda pútrida de náusea tomou conta de mim enquanto eu me levantava e cambaleava até lá, buscando a rua. O Escalade preto havia sumido. Meu agressor havia desaparecido, me deixando com uma dor colossal e um galo que crescia rapidamente na parte de trás da minha cabeça. Massageei o local, enviando uma onda de agonia por todo o meu corpo. Uma dor surda se instalou na lateral do meu rosto. Quem diabos tinha me atacado? Sam nunca bateria em uma mulher, especialmente em mim. Talvez fosse alguém a quem ele devia dinheiro?

Peguei meu celular do bolso do casaco para ligar para a polícia, mas me interrompi. Como eu explicaria aquilo para a polícia? Vim em busca do meu irmão, o mesmo homem que eles estavam procurando. O mesmo homem sobre o qual eu havia mentido, um homem que fingi não conhecer. E se me pedissem uma foto de Sam? *Eles fariam a conexão com as fotos do sistema de segurança do saguão da Houghton.*

Se ele tivesse algo a ver com o assassinato de Michael, eu não podia me dar ao luxo de estar ligada a ele. Mas, mais importante, Sam já tivera problemas demais com a lei. Se ele estivesse envolvido com a morte de Michael, eu precisava encontrá-lo primeiro e dar um jeito na situação. Não podia simplesmente mandá-lo de volta para a cadeia.

Eu precisava encontrar Sam.

Devolvi o celular para o bolso e cambaleei pela cozinha. A cada passo, a cada movimento, minha cabeça pulsava. Massageei a parte de trás da cabeça de novo. O galo estava ainda mais dolorido do que da primeira vez que o toquei, e maior também.

Observei o cômodo e o localizei imediatamente: um local vazio na mesa da cozinha onde o pequeno celular preto estivera dois minutos atrás. Sumira. Assim como meu crachá.

Lá fora, os últimos vestígios de luz natural estavam diminuindo. Desta vez, saí pela porta da frente. Estava começando a esfriar. Estremeci com a picada do vento frio enquanto corria para o meu carro. Lá dentro, tranquei as portas e liguei para Sam novamente. Ainda nada. Eu não conseguia nem imaginar em que confusão ele tinha se metido dessa vez. Ondas de pânico e pavor tomaram conta de mim.

Seria *possível* que Sam tivesse matado Michael?

Sam era ladrão. Ele tinha uma ficha criminal um tanto longa. Tinha dedo podre para escolher amigos. Mas não matava pessoas. Liguei o motor e o aquecedor de assento antes de discar o número dele mais uma vez. Agora, deixei que prosseguisse até a caixa postal.

— Sam, é a Ellie. Preciso muito que você retorne a ligação. Preciso saber o que está acontecendo. Me ligue imediatamente. — Massageei o enorme galo na minha cabeça e olhei para a pequena casa escura.

Sam. Onde diabos você está e o que fez desta vez?

Charlotte, Carolina do Sul, Dezembro de 1981

As colinas verdes da Academia Coventry, na Virgínia, eram um contraste gritante com a terra vermelha da minha infância enclausurada no leste da Geórgia. Os alunos na Coventry usavam riqueza e privilégios como se fossem roupas novas. Eles se encaixavam em grupinhos divididos por sua formação e renda familiar: aqueles que viajavam para os Alpes suíços ou para Aspen para esquiar nas férias ficavam em um grupo, enquanto os que frequentavam quadras exclusivas de tênis e equitação se juntavam em outro. E havia os alunos como eu, bolsistas, transitando entre dois mundos muito diferentes e tendo que se adaptar a eles: uma escola onde eu estudava em dobro, como Vera aconselhara; e uma escola onde meninos brancos me diziam calmamente na aula que até que eu era bonita "para uma garota negra", mas não me convidavam para dançar nas festas da escola. E, quanto a essas festas, eu gostava de Aerosmith, Elton John e Queen tanto quanto eles. Eu só queria que o DJ diversificasse a música e tocasse um pouco de Michael Jackson, Luther Vandross, ou um pouquinho do baixo e da corneta de Earth, Wind & Fire.

Por meses durante meu primeiro ano, fiquei confusa sobre para onde ir nas férias. Vera disse que eu não deveria voltar para Chillicothe. Disse que era muito cedo e que precisávamos deixar a poeira abaixar. Felizmente, a Coventry ficava aberta para o Dia de Ação de Graças, mas os dormitórios e o refeitório fechavam no Natal e nas férias de verão. Mas, assim como para tudo, Vera tinha uma solução. Ela sempre teve essa rede infinita de primos e parentes. A solução dela: eu passaria as festas na casa do primo dela, e ela e Sam pegariam o ônibus de Chillicothe para me encontrar. Tudo na Academia Coventry empalideceu em comparação com a minha empolgação para ver Sam e Vera nas férias.

Benson Randolph Harris, ou tio B, como todos o chamavam, tinha uma casa espaçosa em Raleigh, Carolina do Norte. Agradeço a Deus pela casa do tio B. Ele foi meu primeiro contato com a prática do direito. O tio B se formou com honras na Universidade Howard de Direito em 1957. Me contou que sonhava em se tornar sócio de um dos escritórios de advocacia chiques de Raleigh. Mas, depois da formatura, nenhuma das firmas brancas da cidade o contratou. Ele tinha esposa e duas filhas pequenas para alimentar. Então, conseguiu um emprego nos correios, separando correspondências à noite enquanto trabalhava em sua própria firma de advocacia. Ele lidava com qualquer caso que negros levassem a ele — acidentes de trabalho, questões de locador e inquilino —, qualquer coisa que colocasse comida na mesa da sua família. Uma vez, ele me contou uma história engraçada sobre uma senhora que o procurou e perguntou se poderia processar um bicheiro que alegou ter roubado seu dinheiro quando ela acertou o jogo. Em 1981, o tio B possuía a maior firma negra de advocacia da Carolina do Norte. Isso foi depois, quando seu escritório de advocacia foi incendiado e ele sofria ameaças dos advogados brancos da cidade.

Myrtle, a esposa do tio B, era como uma estrela de cinema para mim. Tinha pele negra e pintava o cabelo de vermelho. Usava os vestidos mais lindos, lia as revistas *Essence* e *Ebony* e sempre deixava o cheiro sensual de jasmim do seu perfume na sala. Tia Myrtle me ensinou como usar maquiagem, como cuidar do cabelo e me deu dicas de como responder os alunos ricos que tentavam me colocar para baixo.

No Natal, ela sempre garantia que houvesse presentes para mim e Sam debaixo da velha árvore de Natal prateada no canto da sala. Tio B disse que a iluminação da árvore parou de funcionar na década de 1960, mas a tia Myrtle disse que amava aquela árvore e continuaria a montá-la até que perdesse a cor. Assim como a casa de Vera em Chillicothe, na véspera de Natal, a casa estava cheia de gargalhadas de uma dúzia ou mais de pessoas enquanto Sam e eu bebíamos refrigerante, batendo nossos copos e fingindo brindar como os adultos. O cheiro do bolo red velvet e do peru assado se espalhava por todo o ambiente. E havia a batida forte do Temptations ou do Ray Charles saindo do toca-discos — "música boa", como o tio B a chamava, não a "barulheira", da música r&b que Sam e eu gostávamos. Sem falta, antes de eu voltar para a escola, o tio B colocava algum dinheiro na minha bolsa, dizendo que eu poderia fazer qualquer coisa que quisesse, porque a mão de Deus estava sobre mim.

No último ano, terminei minhas provas e fui para a Carolina do Norte. Tia Myrtle me pegou na rodoviária — uma rodoviária de verdade, com bancos internos e uma pequena lanchonete no saguão. Mal pude me conter quando chegamos em casa. Eu não via Vera ou Sam desde o verão passado. Peguei minha mala do banco de trás do carro e disparei para dentro de casa. Vera saiu correndo da cozinha.

— Amor!

— Tia Vee! — Me joguei nos braços abertos dela.

— Ellie, querida, me deixe dar uma olhada em você. — Ela deu um passo para trás e me olhou de cima a baixo. — Deus tenha misericórdia. Juro que, se você ficar mais bonita, vou ter que pegar um taco de baseball para espantar os garotos. Entre e sente-se comigo no sofá por um momento.

Olhei ao redor da sala.

— Cadê o Sam?

— Venha, amor. Sente-se. — Vera já estava no sofá, batendo no espaço vago ao lado dela.

— Tá bom, só quero ver o Sam primeiro. Ele está lá em cima? Sam! — gritei.

— É esse o assunto que quero conversar com você. Sente-se.

Tia Myrtle entrou pela porta da frente e foi direto para a cozinha, sem parar para fazer uma piada, como sempre fazia.

Havia algo errado.

— O Sam está bem?

— Ele está bem sim, docinho. — Vera tornou a bater no espaço ao lado dela.

Me sentei.

— O que está acontecendo?

— Sam não pôde vir desta vez. Ele...

— Está tudo bem? Ele está doente?

— Não, Ellie, amor. Não é nada disso. Parece que Sammy se meteu em problema. Ele estava andando com alguns garotos mais velhos. Foram pegos em um carro roubado em Augusta.

— O quê? Sam só tem treze anos.

— Eu sei. — Vera balançou a cabeça.

— Cadê ele? Está com a Martha?

— Eles o enviaram para o centro de detenção juvenil lá em Augusta. Um amigo do tio B está a caminho. Ele está nos ajudando. Achamos que podemos trazer Sammy para casa a tempo de comemorar o Ano Novo.

Me afundei no sofá, apoiando a cabeça no ombro de Vera.

— Como isso aconteceu? Pensei que ele estivesse com você. Pensei que ele estava indo bem na escola.

— Ele estava comigo, mas então a Martha... Bem, você conhece a sua mãe. Disse que os demônios dela voltaram. Acho que Sammy se sentiu mal por ela. Ele voltou a ficar lá. Eu não conseguia convencê-lo a ficar comigo. Enfim, quando vi, Sammy estava me ligando da prisão. Disse que não conseguiu encontrar Martha.

Comecei a chorar, não tanto porque Sam estava encrencado, mas porque *eu era o motivo* de ele estar encrencado. Eu o havia abandonado, largado-o sozinho para tirar Martha do bar, para discutir com Vera e deixar a casa dela, para lidar com Martha e seus humores. Eu o deixara e ele precisava de mim. A culpa me consumiu. Como eu podia aproveitar a escola particular e os presentes de Natal quando Sam estava preso e sozinho?

Vera colocou os braços ao meu redor.

— Sei o que você está pensando, mas não é verdade. Deus deu um caminho para cada um, e você não pode caminhar pelo de Sam, assim como ele não pode caminhar pelo seu. Só porque o garoto cometeu um erro não quer dizer que não possa se endireitar. Erros não tornam ninguém ruim. Erros tornam as pessoas humanas. — Ela me abraçou, seus braços fortes tentando garantir que tudo ficaria bem. — Vamos ajudá-lo. Ele ficará bem.

Por mais que eu quisesse acreditar em Vera, eu sabia que os problemas de Sam eram culpa minha. Eu tinha sido egoísta em deixá-lo para trás. Pensei que tinha consertado as coisas antes de sair de Chillicothe, mas só piorara tudo. Por que eu não conseguia consertar as coisas para nós?

17

Na terça-feira de manhã, cheguei ao meu escritório com o aroma inebriante das flores de Anita tomando conta de todo o ambiente.

Deus te abençoe, Anita.

Talvez ela estivesse certa. Talvez eu precisasse de algo naquele escritório para mostrar ao clã Houghton que eu era parte da família.

Joguei minha bolsa na mesa e pendurei meu casaco no pequeno armário perto da porta. No novo escritório, eu tinha um armário inteiro, onde podia pendurar meu casaco em um cabide como uma pessoa civilizada, em vez de em um gancho na parte de trás da porta. Desde que me mudara para o andar executivo, desenvolvi novos hábitos. Primeiramente, eu não jogava mais minhas bolsas nas cadeiras de visitantes, como fazia no Departamento Jurídico. As cadeiras novas eram muito preciosas, muito imaculadas. Eram como lembretes brancos e caros de que, talvez, eu realmente não pertencesse àquele lugar.

Minha cabeça ainda doía por causa do ataque da noite anterior. Embora o galo na parte de trás da cabeça não doesse tanto, o hematoma no meu rosto estava vívido em toda sua glória de cores — preto, azul e verde — apesar do corretivo Laura Mercier de quarenta dólares e de uma camada grossa de base. Enfiei a mão na gaveta da mesa e peguei um frasquinho de Tylenol Extra Forte, coloquei três deles na minha boca e os engoli com um gole da lata de Coca Diet do dia anterior que ainda estava sobre a minha mesa. Liguei o computador e devorei uma banana enquanto esvaziava minha bolsa na mesa. Dei uma mordida em uma rosquinha com passas e canela e abri o envelope pardo que Anna me dera no dia anterior. Tornei a ler os e-mails nos documentos. A resposta de

Geoffrey Gallagher indicava algum tipo de problema com a Libertad. Fosse qual fosse o problema, era grande o suficiente para fazer Michael não apenas mantê-lo em segredo de mim, mas também renunciar ao próprio cargo. O fato de ele manter segredos de mim me incomodou um pouco.

Enquanto folheava os documentos, vi de novo na margem do e-mail o mesmo código de área 614 do celular da casa de Sam. Por que aquele número apareceria em documentos aleatórios do meu chefe *e* em um telefone dentro da casa do meu irmão? Pesquisei no computador. 614 era o código de área de Columbus, Ohio. Tentei fazer uma busca reversa. Nada. Senti um desejo esmagador de ligar para o número novamente. Eu estava segura no escritório. Disquei. Tocou e tocou. Nada.

Fiquei encarando os e-mails e refletindo. *Libertad.* O que estava acontecendo com Libertad? Pensei de novo na festa de Nate em Savannah. Jonathan e Max discutindo por trás de portas fechadas. A voz de Max ecoou na minha cabeça: *Podemos falar sobre Libertad por um minuto? Não acho que Libertad deva fazer parte disso. É muito arriscado.* Do que Max não queria que Libertad fizesse parte? E por quê?

Dei outra mordida na rosquinha e pesquisei Geoffrey Gallagher no Google. Ele era um sócio famoso da Gallagher, Grant & Knight. A página inicial da empresa o descrevia como defensor de crimes de colarinho branco, especializado na defesa de executivos e profissionais que se viram em maus lençóis por questões como negociações privilegiadas e violações de títulos. O que a Houghton estava fazendo? Em que diabos *Michael* estava envolvido? Rolei pela lista de advogados em ordem alfabética e cliquei no nome de Gallagher. O cursor piscou por alguns segundos antes que a longa biografia profissional dele aparecesse na tela ao lado de uma foto.

Dei uma olhada nele e precisei me firmar na mesa.

Lentamente, joguei a rosquinha comida pela metade no lixo enquanto olhava para a foto. O mesmo terno escuro e gravata listrada. A mesma calvície e o sorriso afetado. Exatamente a mesma foto que eu tinha visto na casa de Sam. Os documentos que estavam guardados no cofre de Michael continham o nome de um advogado cuja foto estava no celular do meu irmão!

Revirei minha bolsa até pegar meu celular. Apertei o botão de discagem rápida para o número de Sam. Nada. A chamada caiu na caixa postal.

— Sam, é a Ellie. Que diabos está acontecendo? A polícia tem imagens de você no saguão da empresa onde trabalho... e o que você tem a ver com Geoffrey Gallagher? Você precisa me ligar de volta, imediatamente!

Respirei fundo três vezes. Não me acalmou nem um pouco. Peguei o telefone fixo e liguei para o número da empresa de Gallagher. Uma mulher educada de voz cantante respondeu.

— Posso, por favor, falar com Geoffrey Gallagher? Aqui é Ellice Littlejohn.

— Desculpe, ele não está disponível. Posso anotar uma mensagem para ele?

Eu caminhei de um lado a outro atrás da minha mesa.

— Que horas ele deve chegar no escritório?

— Não tenho certeza. Desculpe, quem você disse que representa?

— Sou a conselheira geral da Houghton Transportes. Quando ele estará de volta?

— Hmm... você pode esperar um momento?

A mulher não me deu a chance de responder antes de desaparecer por trás de um jazz.

As últimas vinte e quatro horas foram cheias de surpresas. Sam na filmagem de segurança, eu levando um chute na cabeça na casa dele, e agora isso. Sam e eu tínhamos círculos sociais totalmente diferentes. Ele não tinha nenhum motivo para conhecer alguém que eu conhecia. E eu preferia assim.

Um homem atendeu ao telefone.

— Olá, srta. Littlejohn. Aqui é Chris Knight. Como posso te ajudar?

— Preciso falar com o sr. Gallagher.

— O sr. Gallagher não está no escritório. Eu poderia ajudar?

— Quando você espera que ele volte?

— Não tenho certeza.

Eu estava perdendo a paciência com aquela lengalenga.

— Você não tem certeza? Escuta, o sr. Gallagher aconselhou meu predecessor, e é muito importante que eu fale com ele.

— Em que eles estavam trabalhando? — Knight perguntou.

— Uma aquisição de um empreendimento conjunto, talvez. Você pode me enviar os arquivos da Houghton? Tudo o que tiver relacionado à Houghton Transportes. Tudo.

— Certamente. Eu resolverei isso pessoalmente, agora mesmo. Me dê alguns minutos e retornarei a ligação.

— Obrigada. — Desliguei o telefone.

Tornei a olhar para os documentos. O que quer que estivesse acontecendo com o acordo da Libertad, foi ruim o bastante para fazer Michael procurar um advogado externo, de uma empresa de defesa de colarinho branco, e renunciar à Houghton. Por que ele não me contou? Que outros segredos ele estava escondendo de mim? E Sam estar no meio disso era algo mais que bizarro. Sam não tinha motivos para conhecer Michael ou Geoffrey Gallagher. Anotei o número de telefone do e-mail de Gallagher e joguei os documentos de volta na minha bolsa antes de trancá-la dentro da gaveta da mesa.

Saí do escritório e encontrei Anita guardando o casaco e a bolsa no armário do corredor.

— Anita, vou descer até o escritório de Hardy. Se alguém chamado Chris Knight me ligar, vá me encontrar.

— Pode deixar. Ei, o que aconteceu com o seu rosto? — perguntou ela.

Toquei o ponto onde tinham usado o meu rosto como escada.

— Só um hematoma. Caí da escada ontem à noite. Voltarei em alguns minutos.

18

Desci as escadas para o escritório de Hardy no décimo nono andar. Sua assistente, uma mulher de sessenta anos com cabelo loiro descolorido, estava sentada na mesa segurando o espelhinho de um pequeno pó compacto e uma pinça, puxando os pelos do queixo. Que elegante.

— Bom dia, o Hardy está? — perguntei.

— Sim, pode entrar. — Ela não desviou os olhos do pó compacto.

Bati suavemente na porta.

— Hardy, você tem um minuto?

— Oi! — O seu cumprimento estrondoso praticamente o arrancou da cadeira. — Para a Moça do Jurídico, com certeza. — Embora eu não estivesse no clima, sabia do procedimento e me submeti ao abraço de urso. Qualquer hora, eu teria uma conversa sincera com Hardy sobre etiqueta no escritório. — Vou só tirar essas coisas do caminho.

O escritório parecia uma versão de quatro paredes dele mesmo — desordenado, desorganizado e cheio de informações. Sua mesa obedientemente resistia ao peso de papéis, arquivos e pastas diversas e, pelas minhas contas, duas caixas de pizza vazias e três canecas de café, duas delas ainda meio cheias. Hardy tirou uma caixa e uma garrafa de água vazia da cadeira de frente à mesa e estendeu a mão em direção ao assento vazio como um mágico mostrando um coelho que acabara de tirar da cartola.

— Preciso de informações — anunciei.

— Ainda bem que você veio. Eu queria falar com você. — Hardy fechou a porta. — Só nós dois.

Assenti.

— Aquela detetive, hã... Bradford, me ligou. Disse que Jonathan não está retornando as ligações dela.

— O quê? O que você quer dizer?

— Ela disse que ligou para ele, que até passou no escritório dele algumas vezes, mas não consegue encontrá-lo. Ela não falou muito, mas estou com a sensação de que o garoto Johnny está evitando a moça.

— Por quê?

Hardy foi para trás da mesa e se jogou na cadeira com um sonoro *pof*.

— Cá entre nós e estas quatro paredes: não confio em Jonathan.

— Por quê?

Hardy se recostou na cadeira e cruzou as mãos sobre sua pança protuberante.

— O cara usa um relógio de vinte e cinco mil dólares, mas é um lixo. Anda pelo prédio como se fosse um presente que Deus enviou para a Houghton. Também me irrita a forma como ele tenta manipular Nate. Acho que está sugando dinheiro do legado da família de Nate, mas não tenho provas. Só um instinto, sabe? Vou colocar umas duas pessoas para investigar. Tentar descobrir por que ele está evitando tanto a polícia.

— Parece que você não é muito fã de Jonathan Everett. É por isso que fugiu tão rápido na festa de Nate?

— Você se lembra daquele fiasco no orçamento três anos atrás? — Hardy perguntou com um sorrisinho. — Aquele palhaço cortou todo o meu orçamento. Eu tive que dispensar alguns dos meus melhores caras. Mas os funcionários dele estão lá, gordos e felizes há anos. Enfim, é de se pensar que o cara fosse mais útil para a polícia, considerando que um dos colegas dele foi morto.

— Falando em ser útil para a polícia, por que você deu a eles imagens das câmeras de segurança sem me avisar?

— É, sobre isso... Olha, sinto muito. Um dos meus caras estava tentando sair na frente. Entregou as filmagens sem me perguntar primeiro. Geralmente, tentamos ajudar a polícia como podemos. — Hardy passou dois dedos grossos no cabelo, que começava a parecer grisalho. — Só fiquei sabendo da história do crachá depois que meu cara liberou a filmagem. Eu teria te avisado. Eu só não sabia. Aquela detetive tem me pressionado sobre as falhas na segurança da empresa. Sinto muito.

— Olha, Hardy, diga aos seus funcionários para não liberarem mais nada antes de a gente conversar, está bem?

Hardy abaixou a cabeça.

— Claro. Sinto muito mesmo.

— Está tudo bem. Quer dizer, nós só temos que coordenar as coisas, está bem? — Era como falar com uma criança de quatro anos.

— Não, você está certa. Você é a nova conselheira geral, eu deveria ter te alertado, mesmo depois que descobri. Prometo que não vai acontecer de novo. Então, você o conhece?

— Conheço quem?

— O cara na filmagem. Meu funcionário disse à detetive que o nome no crachá era Littlejohn.

— Ah... bem, perdi meu crachá. Acho que esse cara o encontrou.

— Não se preocupe. Vou te arrumar um novo. Enviarei para a Anita. — Hardy jogou as mãos para o alto. — Aaah, aqui estou eu, tagarelando de novo. Você disse que precisava de informações. O que posso fazer por você?

Decidi usar todos os vários contatos de Hardy sem dar detalhes.

— Tem uma pessoa me ligando sem parar. Pensei que se eu te desse o número, talvez você possa me dar alguns detalhes. — Entreguei a Hardy o pedaço de papel com o número que eu encontrara nos documentos, o mesmo que estava no celular na casa de Sam.

Ele olhou para o número.

— Hmm... claro, sem problemas.

— Obrigada, Hardy. — Me levantei da cadeira e tentei limpar meu vestido sem que ele percebesse.

— Ei, não que seja da minha conta. — Ele tocou a lateral do rosto com os dedos. — O que aconteceu aí?

— Caí feio na escada. Está tudo bem.

Hardy me encarou longa e suspeitosamente.

— Tem certeza de que está tudo bem?

— Aham.

Quando voltei para meu o escritório, o telefone fixo estava tocando e Anita havia sumido. Entrei atrás da mesa e peguei o fone.

— Aqui é Ellice Littlejohn.

— Srta. Littlejohn, aqui é Chris Knight de novo, da Gallagher, Grant & Knight. Conferi nossos arquivos e nós não temos nada da Houghton. Na verdade, parece que nunca trabalhamos para a empresa.

— Tem certeza?

— Sim. Procurei por Houghton e qualquer holding e subsidiária. Nada.

— Nem mesmo um memorando para o conselho geral...? Que tal um e-mail datado de duas semanas atrás? — perguntei enquanto afundava na cadeira.

— Absolutamente nada. Sinto muito.

Aquilo não fazia nenhum sentido. O e-mail de Gallagher para Michael estava na minha bolsa.

— Quando o sr. Gallagher volta ao escritório? — perguntei de novo.

— Não temos certeza.

Deixei escapar um suspiro impaciente.

— Há um número no qual eu consiga contatá-lo? É urgente.

— Srta. Littlejohn, quero ajudá-la. Espere um momento. — Eu o ouvi fechar a porta do escritório antes de voltar a falar. — Não temos certeza de quando ele voltará. A família registrou o desaparecimento dele. — A voz de Knight estava suave, cheia de preocupação.

Desaparecimento.

— Ah... Eu sinto muito. Hã... Há quanto tempo ele está desaparecido?

— Ele não veio noite passada. Qual o nome da empresa com a qual vocês estão fazendo o empreendimento conjunto?

— Libertad Excursiones.

— Espere um minuto. — Eu podia ouvir Knight digitando. — Hmm... Também não temos registro dessa empresa. Sinto muito.

— É, eu também. — Agora eu estava confusa e irritada.

— Espere um minuto. Você disse que Geoff trabalhou com seu predecessor. Michael Sayles... o conselheiro geral que foi assassinado?

— Sim.

— Acho que é melhor chamarmos a polícia — disse ele.

— Hã... — Aquela confusão estava mais complicada do que eu esperava. Eu precisava encontrar Sam rápido. — Escuta, obrigada... por procurar.

Desliguei o telefone.

Anita entrou no meu escritório para deixar uma papelada para que eu assinasse.

— Ei, você quer que eu pegue uma compressa fria para esse hematoma?

Gentilmente toquei a lateral do meu rosto.

— Não. Estou bem. Obrigada.

Anita foi embora. Alguns segundos depois, meu celular vibrou na mesa. Olhei para baixo. Uma mensagem de Sam:

Você ligou. Que foi?

Disquei o número dele imediatamente. Só chamou. *Que saco, Sam. Atende o telefone.* Ele deixou que caísse na caixa postal.

— Sam, me liga. Eu realmente preciso falar com você. É urgente.

Alguns segundos depois que desliguei, outra mensagem:

Não posso falar agora. Te ligo depois.

Algo não estava certo. Todas as pecinhas desarticuladas de um quebra-cabeça assustador flutuavam ao meu redor. Max e Jonathan discutindo sobre Libertad. Meu chefe morto. Outro advogado desaparecido. E meu irmão ligado a ambos. Encarei a porta do meu escritório recém-renovado, a mesma porta por onde alguém entrara na semana anterior e matara Michael. A única coisa que eu sabia com certeza era que Sam não matara Michael. Eu sentia nos meus ossos.

Mas Sam estava enfiado nessa bagunça de alguma forma, o que significava que eu estava enfiada também.

19

Uma hora depois, Rudy entrou no meu escritório com as mangas da camisa arregaçadas até os cotovelos e soltou um longo uivo, como se fosse um lobo.

— Agora, *isto* sim é um escritório.

— Muito engraçado. Este lugar me preocupa às vezes.

— Por quê?

Me interrompi. Não havia motivo para arrastar Rudy para as minhas dúvidas.

— Ah, nada. E aí?

— Bem, vim aqui em cima para descobrir que coisa horrível eu fiz para merecer uma reunião com o Centro de Operações e te prometo, seja lá o que for, não farei de novo. — Rudy balançou a cabeça como se estivesse tentando se livrar de uma teia de aranha. Ele se sentou na cadeira diante da minha mesa.

A piada dele me fez sorrir.

— É por isso que a Houghton te paga uma grana alta. Além disso, aqueles caras do caminhão não querem passar tempo com uma mulher.

Rudy riu.

— Eles são bem à moda antiga.

— Acho que a empresa inteira é à moda antiga. Sem mulheres e pessoas negras no conselho de diretores. Só eu e Willow no Comitê Executivo, e eu sou o mascotinho negro no alto escalão deste lugar. Não há ninguém que se pareça comigo acima do décimo quinto andar.

— Te entendo. Não há ninguém acima do décimo quinto andar que frequente a sinagoga como eu.

— Enfim, o que saiu da reunião? — perguntei.

— Nada de mais. Um dos gerentes de Operações saiu da empresa há algumas semanas. O gerente interino encontrou alguns pedidos de remessa que pareciam estranhos. Eu disse que daria uma olhada no contrato e voltaria a falar com ele. Nada de mais. E certamente nada digno de uma viagem de noventa minutos no trânsito de Atlanta.

— Ei, me deixa te perguntar uma coisa — falei.

— Claro. Que foi?

— Você parece estar de olho na fofoca da empresa...

— Já te falei que eu não fofoco. — Ele riu. — As pessoas me contam coisas e eu as compartilho com você.

— Ah, sim, claro! — Revirei os olhos e sorri. — O que as pessoas dizem sobre Max Lumpkin?

— Que ele é um verdadeiro cavalheiro sulista *ou* um xenofóbico, racista, misógino. Depende de com quem você está falando.

— Acredito na segunda opção. Ontem, ele me disse que minha promoção era o "pequeno experimento de diversidade" de Nate.

— *O quê?*

— É.

— Bem, se serve de consolo, as pessoas dizem que ele também não gosta da religião de ninguém, exceto dos batistas conservadores. Como um dos sete judeus na Houghton, é impressionante para mim também. Ouvi dizer que ele está no terceiro casamento. A esposa dele tem trinta e oito anos e ensina ioga. — Rudy ergueu uma sobrancelha. — Só posso imaginar o desequilíbrio dessa dinâmica marital.

Balancei minha cabeça e sorri.

— Eu o teria imaginado em um casamento de longa data com a mulher que conheceu no acampamento bíblico adolescente nos anos sessenta.

Nós dois rimos.

— A maioria das pessoas evita ele — disse Rudy. — Desagradável demais. Sempre parece estar com raiva.

— E Willow?

— Pelo que ouvi, ela é uma boa pessoa, mas a maioria das pessoas acha que ser responsável pelo RH já subiu à cabeça dela. Faz pensar que aqueles rumores sobre ela e Jonathan podem ser verdade, hein?

— E falando sobre Jonathan, qual é a dele?

— Tá falando do sr. Fantástico? Metade das mulheres aqui acham que ele é a versão Houghton do George Clooney. — Rudy sorriu. — Ele faz um show e tanto. Sorrindo. Sendo amigável. Pelo que fiquei sabendo, ele tem muita influência sobre o Nate.

— É, ouvi a mesma coisa do Hardy.

— Também fiquei sabendo que ele cresceu pobre de marré deci no Kentucky. Saiu de lá com uma bolsa para jogar basquete. Acho que isso explica o Rolex e o carro chique na garagem.

— Meu Deus, ele passa metade do dia olhando praquela droga de relógio! Os novos ricos não têm classe. — Nós dois rimos de novo. — Falando em relógio. — Olhei para o meu e me levantei. — Desculpa, não quero te expulsar, mas tenho uma conferência em trinta minutos. Preciso repassar algumas coisas. Obrigada pela fofoca... quer dizer, pela *informação* que compartilhou comigo.

Rudy deu uma risadinha e quase esbarrou em Hardy, que estava entrando no meu escritório.

— Ei, Rudy! — Hardy agarrou a mão de Rudy e deu dois soquinhos antes de se inclinar para abraçá-lo. Sorri para a expressão desconfortável de Rudy. — Como estão os gêmeos?

— Ótimos! Dois bebês com os dentes nascendo. Um paraíso.

Os dois riram antes que Rudy pedisse licença para sair.

Hardy se aproximou.

— Ei, Senhora Advogada, você tem um minuto?

Por sorte, nada de abraço, já que eu estava sentada atrás da minha mesa.

— Bem, estou prestes a receber uma ligação importante. O que aconteceu?

— Vai ser rápido. — Hardy fechou a porta e abaixou a voz. — Lembra que eu falei que ia ficar de olho no Jonathan? Bem, acho que descobri uma coisa e não é bom.

— Ah é?

— Nem sei se podemos entregar para a polícia o que vou te mostrar. Mas acho que você precisa saber. — Hardy se aproximou da lateral da minha mesa. Fingi não notar as manchas de café na frente da camisa dele. — Por favor, prometa que não vai contar a ninguém que te dei isto.

— O que é, Hardy? — Tentei não soar exasperada.

— Lembra que te falei que Mikey e Jonathan estavam trabalhando em um grande acordo confidencial? Bem, descobri o que era. — Hardy tirou uma pasta de debaixo do braço. — Fui até o Financeiro e conversei com outro amigo meu. — Ele revirou a pasta. — Há um tipo de acordo com uma empresa chamada Libertad Excursiones. Aqui, dê uma olhada. — Ele me entregou uma planilha.

Dei uma olhada.

— Tudo bem, um registro de contas bancárias.

— Essas são as contas bancárias da Houghton. Algumas são deles também. Contas no exterior, em Bermudas e nas Ilhas Cayman, com muito dinheiro. Dê uma olhada, quinta linha de cima para baixo.

— Appalachian Bank & Trust... — Li a linha e tornei a lê-la, arrastando um dedo no papel para garantir que estava lendo a coisa certa. — Tem quase 250 milhões de dólares nessa conta.

— É um pequeno banco no meio do Kentucky.

— Não entendi.

— Nem eu. Mas aqui está a parte doida. Meu amigo diz que o dinheiro é regularmente retirado do Appalachian Bank & Trust e enviado para vários outros bancos em San Diego, Califórnia. Dá uma olhada nisso. — Hardy tirou outro papel da pasta, uma lista de inúmeras transferências para vários fornecedores e, no meio delas, transferências para vários bancos da Califórnia. Havia pelo menos duas dúzias feitas durante o mês de dezembro. Todas para uma conta nomeada LXL Enterprises.

— Espera aí. O quê? A empresa estava atolada em dívidas faz quase dois anos. De onde a Houghton está tirando todo esse dinheiro e por que está enviando para bancos na Califórnia? O que é LXL?

— Não tenho certeza. Mas contas no exterior? E dinheiro jorrando como água, entrando e saindo de um pequeno banco no Kentucky, no meio do nada? Depósitos e transferências, geralmente alguns milhares de dólares por vez, todas saídas da Houghton. Faz bastante tempo desde que fui policial, mas me parece dinheiro sujo. Talvez algum tipo de lavagem de dinheiro ou algo assim? Mas olhe, os depósitos diminuíram depois de um tempo, mais ou menos quando o acordo com a Libertad apareceu.

— De onde você tirou isso?

— De uma das analistas no Financeiro. Parece que ela não adora o chefe. Prometi que não iria envolvê-la.

Alguém naquele lugar sempre estava disposto a vender um colega de trabalho por alguma observação desagradável, ou um supervisor por ter sido preterido em uma promoção. Não me surpreendi que Hardy tivesse encontrado um benfeitor voluntário no departamento de Jonathan.

— Parece algo que a polícia precisa saber, mas eu não tinha certeza se deveria entregar isso para eles — disse Hardy.

— Esses documentos são arquivos confidenciais da empresa. Não podemos entregá-los sem uma intimação. Você tem outra informação que apoie a sua teoria? Algo que Jonathan tenha dito ou feito?

— Não. Só isso, e eu não deveria nem ter isso.

Girei minha cadeira para ficar de frente para o computador. Hardy deu a volta na minha mesa e ficou atrás de mim enquanto eu abria o buscador e digitava "Libertad Excursiones". Libertad, parte de um conglomerado de empresas, pertencia a um cara chamado Juan Bernardo Ortiz. Outra busca rápida mostrou que sua controladora era a LXL Empreendimentos, uma holding que incluía hotéis e restaurantes, além de Libertad. Cliquei na imagem de Ortiz: bronzeado, musculoso e inclinado sobre uma atriz de Hollywood que eu conhecia, mas cujo nome não conseguia lembrar. Segui a trilha de artigos sobre ele, a maioria contendo fotos de Ortiz em um iate cercado por garotas de biquíni ou de smoking rodeado pelo mesmo tipo de moças.

— *Hum*... uma vida boa, hein? — disse Hardy.

Dei a ele um olhar duro.

— Desculpa.

— Por que um figurão como Ortiz quer se envolver como uma empresa familiar de entregas como a Houghton?

Entrei no banco de dados da LexisNexis e segui outros artigos sobre a dona da Libertad, LXL. Nada de processos contra ela.

— Olha, me parece que Jonathan está de bico muito calado para um homem cujo colega foi assassinado no mesmo corredor onde ele trabalha. O cara tá escondendo alguma coisa. Só pensei que você deveria saber.

— Claro. Obrigada por me informar.

— Também chequei o número que você me deu. É de um celular descartável. Não conseguimos rastrear. Quando foi a última vez que o esquisitão te ligou?

Massageei minha nuca. O galo quase desaparecera.

— Quer saber? Deixa para lá.

— Quer que eu coloque um dos meus caras de olho em você? Caso alguém esteja te seguindo ou algo assim?

Balancei a cabeça.

— Não, não é necessário.

— Olha, sei que você é uma menina crescida e tudo, mas tome cuidado. A situação não está boa.

— Obrigada. Preciso entrar naquela conferência agora.

— Ah, claro. Claro.

Hardy saiu. Peguei as atas da reunião. Nenhuma menção ao acordo Libertad ou quaisquer outros. Apenas notas rasas sobre as operações e a situação financeira da empresa, que estava em alta nos últimos dezoito meses.

Jonathan certamente estava escondendo alguma coisa. Nate disse que o acordo era o bebê de Jonathan. Mas quaisquer novas aquisições teriam envolvido Michael, principalmente nas primeiras etapas. Se Libertad era uma grande vantagem para a empresa, onde estava a papelada? E Michael precisaria de ajuda jurídica externa. Principalmente com uma empresa estrangeira envolvida. Ele deveria ter consultado um escritório de advocacia de fusões e aquisições.

Peguei o telefone e liguei para Richie Melcher na Kilgore Findley, o escritório que a Houghton usava em casos como aquele. Ele atendeu no primeiro toque.

— Alô. Aqui quem fala é o Richie.

— Richie. Aqui é a Ellice Littlejohn, da Houghton.

— Oi, Ellice. Você recebeu meu e-mail? Sinto muito pelo Michael. Há alguma coisa que eu possa fazer por vocês?

— Agora, preciso de algumas informações. Preciso saber o que está acontecendo no acordo com a Libertad.

— Libertad? Você está falando da empresa em Monterrey, México?

— Sim.

— Bem, nada, pelo que sei. Michael me ligou faz algumas semanas e disse que a Houghton estava considerando fazer algo com a empresa, tipo um empreendimento conjunto. Ele disse que me mandaria algumas informações, mas nunca recebi nada. Com o assassinato e todo o resto, pensei que o acordo tinha sido cancelado ou adiado.

— Ele te falou que tipo de informações ia enviar?

— Não. Só disse que a empresa tem matriz no México e que estava trabalhando com o responsável pelo seu setor financeiro para ajustar os detalhes.

— Mais nada?

— Não. Tem alguma coisa errada?

— Não. Obrigada.

Desliguei. Outro beco sem saída.

20

O cheiro defumado de filé grelhado flutuava da porta da sala de jantar executiva, um cômodo no vigésimo andar, flanqueado por janelas do chão ao teto. Forros de mesa de linho branco, o tilintar suave das taças de cristal e a porcelana Wedgeton davam ao cômodo uma atmosfera leve, apesar do vento frio e da chuva que martelavam Atlanta. A anfitriã, uma mulher corpulenta e bem-vestida, com um sotaque que lembrava tambores de aço e areia branca, me cumprimentou na porta.

— Boa noite, moça bonita. Posso te ajudar?

— Oi. Tenho um almoço com o sr. Ashe.

— Ah, sim... A mesa do sr. Ashe é por aqui. E parabéns por sua promoção. — Ela me deu uma piscadela. — Muito bom ver alguém que se parece comigo neste andar.

Minha tribo.

— Obrigada. — Sorri e pisquei de volta.

Segui a mulher enquanto ela serpenteava por um mar de mesas. Reconheci a maioria dos gerentes sentados ali. Muitos deles se viraram com olhares maliciosos para me ver passando. Nada de sorrisos. A mesma energia da festa de Nate. Eu os ignorei.

Havia convidado Nate para almoçar. A informação de Hardy, junto com o fato de que eu não conseguia encontrar nada relacionado à Libertad me preocupava muito. As regras de ética da Associação Americana de Advogados requerem que eu leve quaisquer preocupações ao CEO. Talvez, se eu falasse com Nate sozinha, conseguiria entender aquela confusão e, quem sabe, até iniciar uma investigação independente.

Enfim chegamos na mesa de Nate, no canto mais distante do salão. Ele estava lendo e-mails no celular, mas rapidamente se levantou.

— Olá! Minha advogada favorita!

— O prato especial de hoje é frango e bolinhos à moda sulista — a mulher disse com seu sotaque cadenciado enquanto eu me sentava diante de Nate.

— Parece ótimo. Ellice, você gostaria de frango e bolinhos, certo? — perguntou Nate.

— *Não*. Na verdade, vou querer só uma salada com frango grelhado, por favor.

Nate me deu um sorriso desconfiado.

— Traga o que a moça quer. Vou querer o frango e os bolinhos, e pode caprichar nos bolinhos.

— Claro, sr. Ashe.

— Não é fã de frango com bolinhos, hein? — Nate riu.

Dei um sorrisinho, de repente envergonhada por minha reação.

— Nunca gostei, nem quando criança.

— Então, como as coisas estão no Jurídico? — Nate colocou um pedaço de pão de milho na boca.

— Nate, eu pedi para almoçarmos juntos porque queria falar com você em particular sobre o acordo com a Libertad.

— Libertad?

— Sim. O acordo no qual Jonathan estava trabalhando com Michael antes do assassinato.

Por um segundo, Nate ficou encarando o pão.

— Ah, sim. Me lembro agora. Tem alguma coisa errada?

— Bem, não tenho certeza. Não consigo encontrar informação alguma sobre ele e, se é um acordo tão grande quanto você diz, deveria haver papelada. Um memorando ou um contrato, alguma coisa.

Nate deixou de lado o pão meio comido e limpou os cantos da boca com o guardanapo.

— Não entendo — disse ele. O garçom se aproximou. Ficamos em silêncio, esperando que ele nos servisse e fosse embora.

Me inclinei à frente para sussurrar.

— Tenho algumas preocupações sobre...

— Aí estão vocês! — Ergui o olhar, e Willow estava atrás de mim com um sorriso cheio de dentes. — Sarah me disse que os dois estavam aqui. Tudo bem se eu me juntar a vocês?

— Certamente — disse Nate.

Mas que diabos? Por que ela estava sempre por perto quando eu queria falar com Nate?

O garçom se aproximou.

— Qual é o prato de hoje? — Willow perguntou.

— Frango e bolinhos.

— Ah, Deus, não. Carboidratos demais. Vou querer o que ela está comendo — disse Willow, apontando uma unha francesinha para a minha salada. — Então, sobre o que vocês estão falando?

Nate sorriu e me deu um olhar implorante, buscando ajuda.

Eticamente falando, Willow não tinha nada que se meter em uma conversa em que eu estava dando aconselhamento jurídico, mas decidi deixar a interrupção dela passar. E discutir minhas preocupações sobre a questão da Libertad com a amante de Jonathan na mesa provavelmente não era a melhor estratégia.

Fingi um sorriso.

— Só estamos discutindo algumas questões jurídicas do momento.

— Então, Ellice, você está se ajustando bem? — ela perguntou com um sorriso ingênuo.

— Sim.

— Você sabe que as pesquisas de opinião dos funcionários acontecem em março. Tenho certeza de que todos no Jurídico terão coisas boas a dizer sobre você.

— Certamente — falei.

Nate sorriu.

— Isso é *exatamente* o que eu disse à Willow. Você é inteligente e fará um ótimo trabalho. Você é da família.

Remexi minhas folhas de alface.

— Sabe por que eu trato as pessoas aqui como família? — perguntou Nate. — É porque esta empresa foi fundada por uma. Meu avô começou a empresa com um velho Ford Zephyr que dirigia para fazer entregas em Henry County. Ele criou esta empresa do zero. E, enquanto eu estiver no comando, farei tudo o que puder para garantir que seja viável e competitiva no mercado. Luto todos os dias por ela. Faz sentido?

Aquele era o mesmo discurso engessado que ele me dera no dia anterior, no meu escritório. Duas vezes. Com exatamente as mesmas palavras. Se eu fosse apostar, diria que Nate estava nos estágios iniciais da demência. A constante perda de memória no meio de uma fala, a repetição de histórias. De repente, percebi que estava desperdiçando meu tempo tentando apelar diretamente para Nate.

Ele enfiou o garfo em um bolinho gordo e o girou dentro da tigela para cobri-lo de molho.

— Então, Willow, o que está acontecendo no RH?

Ela falou incessantemente sobre questionários de funcionários e consultores de benefícios. Nem uma palavra sobre contratar alguém que se parecesse comigo ou sobre os manifestantes na frente do prédio. Parei de fingir que estava comendo e simplesmente pousei meu garfo. Parei de escutar também.

— Você não concorda, Ellice? — disse Nate.

Percebi que eu não estava prestando atenção.

— Desculpa. Como é?

— Eu disse que você vai provar para esses pessimistas que eu estava certo em te promover para líder do Departamento Jurídico. Só faça tudo o que eu digo e você terá muito sucesso na empresa. Lembre-se, estou com você. Se algo der errado, pode contar comigo. Combinado?

Forcei outro sorriso.

— Combinado. — Já que ele estava tão generoso no apoio, decidi tomar vantagem da oferta dele bem ali e fazê-lo embarcar nos meus planos de fazer algo mais a respeito dos manifestantes. — Nate, Willow te contou sobre nossa reunião na sexta? — Observei cada músculo do rosto dela ficar frouxo de descrença. — Willow e eu vamos nos encontrar para discutir algumas iniciativas de contratação para trazer mais pessoas negras para a empresa. Acho que pode ajudar muito a fazer as pazes com os manifestantes e também garantir que a Houghton se pareça com uma organização do século XXI.

Nate abafou um arroto.

— Bem... não... É a primeira vez que ouço falar disso.

— Nate, eu estava planejando te contar *depois* da reunião com Ellice, quando tivesse algo para reportar. — Ela fez uma cara feia para mim. — Ellice, querida, talvez devamos discutir as coisas com Nate depois da nossa reunião, para que possamos ter algo mais substancial para compartilhar.

Sorri enquanto a observava se contorcer. A ideia de trazer mais pessoas negras para a empresa a faria consultar o manual de "contratação de qualidade" e encontrar "o candidato certo" para um emprego. Nós três ficamos sentados em silêncio por um momento. Fiquei contente em observar os dois buscarem algum fundamento moral para sua negação de que as práticas de contratação e promoção da Houghton eram antiquadas na melhor das hipóteses, e discriminatórias na pior. Com exceção de contratar uma representante negra — leia-se: eu — eles não tinham planos de mudar os negócios, como sempre.

A anfitriã se aproximou da mesa.

— Sr. Ashe, sua assistente acabou de ligar. Pediu para te lembrar da sua reunião da uma da tarde.

— Sim. Obrigado. — Nate tomou um gole da xícara de café antes de dobrar seu guardanapo e colocá-lo sobre a mesa. — Preciso voltar ao escritório. Lembre-se, somos todos família aqui e estou do seu lado.

Nate deixou a mesa.

— Agora somos só nós, garotas. — Willow disse com um sorriso estático.

Odeio a palavra *garota*. Passei muito tempo respondendo a ela em Chillicothe. O garçom trouxe uma salada idêntica à minha e a colocou na frente de Willow.

— Ellice, o que foi aquilo? Uma repetição da sua performance na reunião da manhã de ontem? Essas coisas levam tempo, pedem por um pouco de socialização. Falaremos com Nate sobre nossa reuniãozinha quando chegar a hora.

Reuniãozinha? Deus. Trazer mais pessoas negras para dentro da Houghton precisaria de algum tipo de força hercúlea.

— Posso te perguntar uma coisa?

— Claro. — Willow cortou um pedaço de alface. — Qualquer coisa.

— Você parece passar muito tempo com Nate. Aonde ele vai, você vai atrás. O que está acontecendo?

— Você percebeu. — Willow sorriu, comeu uma garfada cheia de salada e então abaixou a voz. — É para a proteção dele.

Não respondi. Ela precisava continuar falando se queria que eu acreditasse.

— Bem, você é a advogada aqui, querida. Esta é uma empresa familiar, e Nate não a quer nas mãos de alguém que não seja família. A Houghton pode se tornar alvo de uma invasão hostil ou ser adquirida por uma empresa de capital se ficarem sabendo que Nate não é mais cem por cento ele mesmo.

— E o que isso significa exatamente?

— Há mais ou menos dois anos, ele recebeu um diagnóstico de princípio de Alzheimer precoce. Eu apenas fico por perto para garantir que os interesses da Houghton sejam protegidos.

— E por que é você quem faz isso?

— Por que não? Os homens estão ocupados mantendo a empresa funcionando por Nate. E eu tenho tempo para fazer algumas reuniões extras.

— Quem mais sabe?

— Agora? Todos no Comitê Executivo.

Afastei minha salada.

— Espere. Os diretores não sabem?

— Não. — Ela me lançou uma expressão dolorosa. — Eles podem deixar os interesses de Nate de lado se souberem.

— E por quanto tempo você pretende manter isso escondido?

— Pelo tempo que for necessário.

Eu estava incrédula.

— Esta é uma empresa de família. Há algum plano de sucessão pronto?

Willow deu de ombros.

— A família de Nate não se interessa pelos negócios. Ele perdeu o único filho. — Ela balançou a cabeça, triste.

— Mas quem lida com os assuntos do dia a dia?

— Jonathan e Max têm tudo sob controle — respondeu ela.

— Willow, essa não pode ser uma solução de longo prazo. Não dá para conduzir uma empresa assim. Digo, no que você estava pensando? Michael sabia disso?

— Foi ideia do Michael, querida. — Willow sorriu e comeu outra garfada de salada.

— *Michael* aprovou isso? Tem certeza? Digo, temos obrigação de informar os diretores. Tenho certeza de que algo pode ser feito.

— Deixe como está, Ellice. Ontem, antes da reunião do Comitê Executivo, eu ia te dar um conselho. Especificamente, deixe os caras lidarem com as coisas. Aquela briguinha que você teve com Max e Jonathan é exatamente o tipo de coisa a se evitar no futuro. Eu disse a Nate que você era a melhor opção para substituir Michael porque a empresa precisa de alguém como você.

— Você quer dizer alguém negro para afastar os manifestantes?

— Sou do RH. Não vejo cor de pele. Só vejo pessoas.

Ela se virou e observou o restaurante.

Frustrada, revirei os olhos. Se as pessoas não vissem cor de pele, elas não sairiam por aí dizendo que não veem cor de pele. Não era de se admirar que havia manifestantes lá fora.

Willow deixou escapar um suspiro cansado, como uma garotinha petulante.

— O que quero dizer é que precisamos de alguém que consiga lidar bem com os caras. Assim como Michael fazia.

Me recostei na cadeira.

— Desculpe, mas ontem fiz o que pude para lidar com eles sem virar um capacho.

Então foi assim que Willow escolheu seu caminho para a sobrevivência no andar executivo, trabalhando como uma tenente de segunda classe, respeitosa para com os homens. Não funcionaria para mim. Eu preferiria me demitir.

— Confie em mim, Ellice. Você não quer causar perturbações. Jonathan conseguiu fazer a empresa ter lucro. Max fez nossos caminhões operarem com capacidade máxima. As coisas estão indo bem.

— Se as coisas estivessem bem, não teríamos manifestantes lá fora e um executivo morto aqui dentro.

Willow me encarou por um momento, então fechou os olhos e balançou a cabeça, exasperada.

— Querida, você não vai durar muito no vigésimo com uma perspectiva tão negativa. Quer estar certa ou ser bem-sucedida aqui em cima?

— Tá falando sério?

— Confie em mim, não vai ajudar em nada se você confrontar as pessoas aqui. Você é nova. Se adapte primeiro. Deixe Jonathan e Max cuidarem das coisas por Nate. Acho que é assim que ele iria querer.

— Vocês enlouqueceram?

— Falando nisso, preciso ir ver o que Nate está fazendo.

Willow jogou o guardanapo na mesa e foi em direção à saída.

21

Me sentei em um banco no parquinho infantil do Parque Piedmont, esperando por Rudy e vendo meu hálito quente atingir o ar frio. O tempo gelado me forçou a abotoar meu casaco e desejei ter levado luvas. O parque estava vazio, exceto por algumas mães *millennials* empurrando seus filhos nos balanços e uma mulher mais velha correndo atrás de um menininho loiro de cabelo cacheado, embrulhado em uma jaqueta vermelha, mas sem gorro ou luvas. Em um dia frio como aquele, ela não tinha se dado ao trabalho de colocar ao menos um gorro nele.

Observar crianças brincando era como um prazer secreto para mim. Foi no segundo ano na Academia Coventry que enfim entendi que rir ou cantar em alto e bom som fazia parte da infância, que os pais incentivavam isso. Uma vez na Coventry, uma garota que morava no meu dormitório caiu fazendo uma brincadeira boba e fraturou o braço. O pai dela dirigiu da cidade de Nova York até a Virgínia para vê-la. Eu estava estudando na sala e a olhei enquanto ela explicava a ele como tudo tinha acontecido. Ele observou enquanto ela demonstrava a tolice, se divertindo. Fiquei pasma. O fato de alguém amá-la o suficiente para fazer tal esforço e, em seguida, encorajar sua tolice me atingiu de uma forma que eu não esperava. Nunca me importei muito com a garota, mas daquele dia em diante passei a andar com ela apenas para poder estar por perto sempre que seus pais visitassem o campus.

Olhei para uma antiga cicatriz nas costas da minha mão. A pele, um tom mais claro de marrom, se erguia e revirava sobre si mesma como um pão trançado. Uma marca que me lembrava da minha infância em Chillicothe. Agora, lá estava eu: solteira e sem filhos. Com pais tão imperfeitos, eu tinha medo de criar uma criança como tinham me criado e ser mais um exemplo de educação infantil disfuncional. Era melhor deixar minhas cicatrizes servirem como as últimas proles da família Littlejohn. Eu tinha Vera e Sam, quando ele não estava na cadeia. Tinha meu diploma de direito e meu trabalho. Eu era a vice-presidente executiva e conselheira geral na Houghton Transportes.

Eu pelo menos tinha uma vida.

— Pra que todo esse mistério? — Rudy perguntou enquanto se aproximava do banco do parque. — Está fazendo, tipo, 1 °C aqui fora. A gente não podia se encontrar em um lugar mais quente, tipo... não sei. Talvez aquele seu escritoriozão chique?

Ele soprou entre as mãos antes de esfregá-las como um louva-deus.

Coloquei a mão na bolsa e tirei o envelope.

— Tem uma coisa muito estranha acontecendo no vigésimo. A esposa de Michael, Anna, encontrou isto em um cofre secreto. Houghton está para fechar um empreendimento conjunto com uma empresa mexicana chamada Libertad. Aqui, dê uma olhada. — Dei o envelope a Rudy. — No dia do funeral do Michael, alguém invadiu a casa dele. Reviraram o escritório. Suponho que seja lá quem matou Michael estava atrás desses documentos.

Fiquei sentada em silêncio, permitindo que Rudy lesse por conta própria.

— Michael ia renunciar?!

— Parece que sim. Acho que ele descobriu que a Houghton está lavando dinheiro sujo pra essa tal de Libertad. Hardy encontrou uma lista de contas bancárias da Houghton. Há 250 milhões de dólares em um pequeno banco no meio do nada.

— Que diabos?

— É. E não há registro ou papelada desse acordo. — Me lembrei da conversa com Richie Melcher, o advogado externo. — Michael deveria estar falando com Richie sobre um acordo assim. Em vez disso, estava consultando um advogado para crimes de colarinho branco.

— Caramba.

— Mas essa nem é a melhor parte. Nate tem Alzheimer e meus estimados colegas no Comitê Executivo estão escondendo isso.

— Não entendi.

— Willow banca a enfermeira e vai a todas as reuniões com ele, e Jonathan e Max estão atuando como o CEO. E, para completar, Max me fez uma ameaça velada. É como um show de horrores corporativo no vigésimo.

— Você *tem* que ir à polícia. Mostre a eles tudo isso. Conte a eles o que Max te disse.

— Não. Não posso mostrar os e-mails nem as informações bancárias porque são registros privilegiados e confidenciais da empresa. Se bem que, se a polícia for esperta, vai conseguir pôr as mãos nisso de alguma forma.

— Mas há atividade criminal envolvida... Alguém assassinou Michael. Essa é uma *óbvia* exceção à regra do privilégio empresarial — disse Rudy. — Além disso, se Anna já viu esses documentos, o privilégio foi violado de qualquer forma, certo? Você pode levá-los à polícia.

Advogados dentro de corporações estão sujeitos ao mesmo cânone ético que os advogados em empresas. Se um advogado descobre atividade ilegal dentro da empresa em que trabalha, a ética da advocacia requer que o advogado as reporte para a cadeia de comando, ao CEO e/ou ao conselho de diretores. É basicamente "se viu algo, diga algo" para advogados, com poucas exceções. Se você tem um pingo de bom senso, muito da prática da lei é questão de fazer o que é certo, fazer escolhas sensatas. Admito que, desde que descobri que meu irmão estava envolvido naquela bagunça, não me esforcei muito para justificar o envio dos documentos para os diretores ou para a polícia. Naquela situação, o certo a se fazer era proteger meu irmão. Acho que a única razão pela qual estava contando a Rudy tudo aquilo era para desabafar e alguém me dizer que eu não estava louca. No fundo, eu sabia que precisava dar a informação às autoridades. Mas fazer isso seria como entregar Sam à polícia também.

Suspirei.

— Não conferi as regras de ética recentemente, mas acho que deve haver alguma ameaça de dano ou perigo iminente antes que eu possa ir à polícia sem violar meu dever ético. E, quanto a Anna ter visto os documentos, o privilégio poderia permanecer se fosse a intenção de Michael mantê-los trancados a sete chaves, longe dela. De qualquer forma, não tenho nenhuma prova de que ele foi morto por causa desses documentos. Uma carta de demissão e um e-mail agendando uma ligação não são muita motivação para um assassinato. E Anna me fez prometer que eu descobriria o que há por trás de tudo isso, só para o caso de Michael estar envolvido em algum tipo de problema.

— Isso não é trabalho seu, Ell. Quem é você? Nancy Drew? Isso não é só uma informação confidencial da Houghton. É, possivelmente, evidência de uma investigação de assassinato. Talvez alguém tenha matado Michael porque ele ameaçou revelar a demência de Nate.

— Foi o que pensei também. Mas Willow disse que o disfarce foi ideia de Michael.

— Que diabos? O cara estava traindo a esposa. Agora está envolvido em fraude e encobrimento. Ele, com certeza, me enganou.

Ignorei o comentário de Rudy sobre a traição. Mas ele estava certo. Michael devia estar envolvido com algo bem ruim para ser morto por isso. A situação toda era um complicado nó de moral e trazia questões éticas que eu não sabia exatamente como resolver.

— Rudy, me escute. Estou encurralada. Não quero perder minha licença para advogar por vazar informação privilegiada da empresa nem receber uma acusação de obstrução da justiça em um caso de assassinato.

— Então você vai esconder informação que poderia ajudar a polícia a encontrar o assassino de Michael? — Rudy balançou a cabeça.

— Eu disse a Anna que investigaria um pouco, mas depois ela teria que ir à polícia.

Rudy olhou para mim de sobrancelha franzida e então olhou para longe.

— Não entendo. Por que a esposa de Michael não iria direto à polícia para dar informações que podem ajudar a encontrar o assassino do marido? Por que ela ligaria para você? *Hum*... suspeito.

O trabalho de detetive de Rudy estava me deixando desconfortável e assustada. Talvez ele estivesse certo. Talvez eu estivesse sendo ingênua e Anna estivesse armando para mim. Deus sabe que ela tinha todos os motivos do mundo para isso. Eu estava dormindo com o marido dela, e ela sabia. Mas, segundo Anna, foi porque eu estava dormindo com o marido dela que ela me ligou. Eu e Anna, as defensoras da reputação imaculada de Michael.

A coisa toda era muito mais do que bizarra. Ali estava eu, ajudando pessoas com as quais não deveria me aliar e perseguindo meu irmão, que estava enfiado até os joelhos em um assassinato e no desaparecimento de um advogado que ele sequer deveria conhecer.

O vento frio soprou mais forte. Um redemoinho de folhas secas passou perto dos meus pés. As mulheres começaram a recolher as crianças.

— Talvez eu vá à polícia. — Odiava policiais, e a detetive Bradford não me fizera mudar de ideia. Fechei meus olhos por um instante, só para cortar contato visual com Rudy. — Escuta, é melhor eu voltar ao escritório.

Rudy me entregou os documentos e tornou a balançar a cabeça.

— Cuidado lá, Ell. Sei que você é a chefe e tudo, mas parece que você teria razão em ir à polícia sob essas circunstâncias.

Olhei para Rudy. Era a segunda vez no dia em que era avisada para tomar cuidado com o vigésimo. Mas não era tão fácil quanto Rudy fazia parecer. Eu tinha decepcionado Sam tantas vezes antes... Bom ou mau, ele ainda era meu irmão. E eu não o mandaria de volta para a cadeia por algo que eu sabia que ele não tinha feito.

Rudy e eu voltamos para o escritório, em silêncio, e então meu celular tocou. Pesquei-o do bolso e conferi o identificador de chamadas.

— Hã... Por que você não vai na frente? Preciso atender.

Confuso, Rudy estreitou os olhos.

— É pessoal.

22

Voltei para o parque para atender a chamada.

— Sam! Cadê você?

O tom de Sam era alegre e animado.

— Ei, Ellie, e aí?

Relaxei no banco do parquinho.

— Onde você estava? Te liguei várias vezes! Por que você não me ligou de volta?

— Acho que eu estava ocupado. — Sam riu.

Soltei um suspiro exasperado.

— Sam, eu não tenho tempo para brincadeiras. Por que você foi ao meu escritório semana passada?

— Passei para encontrar um cara para quem estou trabalhando.

— Você está trabalhando para alguém na Houghton?!

— Você não é a única que pode trabalhar para os figurões. Eu fui lá na segunda passada para encontrar o cara.

Sam conhecia pessoas no meu trabalho? Me levantei.

— Por que você não me contou? Que cara? Quem?

— Jonathan Everett... Você o conhece?

— Jonathan Everett?! É claro que conheço. Que tipo de trabalho você estava fazendo para *ele?*

Sam deu uma risadinha.

— O tipo de coisa que paga melhor do que trabalhar em uma loja de ferramentas.

— Isso não é engraçado, Sam. Que diabos você está fazendo para ele? — gritei no celular.

— Olha, o cara só precisava de ajuda...

— Precisava de ajuda com *o quê*?!

— Por que você está gritando? E por que está tão interessada no meu trabalho de repente?

— A polícia tem uma filmagem de você entrando no saguão da Houghton no dia anterior ao assassinato do meu chefe.

— O quê?

— Sam, me escute. Meu chefe foi morto semana passada, e a polícia acha que provavelmente foi você.

— De que diabos você está falando?!

— Caramba, você não assiste ao noticiário? Um executivo foi assassinado na Houghton semana passada.

— Eu não matei ninguém! O cara me contratou para fazer um trabalho de vigilância. Só precisava de alguém por uns dias. Foi isso. Se a polícia está investigando um assassinato, talvez esteja olhando para o Littlejohn errado, hein?

Meu estômago revirou.

— Sam, não tenho tempo para discutir com você hoje. Como você conseguiu meu crachá para entrar no prédio?

— De novo, não sei do que você está falando. Everett me deu um crachá para entrar.

Um casal jovem passou correndo perto de mim. Abaixei minha voz.

— Jonathan te deu o *meu* crachá?

— Não sei. Ele me deu um crachá com o nome "Littlejohn" escrito.

— E como é que você conheceu o Jonathan?

— Temos amigos em comum.

— Um de seus companheiros de apostas?

— Te falei, Sucão me arrumou um emprego com o amigo de um amigo. Ei, foi você quem me falou para arrumar um emprego de verdade.

Eu queria enfiar a mão pelo celular e sacudi-lo.

— Quem é o cara que você está seguindo? Quem é a pessoa nas fotos do seu celular? Você sabe que o homem naquela foto estava trabalhando com o meu chefe, e agora...

— Espera aí. Então você foi na minha casa? Mexeu no meu celular? Eu sabia que alguém tinha estado lá! Que diabos, Ellie? Está apertada demais para me emprestar um dinheiro, mas se sente no direito de entrar na minha casa? A propósito, você deixou a porta aberta. E onde está meu celular?

Respirei fundo e tentei falar devagar, tentando desacelerar as coisas entre nós.

— Sam, eu não peguei o seu celular. Outra pessoa entrou na casa enquanto eu estava lá. Seja lá quem for, levou seu celular. E antes de ir embora, também tentou quebrar minha cabeça.

— O quê? Alguém te machucou?

— Estou bem. Me escuta. A polícia está atrás de você. Precisamos descobrir o que fazer. Podemos ir à polícia juntos e resolver isso. Eu posso dizer a eles...

— Você enlouqueceu?! — Sam hesitou por um momento. — Ainda estou na condicional. Não posso ir na delegacia e dizer a eles que trabalho para um cara que está envolvido com um assassinato. Além disso, eu não fiz nada. E estou surpreso com seu súbito interesse em ajudar a polícia.

Merda! Eu tinha me esquecido da condicional.

— Tudo bem, me deixe pensar. Talvez nós...

— Ah, espera aí. Entendi. Você teve algo a ver com a morte do seu chefe? Você quer que eu limpe a barra para *você*. Agora entendi o que está acontecendo.

— Sam, isso não é brincadeira.

— Lá vamos nós, outra vez. Descobrir o que é melhor para a Ellie primeiro. Todo mundo tem que esperar. Vai ser como Chillicothe de novo, não vai?

Eu fiquei em choque. Lá estava eu, tentando protegê-lo todo aquele tempo, e agora ele estava virando a situação contra mim?

— Sam, isso não tem nada a ver *comigo* e sim com *você*. Eu te disse que a polícia tem imagens de você entrando no prédio.

— Isso não significa que eu tenha matado alguém — Sam afirmou claramente.

— Aquele cara na foto, no *seu* celular, é um advogado. A família dele o registrou como desaparecido.

Sam ficou quieto por um momento.

— Desaparecido?

— É o que estou tentando te dizer. Você esteve atrás dele. Onde ele está? — Parei de andar de um lado para o outro. — Sam, para e pensa por um segundo. Um dos seus amigos te apresenta a um executivo, que te contrata para seguir alguém. Nós temos um departamento inteiro de segurança que poderia fazer isso. Aquele cara que te contrataram para seguir é um advogado com o qual o meu chefe estava trabalhando. Agora meu chefe está morto, e o homem que você estava seguindo foi dado como desaparecido. Talvez Jonathan esteja tentando te incriminar. Você já pensou nisso?

— A última vez que vi o cara foi ontem, e ele estava bem. Eu não matei ninguém, Ellie. — A voz dele estava suave e, por um momento, detectei um pouco de medo nela.

Meu celular ficou silencioso.

— Sei que não foi você. Acredite em mim. Vamos descobrir juntos o que fazer. Talvez a gente possa ir à polícia e explicar tudo. Tudo bem? Sam... você está aí?

— Estou. Olha, preciso ir.

— Espera. — Parei por um momento, com remorso por ter começado outra discussão com ele. — Percebi que você está vendendo a casa. E que trocou as trancas das portas.

— É. Eu estou tentando manter o elemento ruim do lado de fora. Para quê, né?

Ignorei o segundo comentário.

— Sua geladeira parecia muito vazia e a TV tinha desaparecido... Você a penhorou?

— Não importa.

— Sinto muito. Me deixa ajudar. — Senti as lágrimas pinicando meus olhos. — Me deixa te dar dinheiro. Passa na minha casa. Te darei o dinheiro e podemos ir à delegacia juntos.

— Não. Esquece. Estou bem. Preciso ir.

O celular ficou mudo.

— Sam? Sam?

Eram quase oito da noite quando terminei de conferir a montanha de trabalho ainda empoleirada na minha mesa. Orçamentos para revisar, resumos executivos para ler e dois briefings que eu precisava verificar porque não podia confiar no julgamento de alguns dos advogados que trabalhavam comigo. Tudo isso continuaria ali pela manhã. Eu estava muito cansada, então decidi encerrar. Enquanto juntava minhas coisas para ir, meu celular vibrou. Grace.

— Ei! O que você está fazendo? — perguntou ela.

— Me preparando para sair do trabalho. — Ouvi o barulho da multidão nos fundos e o som de uma bola atingindo o chão. — Onde você está?

— No jogo de basquete do meu filho, e não está indo bem. Jesus, eles precisam demitir esse treinador, e os alunos também! Isso inclui meu filho. Ainda bem que ele só tira nota boa em química. Não acho que a NBA vai chamá-lo tão cedo.

Eu ri.

— Seu apoio materno é inspirador.

— Ah, eu conheço os lados fortes do garoto. Só estou ajudando. Por que você está trabalhando até tão tarde? Com tarde, eu quero dizer mais tarde que o normal.

— Essa é a minha vida agora. — Desliguei os interruptores e fui em direção aos elevadores.

— Então, como está o novo trabalho? Me deixe viver através de você.

Entrei no elevador vazio.

— Ai... não sei. Tem alguma coisa esquisita acontecendo. Algo que eu não consigo deixar pra lá.

— Esquisita de que jeito?

— Não sei. Algo sobre meus novos colegas. Sabe aquela energia estranha que eu te falei que senti na festa em Savannah? Bem, ainda está aqui. Mais forte. E algo suspeito está acontecendo em uma parte do trabalho. Um encobrimento ou algo assim.

— Encobrimento? O que eles estão encobrindo?

— Algum tipo de acordo, e talvez o assassinato de Michael.

— Tá falando sério? Ellice, você está correndo algum tipo de perigo?

— Não, eu duvido muito. Sou a representante negra deles no andar executivo. Ninguém me toca, pelo menos até conseguirem se livrar dos manifestantes. Estou segura. Mas o lugar ainda me arrepia.

— Como assim?

— Não sei. Vera costumava chamar de intuição divina. *É* uma sensação que eu tenho. Como se todos eles operassem em uma frequência secreta que eu não consigo acessar.

— Então você precisa ouvir isto. Espera *aí, meu filho acabou de fazer uma cesta. — Ouvi a multidão comemorando* ao fundo. — Nossa, quem diria? Tudo bem, estou de volta.

— Pode voltar para o jogo. Não quero que você perca a próxima cesta.

— Deus te ouça...

— Já estou quase no meu carro. Podemos nos falar mais tarde.

— Tudo bem. Te ligo quando chegar em casa.

— Por favor, não ligue. Estou tão cansada hoje... Quero tomar um banho quente e ir direto para cama. Se eu tiver sorte, às nove e meia estarei dormindo como um bebê depois de mamar.

Nós rimos.

— Tudo bem, falo com você depois.

Atravessei o saguão e entrei no ar frio da noite na garagem. Cheguei perto do meu carro e apertei o botão na chave. Os faróis piscaram e a fechadura da porta clicou, ecoando pelo espaço cavernoso. A maioria das pessoas havia ido embora horas antes. Abri a porta e joguei minha bolsa no banco do passageiro. Entrei e fechei a porta. Assim que apertei o botão de partida do motor, eu o vi. Um envelope branco apoiado no meu painel. Um nó crescente de terror tomou forma em meu peito.

Alguém tinha entrado no meu carro.

As portas estavam trancadas. Eu sempre trancava as portas. Me virei e olhei para o banco de trás. Vazio. Olhei ao redor da garagem. Nada. Àquela hora, havia apenas um punhado de carros. Encarei o envelope.

Impresso na frente dele: *Vale a pena guardar alguns segredos*.

Eu o rasguei para abrir. Lá dentro, uma fotocópia de um artigo de jornal de 1979, do *Tolliver County Register*. A manchete:

Investigadores locais procuram por xerife desaparecido

Chillicothe, Georgia, novembro de 1978

Pelo que sei, Martha e Willie Jay nunca se casaram oficialmente. Pelo menos não tiveram uma cerimônia de casamento nem nada do tipo. Apenas um mês depois de Willie Jay ter espancado Mario Jackson, Martha empacotou as poucas coisas que tínhamos na casa em Periwinkle Lane e nós mudamos para a casa dele, como uma pequena família feliz. E aquele se tornou o assunto das conversas em Chillicothe — tanto na seção branca da cidade quanto na negra. Alguns negros se perguntavam em voz alta como Martha e Willie Jay tinham se tornado um casal. Um monstro loiro de olhos azuis vivendo com uma mulher negra alcoólatra e seus dois filhos bastardos foi algo que deu o que falar por meses. Pessoas brancas que moravam na outra seção de Chillicothe diziam que Willie Jay era um lixo e que tinha se casado com o melhor que conseguiria.

Nunca imaginei que poderia odiar qualquer lugar mais do que aquela velha casa em que vivíamos em Periwinkle Lane até que nos mudamos para a casa de Willie Jay em Red Creek Road. De acordo com Martha, a casa dele era para ser muito melhor, mas não. Era apenas o outro lado deprimente e sem graça da mesma moeda da casa antiga. Havia mais alguns brancos naquele bairro, e eles eram tão pobres e miseráveis quanto o resto dos negros que moravam lá. Por dentro, a casa não era muito melhor. Willie Jay não gostava de nada nas paredes. Não permitia que pendurássemos fotos ou pôsteres. Dizia que não gostava de olhar para as paredes e elas o olharem de volta. Vera costumava dizer que o diabo também não gostava de espelhos nem de olhos curiosos. Mas a falta de fotos e bugigangas na casa não era nada comparada ao fedor. O odor fúngico natural de pés suados geralmente competia com o forte cheiro de queimado dos charutos. A vida em sua casa era um inferno do qual ninguém falava abertamente. E, nas duas vezes em que reclamei com Martha sobre ele, sua única resposta foi um puxão de orelha e um sermão sobre como ela fora jogada de um parente para outro durante a infância, reforçando que tínhamos sorte em ter uma casa para morar.

Sam e eu compartilhávamos um quarto nos fundos da casa. Nossas camas idênticas — colchões duros e estrados, sem cabeceira —, eram separadas por uma mesa estreita e um abajur vagabundo de madeira na forma de um leme de navio. Eu me deitava na cama virada para Sam. Ele sempre adormecia antes de mim, cansado de ter passado o dia correndo e brincando com as outras crianças. À noite, a luz da lua entrava no pequeno quarto e enchia seu rosto adormecido com um brilho outonal. A pele dele irradiava sob a fresca noite estrelada. Por mais estranho que pareça, o ronco suave de um garoto de dez anos podia ser muito calmante. Observar Sam dormir era uma visão tranquila. Ele parecia a salvo de tudo o que era feio no mundo, das escolhas e consequências que a vida forçaria nele quando chegasse à idade de Mario Jackson.

Lembro-me do dia em que Martha o trouxe para casa do hospital e o colocou em meus bracinhos. Embora eu tivesse apenas quatro anos, ela me ensinou como trocar fraldas e preparar a mamadeira para ele. Era como se Martha tivesse me dado um boneco vivo. No silêncio daquele quarto dos fundos, eu podia observar meu bonequinho dormir. Mas agora eu me preocupava com quem tomaria conta de Sam. Enquanto eu esperava para ouvir a resposta à minha candidatura à bolsa de estudos na Coventry, me preocupava com o que aconteceria com ele se eu fosse para o internato.

Eu me deitava na cama, tentando dormir ao mesmo tempo em que me preocupava com Sam e ouvia o som que me assombrava à noite.

Passos.

Os passos de Willie Jay. Os que costumavam entrar em nosso quarto nas noites em que Martha estava fora de casa. Depois, encorajados pela ignorância dela, os passos começaram a vir à noite depois que ela adormecia. Uma vez, ele entrou no quarto quando pensou que ela estava dormindo. Ela não estava e apareceu na porta perguntando por que ele estava no quarto das crianças.

E toda vez era como a anterior. Primeiro a porta do quarto deles fechava, depois vinha o duro som de seus pés descalços contra as tábuas de pinheiro do primeiro andar. Cinco degraus e uma tábua do piso gemia, mais oito e outra tábua gemia. E, por fim, o girar da maçaneta de metal enferrujada do nosso quarto. Alguns segundos depois, ele sussurrava suavemente meu nome, me cutucava mesmo se eu fingisse estar dormindo.

A caminhada até o galpão levava menos de dois minutos. Mas era tempo suficiente para eu fazer minha mente fugir para outro lugar. Dois minutos era o bastante para escapar mentalmente das garras dele e imaginar todos os lugares sobre os quais li nos livros ou sonhar com a vida que viveria um dia, os lugares para os quais viajaria. Estar naquele galpão me forçava a pensar em todas as coisas que eu poderia fazer — boas e ruins.

Eu enfim adormeci com o som de Sam roncando baixinho ao meu lado. Não ouvi nada até que a silhueta de Willie Jay apareceu sobre mim.

— Ellie, acorde — ele sussurrou. — Vamos para o galpão.

23

Merda! Quem diabos esteve dentro do meu carro? Como encontraram este artigo?

Quinze minutos depois que saí da garagem da Houghton, parei na casa de Sam. A luz da sala de estar estava acesa. Toquei a campainha e esperei. Alguns segundos depois, Sam espiou pelas cortinas antes de abrir a porta.

— Oi, Ellie. — Ele ficou à minha frente, de pés descalços, usando calças de moletom e uma regata do Atlanta Falcons. Não respondi, mas meu rosto deve ter dito tudo. — Meu Deus, o que aconteceu? Sai desse frio. — Ele fechou a porta atrás de mim. — Você está bem?

Foi só quando entrei que percebi que estava chorando. Eu não conseguia falar. Entreguei a Sam o artigo do jornal.

— O que é isso? — Ele leu o jornal e tornou a me olhar, a boca aberta em choque. — De onde isso veio?

Enfim, consegui me recompor.

— Alguém deixou *dentro* do meu carro no trabalho.

— No seu carro? Espera... o quê?

Envolvi meu corpo com os braços.

— Me arrepia pensar que ele estava no meu carro.

— Quem?

— A única pessoa em que consigo pensar é Jonathan. Você contou a Jonathan sobre isso?

— Não. Claro que não.

— Não foi uma coincidência. Ele sabe que somos parentes, e parece que sabe sobre Chillicothe. Sam, por que diabos você está trabalhando para ele?

Sam se jogou em uma cadeira na minha frente.

— Porque estou cansado de te implorar por dinheiro. — Devagar, Sam correu a palma da mão pelo rosto, frustrado, antes de olhar para mim. — Esta casa, o carro que dirijo, tudo é seu. Eu só quero ir para algum lugar, pedir um emprego, e não ser questionado sobre quem sou ou sobre as decisões que tomo. Estou cansado de viver assim. Estou cansado de viver de bicos. Você entende isso? Olha, Ellie, não quero brigar de novo, tá bem? Deixa pra lá.

— Não podemos deixar pra lá. Sam, não faça isso! Acho que ele está tentando te incriminar por algo que você não fez. Acho que ele está envolvido com algum tipo de esquema de lavagem de dinheiro. Precisamos ir à polícia.

— Não, eu te falei, ainda estou em condicional.

— Posso te ajudar a encontrar outro emprego. Esse Jonathan é problema. Confie em mim.

— Ellie, consigo tomar conta de mim mesmo! Deixa pra lá. Você quer beber alguma coisa? Eu estava prestes a preparar um cachorro-quente. Você quer um?

— Sam, me escuta. Da última vez que eu estive aqui na sua casa...

— Deixa pra lá, Ellie! — Ele expirou fundo. — Estou cansado de discutir com você. Não sou perfeito. Já sabemos disso. Vamos só ficar juntos como uma família, para variar.

Ele se levantou e foi para a cozinha.

Sam estava certo. Eu também estava cansada de discutir. E, Deus sabe, fazia muito tempo que não passávamos tempo juntos como dois irmãos. Fosse lá o que isso significasse. Eu sabia que precisava ser mais paciente, mais compreensiva. Eu precisava ser a irmã dele, não a agente de condicional. Olhei ao redor da sala. Tudo estava arrumadinho. A televisão estava de volta na estante. Tirei meu casaco e o coloquei no sofá junto com a minha bolsa. Fui até a cozinha.

— Mostarda e cebola. Nada de catchup — falei enquanto me sentava à mesa.

Sam tirou os olhos do fogão e sorriu para mim.

— O que foi que o catchup te fez? Como está a Vee?

— Na mesma.

Ficamos em silêncio por um minuto.

— Amo aquela velha. Lembra daquela vez que ela me pegou fumando cigarros atrás da casa dela?

— Meu Deus. Ela te perseguiu pelo campo.

— Quantos anos eu tinha? Nove, dez? Pensei que podia correr mais rápido que ela. — Sam se apoiou no fogão. — Ela era pesada como um tanque, mas nossa, como tinha pés leves. Me alcançou e me pegou pelo cós da calça. Puxou minha cueca com tanta força no meu rabo que tive dificuldade para sentar no dia seguinte.

— Depois daquela surra que ela te deu, não foi só por isso que você não conseguiu sentar.

Nós dois gargalhamos. A risada dele enchia todo o cômodo e o espaço pareceu mais leve por causa dela.

— Até hoje não aguento o cheiro de fumaça de cigarro.

Sam serviu os cachorros-quentes, uma cerveja para si e chá doce para mim.

Começamos a comer em silêncio.

— Eu fiz o que você falou — Sam afirmou.

— Fez o quê?

— Passei para ver a Vee. Ela disse que quer ir para casa. — Sam passou mais catchup no cachorro-quente antes de dar uma mordida.

— Eu sei. E me sinto péssima sobre isso também. Mas você sabe como ela é. Não pode ficar naquela fazenda sozinha.

Ficamos em silêncio. Vera havia entrado em cena e nos amado quando Martha não pôde. E deixá-la em uma casa de repouso, quando tudo o que ela queria era acordar na própria cama, na própria fazenda, estava acabando com nós três.

— Estive pensando — disse Sam. — Talvez eu volte para Chillicothe. Eu poderia me mudar para a fazenda, ficar com ela.

Coloquei meu cachorro-quente no prato e encarei Sam.

— Está falando sério?

— Estou cansado de Atlanta. Das ruas. De tudo. Só quero uma vida simples e descomplicada. Quero acordar e viver minha vida como todo mundo. Não quero passar o dia espiando por cima do ombro. — Ele encarou o prato por um momento. Olhou de volta para mim com um sorriso fraco. — E, olha, com o estado do mercado imobiliário, podíamos fazer uma pequena fortuna se vendêssemos esta casa. Sei que você não gosta de ouvir, mas Vera não vai viver para sempre. Ela precisa ficar na própria casa.

Fiquei chocada e emocionada com o plano de Sam.

— Bem...

— E você poderia economizar todo o dinheiro que está gastando na casa de repouso.

— Tudo bem, me deixa pensar no assunto. — Hesitei por um momento, remexendo meu cachorro-quente. — Não me importo de te ajudar até que você se estabeleça.

— Deixa pra lá, Ellie. Estou bem. — Sam tomou um longo gole da cerveja, e então tocou meu braço. — Ah, a propósito, encontrei com o Sucão.

— Ai, Deus.

Sam deixou escapar outra risada alta.

— Meu mano está caidinho por você.

— Muito engraçado. Não estou interessada nos seus amiguinhos. — Dei outra mordida no cachorro-quente. — Vocês se conheceram na penitenciária, não foi?

— Mas ele é decente. Pode ser que não use terno e gravata como os caras com quem você trabalha, mas ele é do bem. Nunca o vi machucar uma mosca.

Mordi meu cachorro-quente e estendi a mão para pegar um guardanapo na bancada.

— Não. Eu tomo decisões ruins o bastante sozinha. Lembre-se, sou filha de Martha Littlejohn. Nós, mulheres Littlejohn, somos especialistas em tomar decisões ruins quando se trata de homens.

Sam me examinou por um momento.

— Sabe, talvez fosse uma questão de opções.

— O quê?

— Talvez ela tenha feito más escolhas porque tinha opções ruins. E o álcool não ajudava. Lembra como ela costumava nos dizer como teve que morar em todos aqueles lugares diferentes enquanto crescia?

— Sim.

— Acho que ela só queria um lugar, um lar de verdade.

— Sam, há coisas sobre a Martha que você não sabe. E não vale a pena falar disso agora.

— Quem é que sabe tudo sobre alguém? Tudo o que sei é que a maioria das pessoas está tentando fazer o melhor com o que tem. Martha não tinha muito, então não podia fazer muito.

— Hmm...

— Não é como se fosse uma maldição ou algo assim. Você tem opções melhores. Pode fazer escolhas melhores.

Encarei Sam enquanto sua sabedoria tomava conta de mim. O que ele dissera fazia sentido. Uma cidade pequena como Chillicothe não era gentil com mulheres negras na nossa infância.

— Hum. Você pode estar certo. Enfim, decidi colocar minha vida amorosa no modo de espera por enquanto. As escolhas são poucas para mulheres acima dos quarenta como eu.

— Isso não é verdade. Bons homens estão sempre procurando por boas mulheres.

Percebi que havia um pouco de catchup na lateral do rosto de Sam.

— Mas e você? Quem está te fazendo companhia esses dias, como Vee diria?

Sam deu um sorrisinho.

— Ei, Sucão não é o único procurando por uma boa mulher.

Sorri e balancei a cabeça. Olhei para o meu relógio.

— É melhor eu ir. Tenho uma reunião cedo amanhã.

Peguei meu prato e copo e os coloquei na pia.

— Sam, só vou dizer isso e então vou ficar quieta. Acho que Jonathan está envolvido em coisas perigosas. Meu chefe está morto, e o homem que você procura está desaparecido. Acho que ele está envolvido em ambas as coisas, o que faz você se envolver também. Não sei o que ele está aprontando. Não posso ir à polícia agora que esse artigo ressurgiu. E sei que você também não pode ir, por causa da condicional. Acho que a melhor coisa, para nós dois, é ficar longe dele.

Fui até o sofá e peguei meu casaco e a bolsa. Sam me acompanhou. Peguei minha carteira e tirei duzentos dólares.

— Aqui, pegue isto. É tudo o que tenho comigo.

Sam afastou minha mão.

— Não, Ellie. Sério, estou bem. Me deixe me virar sozinho.

Ficamos ali, cara a cara, em um tipo de impasse entre irmãos. Em silêncio. O menininho que eu amava tanto havia se tornado o irmão do qual eu me orgulhava. Um homem de bom coração, que cometera alguns erros. Eu também cometera alguns. Mas Vera costumava dizer que erros não te tornam uma pessoa ruim. Te tornam humano.

Enfim quebrei o impasse e o abracei.

— Eu te amo, Sammy Littlejohn.

— Eu também te amo, Ellie.

PARTE 2
A GRAMA

24

Sam Littlejohn estava no meio do nada, no meio da noite.

O Camry azul-marinho sacolejava pela Andres Creek Road. Ele parou o carro no acostamento da estrada deserta. O vagaroso esmagar de pedras e pedregulhos atingiu o chassi do carro antes que desse um espasmo final, um chiado longo e lento, e então parou de vez.

— Ah... merda.

Sam olhou pelo retrovisor para um breu completo, tendo passado pelos últimos vestígios de vida mais de um quilômetro antes. Postes não existiam naquela parte da Geórgia. Ele girou a chave na ignição algumas vezes, desesperado para dar partida no carro.

Aquele trabalho era para ser fácil, embora o estivesse consumindo desde o início. Mas pagava mais dinheiro do que ele já tinha visto na vida. Dinheiro suficiente para parar de pedir a Ellice e para ter um recomeço em Chillicothe. Talvez desse até para contratar uma ou duas pessoas para colocar a fazenda em funcionamento outra vez.

Mas e se ela estiver certa e aquele tal Jonathan Everett estiver tentando me incriminar? Ele pensou na última reunião que tiveram. *Só deixe o carro na cabana, pegue a última parcela do dinheiro, e aproveite a cabana.* Jonathan disse que ia buscá-lo de manhã. Mas Sam decidiu que pegaria o dinheiro e iria embora antes de o sol nascer. Ele não precisava da carona. Só do resto do dinheiro.

Everett tinha até dado a ele uma Glock 9mm para o caso de uma emergência. Eles tinham se preparado para tudo, exceto para o carro ser uma porcaria que não chegaria ao fim da viagem.

Sam abriu o porta-luvas e o tateou, procurando por uma lanterna, mas não havia nada ali. Talvez houvesse uma lanterna no porta-malas.

Ele inspirou fundo, esticou seus dedos encobertos por uma luva, puxou para baixo a aba do boné de baseball e saiu do carro.

O ar da noite de inverno soprava, forçando Sam a se encolher contra a mordida do frio. Agora ele começava a se arrepender de não estar usando um casaco de verdade. A fina jaqueta preta de couro que vestia não era páreo para a temperatura congelante. Ele odiava os invernos na Geórgia. E odiava entrar no mato, desde que era criança.

Uma pluma de hálito circundava sua cabeça quando ele exalava. O vento frio era implacável contra os pinheiros altos da Geórgia. Folhagem seca e quebradiça farfalhava sob as árvores, e um coiote uivava ao longe. Sam crescera com aqueles sons em Chillicothe, mas agora, sozinho em uma estrada rural deserta, eram quase ensurdecedores. Ele tentou se convencer de que tudo com o que precisava se preocupar ali fora era um cervo perdido ou um urso itinerante, ambos animais com os quais ele podia lidar facilmente com a Glock presa na cintura de sua calça jeans azul.

Nos primeiros passos, tentáculos de medo se aproximaram, reclamando sua pele e escavando abaixo dela. *Algo não está certo*. Vera teria chamado isso de intuição divina, alertando-o. Ele avançou para a parte de trás do carro e abriu o porta-malas. O pequeno feixe de luz na parte superior fornecia a única iluminação sobre o corpo lá dentro.

Merda!

O choque fez Sam cambalear para trás, tropeçando em um pedaço grande de cascalho antes de cair de bunda no chão. Ele se levantou num pulo, limpou as calças e olhou ao redor como se estivessem rindo dele.

Sam deu alguns passos tímidos em direção ao porta-malas, curiosidade nervosa e medo desenfreado se misturando dentro dele. Reconheceu o homem: era o mesmo cara que ele fora contratado por Jonathan para seguir, o mesmo cara que Ellice disse estar desaparecido. O corpo do homem, encolhido sobre alguns papéis de jornal e uma caixa de ferramentas, estava perfeitamente vestido em um terno de risca de giz, gravata e casaco preto. Mas como ele tinha ido parar no porta-malas do carro?

A princípio, Sam não quis tocá-lo. Mas tocou. Frio. Rígido. *Morto*.

Nervosamente, ele ergueu o casaco do homem e pegou uma carteira marrom fina do bolso do peito. A carteira de motorista confirmou que era Geoffrey J. Gallagher e mostrou um endereço em Johns Creek.

Ellie estava certa. O tal do Everett está mesmo tentando me incriminar por assassinato. Vou ligar para ela assim que eu voltar para a cidade. Ellie pode me ajudar com essa bagunça.

Sam deixou tudo no lugar, incluindo cento e oitenta e sete dólares dentro da carteira, junto com cartões de crédito e a aliança de titânio que o cara usava. Ele devolveu a carteira ao bolso do homem.

Não sou um monstro.

Sam fechou sua jaqueta e encarou a escuridão da noite ao seu redor. Nada naquele trampo parecia certo, e agora ele sabia por quê. Atrás dele, o ronco do motor de um carro e o súbito brilho de faróis subiam o topo da estrada. Sam ficou tenso por um instante antes de espiar por sobre o ombro. Ele rapidamente fechou o porta-malas e avançou para o meio da estrada, agitando os braços para que o motorista parasse.

Sam fingiu um sorriso fraco, pronto para pedir a ajuda do estranho. A Escalade preta parou ao lado dele. Sam espiou lá dentro enquanto a janela descia devagar. Uma onda de pânico tomou conta dele quando reconheceu o homem atrás do volante.

— O que você está fazendo aqui? Pensei que iríamos nos encontrar na cabana.

— Ah... sim... O carro quebrou — disse Sam nervosamente.

— Não se preocupe. Entre no carro. Te dou uma carona de volta para a cidade.

Sam começou a se afastar do carro. Seu primeiro pensamento: *Corra.*

— Vamos. Entre. Vou te pagar e te deixo na cidade.

Nervoso, Sam tornou a olhar para as árvores. Ele precisava sair daquela situação. Ele não queria ter nada a ver com esse trabalho ou com essas pessoas. Quando tornou a se virar para o carro, o brilho quente de uma pistola calibre .45 disparou um único tiro entre seus olhos.

A Escalade preta arrancou no ar frígido da noite, deixando Sam Littlejohn e Geoffrey Gallagher no meio do nada.

25

Rolei na cama pelo que parecia a centésima vez e encarei o suave brilho vermelho do relógio digital: quarta-feira, seis e quarenta e cinco da manhã. Mais quinze minutos até que o despertador me obrigasse a sair da cama. Naqueles dias, dormir era uma comodidade passageira que eu só acessava em pequenos fragmentos, entre crises de preocupação e pavor. Minha vida estava complicada demais para que eu pudesse dormir. Eu trabalhava para uma empresa que operava sob uma estrutura falsa de comando. Meu irmão, de alguma forma, estava envolvido no assassinato do meu chefe. E eu estava entre a cruz e a espada. Não sabia se denunciava meu irmão para a polícia, ou se entregava documentos confidenciais da Houghton que poderiam representar uma violação do meu dever ético como advogada e fazer com que eu perdesse a minha licença.

Fiquei deitada na cama, encarando o ventilador de teto e pensando em todas as possibilidades. Michael foi assassinado, e o advogado de defesa para crimes de colarinho branco que ele contratou estava desaparecido. Ambos estavam preocupados com um acordo que Jonathan levara para a empresa, acordo este que Jonathan dizia estar pronto. Mas por que ele contrataria o *meu irmão* para seguir Gallagher? Será que Jonathan matara Michael e estava tentando incriminá-lo? Jonathan tinha que saber que Sam e eu éramos parentes. Littlejohn não é um nome comum. E, de alguma forma, descobrira sobre Chillicothe. Isso tudo era algum tipo de ameaça a mim?

Eu só precisava descobrir uma maneira de ir à polícia e explicar toda essa história. Talvez eu pudesse dizer a eles que Sam estava dentro da Houghton procurando por mim no dia em que as câmeras de segurança o flagraram no saguão. Eu poderia dizer à detetive que as fotos estavam granuladas, que eu me confundira quando não o reconheci nas fotos. Eu poderia inventar alguma explicação lógica para ele estar ali. Custasse o que custasse, eu encontraria um jeito de tirar Sam dessa bagunça.

Afastei um emaranhado de lençóis italianos, joguei minhas pernas para a lateral da cama e fiquei sentada olhando para o nada. Minha cabeça latejava. Talvez eu ainda estivesse com dores por causa do chute na cabeça. Jonathan tinha me batido? Era ele o homem na Escalade?

Peguei o controle remoto e o apontei para a televisão de tela plana na parede no canto do quarto. Uma jovem loira animada tagarelava sobre os cinquenta por cento de chance de neve com um tipo de alegria na voz normalmente reservada para a visita de uma criancinha ao Papai Noel. Depois, ela passou para um cara, igualmente entusiasmado, entrevistando um oficial do Departamento de Transportes da Geórgia enquanto ele contava para Atlanta sobre a eficácia das soluções de salmoura contra o gelo e sobre como as equipes estavam prontas para garantir estradas seguras para os motoristas pela manhã. Eu sabia que não nevaria. É raro nevar em Atlanta. As montanhas do norte da Geórgia geralmente acumulam alguns centímetros. Mas Atlanta? Dificilmente. E, se nevava, ou era um apocalipse total ou uma neve fininha e fraca que derretia ao atingir o solo. De qualquer forma, a mídia local quis fazer tempestade em copo d'água.

Fui até o closet, bocejei e me alonguei, e comecei o ritual matinal que era o mesmo desde que eu era caloura na faculdade com grandes perguntas: o que eu visto hoje? Quem eu tenho que impressionar? Para quem eu tenho que me disfarçar?

Desde que recebi meu primeiro salário servindo mesas na IHOP durante a faculdade, compras eram meu único vício, e vestidos eram minha droga favorita. Talvez fosse influência da tia Myrtle. Quanto mais dinheiro eu ganhava, mais dinheiro era investido nisso. Fui até o meio do closet e encarei o mar de roupas de grife que rivalizava com as araras de qualquer boutique de luxo da cidade. Infelizmente, metade das roupas naquele closet não me serviam mais. Mesmo assim, eu não conseguia me desfazer delas, sempre pensando que algum dia eu ainda perderia alguns quilos e poderia voltar a usá-las. Que pena que aquela vendedora no The Port foi uma babaca. Do contrário, eu poderia usar aquele vestido Alexander McQueen, azul como o céu.

Peguei um terno preto e então desisti dele enquanto ouvia as notícias locais vindas da televisão no quarto. Desta vez, um âncora sério disse:

— Como informamos mais cedo, uma equipe rodoviária que despejava solução de salmoura ao longo de uma estrada congelada...

Talvez o vestido cinza? Não, eu usara cinza no dia anterior. Talvez um vestido Escada branco-neve para me animar.

— O xerife de Habersham County afirmou que dois corpos foram encontrados na Anders Creek Road...

Fui até o sapateiro, que cobria a parede do chão ao teto. E agora, o que calçar? Eu gostava de saltos, mas estava dividida entre botas pretas de couro e os saltos Louboutin de suede azul.

— Um dos corpos foi identificado como Geoffrey Gallagher, um advogado de Atlanta. O sr. Gallagher foi encontrado no porta-malas de um carro roubado.

Levou um nanosegundo para o nome de Gallagher chegar aos meus ouvidos. Voltei rápido para o quarto, bem a tempo de ouvir o final da reportagem.

— O segundo corpo encontrado na estrada ainda não foi identificado. Ambos foram baleados...

Acima do ombro do âncora estava a foto de Gallagher, a mesma foto que aparecia em sua biografia no site da empresa. A mesma do celular de Sam. Peguei meu celular da mesa de cabeceira e disquei o número dele.

Nada.

Andando de um lado para o outro, desliguei e disquei o número novamente. Ainda sem resposta. Desta vez, esperei a chamada cair na caixa postal.

— Sam, onde você está? A polícia encontrou o corpo do advogado. Preciso *muito* que você me ligue de volta.

Desliguei e voltei a andar de um lado a outro. Por que diabos ele estava envolvido no assassinato de duas pessoas que sequer deveria conhecer? Disquei o número de Sucão. Talvez ele soubesse onde Sam estava. Mas também não atendeu. Deixei uma mensagem.

— É a Ellice, irmã do Sam. Você pode me ligar? É urgente.

A energia desesperada dentro de mim borbulhou e se expandiu.

Pense. Pense. Encontre Sam.

Eu ligaria para o trabalho para dizer que estava doente e ficaria na porta da casa dele até que aparecesse. Não ia mais permitir que Sam me afastasse, como na noite anterior. Ele teria que falar comigo. Iríamos juntos até a delegacia. Eu poderia ajudá-lo a sair dessa bagunça sem envolver meu nome ou o da Houghton. A última coisa de que eu precisava era mais atenção da mídia.

Meu celular tocou: *Michael Sayles — Casa.*

— Oi, Anna. — Tentei mascarar o pânico na minha voz.

— Ai, meu Deus, você viu o noticiário? Geoffrey Gallagher está morto. Esse é o nome do advogado em todos aqueles e-mails.

— Eu sei... Acabei de ver.

— Ellice, seja lá quem matou Michael deve ter matado Gallagher também. É a coisa naqueles documentos. No que Michael estava envolvido?

— Não sei. Ainda não descobri o que está acontecendo.

— Ai, meu Deus, talvez a gente *deva* envolver a polícia, como você disse. Foi errado te pedir para investigar isso sozinha.

— Não é tão simples assim. Esses documentos contêm informações confidenciais sobre a empresa. Tenho um dever ético de não entregar essas informações sem passar por alguns canais primeiro.

Eu não estava sendo totalmente honesta, mas Anna não era advogada, e eu precisava de um tempo para descobrir o quanto meu irmão estava envolvido.

— Você parece o Michael falando, com todas essas regras jurídicas. Não posso ficar parada vendo mais pessoas sendo assassinadas por causa dessa droga de regras jurídicas. Você pode ser a próxima. Temos que te tirar de lá.

— Vou ficar bem. — Minha campainha soou. — Escuta, tem alguém na porta. Preciso ir. Te ligo depois.

Desliguei meu celular, agarrei meu roupão de banho e corri para a porta da frente. Talvez fosse Sam. *Vou matá-lo por me enfiar nesse pesadelo.*

Abri a porta. Lá estavam dois policiais uniformizados. Um deles, um homem, grande e corpulento. A outra era mulher, pequena, que provavelmente não tinha mais que vinte e cinco ou vinte e seis anos.

— Ellice Littlejohn? — perguntou o policial.

— Sim.

— Você é parente de Samuel Littlejohn?

— Do que se trata?

Meu coração acelerou. A polícia encontrara alguma ligação entre Sam e Gallagher? Estavam atrás dele agora que Gallagher estava morto? Jonathan incriminara meu irmão por dois assassinatos? Olhei para a policial e flagrei o sr. Foster, que morava do outro lado do corredor, espiando por uma fresta na porta.

— É sobre o sr. Littlejohn. Podemos entrar? — perguntou o policial, seu rosto sombrio.

A policial me deu um olhar triste de preocupação.

As palavras do âncora soaram na minha mente. *O segundo corpo encontrado na estrada ainda não foi identificado.*

De repente me senti tonta, os pontos agora se conectando entre os policiais na minha porta e o repórter na televisão. Foi então que ouvi o despertador no meu quarto, tocando alto para me acordar.

26

Uma assistente me levou até a salinha nos fundos do escritório do legista de Habersham County, um prédio de tijolos sem-graça, para identificar meu único parente de sangue. Minhas pernas estavam como gelatina, mal conseguiam me manter de pé. A dor na minha cabeça não parava.

A moça acionou um interruptor, e um monitor de parede acendeu com o rosto sem vida de Sam descansando sobre uma mesa de metal, coberto até os ombros com lençol branco. Pela segunda vez em poucas semanas, olhei para o rastro irregular de uma bala na cabeça de um homem. Desta vez, no meu irmãozinho. Seu rosto estava mais pálido, e seu cabelo crespo curto ainda tinha a marca de um boné de baseball. A tatuagem azul de crucifixo em seu pescoço parecia menos evidente, quase se misturando com a sua pele negra. Ele não parecia em paz. Só parecia quieto, parado, como se eu pudesse sacudi-lo até ele acordar para eu dizer que sentia muito e implorar que me perdoasse.

Levou alguns segundos para meu cérebro registrar a imagem no monitor. E, quando aconteceu, tudo mudou, da mesma forma que uma bandeira se desenrola para revelar cores e simbolismo.

Sam estava morto. Eu estava sozinha.

Tudo dentro de mim ficou dormente, e uma dor devastadora me envolveu. De repente, ouvi um som ensurdecedor horrível. Um gemido baixo e gutural que se transformou em um grito agudo, explodindo pelas paredes da sala e perfurando meus tímpanos. No mesmo momento, levei minhas mãos ao rosto e percebi que aquele lamento horrível de tristeza vinha de mim.

Senti alguém me segurar enquanto eu desabava no chão, os gritos ainda soando em meus ouvidos, a dor no coração me rasgando. Alguém me guiou até uma sala de espera.

A atendente voltou e me entregou uma caixa de lenços de papel.

— Leve o tempo que precisar, srta. Littlejohn.

Fiquei sentada na salinha de espera. As monótonas paredes azuis pareciam se debruçar sobre mim, criando uma caixinha claustrofóbica da qual eu não tinha energia nem vontade de sair. Embora estivesse morto, tudo o que eu queria fazer era ficar perto de Sam. Eu estava entrando na temporada enfeitiçada que Vera costumava descrever. Enfim eu me tornara tudo o que sempre disse às pessoas ser: órfã e filha única. Todas as mentiras que contei e os segredos que tentei silenciar levaram eu e Sam àquele prédio frio e estéril. E, como tudo o que acontecera entre nós, aquilo, também era culpa minha. Toda vez que tentei ajudar Sam, só compliquei tudo ainda mais. Por que eu nunca consegui acertar as coisas entre nós?

Por décadas, rejeitei tudo que me conectava a Chillicothe, abraçando uma ideia ridícula de que advogados de sucesso não vinham de cidadezinhas com irmãos encarcerados e segredos sombrios. Fui burra. Alguém havia deixado no meu carro um artigo de jornal sobre Willie Jay. E agora Sam estava morto. Alguém estava espreitando a minha vida, espiando meus segredos, e haviam me tirado a pessoa que mais amei na vida. Uma vez li que as coisas das quais mais nos arrependemos são as que *não* fizemos, as decisões que não tomamos, os caminhos que não seguimos. Eu me arrependera de tanta coisa por tanto tempo. Mas nada doeu mais do que o arrependimento por não ter tomado conta do meu irmão direito, por não ter reconhecido por completo o lugar dele na minha vida. Agora a morte de Sam era mais um arrependimento a ser adicionado à minha lista de segredos.

— Srta. Littlejohn?

Não ergui a cabeça. Não precisava. Estava esperando que ela aparecesse em algum momento. Fiquei até surpresa por ter demorado tanto.

— Sinto muito por seu irmão. Sei que este não é o momento mais conveniente, mas você se importa de responder algumas perguntas? — quis saber a detetive Bradford.

Não respondi. Eu não tinha a energia emocional para lidar com ela naquele momento.

— Você conhece um advogado chamado Geoffrey Gallagher?

Continuei sem olhar para ela.

— Não.

— Tem certeza? Chris Knight, sócio do sr. Gallagher, disse que você ligou para o escritório dele. Você foi bastante insistente em querer falar com o sr. Gallagher. Por quê?

Sequei meus olhos, assoprei o nariz e lutei contra as novas lágrimas.

— Eu não o conhecia. Só estava tentando conseguir alguns documentos.

— Entendo. Que tipo de documentos?

Fiquei encarando a caixa de lenços coloridas sobre o meu colo.

— Pensei que ele tivesse trabalhado em algumas questões da empresa, mas estava errada. Chris Knight me disse que eles não tinham nada relacionado a Houghton.

— O sr. Knight nos disse que quando sugeriu que vocês dois chamassem a polícia, você hesitou. Por quê?

Me lembrei da conversa. Eu estava tentando encontrar Sam, protegê-lo.

Ela deu alguns passos e ficou diante de mim.

— Quando foi a última vez que você falou com seu irmão?

— Ontem à noite. — Brinquei com os lenços.

— Ele pareceu estranho para você?

— Não.

— Então como o seu irmão conhecia o sr. Gallagher?

— Por que você pergunta?

Eu não confiava em nenhum policial. Willie Jay Groover acabara com aquela confiança anos atrás.

— O sr. Gallagher foi encontrado morto no porta-malas de um carro e o corpo de seu irmão foi encontrado ali perto.

Finalmente, olhei para a detetive pela primeira vez desde que ela entrara na sala. Usava a roupa de sempre, terninho caro e conduta profissional. Parecia tão arrumada. Me perguntei se tinha irmãos. Será que tinha sido criada por uma mãe amorosa e um pai preocupado? Ela se sentou na cadeira ao meu lado, e por um momento pensei que fosse tocar minha mão ou meu braço, em uma demonstração de cuidado. Mas não fez isso, e admirei seu profissionalismo.

Assoei o nariz de novo.

— Então você acha que quem matou Gallagher matou meu irmão?

— Não exatamente. — Bradford hesitou por alguns segundos. — A arma encontrada com o corpo do seu irmão foi usada para matar o sr. Gallagher. Seu irmão foi morto por outra arma.

— O quê? Você está dizendo que meu irmão matou Gallagher e o enfiou no porta-malas de um carro? — Eu conhecia Sam melhor do que qualquer pessoa e, embora ele tivesse uma ficha impressionante com crimes leves, ele era tão capaz de matar uma pessoa quanto um padre na manhã de domingo. — Você está errada. Sam jamais faria uma coisa assim.

— Você pode me explicar por que mentiu quando te mostrei fotos do seu irmão naquele dia?

— Eu não menti. As fotos estavam granuladas. Eu não tinha certeza.

Me livrei do olhar da detetive. Talvez ela soubesse desde o início que era Sam naquelas fotos.

— Seu irmão está morto. Por que está sendo tão evasiva?

Ela estava certa. Sam se fora. Eu não poderia protegê-lo mais. Chega de mentiras.

— Não sei o que estava acontecendo. Fui até a casa do meu irmão noite passada. Descobri que alguém da empresa o contratou para seguir Gallagher.

— Quem?

Hesitei, sem saber que complicações aquilo causaria no meu novo emprego.

— Jonathan Everett.

— O diretor financeiro? Por que o sr. Everett contrataria seu irmão para seguir o sr. Gallagher?

— Sinceramente, não sei. *Sei* que meu irmão não mataria ninguém.

— Como o sr. Everett conhecia seu irmão? Você os apresentou?

— Claro que não! Não faço ideia de como ele conhecia Jonathan. Sam me disse que um amigo dele foi quem arrumou esse trabalho com Jonathan.

— O que mais seu irmão te contou?

— Ele me disse que a última vez que viu Gallagher foi na segunda-feira, e que ele estava vivo. Estou te dizendo, conheço meu irmão. Ele nunca machucou ninguém.

— Por que seu irmão estava no saguão da Houghton no dia anterior da morte do sr. Sayles? Você deu a ele o crachá para entrar no prédio?

— Já te falei que perdi meu crachá. Não o dei ao meu irmão. Ele me disse que foi Jonathan quem o entregou a ele. Te contei tudo o que sei. Detetive, por favor! — Coloquei a caixa de lenços na cadeira ao meu lado. — Podemos conversar uma outra hora? Acabei de ver meu irmãozinho em uma mesa de metal. Não consigo fazer isso agora.

Me levantei e fui em direção à porta.

A detetive também se levantou, dando passos firmes na mesma direção, bloqueando minha saída.

— Entendo que é um momento difícil, srta. Littlejohn. Tenho noção de que responder perguntas agora não deve ser fácil. Mas vai nos ajudar a encontrar o assassino. — A voz calma dela me pegou de surpresa. — Confie em mim, sei que a linha entre a lealdade e a mentira é fina, mas agora temos três homens mortos e todos eles estão ligados à Houghton. Preciso muito da sua ajuda.

— Detetive, eu te disse tudo o que sei. Não consigo fazer isso agora. Sinto muito.

Passei por ela e saí do prédio.

Dentro do carro, meu celular tocou.

— Ellice, é o Sucão. Recebi sua mensagem. Está tudo bem?

— É o Sam! — gritei.

Levei quase dez minutos para me recompor antes de conseguir dizer outra palavra.

27

Saí do necrotério e corri para a única pessoa em quem encontrava conforto: Vera.

Entrei no saguão, surpresa por encontrá-lo vazio, o balcão da recepção desatendido. Estranho para um final de tarde. Assinei a lista mesmo assim e segui para o quarto de Vera. Bati levemente na porta antes de entrar. Ela estava adormecida na cadeira, a cabeça inclinada para trás, a televisão desligada. Todo o quarto era um oásis silencioso.

Beijei Vera gentilmente na testa e fiquei diante dela. Ela parecia tão tranquila. Nunca conheceria a dor de perder Sam. E aquilo era bom. Esperei por um minuto, pensando se deveria acordá-la ou deixá-la descansar. A parte egoísta de mim optou pelo silêncio e pela calma de só estar perto dela. Pendurei meu casaco aos pés da cama e vi um vaso com duas dúzias de rosas amarelas na mesinha.

Quem enviou flores para Vera?

Me aproximei e peguei o envelope apoiado no vaso. Li as palavras escritas na frente: *Vale a pena guardar alguns segredos.* As mesmas palavras do envelope da noite passada.

Meu coração bateu forte enquanto eu o abria. Lá dentro, uma foto em preto e branco da prisão de Vera em 1967. Seus olhos cor de amêndoa frios, seu longo cabelo ondulado espalhado sobre os ombros. Mesmo sua carranca não conseguia esconder a beleza negra. Eu nunca vira aquela foto antes.

Todo músculo do meu corpo ficou tenso. Alguém matara Sam e agora estivera perto o bastante de Vera para machucá-la também. Quem estava jogando aquele jogo doentio?

Acordei Vera.

— Vee... Vee, acorda. — Vera se mexeu um pouco antes de abrir os olhos. — Vee, sou eu... Ellie. Alguém veio te visitar hoje? Quem deixou essas flores, querida?

Vera sorriu.

— Oi, Ellie, amor. Acho que peguei no sono. Que horas são?

— Vee! Quem deixou essas flores?

Vera girou sua figura frágil em direção à mesinha.

— Aaaah... que lindas. Você as escolheu?

— Eu já volto.

Saí do quarto, meus saltos passando tão rápido pelo corredor que uma jovem ajudante se levantou do posto de enfermagem.

— Está tudo bem, srta. Littlejohn? — ela perguntou.

— Alguém esteve no quarto de Vera. Deixou flores. Quem veio vê-la?

— Não vi ninguém. Ela está bem?

Saí correndo sem responder. Desci as escadas até o balcão da recepção no saguão.

— Oi, srta. Littlejohn — disse Quineisha.

— Preciso ver o registro de visitantes.

— Está tudo bem?

— Vera recebeu um visitante hoje?

— Não tenho certeza. Acabei de chegar. Está tudo bem com a sra. Henderson?

Não respondi. Analisei o registro de cima a baixo. Apenas um visitante: eu mesma. Será que era coisa do Jonathan? Por que ele estava fazendo aquilo?

Voltei para o quarto de Vera. Estava ao mesmo tempo aterrorizada e enfurecida. Os joguinhos de Jonathan tinham passado do limite. Por que ele estava me ameaçando com os segredos do meu passado? Como ele sabia sobre Willie Jay? E como conseguiu aquela foto, que eu sequer sabia que existia?

Quando voltei ao quarto, Vera estava totalmente acordada, comendo frutas da bandeja do almoço.

— Oi, Ellie, meu amor. Você trouxe essas flores para mim? Elas são tão lindas.

Dei um sorriso cansado. O rosto liso e negro dela se acendeu de prazer. Um forte contraste com a foto que eu tinha nas mãos.

— Essas flores são muito cheirosas. O Sammy as escolheu?

— É, Vee... Elas são bem cheirosas — respondi, caindo em uma cadeira e massageando minha têmpora.

— Onde ele está?

— Quem?

— Sammy.

Olhei para Vera e balancei minha cabeça. Eu não podia dizer que Sam estava morto. Ia apenas chateá-la, e ela esqueceria quinze minutos depois.

— Sammy não está aqui agora, Vee. Ele... ele precisou ir embora.

Ele precisou ir embora.

Comecei a chorar enquanto encarava a foto amassada na minha mão. Vera era tudo o que eu tinha. Eu não colocaria outra pessoa que eu amava em risco. Ela já tinha me salvado muitas vezes antes. Agora, era minha vez.

Chillicothe, Geórgia, julho de 1979

Martha saíra da casa mais cedo naquele dia, indo para o Blackjack ou seja lá onde ela passava os dias quando não estava com a gente. Sam e eu estávamos sentados nos degraus do alpendre. Tínhamos acabado de comer palitinhos de peixe, carne de porco e feijão, que eu preparara para nós. Faltavam duas semanas para eu sair de Chillicothe e ir para o internato. Tudo o que eu precisava fazer era sobreviver aos últimos dias de verão e então estaria livre daquela cidade. Ouvi o motor de um carro e ergui o olhar do livro que estava lendo. Uma viatura policial parou em frente à casa de Willie Jay na rua sem saída. Toda vez que eu via uma viatura, começava a tremer e meu estômago revirava.

O xerife Coogler saiu do carro, cuspiu um grande pigarro no chão e subiu as calças. O calor do dia grudara seu cabelo contra o couro cabeludo. Ele se aproximou do alpendre e apoiou um pé enorme e chato no terceiro degrau, logo abaixo do meu.

— Faz dois dias que Willie Jay não aparece para trabalhar. Algum de vocês, macacos, sabe alguma coisa sobre isso?

Sam e eu balançamos a cabeça negativamente.

— Onde está a mãe de vocês?

— Ela não está aqui — respondi.

Coogler me encarou.

— Bom, onde ela está?

Dei de ombros. Eu estava mesmo dizendo a verdade.

— E você, garoto? Cadê seu papai?

Sam fez uma careta.

— Willie Jay não é meu papai.

Coogler estreitou os olhos para mim e olhou o alpendre acima, tentando enxergar pela porta de tela.

— Então vocês não se importam se eu der uma olhada?

— Martha diz que não podemos deixar ninguém entrar na casa quando ela não está — falei.

Coogler cuspiu de novo, na lateral do alpendre.

— Garota, isto é assunto oficial da polícia.

Ele tirou o pé e subiu as escadas até a porta da casa.

Sussurrei para Sam:

— Vá chamar a srta. Vee. Rápido!

Assim que Coogler entrou na casa, Sam saiu correndo.

Tentei voltar ao meu livro como se nada estivesse acontecendo.

As botas pesadas do xerife moveram-se devagar por cada cômodo. Eu não me mexi. Mas sabia que, se Sam não retornasse antes de Coogler voltar para o alpendre, ele poderia considerar isso suspeito o suficiente para nos colocar no banco de trás da viatura e nos levar para a delegacia. Lembrei-me de Mario Jackson. Eu não deixaria aquilo acontecer. Eu sabia que a única chance que tínhamos de permanecer vivos era evitar entrar naquela viatura, para começo de conversa.

Rápido, Sam.

Meu nervosismo se transformou em pânico quando ouvi a porta de tela da cozinha se abrir com um guincho longo, para em seguida bater rapidamente contra o batente da porta. Coogler estava procurando nos fundos. Será que estava procurando no galpão de ferramentas? Eu só conseguia pensar na regra de Willie Jay de que as crianças deveriam ser vistas e não ouvidas. Uma regra que ele fez questão de reforçar quando nos trancou naquele galpão, com queimaduras de charuto e ameaças de nos jogar no pântano cheio de crocodilos que ficava atrás da casa.

Sam, por favor, venha rápido.

Estava silencioso agora. Coogler provavelmente estava cruzando o quintal para entrar na oficina. Eu estava assustada demais para sair do alpendre e espiar os fundos. Ele voltaria para dentro da casa a qualquer momento e não havia sinal de Sam. Eu não queria ficar sozinha com Coogler, principalmente na viatura.

Vamos, Sam.

Enfim vi uma bolinha de braços e pernas se agitando. Sam saiu da casa ao lado e voltou correndo; foi tão rápido que me lembrou dos membros girando em um vulto dos personagens nos desenhos animados. Só mais alguns segundos até que ele me alcançasse no alpendre. Expirei, aliviada. Sam saltou sobre as sebes na beira da calçada, os olhos cheios de entusiasmo por ter conseguido voltar. Ele cruzou o gramado no momento em que Coogler contornava a lateral da casa.

— Ei, garoto! Pare!

Sam congelou. Coogler avançou e o agarrou pela parte de trás do colarinho, os pés dele mal tocando o chão. Tive visões de Mario Jackson, e meus instintos entraram em ação.

— Deixa ele em paz! — Larguei meu livro e corri para Sam. — Tira as mãos dele!

Sacudi o braço de Coogler, tentando libertar Sam.

— Aonde você foi, garoto? — perguntou Coogler.

— Só fui procurar minha bola, só isso. — Sam relutava contra a pança do homem.

Puxei seu braço, tentando libertá-lo. Alguns segundos depois, a palma grossa e dura de Coogler atingiu o meu rosto. A força quente e dolorida me jogou para trás, no chão.

— Não se meta, garota. Isso aqui é entre mim e o menino. Agora me diga para onde você correu.

Sam ainda estava se contorcendo, o aperto forte de Coogler inflexível. Me livrei da sensação de rosto queimando e vi Coogler tirar do cinto um cassetete.

— NÃÃÃO! — gritei.

Coogler jogou Sam no chão. Ele ergueu o braço e atingiu o cassetete com um rápido estalo contra a cabeça do meu irmão. Desta vez, fiquei de pé e me lancei para o cassetete enquanto Coogler trazia o braço para trás para golpear Sam outra vez. Embora eu não pesasse muito, era alta, tão alta quanto Coogler. A surpresa do meu corpo em cima do dele o pegou desprevenido. Coogler cambaleou. Eu montei em suas costas. Uma mão em volta do pescoço e a outra tentando impedi-lo de bater em Sam novamente. Ele quase teve a vantagem. Jogou o cassetete atrás da cabeça, errando a minha por pouco.

Ainda segurava Sam com força. Lutei com tudo o que eu tinha para manter Sam vivo. Coogler ziguezagueou tentando me tirar de suas costas. Segurei firme, cravando minhas unhas na carne flácida de seu pescoço. Sam se torceu e se contorceu, tentando se livrar das garras de Coogler. O jogo estava virando, e agora o policial gordo lutava contra dois corpos se contorcendo em vez de um. O suor escorria de sua cabeça, mas me esquivei de seu cassetete novamente e me inclinei na direção dele. Desta vez, mordi sua orelha com tanta força que pude sentir o gosto de sangue e o sal de seu suor.

— *Aaaaah!* — ele gritou. Coogler tropeçou para trás e quase caí das costas dele.

De repente, ouvi o som de pneus cantando atrás de mim e o som metálico das portas do carro se abrindo.

— Ei! — uma voz estrondosa disse atrás de mim. — Coogler! Solte essas crianças!

Vera.

Por um momento, senti que a terra estava se tremendo enquanto Vera se aproximava em passos pesados. Todos nós congelamos, eu ainda agarrada às costas de Coogler, e Sam no chão, enrolado no aperto do homem. Ela veio com tudo, primeiro ajudando Sam a se levantar. Pulei das costas de Coogler. Vera empurrou nós dois para trás de si.

— Você enlouqueceu? O que está fazendo? — gritou ela.

Vera, perfeitamente vestida com um vestido vermelho escarlate, pérolas e saltos altos, parecia que estava indo a uma festa de gala, em vez de salvando duas crianças do xerife de uma cidadezinha.

— Isso não tem nada a ver com você, srta. Vera. Estou tentando descobrir o que eles sabem sobre Willie Jay. Não o vemos tem dois dias, e acho que essas crianças podem saber algo a respeito.

— Se é pra levar em conta todas as pessoas nesta cidade que odeiam aquele filho da puta, você pode prender metade de Chillicothe.

— Já falei — Coogler rosnou através do arfar. — Isso não é da sua conta.

— Estas crianças *são* da minha conta.

Coogler passou um braço peludo pela testa e guardou o cassetete no coldre. Ele tocou a orelha, onde eu deixara marcas de dente e sangue.

— Como eu disse, srta. Vera, isso não é assunto seu. Agora se afaste, vou levar esses jovens para interrogatório.

— Vai porra nenhuma. Essas crianças ficam aqui.

Vera e Coogler ficaram se encarando. Ela parecia poder enfrentá-lo sem sequer amassar o vestido. Mas Coogler tinha uma arma e um cassetete para compensar os quatro centímetros que tinha a menos. Dois gigantes.

Vera interrompeu o impasse.

— Sua esposa está em casa, Coogler? Talvez ela queira ouvir sobre aquela jovem que você levou para a minha casa faz uns dois meses. Ela estava, o quê...? Grávida de dois, três meses?

Devagar, Coogler se afastou de Vera. Ele pestanejou antes de olhar para mim e Sam.

— Isso não acabou. Vou voltar e trarei ajuda da próxima vez.

Ele retornou para a viatura e jogou o peso lá dentro antes de sair cantando pneus.

28

Sou uma mulher adulta. Dou conta disso sozinha. Saí da casa de repouso, voltei para o trabalho e me sentei no escritório atrás de portas fechadas, fazendo mais promessas falsas para mim mesma.

Eu dou conta. Eu dou conta. Mas como? Sucão se oferecera para me visitar, me ajudar da forma que pudesse. Eu agradeci, mas recusei a oferta. Também não liguei para Grace.

Massageei minhas têmporas, tentando acabar com aquela fraca dor de cabeça que tinha começado desde que vira o corpo sem vida de Sam mais cedo naquela manhã. Então me lembrei do acordo com a Libertad. Tanto Michael quanto Gallagher estavam preocupados com ele. Mas não havia nenhuma papelada. Nenhum arquivo ou e-mail. Havia contas bancárias recheadas no Kentucky. Esse acordo era uma fraude, e Michael e Gallagher sabiam. Será que Jonathan os matara também, para calá-los?

— Ellice, precisamos conversar. — Olhei para cima. Jonathan estava na porta, o rosto vermelho e raivoso. — Precisamos conversar agora mesmo.

Meu coração pareceu parar e então rugir outra vez com o sangue martelando pelas minhas orelhas. Cada fibra do meu corpo queria matar esse cara. Se eu tivesse uma arma, não podia garantir que me conteria.

— Sai do meu escritório! Vou chamar a polícia!

Fiquei de costas e peguei o telefone. Ouvi a porta bater atrás de mim. Virei minha cadeira para encará-lo.

— O que você está fazendo? Falei para sair!

— Conversei com a detetive Bradford. Então você disse a ela que eu estava trabalhando com o seu irmão, que eu o coloquei para seguir um advogado? Tem certeza de que quer jogar esse jogo comigo?

— Eu sei que você matou o meu irmão, e agora a polícia também sabe. Sai do meu escritório. Não vou falar de novo!

Jonathan estreitou os olhos. Algo sombrio atravessou seu rosto. Devagar, ele atravessou a sala. Outra onda de pânico passou por mim. Imediatamente, fiquei de pé, tentando me antecipar. Como eu poderia sair do escritório se ele estava bloqueando a porta? Será que eu conseguia chegar ao telefone para chamar os seguranças ou a polícia? Ele avançou para a minha mesa. Devagar. Deliberadamente. Eu conseguia sentir meu coração quase na garganta. Não vacilei. Ficamos cara a cara, tão perto que eu conseguia sentir o cheiro de alho em seu hálito.

— Me deixe explicar o mais claramente que posso. — A voz dele chiou nos meus ouvidos como gordura quente em uma frigideira de ferro. — Eu não matei o seu irmão, mas, se eu receber mais uma visita da polícia, vou colocá-los na direção de um assassinato pelo qual podem se interessar mais.

— Como é? — Dei dois passos para trás, ainda pensando em como sair do escritório se ele tentasse me agarrar. — Saia. *Agora!*

Fui em direção à saída. Jonathan me seguiu. Chegamos na porta ao mesmo tempo. Agarrei a maçaneta bem quando Jonathan colocou seu peso contra a porta e sorriu para mim.

Seus olhos grudaram nos meus.

— Sabe, consigo te admirar por ter feito o teste do sofá para chegar ao andar executivo. Mas você precisa tomar mais cuidado agora que está aqui.

Senti meus olhos se arregalarem de descrença.

— Vamos lá. Você é uma garota inteligente. Sabe que não podemos fazer ofertas de promoção tão generosas ao andar executivo sem fazer a nossa... como é que vocês advogados chamam? Devida diligência. Usei uma firmazinha em Savannah. Reuniram todos os melhores momentos da sua escalada para fora daquele buraco de merda chamado Chillicothe. E eles são muito bons. Sabia que conseguiram até me dizer que você tirou um B em química no ensino médio? O único B em quatro anos naquele internato chique. Você é inteligente. Muito inteligente.

Minha pele arrepiou.

— O que você disse?

Encarei os olhos de Jonathan. Dois buracos negros de maldade me encararam de volta.

— Isso mesmo. Sei de todos os seus segredinhos sujos. — Ele deu uma risadinha. — A polícia disse que seu irmão levou um tiro. Eu nem sabia que você tinha um irmão. A maioria das pessoas aqui também não. Mas, quer saber? Meus amigos em Savannah acharam todas as informações sobre ele. Sabe o que mais me contaram? Que seu irmão não era o único criminoso da família.

Meus joelhos tremeram. As palavras de Jonathan atingiram meu peito como um soco forte.

— Me conta. Como você conseguiu sair ilesa e abandonar seu irmão a um destino de entra e sai da cadeia? — Jonathan se inclinou para mais perto. — Decidiu trocar todos aqueles segredos pelas brilhantes luzes de Atlanta, acertei? A propósito, você viu como anda Chillicothe recentemente?

Devagar, soltei a maçaneta.

— Parece que você não é a santa que faz todo mundo acreditar que é. Tudo o que você fala é sobre a ética jurídica e fazer a coisa certa. Ah, tá! Um conselho, já que você é nova aqui. Se quer manter seu segredinho de família escondido, sugiro que leve sua bunda negra arrogante para o escritório de Nate, diga a ele que conversamos e que você concorda com o acordo da Libertad e com qualquer outro que eu traga para esta empresa que nos faça ganhar dinheiro. E, já que estamos falando de Nate, Willow me disse que você achou ruim a maneira como fazemos as coisas por aqui. Sugiro que mantenha essa informação debaixo da sua peruca também.

Ele riu de novo, desta vez mais alto.

— Vá se foder!

— Legal. Bem o que eu esperava de alguém como você. Se eu te ouvir dizer uma única palavra sobre a nossa operaçãozinha para o conselho, vou te destruir.

Fiquei cimentada no chão, tal qual a esposa de Ló na Bíblia, me transformando em um pilar de medo em vez de sal.

— E, quanto à polícia, provavelmente não é uma boa ideia direcioná-los para mim de novo. Pode ser que você não goste do que eu tenho a dizer a eles. — Ele colocou o dedo indicador sobre os lábios. — Lembre-se... *shhh.* Tudo isso é o nosso segredinho. Se você não contar, eu não conto. — Ele olhou para o relógio e deu um sorrisinho antes de abrir a porta e sair.

E, pela primeira vez em toda a minha vida profissional, fiz algo que nunca havia feito antes. Chorei no escritório.

29

Cada mentira que você conta, cada segredo que guarda, é uma coisinha frágil que precisa ser protegida e contabilizada. Um passo em falso, um cálculo errado, e seus tesouros bem guardados podem acabar com a vida perfeita que você construiu ao redor deles. Tudo se tornou real demais para mim depois da ameaça de Jonathan. Tudo pelo que lutei tanto para proteger — minha carreira, minha reputação, meus segredos — estava prestes a ser exposto. Eu odiava Jonathan. Enfim entendi por que Michael havia consultado um advogado de defesa para crimes de colarinho branco. Ele sabia que estavam lavando dinheiro sujo. Mas, se Jonathan pensou que podia matar meu irmão e me ameaçar sem pagar por isso, ele estava muito errado.

Matar Sam seria o pior erro que ele teria cometido.

Jonathan saiu. Alguns minutos depois, meu telefone tocou. Dei um pulo. Não reconheci o número, então decidi deixar tocar. Anita podia atender e anotar o recado. Momentos depois, ela apareceu na porta do meu escritório, o rosto triste e preenchido de preocupação. Toquei os cantos dos meus olhos, tentando secar as lágrimas sem que ela visse.

— O que foi, Anita?

— Ellice?

Virei minha cadeira, falando com ela por cima do ombro.

— Agora não é um bom momento. Do que você precisa?

— A detetive Bradford está no telefone. Tentei anotar recado, mas ela disse que tem algo a ver com o seu *irmão*. — Me virei. Anita ficou diante de mim, torcendo as mãos. — Está tudo bem?

— Está sim, obrigada. Feche a porta quando sair.

Merda! Por que diabos Bradford diria isso? Agora todo o escritório estaria falando que eu tinha um irmão do qual ninguém sabia antes.

Inspirei fundo e atendi ao telefone.

— Detetive, você falou com o Jonathan. Vai prendê-lo por matar o meu irmão?

— É por isso que estou ligando. Falamos com o sr. Everett. Ajudaria muito se você pudesse vir à delegacia e me dar algumas informações a mais. Só mais algumas perguntas.

— Claro.

Desliguei o telefone, um pouco aliviada que a polícia podia enfim estar fazendo seu trabalho.

Fiquei surpresa quando entrei no Departamento de Polícia de Atlanta. Tolamente, imaginei que o lugar pareceria com a delegacia de *Law & Order* — uma sala ampla cheia de policiais indo e vindo, entregando arquivos contendo todo o tipo de evidência criminal, telefones tocando no gancho com pessoas nervosas do outro lado da linha. Em vez disso, encontrei um espaço aberto normal cheio de cubículos de meia parede, a maioria vazios.

Me aproximei de um cavalheiro sonolento lendo um jornal na mesa — sessenta anos, casaco de veludo cotelê puído e calças marrons frouxas. Dava para ver que ele não ligava para a própria aparência desde o governo Clinton. Todo o seu comportamento monótono me fez pensar que ele estava apenas matando tempo até que chegassem as aprovações da papelada da aposentadoria.

Ele espiou por sobre o jornal com dois olhos amarelos.

— Posso te ajudar?

— Sim. Estou procurando pela detetive Shelly Bradford.

— E você é...?

— Sou Ellice Littlejohn da Houghton Transportes.

O policial ergueu as sobrancelhas antes de dobrar o jornal e se levantar. Não fiquei surpresa pela reação dele. Todo mundo ali provavelmente babava na detetive figurona que estava investigando o assassinato na Houghton. Minha aparição provavelmente era o ponto alto do dia dele.

— Por que você não se senta? — Ele apontou para uma fileira de cadeiras de tecido encardidas apoiadas contra a parede e então desapareceu no corredor.

Não me mexi. Só Deus sabe *o que* havia se sentado naquelas cadeiras manchadas e velhas ao longo dos anos. Ele não me faria sentar lá, nem sob ameaça de prisão. Analisei o espaço de novo. O lugar inteiro me dava arrepios. Observei a mesa do velho. Tirando seu jornal dobrado e o pedaço de queijo meio comido, nada me dava qualquer dica sobre ele. Fiquei entediada só de olhar ao redor.

— Olá, srta. Littlejohn. Obrigada por vir falar com a gente — a detetive Bradford disse enquanto se aproximava. — Você se lembra do meu parceiro, o detetive Burke?

Meu estômago revirou. Eu havia me esquecido do parceiro dela. Lutei contra a onda de pânico que se aproximava.

O detetive Burke estava casualmente vestido, usando uma camisa azul de botões, a mangas arregaçadas até os cotovelos, e calça simples. A cabeça careca e negra dele brilhava. A detetive Bradford, em uma pausa de sua formalidade, removera a jaqueta do terno para revelar uma blusa branca de seda e calça de lã.

Ela nos levou para um pequeno cubículo que servia como "sala de entrevistas". As luzes fluorescentes e as paredes verdes davam um fraco tom de amarelo ao espaço, de forma que nós três ficássemos com uma aparência doentia e sobrenatural. Uma janela estreita no canto deixava entrar uma fresta de luz que refletia na mesa de metal no centro da sala, mas não era o bastante para revigorar o espaço apertado. Bradford e Burke se sentaram lado a lado, me deixando a cadeira solitária do outro lado da sala.

— Posso te servir alguma coisa? Água? Coca-Cola? — perguntou Bradford.

— Não precisa.

— Primeiro, sinto muito por sua perda.

— Obrigada.

Ela assentiu.

— Você e seu irmão eram próximos?

Encarei a detetive por um momento.

— Éramos. Por quê?

— Só estou me perguntando se você conhecia algum dos amigos ou *inimigos* dele. Qualquer pessoa que poderia querer matá-lo.

— Pensei que tinha dito que conversou com Jonathan. Ele está envolvido na morte de Sam, certo?

Bradford olhou para o parceiro.

— Estamos chegando a um suspeito. Só precisamos de mais informações. Quando foi a última vez que você falou com seu irmão?

— Já disse, foi ontem à noite.

— E sobre o que vocês dois conversaram?

— Eu te falei. Ele disse que Jonathan o contratou para seguir Gallagher. Mas Sam não o matou. Jonathan tentou incriminá-lo.

A detetive Bradford assentiu como se entendesse.

— Com o que seu irmão trabalhava?

— Até ontem, ele fazia um bico como vigia para Jonathan Everett. Já falamos sobre tudo isso antes. — Encarei a janela, um pequeno raio de sol forçando sua entrada pela moldura fina. Eu sabia que a polícia já coletara os destaques da longa e sórdida ficha criminal de Sam. Eles não precisavam de mim para obter aquela informação. — Quem é esse suspeito que vocês têm?

O detetive Burke pigarreou e abriu uma pasta. Ele examinou os papéis lá dentro.

— Vamos voltar ao dia em que o sr. Sayles foi assassinado. Você disse que chegou por volta das sete da manhã, mas não se encontrou com o sr. Sayles. Correto?

Juntei minhas mãos debaixo da mesa.

— Sim.

Ele tornou a pigarrear, mas a rouquidão permaneceu.

— A assistente dele nos disse que você e o sr. Sayles geralmente se encontravam por volta das sete da manhã. A esposa dele também nos disse que você tinha reuniões bem cedo com o marido dela. Você estava no escritório do sr. Sayles na manhã em que ele foi assassinado?

Eu podia sentir o ar deixando meus pulmões como um balão esvaziando e murchando lentamente. As luzes naquela salinha pareciam escurecer ao meu redor. Enfim me dei conta de quem eles estavam considerando como suspeito, e não era Jonathan. Comecei a calcular o dano que havia causado mentindo para Bradford antes, e agora, vindo falar com a polícia sem um advogado. Eu não poderia sair agora sem parecer que tinha algo a esconder.

Bradford e Burke continuaram a me olhar do outro lado da mesa; nenhum deles piscou.

— Olha, eu fui ao escritório do Michael de manhã, mas quando cheguei, ele já estava morto. Me assustei e fui embora.

Os dois se entreolharam. Bradford balançou a cabeça naquele típico jeito julgador dela.

— Deixa eu ver se entendi. Você *descobriu* o corpo do sr. Sayles e *não* chamou por ajuda?

Fiquei em silêncio. Eles podiam achar o que quisessem. Eu tinha passado muito tempo me torturando por esse comportamento abominável.

— Por que não? — perguntou ela.

— Eu falei. Fiquei em choque. Dar as costas para um corpo não é crime.

Os dois me encararam por um momento antes de se entreolharem de novo. Dúvida e ceticismo estampavam seus rostos.

— Há quanto tempo você conhece o sr. Sayles? — perguntou o detetive Burke, se inclinando para a frente sobre a mesa.

— Quase dez anos.

— E você sempre trabalhou para ele durante esses anos?

— Na maior parte deles.

— Primeiro no escritório de advocacia Dillon & Beck e depois na Houghton?

— Sim. Mas o que isso tem a ver com a morte do meu irmão?

— Como você descreveria seu relacionamento com o sr. Sayles? — perguntou Burke.

Suspirei, mas não respondi enquanto o encarava. Olhei para sua aliança de casamento dourada antes de baixar os olhos para a mesa.

Eles sabiam.

— O que aconteceu no escritório de advocacia, srta. Littlejohn? — perguntou Burke.

— O que você quer dizer?

— Por que vocês dois saíram do escritório?

— O que isso tem a ver com todo o resto? — Mas eu era advogada. Eu sabia que aquele questionamento era justo.

— Falamos com a sra. Sayles. Ela disse que você estava dormindo com o marido dela. Disse que o caso se tornara uma distração na firma de advocacia onde vocês trabalhavam. Os dois foram convidados a se retirar do escritório e você o seguiu para a Houghton.

— Não foi bem assim... — comecei, meus olhos ainda grudados no detetive Burke. O que ele pensava de mim? Agora eu estava envergonhada. Eles estavam fazendo tudo soar tão sórdido e unilateral.

A detetive Bradford se pronunciou.

— Vocês ainda estavam dormindo juntos antes de ele ser assassinado?

Me afastei de seus olhos curiosos. Eles mergulharam na minha vida pessoal e saíram cheios de informações. Estavam tentando me forçar a discutir uma área da minha vida que era dolorosa e estúpida, mas não tinha nada a ver com os assassinatos de Sam ou Michael. Fiquei em silêncio.

Detetive Burke interveio novamente.

— Srta. Littlejohn, recuperamos o celular do seu irmão. Parece que você deixou várias mensagens de voz para ele. Você parecia muito irritada. Por quê?

— Do que você está falando?

— Havia um iPhone com o corpo do seu irmão. Conseguimos acesso usando a digital dele. Você deixou várias mensagens de voz nos últimos dias.

— Eu não tinha tido notícias dele... Acho que eu só estava preocupada.

Tentei me lembrar de todas as mensagens que deixei para Sam. A noite em que invadi a casa dele, o dia seguinte, quando descobri quem Geoffrey Gallagher era, o dia em que os corpos de Sam e Gallagher foram descobertos. Em cada mensagem que deixei, devo ter soado como uma banshee berrando para que ele retornasse minhas ligações.

— E essa mensagem que você deixou para ele há alguns dias? Você disse: "Que diabos está acontecendo? A polícia tem imagens de você no saguão da empresa onde trabalho, e o que você tem a ver com Geoffrey Gallagher?". Essa foi a mensagem que você deixou para o seu irmão.

Fiquei sentada lá, como uma pedra.

O detetive Burke continuou:

— Hoje mais cedo, você deixou a seguinte mensagem: "Sam, cadê você? A polícia encontrou o corpo do advogado". Me deixe perguntar, srta. Littlejohn: esse advogado seria Geoffrey Gallagher?

Me senti à beira de desmaiar, as luzes diminuindo ao meu redor. Permaneci em silêncio.

Burke e Bradford se entreolharam de novo. Burke continuou:

— Vamos prosseguir. Seu irmão estava com uma arma na cintura. O sr. Gallagher foi morto com o mesmo tipo de arma.

— O que você está dizendo?

Pelo que eu sabia, eles não eram os únicos que podiam fazer perguntas sobre o meu irmão.

— Você sabe por que seu irmão quereria matar o sr. Gallagher?

— Meu Deus! Quantas vezes eu tenho que te dizer? Meu irmão não matou ninguém. Por que você está insistindo nessas perguntas? Trouxeram Jonathan aqui e o perturbaram desse jeito? E as outras pessoas do vigésimo andar? Vocês estavam no funeral do Michael. Não é esquisito que nenhum dos colegas dele tenha aparecido, incluindo Jonathan?

— Nós falamos com o sr. Everett. Ele nos disse que o time executivo estava em uma viagem de negócios no dia do funeral do sr. Sayles.

A festa em Savannah. Eu fui a única chegar só no dia seguinte.

— O sr. Everett também nos contou que você dizia às pessoas na Houghton que não tinha irmãos. É verdade? — Burke perguntou.

Eu não conseguia falar. Toda mentira boba que eu já contara na vida estava ali, me assombrando.

— Ele parece pensar que você está tentando implicá-lo nesta questão por causa de um desentendimento no ambiente de trabalho. Contou que era contra a sua promoção, que a empresa precisava de alguém com mais experiência. Ele acha que você está tentando manchar a reputação dele entre os colegas.

— O quê? — Meu pulso acelerou. — E vocês aceitaram isso? Não faz sentido nenhum! Eu te falei, ele atraiu meu irmão pra essa bagunça para incriminá-lo por um crime que Sam não cometeu. Provavelmente para se vingar de mim porque...

— Por que o quê?

— O sigilo advogado-cliente me impede de falar do assunto. — Como advogada da empresa, eu não podia discutir os registros bancários nem os acordos da Houghton sem passar pelo CEO ou pelo conselho diretor primeiro. — Mas Jonathan é a pessoa que vocês deveriam estar pressionando. Ele não é quem aparenta ser.

— Você tem quaisquer evidências que mostrem a relação entre seu irmão e o sr. Everett?

Exasperada, joguei as mãos para cima.

— Não. Não é o *seu* trabalho encontrar evidências? Tudo o que eu sei é que meu irmão disse que Jonathan o contratou para seguir Gallagher. Talvez Jonathan precisasse saber onde Gallagher estava para poder matá-lo depois que ele matasse Michael.

— Tudo bem. Ele fez algum trabalho para a Houghton? — perguntou Burke.

Cruzei meus braços sobre o peito.

— Quem?

Burke puxou as mangas da camisa um pouco para cima e me deu um olhar irritado.

— O sr. Gallagher.

— Pelo que sei, a Houghton nunca interagiu com ele ou com o escritório em que ele trabalhava.

Do outro lado da mesa, Burke e Bradford se entreolharam de novo, desta vez com um tipo de familiaridade que sinalizava que eles sabiam de algo que eu não sabia.

— Tem certeza disso? O sócio de Gallagher, Christopher Knight, nos disse que você ligou para o escritório e pediu que enviassem os arquivos da Houghton. Por quê? — perguntou Bradford.

Não respondi, só a encarei. Eu estava ali voluntariamente. Não era obrigada a responder a pergunta alguma.

A detetive Bradford tirou um documento da pasta diante dela e o escorregou pela mesa em minha direção.

— Srta. Littlejohn, você já viu isto antes?

Li o documento de uma página:

Escritório Gallagher, Grant & Knight de Advocacia
CONFIDENCIAL – PRIVILÉGIO ADVOCATÍCIO DE TRABALHO
SUMÁRIO EXECUTIVO DE MEMORANDO DE OPINIÃO

28 de Dezembro
Para: Michael Sayles, Vice-presidente executivo & Conselheiro geral
Houghton Transportes
De: Geoffrey J. Gallagher

Você me pediu para opinar sobre as consequências da sua posição como executivo no envolvimento da Houghton em um empreendimento conjunto com a Libertad Excursiones, uma empresa com sede em Monterrey, no México. Como entendo os fatos, a Libertad se tornou recentemente o alvo de uma investigação conduzida pelo governo mexicano por impropriedades financeiras envolvendo uma rede de hotéis. Conforme mergulhamos mais fundo na estrutura organizacional da Libertad, descobrimos que o CEO da empresa, Bernardo Ortiz, foi investigado por associação com indivíduos que alegadamente têm laços com atividades criminais, incluindo tráfico humano, tráfico de armas e distribuição ilegal de drogas. Essa informação foi confirmada por nosso conselho local e contatos no México.

Recomendo *fortemente* que a Houghton não se envolva em quaisquer transações com a Libertad Excursiones ou quaisquer subsidiárias ou holdings. Acima de tudo, sua posição como membro do time de gestão executiva envolvido com uma organização ligada a atividades ilegais pode sujeitá-lo a responsabilidades pessoais e criminais. A lei evoluiu nos últimos anos para eliminar o véu corporativo e responsabilizar os diretores e executivos por atos ilícitos na empresa. A pesquisa factual que apoia esta opinião está anexada aqui.

A tontura do início do dia estava de volta. Eu nunca tinha visto aquele documento. Hardy estava certo. A Houghton estava lavando dinheiro sujo para a Libertad. Minha mente disparou enquanto eu tentava pensar com clareza, lutando para descobrir de onde o documento tinha vindo. O sócio de Gallagher me disse que não tinha nenhum arquivo da Houghton. Anna não incluiu aquele documento no envelope que me deu. Devagar, tirei meus olhos do papel sobre a mesa; a gravidade de tudo tomava conta de mim agora.

Anna teria armado para mim?

— Srta. Littlejohn? — Bradford perguntou de novo. — Você já viu este documento antes?

Encarei o papel, sem me importar em responder.

— Me ajuda a te ajudar aqui, srta. Littlejohn — provocou a detetive Bradford. — Geoffrey Gallagher está dando sua opinião jurídica sobre um empreendimento conjunto que a Houghton está planejando com uma empresa chamada Libertad Excursiones, uma empresa que ele alega estar envolvida com lavagem de dinheiro, tráfico de drogas e armas. — A detetive Bradford deixou as palavras pairarem no ar enquanto me encarava. — A esposa de Geoffrey Gallagher encontrou isto na maleta dele, em casa. Ela ouviu falar sobre a morte do sr. Sayles no noticiário e pensou que o documento poderia ser relacionado ao assassinato do marido dela. Parece que ele *trabalhou* de alguma forma com a sua empresa.

— É disso que estou falando. Vocês deveriam estar investigando Jonathan, não eu. Ele é o diretor financeiro. Ele é encarregado desses acordos.

A detetive Bradford correu a mão pela nuca de seu cabelo curto.

— Srta. Littlejohn, seu chefe foi morto no dia em que você mentiu e disse que não havia se encontrado com ele, como normalmente faria. Seu irmão usou o *seu* crachá para entrar no prédio. E o advogado que o seu chefe contratou foi encontrado morto depois de aconselhar sobre uma transação ilegal na qual a sua empresa está envolvida. Esse advogado foi morto com uma arma que estava com o seu irmão. E o seu irmão também está morto, assassinado por alguém que ele conhecia. São três corpos ligados a você. Me diga, srta. Littlejohn, por que tantas pessoas ao seu redor acabaram mortas?

Eu a encarei, depois o detetive Burke. O latejar lento em minha têmpora deu lugar a uma batida forte dentro da minha cabeça. Eu estava sentada na delegacia sob suspeita de assassinato, sem uma explicação ou um advogado, minha vida pessoal e minha vida profissional agora convergindo em um salto para a morte.

Por que eu simplesmente não dei o dinheiro a Sam como sempre fiz? Por que concordei em ajudar Anna? Por que aceitei a promoção?

Agora fazia sentido Nate e Willow estarem tão ansiosos para me promover. Eles estavam armando para que eu assumisse a responsabilidade por alguns assassinatos.

— Você sabia que alguém invadiu a casa dos Sayles depois da morte do sr. Sayles?

— Sim... Anna me contou.

— Seu irmão invadiu a casa em busca de documentos para você?

— Para *mim*? Do que você está falando?

— Talvez para te ajudar — disse a detetive Bradford.

— Para me *ajudar*?! Me ajudar a fazer o quê?

— De acordo com o sr. Everett, fazia um tempo que você queria uma promoção. Estava dormindo com o seu chefe, mas ainda não tinha sido promovida. Talvez você precisasse de ajuda para entrar no andar executivo, e chamou seu irmão. Os dois inventaram um esquema para matar o sr. Sayles e o sr. Gallagher. De acordo com esse documento, parece que a Houghton poderia estar envolvida com algo que não deveria. Se o antigo conselheiro geral e o advogado externo dele eram contra o acordo, talvez a nova conselheira geral estivesse mais disposta a infringir a lei, né? Qualquer coisa para subir de cargo.

— O quê? Você enlouqueceu? Foi Jonathan quem trouxe esse acordo para a empresa. É ele quem está se metendo com um monte de criminosos. Intime os registros financeiros da empresa. Isso tudo é esquema dele.

— Planejamos fazer exatamente isso — disse Bradford.

— Então, depois que seu irmão te ajudou a ser promovida, o que aconteceu? Tiveram uma discussão ou você decidiu que não precisava mais dele arriscando os detalhes de sua subida sigilosa na escada corporativa? Afinal, se ele desaparecesse, ninguém saberia, já que você não contou a ninguém que tinha um irmão.

A insinuação de que eu poderia ter matado Sam foi a gota d'água. Nos encaramos, olho no olho. Eu não me importava com o distintivo dela ou sua reputação de figurona.

A detetive Bradford enfim desviou o olhar e prosseguiu.

— A sra. Sayles disse que te deu alguns documentos que encontrou no cofre, alguns documentos que ela disse terem relação com o acordo da Houghton com a Libertad. Por que você não mencionou esses documentos para nós?

— A Anna contou a vocês *por que* me deu esses documentos?

— Sim. Mas você é advogada, uma oficial da justiça. Estamos nos perguntando por que você não se recusou a ajudá-la e a encorajou a vir à polícia. Talvez porque você sabia que os documentos podiam te incriminar no assassinato do seu chefe?

— Isso é ridículo! Anna me pediu para descobrir o que estava acontecendo dentro da Houghton sem jogar o nome de Michael na lama. Ela não achava que *vocês* estavam levando as preocupações dela em consideração e insinuaram que ela tivesse matado Michael. Na época, eu não sabia que os assassinatos de Michael e Gallagher tinham algo a ver com o que ela me deu. E eu certamente não pensava que meu irmão estava envolvido.

— Mas quando descobriu que seu irmão estava envolvido, você decidiu não envolver a polícia?

Tornei a encarar o raio de luz do sol que forçava entrada pela pequena janela e me perguntei por que minha vida sempre parecia girar em torno de círculos viciosos de dor e morte. Que lição eu não estava aprendendo? Era a história de Chillicothe acontecendo de novo, exceto que, desta vez, eu não tinha catorze anos e Vera não tinha como me salvar.

— Sua empresa se envolveu em algum tipo de transação que pode ter levado à morte de três pessoas. Uma delas o seu próprio irmão. Mas você não se deu ao trabalho de vir à polícia com informações que poderiam ajudar a encontrar o assassino.

A detetive Bradford não estava fazendo uma pergunta, e eu não tinha uma resposta mesmo se ela estivesse.

Ela prosseguiu:

— Você já parou para pensar que poderia ter evitado a morte do seu irmão se tivesse trazido essas informações para nós?

Encarei a detetive. Será que ela não entendia que aquele seria o maior arrependimento da minha vida? Depois de tudo a que sobrevivemos, foi, por fim, meu próprio egoísmo em tentar esconder o passado que causou a morte de Sam. Eu tinha estragado tudo, tanto que estava até começando a questionar meu envolvimento. Eu deveria ter insistido mais para que Anna levasse os documentos à polícia. Tentei proteger Sam como sempre, mas, em vez disso, o fiz ser morto.

— Onde estão os documentos agora? — perguntou a detetive Bradford secamente.

— Na minha casa.

— Precisaremos dele. — Os dois trocaram outro olhar, desta vez como se tivessem chegado aonde queriam. — Srta. Littlejohn, você é a única pista em todos esses assassinatos. Acredite em mim, vamos descobrir tudo. É melhor confessar agora — insistiu o detetive Burke.

Confessar. Não havia nada mais a ser dito. Inspirei fundo, arrastei minha cadeira e me levantei.

— Preciso voltar ao trabalho.

Dei meia-volta e saí pela porta.

30

Se a polícia me considerasse mesmo suspeita, teriam me prendido enquanto eu estava na delegacia. Eles não tinham nenhuma evidência. Mas isso não significava que eu estava livre. Tinha mentido tanto que minha credibilidade com os policiais estava abalada. E, se continuassem a ficar de olho em mim, eu teria duas opções: ir para a cadeia por um assassinato que não cometi ou me juntar a um bando de executivos que estavam enfiados até o pescoço em fraude corporativa e crime, incluindo o assassinato do meu irmão. Odiava ambas as opções, o que significava que eu ia precisar de uma terceira. Minha esperança de sair daquela bagunça estava em algum lugar no vigésimo andar. Eu só tinha que encontrá-la.

Parei na vaga reservada a mim no estacionamento da Houghton, perto das quatro da tarde. Fiquei no carro, pensando em tudo o que acontecera. Minha vida havia saído de controle desde o dia em que aceitara o cargo de conselheira geral. A correria em me promover para o andar executivo. A energia estranha na festa de Nate. A discussão entre Max e Jonathan. O que é que Max não queria conectado à Libertad? O que será que ele disse ser arriscado demais?

A ameaça velada que ele me fez: *pode ser uma queda muito feia de volta ao décimo oitavo.*

Alguns minutos depois, cheguei ao meu escritório. Anita me encarou, desacreditada.

— Ellice, o que está acontecendo? Por favor, me conta.

— Chame Willow. Diga a ela que é urgente. Melhor ainda, diga a ela que eu preciso *desesperadamente* da ajuda dela.

Eu sabia que ela responderia a esse último apelo. Se estava tão disposta a me dar conselhos sobre como lidar com “os caras”, talvez pudesse fazer isso nos meus termos.

— Claro. — Anita pegou o telefone, me olhando com cuidado enquanto ligava para o ramal de Willow.

Corri para o meu escritório e bati a porta atrás de mim. Sentei à minha mesa. Esperando. Pensando. Alguns minutos depois, ouvi uma leve batida na minha porta antes de Willow entrar.

— Oi, Ellice, querida. Anita me disse que você precisa da minha ajuda com algo urgente? — Ela se sentou na cadeira diante de mim com uma expressão empática, como se estivesse realmente preocupada. — Está tudo bem?

— Por que a pressa para me promover? E sem rodeios desta vez.

Surpresa, Willow arregalou os olhos.

— Eu... eu não...

— Todo mundo neste andar usou a festa em Savannah como uma desculpa conveniente para não ir ao funeral do Michael. Você e Nate me colocaram neste cargo tão rápido que eu mal tive tempo de pensar a respeito. E nem Jonathan nem Max queriam que Nate me promovesse. Por quê?

— O quê?

Meu corpo inteiro se encheu de ódio.

— Em um dos momentos *lúcidos* de Nate, ele me disse que algumas pessoas no Comitê Executivo achavam que ele não deveria me promover. Acontece que sei, por algumas fontes, que Jonathan não é meu maior fã. Nem Max. Então, por quê? E me diga a verdade, porque, se não me disser e eu me der mal, derrubo todo mundo nessa *porcaria* de andar comigo. Então me diga que *porra* está acontecendo!

Willow ficou tensa.

— Eu não tenho certeza. Algumas semanas antes da sua promoção, Jonathan e Michael tiveram uma briga por conta de alguma coisa. Não sei o que foi. Mas Jonathan disse que sentia que Michael não estava mais dando certo por aqui, e que talvez devêssemos procurar um substituto para ele. Talvez fosse a hora de forçá-lo a se aposentar cedo ou algo assim. — Ela olhou para a enorme safira em seu dedo, evitando meu olhar. Não tirei meus olhos dela nem por um segundo. Quando Willow ergueu a cabeça, suspirou profundamente. — Ellice, querida, o que isso importa agora? Você está aqui. Você está neste lindo escritório, e Nate está satisfeito com a decisão.

— Então por que Jonathan e Max estão tentando me tirar?

— Não sei do que você está falando.

— Minha promoção foi debatida naquela sala de reuniões. Acho difícil acreditar que a vice-presidente do RH não tenha participado dessa discussão.

Willow deixou escapar um suspiro exasperado.

— Na verdade, você entendeu tudo errado. Foi ideia do Jonathan te promover. Ele disse que você seria perfeita, que existiam coisas no seu passado que te fariam perfeita para trabalhar no tipo de acordo que ele traz para a empresa.

— Ah, foi mesmo?

— Foi. Ele disse que tinha a impressão de que vocês iam se dar bem.

Se Jonathan dissera aquilo, eu sabia que ele não estava se referindo ao meu currículo. Ele desenterrara todos os meus segredos para me ameaçar, me chantagear para concordar com ele.

— Então a quem Nate se referia quando falou da pessoa que não queria que eu fosse promovida? Max?

— O pensamento de Max não evoluiu desde a Era do Gelo. Ele é um dinossauro.

— Sei disso, mas por que ele está tentando desfazer a minha promoção?

— Ele pensou a mesma coisa de mim. Parece acreditar que todo mundo que não tem um membro pendurado entre as pernas é um cidadão de segunda classe.

— Então ele não gosta de mulheres fortes. — Joguei um osso para Willow com meu comentário, e ela o agarrou com um sorrisinho. — Mas tenho certeza de que ele nunca te ameaçou.

— Ameaçar?! O que isso quer dizer?

— Uma conversinha que tivemos. Não se preocupe. O que ele disse sobre mim durante o debate sobre a minha promoção?

— Ellice...

— O que ele disse?

— Ele pensou que você falharia, que você não seria capaz de contribuir para a Houghton como o Michael fazia. Disse que não queria se sentar no Comitê Executivo com uma... — Willow parou.

— Uma pessoa negra? Ou ele se sentiu livre para se expressar na reunião e usou algum termo racista?

Será que o ódio de Max por ter que trabalhar comigo o tinha levado a matar o meu irmão? Pessoas negras já foram mortas por motivos menores.

— Estou te dizendo, ele é da Idade Média. Mas tudo deu certo. As pessoas que importam te apoiaram. E agora você está aqui, neste escritório adorável. Vamos seguir em frente, que tal?

— É. Obrigada pela informação.

Willow se levantou e tocou levemente uma unha pintada na minha mesa.

— Então, o que você vai fazer, querida?

— Provar que Max está errado.

Willow foi embora e eu fiquei sentada no escritório. Não movi um músculo. Esperei. Em algum ponto, Anita veio dizer boa noite. Não me mexi. Fiquei na mesa e esperei mais. As luzes se apagaram no andar. Continuei esperando. Eu esperaria até a meia-noite se fosse preciso. Quando tive certeza de que todo mundo no andar tinha ido embora, caminhei por todo o vigésimo. Duas vezes. O escritório estava banhado pelas luzes fracas do sistema de iluminação reserva. Eu precisava garantir que estava sozinha. Na minha última ronda, apertei o botão que interrompe o funcionamento do elevador.

Segui pelo corredor até o escritório de Max, silenciosamente abri a porta e acendi as luzes. Willow estava certa. Entrar naquele escritório foi como voltar no tempo. Cada executivo naquele andar escolhera a decoração de seu escritório pessoalmente. Pelo que parecia, Maxwell Lumpkin selecionara os primeiros anos do *Antebellum* como seu tema de decoração. Muita madeira de lei escura e um ar de Clube do Bolinha, do painel das paredes à pesada mesa de mogno, lâmpadas feitas para se parecerem com réplicas de lampiões e o enorme busto de uma águia de cabeça branca. Ancorada na parede atrás da mesa, uma bandeira americana enorme. Quase cobria a parede toda. Aposto que, se eu olhasse embaixo dela, também haveria uma bandeira confederada ali.

No aparador atrás da mesa havia uma foto de Max apertando a mão de David Duke, outra dele posando entre duas bandeiras americanas e apertando a mão de Donald Trump, e uma terceira segurando uma Bíblia e dando um sorrisão para a câmera. No canto do aparador, uma pilha organizada de revistas *National Review*. Aquele cara não escondia quem era.

Afastei a enorme cadeira de couro e fucei alguns arquivos em cima da mesa, em busca de qualquer coisa relacionada a Sam ou aos meus segredos. Nada. Tudo estava quieto, exceto pelo zumbido suave do computador. *O computador ainda estava ligado.* Olhei para a porta do escritório antes de apertar a tecla ESC no teclado. O protetor de tela, uma imagem do emblema de seu distintivo de lapela — as duas bandeiras douradas entrelaçadas e o coração vermelho —, apareceu na tela. Aquele clube dele de novo. Cliquei no ícone do Outlook, e o e-mail apareceu no monitor. Ele não tinha nem mesmo posto senha no computador.

Idiota.

Olhei para a porta novamente antes de começar a rolar pela caixa de entrada. Os primeiros e-mails mostravam conversas entre Max e outros funcionários do Departamento de Operações. Nada incomum. Tentei ficar de olho na porta enquanto continuava clicando nos e-mails. Nada. Busquei por *Michael Sayles*. Vários e-mails apareceram. Rolei por eles e então abri o que tinha como assunto: Nossa conversa.

28 de Dezembro
18:39
Para: MaxwellLumpkin@Houghton.com
De: MichaelSayles@Houghton.com
Re: Nossa conversa

Talvez você deva focar mais nos manifestantes na frente do prédio em vez de coisas assim! Não estou interessado!! Mas talvez as autoridades estejam!!

Continuei rolando para baixo...

28 de Dezembro
17:55
Para: MichaelSayles@Hougthon.com
De: MaxwellLumpkin@Houghton.com
Re: Nossa conversa

Michael,

Espero que você tenha reconsiderado. Nossa organização poderia se beneficiar da ampla experiência e do amplo alcance da sua rede de contatos.

Acho que você pode ser um general bastante útil em nossos esforços para restaurar a ordem onde outros espalharam o caos.

A luta continua.

Max

General? A luta continua? O que aquilo significava? Por que Max estava tentando recrutar Michael para alguma luta?

Procurei por mais alguns minutos, mas não havia mais nada relacionado a Michael, Sam ou a mim. Procurei na mesa de novo. Desta vez, vi a ponta de um documento aparecendo por baixo de um mata-borrão. Peguei o papel. Um panfleto da loja de armas Tri-County Outfitters. Exatamente o mesmo que eu encontrara na mala de Michael na minha casa. Por que tanto Max quanto Michael teriam o mesmo panfleto de uma loja de armas local? Ergui o mata-borrão, mas não havia mais nada por baixo. Devolvi o papel para o lugar.

Fui até as gavetas do aparador. Mais becos sem saída. Abri a gaveta de lápis na mesa. Um monte de cartões de visita, canetas e outras minúcias espalhadas. Quase não vi. Mas lá, entre a bagunça da mesa, estava um pen drive prata e preto. Na lateral, um nome: Ellice Littlejohn. Meu estômago revirou. Coloquei o pen drive no bolso e fui embora.

Voltei para o meu escritório, reuni meus pertences e segui para o carro. Trabalhar comigo seria o menor dos problemas de Maxwell Lumpkin quando eu acabasse com ele.

Passei pelo tráfego noturno do centro da cidade. Uma chuva fria e gelada atingia o capô do meu carro. Cada vez que eu pensava em Max, minha cabeça tremia de fúria. Eu achei que ele era só racista. Nunca imaginei que pudesse ser também um assassino. Saí da Peachtree Street para a Collier Road, mal conseguindo passar a tempo por um semáforo amarelo. Um sedã prateado e uma Escalade preta vieram logo atrás. Tráfego de Atlanta.

Dirigi por um tempo até perceber que a Escalade ainda estava atrás de mim. De repente, me lembrei da Escalade preta que estivera estacionada na frente da casa de Sam no dia em que fui atacada. Meu coração acelerou. Era noite, o vidro fumê das janelas e o brilho dos faróis dianteiros tornavam impossível distinguir o motorista. Virei à direita na Northside Drive.

Desacelerei, esperando que o carro passasse por mim. Não passou. Eu acelerei. A Escalade acelerou. Dirigi mais rápido, serpenteando entre uma minivan e uma Range Rover. Passei por outro sinal amarelo. O carro não saiu do meu rastro. Quem estava atrás de mim? Seria o assassino de Sam?

Se Max ou Jonathan queria fazer joguinhos, então eu também podia fazer. Ondas de ódio e medo passavam por todo o meu corpo. Agarrei o volante e meti o pé no acelerador. O carro zumbia com a subida constante de velocidade enquanto eu acelerava pelo tráfego. A Escalade continuou firme atrás de mim. Passei rápido pela Escola para Meninas de Atlanta e pelo cruzamento da West Paces Ferry Road. Acelerei para ultrapassar outro semáforo antes de pisar no freio de repente. Ouvi pneus cantando atrás de mim e vi, pelo espelho retrovisor, a Escalade desviar para a direita para evitar bater na traseira do meu carro. Alguns segundos depois, o SUV desajeitado deu ré antes de avançar para o meu lado.

— Ei! Que diabos você está fazendo? — Um cara jovem e loiro enfiou a cabeça para fora da janela da Escalade, no lado do motorista. Ele acelerou, mas não sem se despedir. — Vadia maluca!

Alguns motoristas buzinaram, porque agora eu bloqueava o tráfego. Apoiei minha cabeça no volante.

Eu estava à beira de um colapso.

31

Meu coração ainda estava batendo forte quando cheguei em casa. A primeira coisa que fiz foi retirar meu casaco e saltos na entrada e pegar meu notebook na mesa da cozinha. Inseri o pen drive de Max. Dois arquivos apareceram na tela. Um nomeado "Irmandade" e o outro, "Ellice Littlejohn".

Meu estômago deu um grande nó. Cliquei no arquivo com meu nome e lá estava. O passado sórdido e vergonhoso do qual passei a minha vida toda fugindo. Aquele era o Dossiê de Savannah do qual Jonathan tinha falado. Artigos de jornal do *Tolliver County Register* sobre o desaparecimento de Willie Jay e sua enteada de catorze anos como principal suspeita; junto com o relatório da investigação do xerife havia fotografias da polícia, daquele galpão na Red Creek Road. Como ele tinha dito, os investigadores de Jonathan reuniram meu histórico desde a Academia Coventry, incluindo meu histórico da Georgetown e de Yale. Certidões de nascimento minha e de Sam. A certidão de óbito de Martha. Os diversos registros de prisão de Sam e uma avaliação de impostos de sua casa. Eles até coletaram meus registros médicos de uma apendicectomia que fiz dez anos antes. Todos os altos e baixos da minha vida.

E os amigos de Jonathan em Savannah também foram minuciosos. Coletaram informações que eu nunca vira antes. Havia fotos da minha mãe na prisão, antes da vida dela com Willie Jay, quando fora presa por uma grande variedade de pequenos crimes e por dirigir sob influência de substâncias ilícitas. E, no meio de tudo isso, havia ainda uma foto e um registro de prisão em Monmouth Parish, na Louisiana, de 1967 de Violet Richards — ou, como eu a conhecia, Vera Henderson. Homicídio. Observei a foto por um momento — a mesma deixada no envelope no quarto de

Vera em Beachwood — e então cliquei no registro de prisão. Vera havia sido presa por matar um homem que ela denunciara como seu estuprador. Obviamente não pagou a fiança e fugiu para Geórgia.

Todo mundo tem segredos.

Minha vida inteira estava reunida naquele pequeno dispositivo. Cada segredo que eu guardava, cada mentira que já contei, cada vergonha que tentei esconder estava ali. A violação da minha privacidade era obscena. Jonathan e Max espiaram por todas as frestas da minha vida perfeitinha de advogada, os dois trabalhando juntos para me render e me obrigar a fazer parte de seu enclave criminoso. Não ia funcionar.

Fechei o arquivo sobre a minha vida sórdida e cliquei no outro, nomeado "Irmandade". Um documento do Word se abriu. A primeira coisa que chamou minha atenção: um emblema de duas bandeiras tremulando e um coração vermelho entre elas. O broche de lapela de Max, o mesmo broche usado pelos membros do conselho, pelos senadores e pelo comentarista da Fox News na festa de Nate. O resto do documento quase arrancou meu fôlego.

Irmandade da Ordem de Elite

A Irmandade é um grupo seleto de executivos e líderes nos escalões superiores dos negócios e da política. Nossa missão é simples: recrutar executivos e líderes de raça pura, como você, para nos assistir enquanto trabalhamos para eliminar todas as raças e religiões impuras e restaurar a proeminência da raça branca como a superior e dominante na face da Terra.

Sua admissão como general na Irmandade garantirá que você não seja exposto à ameaça de processos judiciais ou chantagem, assegurado por nossa exclusividade ou cobertura secreta. Também temos nossos próprios times financeiros e jurídicos para apoiar nossos esforços.

Nossa empreitada silenciosa para restaurar a ordem e os valores conservadores é conduzida segundo as seguintes diretrizes rígidas:

- Mantenha os generais a salvo de polêmicas para que possam estabelecer as condições propícias para a criação de uma sociedade pura.

- Equipe os soldados da infantaria com armas para a luta e forneça apoio logístico.
- Conecte pastores e líderes religiosos puros com políticos conservadores que levarão adiante a missão da Irmandade.
- Evite o uso de ofensas raciais, suásticas, bandeiras confederadas, símbolos do KKK e outras imagens que possam simpatizar com nossa causa, pois nossa luta é mais estratégica.
- Destrua a falsa mídia liberal judaica, dando-lhes informações incorretas ou evitando-os completamente.
- As mulheres de raça pura podem ser úteis, mas devem ser mantidas em papéis servis, para garantir que não simpatizem com o inimigo.
- Infiltre-se nas raças inimigas, fazendo amizade com elas, contratando e promovendo-as em quantidades limitadas, para evitar despertar curiosidade ou atenção para nossa causa.

A Irmandade está crescendo em número e poder. Estamos em reuniões e salas de diretoria bem ao seu lado. Junte-se a nós neste importante esforço para a purifcação contínua de nossa raça.

A luta continua.

Meu corpo estava dormente. Irmandade? Ordem de Elite? Max estava recrutando pessoas para um grupo de supremacistas brancos. E não quaisquer pessoas brancas. Ele estava procurando líderes empresariais. Homens com dinheiro e poder. Os generais.

Pesquisei por "Irmandade da Ordem de Elite" no navegador. Nada apareceu. Tentei várias outras combinações de palavras, mas os resultados deram em uma série de organizadores de eventos e fornecedores. Digitei: "Tri-County Outfitters", o nome da loja de armas no panfleto. A loja, localizada no bairro Shelton de Atlanta, vendia armas e equipamentos de caça. Aquele lugar estava ligado à operação de tráfico de armas da Libertad?

Meu Deus. Me levantei de supetão da cadeira. Pensei que fosse vomitar, então me sentei de novo, encarando o manifesto. Todo aquele tempo, fui manipulada por homens como Jonathan Everett e Maxwell Lumpkin. Homens que tinham poder e dinheiro suficientes para causar danos inimagináveis ao país.

Agora ficou claro por que Michael fora assassinado. Ele ameaçou expor o esquema de lavagem de dinheiro de Jonathan. Recusou o convite de Max para se juntar a um grupo de ódio racial e ameaçou ir às autoridades. No que eu havia me envolvido? Max era contra os manifestantes na frente da Houghton. Inferno, Max era contra eu estar sentada diante dele na sala de reuniões. Teria ele matado Sam para se vingar de mim?

O que fazer agora? *Pense, Ellice. Pense.*

O conteúdo do pen drive não era informação confidencial ou privilegiada da empresa. Eu poderia entregá-lo para a polícia. Será que era melhor deletar a pasta Littlejohn antes? A detetive Bradford não precisava saber dos meus segredos, nem dos de Vera. Ela podia juntar os detalhes da melhor forma que conseguisse. Eu estava prestes a apertar a tecla DELETE quando pensei em tudo o que passei na minha vida, todas as coisas expostas ali.

Eu precisava acreditar que era mais do que o meu pior erro. Cada um dos meus segredos fora uma lição dolorosa com a qual eu deveria ter aprendido, em vez de ter fugido. Até que eu me erguesse e os reconhecesse, continuariam a me prender nesse aperto de medo.

Abri a foto de Vera de novo: seus olhos brilhavam para a câmera; seu lindo rosto contorcido por uma careta séria; números aleatórios sobre seu peito. Ela fora presa por fazer justiça com as próprias mãos, contra um homem que a violara. Eu fizera a mesma coisa. Jonathan e Max não eram os únicos "vilões". Vera e eu também tínhamos nossas parcelas de culpa. Éramos assassinas. Nós éramos capazes de fazer o impensável por motivos que considerávamos corretos. Mas será que algum de nós tinha menos culpa do que os outros? Impor justiça sobre seu estuprador era dever de Vera? A vida de Willie Jay era menos valiosa que a de Sam ou Michael? As minhas ações eram menos desprezíveis que as de Jonathan?

Mesmo assim, nada mudava o fato de que, no meio da briga com aqueles racistas, meu irmão fora assassinado. O ódio subiu por minha espinha como uma víbora cabeça de cobre procurando a próxima refeição. Como eles ousavam tentar me chantagear e me bater até que eu me submetesse a cometer um crime?

A última vez que eu sentira tanta raiva fora décadas antes, quando Willie Jay Groover desapareceu.

A Irmandade me manteve acordada a noite inteira. Por volta das quatro da manhã, enfim adormeci, tendo decidido que a única maneira de encerrar aquele pesadelo era explicar tudo para a detetive Bradford, incluindo o esquema de chantagem deles contra mim. Eu entregaria o pen drive, com a pasta "Ellice Littlejohn" intacta. Sam estava morto, e manter segredos não ajudara nenhum de nós. Eu estava preparada para lidar com as consequências se isso significasse que Jonathan e Max seriam presos pela morte de Sam. A única coisa que ainda me perturbava: por que eles o mataram?

Acordei com meu celular tocando às seis e meia da manhã. Rolei na cama e pigarreei para recuperar minha voz.

— Alô?

— Oi, Ellice, sou eu, o Rudy. Te acordei? Desculpa.

— Rudy? — Me sentei na cama. — Aconteceu alguma coisa?

— Sei que você anda ocupada, então quis te ligar logo cedo. Encontrei algo que você precisa ver imediatamente.

32

De manhã, eu estava em frangalhos. Não me lembrava de ter me vestido ou dirigido até o escritório. Na verdade, eu estava a meio caminho do trabalho quando percebi que sequer penteara o cabelo. Por sorte, encontrei no banco de trás do carro uma faixa que eu usava nas poucas ocasiões em que me aventurei na academia. Coloquei-a na parte da frente do meu cabelo e tentei penteá-lo com os dedos antes de entrar no prédio. Quando cheguei no meu escritório, Rudy estava na mesa de Anita, conversando; ele tinha uma pasta na mão. Os dois me olharam, chocados.

Anita perguntou:

— Ellice, está tudo bem com você?

— Está. — Eu sabia que a minha aparência estava terrível.

— Parece que um caminhão te atropelou, gata.

Ignorei o comentário dela e segui para o meu escritório.

— Venha, Rudy.

Ele me seguiu para dentro.

— Tem certeza de que está bem? Digo, você parece...

— Você não falou que tinha algo urgente?

Talvez Anita contara a ele sobre a ligação da detetive Bradford sobre meu irmão. Decidi não tocar no assunto. Aquilo era pessoal.

— Isso. Você se lembra daquela reunião para qual me mandou no Inferno Leste... opa, quer dizer, no Centro de Operações em Conyers?

— Lembro.

Eu não tinha forças para rir da piada de Rudy. Tirei meu casaco e o pendurei. Minha mente se distraiu. Assim que Rudy saísse, eu ligaria para a detetive, a encontraria e lhe daria o pen drive. Depois, eu precisava me demitir. Talvez eu devesse perguntar a Rudy sobre a Irmandade. Mas eu já teria ouvido sobre o assunto se ele soubesse de alguma coisa. Além disso, ele era judeu, e era provável que não soubesse de nada relacionado àquele fanatismo odioso. Era melhor que eu levasse tudo à polícia e deixasse que eles descobrissem do que se tratava.

— ... então, aquele novo gerente está certo. Tem alguma coisa errada acontecendo com os pedidos. Não há um responsável por eles, e o gerente não consegue contato com a empresa para fazer o pedido — disse Rudy.

— Desculpa. Estou com a cabeça cheia. O que você disse?

Sentei-me atrás da minha mesa e gesticulei para que ele se sentasse também.

— Não existe contrato para uma conta com a qual estamos trabalhando, e não conseguimos rastrear a fonte. Aparentemente, pegamos uma carga mensal de quinze caixas em Shelton. Cinco são enviadas para um endereço no sul de Ohio, cinco para o sul de Illinois e cinco para um endereço no norte do estado de Nova York.

— E?

— As entregas começaram há mais ou menos quatro meses. Mas a frequência aumentou nos últimos dois.

Dei de ombros.

— A empresa deve ter recebido mais pedidos.

— Eu não acho que tenha uma empresa envolvida. Eles usaram uma caixa postal em Shelton como remetente.

— Uma caixa postal? Nós não recolhemos material sem um endereço físico.

— Exatamente.

— Quem está enviando?

— Alguma coisa chamada Indústrias Cavanaugh. Mas essa nem é a melhor parte. Não conseguimos encontrar uma empresa com esse nome em Shelton nem em lugar nenhum no estado da Geórgia. E os envios são pagos por uma conta no PayPal. Mas a parte mais interessante é que, há dois meses, um carregamento de dez caixas foi para San Diego, na Califórnia. Um endereço bem na fronteira com o México. Esse carregamento foi enviado para a *Libertad Excursiones.*

— O quê?

— Sim. Não encontrei um endereço corporativo para a Libertad em San Diego. As caixas são entregues em um depósito lá.

— Que diabos? O que está no carregamento?

— Não sei. Os próximos envios serão na terça-feira. Vão para o norte, para Ohio e Illinois.

— Para quem são esses envios?

— Mesma empresa. Indústrias Cavanaugh.

Observei com cuidado os documentos que Rudy havia espalhado sobre a minha mesa e me concentrei na remessa recente endereçada à Libertad em San Diego. Seriam as drogas e armas que Gallagher havia mencionado no memorando da delegacia? Jonathan as estava escondendo em caminhões da Houghton e despachando-as para a Libertad?

— Concordo com você. É suspeito. Vamos envolver Hardy e o time dele. Faça eles checarem esses carregamentos para Ohio e Illinois.

Anita entrou no escritório.

— Ellice, desculpe interromper. — Ela estava com uma cara de quem acabou de receber a notícia da morte de alguém. Presumi que me pediria permissão para voltar para casa mais cedo ou algo assim.

— O que foi?

— Podemos ir para a sua sala de conferência?

— Tem que ser agora? — perguntei.

Ela balançou a cabeça.

— Sim.

Rudy e eu nos entreolhamos. Borboletas bateram asas na minha barriga. Nós três entramos na sala de conferência adjacente. Anita apertou o controle remoto da televisão de tela plana na parede e ligou na WSB-TV.

— O que está acontecendo? — perguntei.

Anita apertou o botão do volume enquanto uma mulher morena com cara séria falava sobre os manifestantes na frente da Houghton e como seu número crescera nos últimos dias. Congelei quando li a chamada:

Urgente: Polícia interroga executiva da Houghton sobre o assassinato de dois advogados de Atlanta

Fiquei na frente da televisão, petrificada como um cervo olhando para o cano do rifle de um caçador, encarando as palavras na tela, esperando que desaparecessem. Tentei fazer todo aquele pesadelo desaparecer, mas só piorava.

— Ellice, eles mencionaram o seu nome. O que está acontecendo? — Anita perguntou baixinho.

Rudy passou por ela e ficou ao meu lado.

— Ell, o que está acontecendo? Anita disse que você apareceu esta semana com um hematoma no rosto. Disse que a polícia te ligou para falar sobre o *seu irmão*? Eu nem sabia que você tinha um irmão. — Rudy pôs a mão no meu ombro. — Só me fala o que está acontecendo. Te falei que o irmão da Kelly é policial. Posso ver se ele sabe de alguma coisa.

— Me desculpem. Preciso ir.

Saí correndo da sala de conferências, peguei meu casaco e a bolsa e fui direto para o carro.

Dirigi até a entrada do meu condomínio. Estacionada em frente, estava uma van de notícias da WSB-TV.

Meu Deus.

Eles já tinham descoberto meu endereço. Agora estavam me cercando, como leões se esgueirando e se colocando em posição para atacar uma presa jovem e lenta. Passei em frente ao prédio e virei na esquina seguinte, usando a entrada de serviços.

Senti como se estivesse caindo no sexto círculo do Inferno de Dante. Minha teia de mentiras e fingimentos estava começando a ruir ao meu redor. Sempre fui tão segura de mim, tão convencida de que poderia fazer tudo sozinha. Porque sempre fiz. Agora, eu estava sentada no meu carro, assustada e sozinha. Peguei meu celular e disquei para a única pessoa que não me julgaria.

— Grace, sou eu. Estou ferrada.

33

Dentro de casa, eu me senti segura. Não dava para ver as vans dos noticiários dali, então fingi que não estavam lá. Me despi e fui direto para o chuveiro. Eu estava com uma necessidade gritante de tomar um banho e lavar toda a crosta de mentira e culpa. E, como se tivessem sido invocadas, as memórias marrom-sépia de Chillicothe me vieram à mente — o cheiro forte e pungente de charutos, uma caçarola quebrada, uma lona de plástico cinza. A água quente podia lavar meu corpo, mas não podia limpar minha alma.

Depois de vestir um moletom e uma camiseta, voltei à mesa da cozinha. Liguei meu notebook e abri o navegador. Se eu fosse encontrar uma maneira de sair daquela bagunça, primeiro precisava saber o quão ruim estava a situação. Entrei na página inicial do WSB-TV. O site trazia alguns parágrafos detalhando o assassinato de Michael, me descrevendo como a responsável jurídica recém-promovida e falando do meu interrogatório sobre as mortes de Michael Sayles e Geoffrey Gallagher. No final do artigo, mencionavam que *meu irmão* fora encontrado morto com Gallagher; a polícia estava investigando uma ligação entre as mortes. Da forma como o artigo fora escrito, as pessoas ou sentiriam pena de mim ou se convenceriam de que eu havia matado os três.

O artigo não tinha uma foto minha nem um pronunciamento da Houghton. Procurei no site da CNN. Nenhuma menção a mim e nada sobre a Houghton desde o dia em que Michael fora assassinado. Presumi que ou os meios de comunicação nacionais não haviam recebido a história, ou estavam esperando até que houvesse algum desenvolvimento maior. Talvez, se as coisas permanecessem quietas, a história poderia morrer em vinte e quatro horas, na melhor das hipóteses.

Peguei um pacote de Oreos da despensa. Comi metade enquanto transitava entre as notícias na tela do computador, o panfleto da Tri-County Outfittters de Michael e o manifesto da Irmandade no pen drive. Tudo estava se juntando, como uma banda marcial em um campo de futebol, todos os membros tomando posição, as pessoas se encaixando perfeitamente para formar uma imagem maior. A Houghton era composta por um bando de fanáticos racistas que havia matado três pessoas inocentes e armado para que eu assumisse a culpa.

Pelo que entendi, Michael desvendara que Jonathan estava lavando dinheiro e trouxera Gallagher, um advogado de crimes de colarinho branco, para o jogo. Michael também descobrira sobre a Irmandade, depois que Max o convidara para se juntar à Ordem. Ele ameaçara ir às autoridades. Por que ele não me contara nada disso? Mas como ele contaria à amante negra dele que seus colegas executivos brancos queriam limpar o país das "raças impuras"?

Será que Jonathan matou Michael para mantê-lo calado sobre a lavagem de dinheiro ou foi Max quem o matou para silenciá-lo sobre a Irmandade?

E a questão que ainda me perturbava: *qual deles havia matado Sam?*

Minha campainha tocou. Abri e lá estava Grace, usando um terno azul-escuro e um casaco Burberry. O longo rabo de cavalo dela estava enrolado em um coque arrumadinho na nuca.

— Garota, eu vim o mais rápido que pude — disse ela. — Com quem preciso brigar?

Me inclinei sobre o corpo pequeno dela e a abracei.

— Você está arrumada. O que aconteceu?

— Entrevista de emprego. Não conta pro Jarrett. — O marido dela estava em uma batalha para mantê-la em casa, um troféu para ele carregar por aí. — Chega de falar de mim. O que está acontecendo? Você disse que estava com problemas.

Dei um sorriso fraco e fechei a porta.

— Você viu as notícias?

— Não, por quê? Tem algo a ver com o assassinato do seu chefe?

Não respondi. Fui da sala de estar até a cozinha e Grace me seguiu. Escorreguei o notebook em sua direção. Ela se sentou em uma cadeira e começou a ler. Quando terminou, me encarou boquiaberta.

— Feche a boca senão entra mosca — falei.

Grace engoliu em seco.

— Ell, a polícia acha que você teve algo a ver com os assassinatos. Que merda é essa?

— Grace, eu não matei ninguém.

— Eu sei que você não matou, mas por que a polícia acha que matou?

— Me deixa pendurar seu casaco.

Grace tirou a peça, e eu voltei com ele para a entrada. Demorei para pendurá-lo no armário, tentando pensar no que dizer ou no *quanto* dizer. Quando voltei para a cozinha, ela me deu um olhar triste.

— Ell, por que você nunca me contou que tinha um irmão?

Tudo bem, então eu teria que começar por Sam. Nunca imaginei que contar a verdade, depois de tantos anos mentindo, seria tão difícil. Embora, em relação a Sam, era mais uma mentira por omissão. E dizer a Grace que ela deveria acreditar em mim agora porque eu estava em apuros parecia o começo de uma jornada árdua que poderia desgastar nossa amizade. Mas me sentei em uma cadeira ao seu lado.

— Eu sei que deveria ter te contado. Acho que era mais fácil não falar sobre ele, mantê-lo em segredo, do que explicar a todos sempre que eu pagava a fiança dele ou quitava dívidas com agiotas para mantê-lo vivo. Ele era sem noção e tomava decisões estúpidas.

— Não somos todos assim? — disse Grace.

Eu não tinha tanta certeza do que aquilo queria dizer, mas suspeitava que tinha algo a ver com o casamento dela.

— Enfim, Sam... meu irmão... se meteu com o diretor financeiro da Houghton. O homem ameaçou expor algumas coisas do meu passado. Acho que armou para que eu levasse a culpa por todos esses assassinatos.

— Espera, não entendi. O que ele estava ameaçando expor?

Mordi meu lábio inferior e olhei para minhas unhas do pé pintadas de vermelho.

— Umas coisas aconteceram... um tempão atrás, em Chillicothe. É uma cidadezinha no leste da Geórgia, onde cresci. Fiz umas coisas das quais não me orgulho. Coisas que esse homem pode usar contra mim. Eu poderia perder minha licença de advogada. Ele contratou uma empresa para montar um dossiê sobre mim, e agora está ameaçando ir à polícia se eu não concordar com umas coisas ilegais que ele anda fazendo na empresa.

— Ah, Ellice, sinto muito. — Grace me abraçou. — Não vou te pressionar. Só me diga o que você precisa que eu faça. Como posso ajudar?

— Essa é a questão. Não sei se alguém poderia me ajudar a essa altura.

— Tudo bem, então o que o seu advogado acha sobre o interrogatório da polícia?

Balancei a cabeça.

— Não tenho advogado.

— Como assim não tem advogado? Você falou com a polícia sem um advogado?

— Eu sei, foi burrice. Eles disseram que tinham algumas perguntas, que eu poderia ajudá-los a esclarecer algumas coisas sobre o assassino do meu irmão. Eu estava muito desesperada por respostas. Foi só depois que começaram a me questionar que percebi de quem suspeitavam.

— Então, o que você disse a eles?

Peguei outro Oreo e dei de ombros.

— A verdade, para variar. Mas eles parecem ter uma teoria doida de que eu convenci meu irmão a matar Michael e o advogado para que eu pudesse me tornar a conselheira geral. Depois, eu teria matado meu irmão quando ele não quis cooperar com alguma coisa. É tudo uma loucura.

— Tudo bem, precisamos te arranjar um advogado. Podemos lidar com...

— Hã... Grace, é bem ruim. Sabe quando você me perguntou sobre meu chefe? Você perguntou se eu estava dormindo com ele...

— Aham.

Não respondi. Só encarei meus pés.

— Garota, eu sabia que você estava dormindo com ele. Mas como isso se encaixa com o resto?

Suspirei profundamente.

— Eu descobri o corpo no dia em que ele foi morto, e não chamei a polícia.

Grace me encarou por um momento antes de tocar minhas mãos.

— Vai ficar tudo bem. Vamos achar uma maneira de te tirar dessa confusão. — Grace balançou a cabeça. Acho que ela estava começando a ver a bagunça que era a minha vida. — Garota, eu sempre soube que você queria tudo para si, mesmo quando é um monte de merda, hein?

Rimos e relaxei um pouco.

— Então, esse tal Jonathan, qual é a dele?

— Jonathan Everett. Ele tem a droga de um dossiê sobre mim. Rastreou meu irmão e o contratou para seguir o advogado que foi encontrado morto.

Ela retirou a parte de cima do terno e o pendurou nas costas da cadeira, como se estivesse prestes a começar a trabalhar.

— Tudo bem, temos que apagar esse fogo. Você sabe algum podre desse tal Jonathan?

— Ele está lavando dinheiro para uma empresa no México. Eles estão metidos em todo tipo de coisa ilegal: drogas, tráfico humano e de armas... E Jonathan é quem armou o esquema dentro da empresa.

— Drogas? Armas? Caramba, garota! Quando eu te tirar dessa, vou escrever um livro sobre essa bagunça.

— Grace, a coisa piora.

— Por favor, não me diga isso. — Grace se recostou na cadeira e colocou as mãos sobre a mesa, como se estivesse se apoiando. — Não dá para ficar pior.

Me inclinei para o notebook, cliquei algumas vezes e abri o manifesto da Irmandade. Deslizei o computador de volta para ela. Peguei outro Oreo e comi o biscoito inteiro em uma só mordida. Observei enquanto Grace lia, a boca aberta, os olhos arregalados de choque. Ela terminou e virou para mim com horror, como se tivesse acabado de descobrir um corpo em decomposição avançada.

Entreguei para ela o panfleto da loja de armas.

— O que é isso?

— Michael deixou uma mala aqui há algumas noites. Pensei que era só um lugar onde ele havia comprado a arma, quando ainda achávamos que era suicídio. Mas acho que faz parte do tráfico de armas em que a empresa está envolvida. O CEO tem Alzheimer, e acredito que Max e Jonathan estejam aproveitando para fazer o que bem entendem. Os dois estão por trás de tudo isso.

— Quem é Max?

— Maxwell Lumpkin. Ele é o chefe do setor de Operações. Estava tentando recrutar Michael para se juntar à Irmandade. Acho que enviou armas nos caminhões da Houghton para a Libertad, os criminosos no México. Um mês atrás, eles começaram a enviar armas pelo sul da fronteira. Ah, e Max também me ameaçou.

Grace inclinou a cabeça e cruzou os braços.

— Deixa eu ver se entendi. Você trabalha para um grupo de supremacistas brancos que estão envolvidos em lavagem de dinheiro e todo o tipo de atividade criminosa. Eles promoveram uma mulher negra para o setor executivo. Um deles até te ameaçou. E te promoveram porque...? Era de se esperar que eles sequer fossem querer se sentar na mesma sala que você.

— Me promoveram porque podiam me usar como símbolo contra os manifestantes e as pessoas processando a Houghton por discriminação racial. Com aquele dossiê, devem ter pensado que meus segredos eram ruins o bastante para me chantagear e me fazer colaborar com todos os crimes que estão cometendo.

— Ell, como você ainda está trabalhando lá?

— O que você quer dizer?

— Você se recusa a gastar dinheiro onde não é valorizada. Já me disse antes que poucas pessoas negras trabalham lá. Há manifestantes negros na frente do prédio todos os dias. Por que você trabalha em um lugar que não valoriza o que você valoriza? Uma empresa que não *te* valoriza!

— Porque preciso de um emprego. Tenho contas a pagar. Não tenho um marido rico e um cartão de crédito sem limite.

— Sei que você precisa de um trabalho. Mas não desse.

Me inclinei sobre a mesa e massageei minhas têmporas. Grace estava certa. Anos antes, eu vivia preocupada com a próxima refeição. Mesmo depois de me graduar em direito, ainda trabalhava em silêncio, com medo de estar a um passo de voltar à pobreza de Chillicothe. Agora, eu estava recebendo um salário enorme, de uma empresa onde as pessoas me desprezavam e foram responsáveis pela morte do meu irmão. Como é que eu tinha chegado ali? Quantas partes de mim mesma eu jogara fora durante essa subida para o sucesso corporativo?

— Você está trabalhando com pessoas extremamente perigosas, Ellice. Um grupo assustador de lunáticos. Você não pode continuar trabalhando com essas pessoas. Precisa sair de lá.

— Eu sei. Estou planejando me demitir amanhã.

— *Obrigada!* Enquanto isso, você tem que contar à polícia o que está acontecendo e entregar a eles essas coisas.

— Eles não acreditam em mim. Jonathan os convenceu de que estou mentindo. E não ajuda em nada o fato de que a polícia percebeu que menti sobre meu irmão e sobre estar no escritório de Michael no dia do assassinato.

— Eles vão acreditar quando você entregar a eles esses documentos.

— Vamos torcer.

34

Na manhã seguinte, entrei no saguão da Houghton Transportes. Em menos de uma hora, eu iria acabar com aquele pedaço do inferno e com os fanáticos ignorantes que o habitavam. Meu cabelo formava uma grande e luxuriante coroa em volta da minha cabeça, e eu usava meu melhor terno azul-marinho. É incrível o que um cabelo solto e um terno de qualidade podem fazer pela nossa confiança.

Quando entrei no prédio, ficou evidente que o clã Houghton estava se fechando. Todos tinham assistido ao noticiário, assim como Anita, e decidiram que eu era a assassina. Quando entrei no saguão, Jimmy, o guarda, estava na guarita de segurança. Seu rosto ficou frouxo com o choque, como se eu tivesse acabado de usar o mictório ao lado dele no banheiro masculino. Entrei no elevador com dois advogados do Departamento Jurídico. Ambos murmuraram "Bom dia", mas não fizeram qualquer comentário sobre como estavam trabalhando duro, como sempre faziam ao me verem. O cara sem-graça até ergueu a sobrancelha para a outra advogada enquanto saíam do elevador no décimo oitavo.

Cheguei no meu escritório e falei com Anita. Ela me deu um sorriso empático antes que eu fechasse a porta. Fazia menos de dez dias desde que eu descobrira o corpo sem vida de Michael e dera as costas para ele naquele mesmo escritório. Fui até a janela, observando a leve camada de neve que caía no parque lá embaixo. Tudo agora parecia de mentira. Era como andar pela vida de outra pessoa, sentar-me no escritório de outra pessoa e encarar o futuro de outra pessoa. Eu já havia deixado uma mensagem para um caça-talentos local, conhecido por posicionar talentos executivos. Eu poderia facilmente encontrar outro cargo em uma empresa que me respeitasse e valorizasse o que eu valorizava: vida humana e decência.

O telefone fixo tocou, me dando um susto. Meu corpo estava no escritório, mas minha mente estava a anos luz de distância. Pelo menos, eu começava a ver a luz no fim daquele túnel estreito.

— Oi, é a Sarah. Nate está te esperando.

— Diga a ele que já vou.

Eu imaginei que Willow fosse estar no escritório de Nate. Tudo bem. Ela poderia tomar conta dele durante a minha demissão, da mesma forma que fez quando fui promovida. Devagar, alcancei a gaveta de cima da mesa e peguei uma pasta azul. Dentro, uma única folha de papel. Minha carta de demissão. Por alguma razão, Michael decidiu colocar a dele em um cofre, em vez de nas mãos de Nate. Mas eu não seguiria os passos de Michael nem sofreria o mesmo destino.

A caminhada pelo corredor até o escritório de Nate foi como uma marcha mortal até a guilhotina, uma série de passos humilhantes em direção ao fim da minha carreira jurídica corporativa. Nem sequer duas semanas como conselheira geral, e lá estava eu, me demitindo no meio de uma investigação policial.

Pelo menos eu estava saindo sob meus próprios termos.

Sarah estava longe da mesa quando cheguei ao escritório de Nate. A porta estava aberta, mas bati levemente mesmo assim.

— Entre e feche a porta — Nate ordenou.

Entrei. Como pensei, ele não estava sozinho. Mas não era Willow. Sentado diante de Nate estava *Jonathan*. Senti um tremor. Ele estava sentado em uma das cadeiras para visitantes, pernas cruzadas, com um terno de risca de giz e a postura convencida de um babaca pomposo. Ele deslizou o polegar e o indicador ao longo do vinco da calça.

— Bom dia, Ellice. Mudou o cabelo? — perguntou.

Escroto.

Nate gesticulou para a cadeira ao lado de Jonathan. Fiquei de pé.

— Ellice, Jonathan disse que você esteve ocupada demais para falar com ele sobre a Libertad. Algo sobre não preparar a papelada.

Jonathan havia deixado duas mensagens para mim no dia anterior, dizendo que eu precisava fazer alguns contratos para ele. Eu as ignorei.

— Tenho algumas preocupações sérias sobre esse acordo. — Eu estava falando com Nate, mas encarava Jonathan. — Acredito que a Libertad esteja envolvida com lavagem de dinheiro sujo. Isso viola a lei federal. Como advogada, eticamente não posso apoiar seja lá qual for o acordo que você está planejando com a Libertad.

— Entendo. — Nate me encarou sem piscar. Jonathan não disse nada.

Toquei a lateral da pasta.

— Nate, sei que me ter no seu time... que as circunstâncias da morte do meu irmão... são... podem mandar a mensagem errada. O foco deveria estar na condução da Houghton, não nos meus problemas pessoais. Estou saindo. Não quero trazer atenção desnecessária para a empresa. Aqui está minha demissão.

Peguei o papel e o deslizei pela mesa.

Nate sequer olhou. Em vez disso, virou para Jonathan, e então para mim com um apelo triste.

— Eu prefiro que você não faça isso. Querida, não é disso que se trata esta reunião.

Por um momento, pensei que ele tentaria me convencer a ficar.

— Aprecio o apoio, Nate, mas acho melhor eu deixar a empresa. Preciso de tempo para...

— Desculpe, mas *não*. Você não pode se demitir. — A voz dele estava firme, mas não dura. Isso era mais que um simples ato de apoio. Estava *ordenando* que eu não me demitisse; como se eu não tivesse poder sobre a decisão. Esse momento *não* seria como na minha promoção. Eu era livre para ir embora se quisesse.

— Como assim *não posso*?

Nate me encarou, confuso, e então se virou para Jonathan, implorando de novo. Ele se perdera na conversa e estava buscando a ajuda do outro. Nate precisava de atenção médica, não de babás corporativas.

— O que Nate está tentando dizer é que precisamos de uma excelente advogada. E, no momento, é você. Há muita coisa acontecendo. Então precisamos que volte ao escritório e rascunhe alguns documentos. Precisamos de um acordo que...

— Você não entendeu, não é, Jonathan? — Me virei para Nate, esperando fazer um apelo direto. — Nate, sinto muito. Não posso fazer isso. Eu seria cúmplice em uma atividade ilegal. Poderia ser expulsa da ordem. Todos nós, eu, você, Jonathan, podemos parar na cadeia. Não posso fazer isso. Então preciso mesmo que você aceite minha demissão.

Empurrei o papel um pouquinho mais para perto de Nate. Encarei Jonathan, a expressão dele ainda convencida e confiante.

Nate se inclinou à frente, coçando a cabeça.

Jonathan deu uma olhada no Rolex.

— Sente-se, Ellice. Você vai querer nos ouvir.

— Chega! Vocês podem ir pra cadeia sem mim.

Fui em direção à porta.

Jonathan pigarreou antes de falar.

— Eu estava dizendo a Nate que houve alguns progressos na investigação do assassinato de Sayles. Sei que a polícia te questionou algumas vezes sobre o caso. Parecem pensar que você está envolvida nisso, com seu irmão e o outro advogado que foi encontrado morto. Qual o nome dele...? Gallagher?

Parei e me virei. Tentáculos de medo deslizaram pelo meu corpo.

— Sei que você não poderia ter feito essas coisas horríveis — disse Nate. — Jonathan me disse que você pode ser presa por assassinato?

— Nate, eu não tive nada a ver com isso. — Marchei de volta para Jonathan. — Foi você! Armou para mim.

Jonathan me deu um sorriso malicioso e ergueu as mãos em um gesto de rendição. Foi quando olhei para suas mãos erguidas que vi. O pequeno símbolo de ódio na forma de um broche de lapela. O broche da Irmandade.

— Ellice, pense. Perder sua licença será a menor das suas preocupações se as coisas se desenrolarem por esse caminho. Agora, sua melhor opção é trabalhar comigo nisso.

— E se eu não quiser?

Um rastro de suor descia pelas minhas costas.

— Hmm... não seria bom para você. Já falamos disso. Meus amigos em Savannah fizeram um relatório completo. Não acho que seria bom se o conteúdo caísse nas mãos da polícia ou da mídia.

Vi um sorriso terrível se espalhar no rosto de Jonathan.

Meus olhos dispararam de um homem para o outro. Sentia uma pulsação leve e lenta em minha têmpora esquerda, meu peito subindo e descendo com a ansiedade crescente que a declaração de Jonathan despertou. Eu queria fugir daquele escritório, daquele prédio, correr o mais rápido e o mais longe que pudesse de qualquer coisa relacionada à Houghton Transportes.

— Então, o que aconteceu exatamente em... Chillicothe, certo? — Jonathan perguntou.

Pisquei algumas vezes, me segurando para não chorar. Me virei para Nate.

Ele me deu um sorriso empático.

— Jonathan acha que é o melhor para a empresa.

— Me conta, por que você não foi presa na época? — questionou Jonathan com um sorriso torto. — Aquele bando de criminosos e desajustados que você chama de família conseguiu te salvar? Ou talvez aquela senhora... Violet Richards... Quer dizer, Vera Henderson. Ela te ajudou a encobrir as coisas? Infância difícil, hein?

Eu queria me inclinar sobre Jonathan e enforcá-lo com minhas próprias mãos.

— Não toque no nome dela.

— Acho que ela mesma tem alguns problemas com a lei. Como ela está? — Jonathan deu uma piscadela. — Agora, você acha que a polícia de Atlanta vai ser tão incompetente quanto o xerife caipira de uma cidadezinha depois que descobrirem o que aconteceu em Chillicothe?

Meus joelhos enfraqueceram.

— Aposto que o Comitê Disciplinar da Ordem dos Advogados da Geórgia também vai iniciar uma inspeção. Com a polícia, a ordem dos advogados e a mídia na sua cola, você vai ter investigações enfiadas no rabo. Nunca mais vai advogar, na Geórgia ou em qualquer outro lugar — declarou Jonathan.

Meu intrincado véu de ilusões e falsidade desmoronava ao meu redor. Tudo estava ruindo. Olhei para Nate.

— Como eu disse, Jonathan acha que é o melhor para a empresa — comentou ele baixinho. — Você não precisa ir presa. Ninguém precisa, se trabalharmos nisso do jeito que Jonathan orientou. — Nate deu um sorrisinho frágil. — Você é parte da família Houghton agora. Nós cuidamos uns dos outros. Só precisamos da sua ajuda.

O planinho de Jonathan estava no espectro da genialidade: arrancar a advogada solitária do Departamento Jurídico para substituir o conselheiro geral assassinado, desenterrar todos os segredinhos sujos dela e usá-los para mantê-la na linha enquanto a empresa se envolvia em uma série de fraudes corporativas e atividades criminosas. Absolutamente genial.

Jonathan arrastou minha carta de demissão pela mesa, de volta para mim.

— Você é bastante inteligente. Michael ter te contratado foi provavelmente a melhor coisa que fez por esta empresa. Você não sabe disso, mas temos amigos em lugares muito importantes. Fique com a gente e aposto que podemos tirar a polícia da sua cola. — Ele sorriu e reajustou a pulseira do Rolex.

Nate olhou pela janela, muito covarde ou muito incapacitado cognitivamente para entender o que Jonathan estava fazendo. Eu não sabia qual dos dois, mas, de qualquer maneira, não importava.

Peguei o papel. O parágrafo bem escrito enaltecendo a oportunidade de trabalhar e crescer com uma empresa tão dinâmica. Minha assinatura perfeitamente cursiva. Apenas uma hora antes, aquele pedaço de papel representava minha fuga de todo aquele pesadelo infernal. Devolvi a carta para a pasta. E, pela primeira vez desde que deixei Chillicothe, me senti como um animal acorrentado, incapaz de fugir.

— Obrigado, Ellice. — Jonathan sorriu.

Fui em direção à porta com a carta na mão. Felizmente, consegui sair do escritório pouco antes que a primeira lágrima quente descesse pela minha bochecha.

35

Corri de volta para o meu escritório e disse a Anita que tinha um compromisso fora. Peguei meu casaco e minha bolsa e saí da garagem da Houghton, dirigindo sem rumo pelas ruas de Atlanta, enquanto tentava descobrir como colocar minha vida de volta nos trilhos. Tudo o que eu sempre quis foi ser advogada, desde os Natais e férias de verão que passava na casa do tio B, ouvindo suas histórias sobre ajudar a trazer ordem e civilidade ao mundo por meio da lei. E agora a possibilidade de nunca mais trabalhar como advogada crescia. Mas eu jamais poderia continuar trabalhando com aqueles racistas na Houghton, com as pessoas que mataram meu irmão. Por outro lado, eu provavelmente nunca arranjaria emprego em outro lugar se Jonathan levasse suas ameaças adiante.

Passei pelas ruas do centro de Atlanta e de alguma forma acabei na Auburn Avenue. "Doce Auburn", como é carinhosamente chamada. Aquele lugar era, ao mesmo tempo, a espinha dorsal econômica, social e religiosa da comunidade negra de Atlanta. Marcos históricos do movimento pelos direitos civis estavam erguidos ao longo da rua. Espaços como a Igreja Batista Ebenezer, onde o Dr. Martin Luther King Jr. pregou. Uma loja da década de 1960 que abrigou a Conferência de Liderança Cristã do Sul e, virando a esquina, um mural de seis andares de John Lewis, o ícone dos direitos civis, tudo isso resplandescendo na sombra do horizonte brilhante de Atlanta. Quão sombrio era eu ter que dirigir por aquela rua, naquele dia em particular, em que fugia de racistas que ameaçavam acabar comigo.

Parei em um posto de gasolina. Enquanto abastecia o carro, me lembrei do conselho de Grace: dar à polícia as coisas que encontrei no escritório de Max e na bolsa de viagem de Michael. Eu deveria ter ido à polícia antes, em vez de tentar proteger Sam. Quando tudo aconteceu, não consegui protegê-lo, de qualquer forma. Minha estupidez havia causado sua morte. Completei o tanque e rapidamente voltei para dentro do carro. O céu pesava com a ameaça de neve, como a meteorologista previra. Saí do posto de gasolina e fui direto para a delegacia.

Poucos minutos depois, meu celular tocou: Rudy. Pensei em não atender, mas acabei aceitando a chamada.

— Olha, Rudy, não é uma boa hora.

— Anita me disse que você saiu do escritório. Não terminamos nossa conversa de ontem.

— Estou indo para a delegacia. Podemos conversar quando eu voltar de lá.

— É disso que eu queria falar. Talvez devêssemos conversar antes de você ir para lá. Pessoalmente. Você sabe onde me encontrar.

Quando cheguei no parquinho infantil no Parque Piedmont, Rudy estava sentado em um banco. A temperatura estava quase congelante e era a grande responsável pelo espaço deserto. Com exceção de um cara praticando corrida, o resto do parque todo estava vazio.

— Você não está com frio? Cadê seu casaco? — perguntei.

Rudy me deu um olhar sério antes de puxar o lóbulo da orelha e encarar o parquinho vazio. Ele sempre brincava com a orelha quando ficava nervoso. Algo estava errado.

— O que foi, Rudy?

Ele se inclinou para a frente, cotovelos sobre os joelhos, encarando o parquinho. Dava para ver que estava hesitante em falar primeiro.

— Eu te disse que o irmão da Kelly é policial, lembra? Ele me contou uma coisa.

— Sim?

— Eu... ele não queria me falar logo de cara, mas... — Rudy olhou para mim, cheio de medo e empatia.

— O-o que foi?

— Ellice, a polícia vai emitir um mandado de prisão para você. Acho que deveria saber antes de ir. — Ele abaixou a voz. — Sabe, caso precise de um advogado com você.

Encarei Rudy, tentando absorver as palavras. *Mandado. Prisão.*

Ouvir meu nome associado a processos criminais era como ter uma experiência extracorpórea. Era como se ele estivesse fofocando sobre outra pessoa que nós conhecíamos. Desde que saí da delegacia, eu sabia que estava sendo investigada, mas as palavras de Rudy, de alguma forma, tornaram tudo real.

— É hora de acertar contas com a polícia — concluiu ele.

Rudy soava como a detetive Bradford.

— Vão me prender pelo quê?

— Assassinato... Seu irmão.

— O quê?! Mas, isso não faz o menor sentido. Rudy, eu não matei meu irmão. O que eles estão pensando?

— Não sei, mas você tem mais ou menos vinte e quatro horas para convencê-los do contrário. Meu cunhado disse algo sobre seu irmão ter entrado na Houghton antes de Michael ser morto. Ell, eu te conheço há anos. Até alguns dias atrás, eu nem sabia que você *tinha* um irmão.

Eu não sabia o que dizer, então não disse nada. Eu havia contado tantas mentiras para Grace e Rudy que minha amizade com eles poderia não sobreviver.

Rudy puxou a orelha de novo, desviando o olhar de mim.

— O que foi, Rudy?

A voz dele estava baixinha, solene.

— Meu cunhado... me contou outra coisa. Algo sobre você e Michael.

Fiquei tensa. O nó na minha garganta parecia uma pedra. Apenas encarei Rudy. Aquilo não podia estar acontecendo. Tentei tanto ser a advogada profissional perfeita, a advogada honesta, a "boazinha", para agora chegar a esse ponto. Um dos meus poucos amigos próximos achava que eu era uma prostituta mentirosa. O que o impedia de presumir o lógico e acreditar que eu também era assassina? Meu mundo estava lentamente desmoronando. A mentira bem-sucedida e bem elaborada que costumava ser minha vida agora estava em ruínas aos meus pés. Pensei na Irmandade e no Dossiê Littlejohn. Então, pensei em Sam. Por que eles o mataram? O assassinato de Sam era o único elo naquela terrível cadeia de eventos que eu não conseguia entender.

— Eu te vi lá no escritório bem cedo naquela manhã. Na manhã do assassinato de Michael. Você tem um irmão de que ninguém nunca ouviu falar, aparece no trabalho com o olho roxo, e agora isso? Ell, por que você está envolvida nessas coisas?

Pulei do banco.

— Preciso ir.

— Ell! Ell! — Rudy chamou.

Não olhei para trás.

Havia a possibilidade de eu ser presa e indiciada por assassinato e, desta vez, eu não havia cometido o crime.

36

Grandes flocos de neve atingiam meu para-brisa e derretiam antes que os limpadores deslizassem pelo vidro e apagassem seus resíduos aquosos. O som era como uma canção de ninar mecânica enquanto eu fazia uma lista mental de todas as vezes em que fui burra e ingênua. Sam estava morto, e em grande parte por minha culpa. Eu deveria ter confiado nos meus instintos, na minha intuição divina, e nunca ter aceitado aquela promoção. Agora não tinha como eu ficar na Houghton e trabalhar com as mesmas pessoas que haviam matado Sam e ameaçado Vera. Mas, se eu fosse embora, eles arruinariam minha carreira. Eu nunca mais trabalharia como advogada em Atlanta, ou em qualquer outro lugar. E, mesmo se eu não saísse da empresa, poderia ser presa mesmo assim, caso a Irmandade ainda não tivesse chegado ao topo do Departamento de Polícia de Atlanta. Se eu fosse presa, quem cuidaria de Vera? Ela só tinha a mim.

Pensar em Vera me fez pensar em Sam. Claro, era difícil não pensar nele. Desde que a polícia aparecera na minha porta, não parei de chorar. Toda vez que eu lembrava da nossa última conversa, meu coração se partia. O papo sobre ele estar cansado de Atlanta e querer se mudar de volta para Chillicothe me impulsionava a honrar seu último desejo e fazer o funeral dele lá. Além disso, um funeral de Sam em Atlanta poderia atrair a atenção da mídia ou, pior, fazer Rudy e Grace se sentirem obrigados a comparecer. Eu não poderia me dar ao luxo de adicionar a dó deles à já pesada bagagem que carregava comigo. Desde que fui para o colégio interno, raramente visitei Chillicothe. A última vez foi para fazer a mudança de Vera para Atlanta e a anterior foi para comparecer ao funeral de Martha.

Outra onda de tristeza me envolveu enquanto entrava em Chillicothe, Geórgia. As coisas haviam mudado desde a última vez em que estive ali, quase dois anos antes. A avenida principal ainda estava ancorada pelo Tribunal do Condado de Tolliver em uma extremidade da Church Street, e pelo Salão dos Veteranos de Guerra na outra. Mas, entre eles, pequenas lojas e cafeterias haviam surgido, substituindo os velhos restaurantes e as vitrines dilapidadas. E a marca registrada da civilização: um Starbucks novinho em folha. O Piggly Wiggly, com fachada renovada, ainda estava em frente ao Salão dos Veteranos, mas o ônibus Greyhound agora recolhia e deixava passageiros em uma pequena estação a quatrocentos metros do supermercado. Era como se alguém tivesse dado permissão aos cidadãos mais velhos da cidade para tirar o pó do passado de Chillicothe e se juntar ao século XXI.

Ainda de pé, um pouco adiante do Salão, estava o que sobrara de um antigo gazebo abandonado: um edifício de setenta e cinco anos no meio do Círculo da Cidade de Chillicothe. As barras e as estrelas da bandeira confederada ficaram penduradas ao lado da bandeira americana no arco do gazebo até 1998, quando uma jovem negra, dirigindo pela cidade, avistou a bandeira. Testemunhas dizem que ela a arrancou do gazebo, ateou fogo e voltou para o carro gritando:

— Isso é o que eu acho da porra da sua herança branca!

Ninguém sabia quem ela era, e a bandeira confederada nunca fora substituída.

Dei a volta no círculo e passei pelo gazebo antes de virar na Pulliam Avenue, uma estreita rua de ladrilhos cercada por casas modestas. Estacionei o carro em frente a uma de estilo vitoriano com três andares, atrás de uma cerca de ferro preta e baixa. A placa em preto e branco no jardim dizia "Funerária Gresham & Filhos". Por menor que a cidade fosse, possuía duas casas funerárias — uma para pessoas brancas e outra para pessoas negras. Um dos últimos vestígios da segregação no Sul. Gresham & Filhos lidava com os funerais de pessoas negras.

O silêncio lá dentro era ensurdecedor. O cheiro forte de sprays florais me fez sentir, ao mesmo tempo, calma e nauseada. Fiquei arrepiada por estar naquele lugar fantasmagoricamente cheio de corpos sem vida. Mas Vera costumava dizer: "Não gaste seu tempo se preocupando com os mortos; são os vivos loucos com quem você precisa se preocupar". Esperei pacientemente, lendo as placas que indicavam as diversas salas da funerária. A Sala do Sono, o Santuário Descanse em Paz, a Capela da Vista Celestial, e o Canto dos Querubins.

— Srta. Littlejohn? — Uma mulher negra e pequena, de mais ou menos setenta anos, usando um terno azul sério e sapatos confortáveis, estendeu a mão direita. — Sou Lila Gresham. Sinto muito pela sua perda. Vou te auxiliar com os preparativos para o seu irmão.

— Obrigada.

— Por que não vem comigo?

Segui a sra. Gresham para uma sala com o nome "Suíte Confortável", como se alguém pudesse ficar confortável ali. Surpreendentemente, a sala até que era agradável, com suas grandes janelas, um punhado de poltronas estofadas macias em ângulo e uma escrivaninha de aparência respeitável no canto. Ainda assim, o ambiente agradável e o banho de luz solar não conseguiam apagar a gélida sensação de morte que permeava o lugar.

A sra. Gresham me conduziu a um sofá. Ela se sentou ao meu lado com uma prancheta e papéis no colo.

— Recebemos os restos mortais do seu irmão esta manhã. Sei que é um momento difícil, mas você já decidiu que tipo de funeral gostaria para ele?

Eu não havia pensado em nada. Quem eu convidaria? Além do Sucão, eu não conhecia nenhum dos amigos de Sam. Não tínhamos mais parentes. E eu cortaria meu próprio braço antes de pensar em levar Vera ao funeral. Então pensei: *O que Sam ia querer?*

— Nada extravagante — respondi. — Só um caixão, uma coroa de flores simples e um funeral privado.

Dirigi de volta para a cidade e parei no sinal vermelho, chorando, perdida em pensamentos. Eu tinha arruinado a vida de Sam, sempre o deixando de lado quando mais precisava de mim. Por todos aqueles anos, eu nunca tinha aprendido a aliviar minha culpa por ter me beneficiado da boa sorte da vida quando Sam não teve o mesmo. E o pensamento imperdoável de que eu tinha começado tudo isso décadas antes, com os meus próprios planos, estava sempre me incomodando.

De repente, o motorista do caminhão atrás de mim buzinou. Dei um pulo. O sinal estava verde. Assustada pelo som alto, acelerei, fazendo uma curva brusca na Periwinkle Lane, a rua onde eu morava antes de me mudar para a casa de Willie Jay Groover. As mesmas casas caindo aos pedaços estavam ali. Fiquei surpresa por ainda estarem de pé. Os quintais da frente estavam cheios de caminhões e carros em mau estado, pneus usados e outras peças largadas de qualquer jeito. Criancinhas despenteadas brincavam alegremente na terra e na lama onde deveria ser grama. Em uma varanda, havia um velho sofá que também servia de mesa ao ar livre, com o enchimento de espuma amarela saindo pelos buracos.

Parei o carro em frente a uma casa de um andar perto do final da Periwinkle Lane, as janelas agora cobertas com tábuas de madeira pintadas com tons desbotados de grafite vermelho e preto. Olhar para aquela casa era como olhar no espelho rachado da minha psique. Não havia vestidos de dois mil dólares ou cadeiras de escritório de linho suficientes no mundo para apagar minhas origens. Mas, ao dirigir pela cidade, tive um vislumbre do que eu havia esquecido desde que fui para o andar executivo. Me dei conta de quem eu realmente era. *Eu era uma lutadora*. Meninas negras — corpulentas e resilientes — lutam o tempo todo. Lutamos para ser ouvidas, para ser reconhecidas, para nos mantermos vivas. Lutamos mesmo quando não sabemos que estamos lutando. E agora, apesar de todos os rótulos que a sociedade tentou colocar em mim, eu sabia que não era uma mulher negra *zangada*. Eu era uma mulher negra *lutadora* e havia treinado muito bem ali naquela cidade.

Me livrei das lembrancas e dirigi. Alguns minutos depois, estava atravessando a periferia da cidade, enfim parando na Red Creek Road. Pouco havia mudado naquela rua desde os dias em que Martha, Sam e eu moramos na casa de Willie Jay. As mesmas casas espalhadas pela rua, resistindo às mudanças de estação e seus ocupantes, todas do mesmo jeito de quando eu as deixara em agosto de 1979. Todas, exceto uma. A casa de Willie Jay havia sumido.

O terreno onde a casa costumava ficar estava vazio, mostrando o pântano que serpenteava nos fundos. Depois do desaparecimento, Martha descobriu que Willie Jay não era dono da casa. Na verdade, a casa pertencia ao xerife Coogler, que expulsou Martha e a fez voltar a depender da generosidade de amigos. Coogler acabou morrendo de um ataque cardíaco, e a casa fora demolida, seja lá por qual motivo. E eu é que não iria achar aquilo ruim. A casa dos horrores desaparecera junto com suas lembranças terríveis. Por fim, as pessoas da cidade se esqueceram de Willie Jay Groover, Martha Littlejohn e seus dois filhos bastardos.

Alguns minutos depois, segui pelo caminho de pedregulhos que levava à fazenda de Vera. Fazia dois anos que eu não pisava ali, desde que tirei Vera de lá. A pátina opaca, envelhecida pelo tempo e pelo clima, cobrira toda a estrutura. Tudo na casa estava sombrio e cinzento. O telhado, as tábuas amarelas desbotadas, as nogueiras nuas que emolduravam a casa — tudo cinza. Nos anos 1960 e 1970, a casa de Vera tinha sido um ponto de passagem vital para muitas mulheres em Chillicothe e também nas cidades vizinhas. Ela se considerava uma espécie de funcionária pública. Costumava dizer que dava às mulheres algo que os homens nunca lhes dariam: controle.

Saí do carro e quase pude ouvir os poderosos vocais de Aretha Franklin cantando a letra de "Respect" no rádio que Vera costumava manter no parapeito da janela, na frente da casa. O cheiro de couve e bolos flutuava da cozinha, os amigos de Vera, como a srta. Toney e o Assaltante, e a prima dela, Birdie, todos sentados na varanda, rindo e batendo papo, como a maioria das pessoas faz quando os tempos estão bons. Diziam que o Assaltante, cujo nome na verdade era Roscoe Wilkins, havia realmente assaltado um banco em algum lugar no Norte e que os parentes o haviam mandado para o Sul para se esconder por um tempo. Costumava contar histórias sobre todo o dinheiro que escondera em vários lugares de Chicago. Ele prometera comprar para a srta. Toney um Cadillac vermelho-maçã-do-amor e ameaçou esfregar em Birdie tanto Chanel No. 5 que seria forçado a se casar com ela porque o cheiro seria bom demais para aguentar. Fazia todas aquelas promessas enquanto passava a maior parte do dia fumando e esperando que alguém o convidasse para jantar, o que geralmente seria a sua única refeição do dia.

Às vezes, quando a conversa ficava séria, Vera espantava Sam e eu. Sam se distraía com alguma coisa. Mas eu... eu sempre ia para os fundos da casa nas pontas dos pés para ficar escutando. Os adultos falavam em vozes baixas sobre como nada de bom saía de Chillicothe. Como a cidade sugara a vida das pessoas negras e como qualquer um que perdesse a oportunidade de escapar estava condenado a morrer ali da mesma forma que vivia: pobre e miserável. E Vera sempre falava sobre "salvar os bebês". Ela disse que passaria o resto da vida salvando bebezinhos, mesmo se isso significasse impedi-los de vir a um mundo cheio de abuso e de pessoas que não os queriam ou, pior, que não os amariam.

A srta. Toney e Birdie já haviam morrido. Assaltante também, sem nunca retornar ao Norte.

E agora, tudo estava quieto. Cinza.

Chillicothe, Geórgia, junho de 1979

Martha e eu entramos na grande casa amarela de Vera. Para mim, ela era como um anjo dourado. Um farol em um mar escuro de negligência e abuso, e eu nadava até ela como se minha vida dependesse daquilo. Ela me encarou sem dizer uma palavra. Desde que Martha descobrira um estoque a mais de absorventes no banheiro, ela e Willie Jay discutiram o que fazer sobre a minha *situação*. Willie Jay, sendo a força a ser enfrentada, anulou o plano de Martha de que eu deveria ter o bebê e enviou nós duas para Vera. Me perguntei se Martha sabia por que Willie Jay estava tão preocupado com o *meu* futuro, ou se ele confessara seu medo de eu trazer ao mundo uma criança cuja pele lhe apontaria um dedo, anunciando para todos que ele era um pedófilo monstruoso.

Depois de um momento, Vera me puxou para um abraço cálido. Devo ter chorado por cinco minutos sem parar, e Vera me abraçou o tempo todo.

— Ela é jovem, Martha. Por que você deixou isso acontecer? — Vera falou ao me afastar.

Martha ficou muda, torcendo as mãos.

— Você vai ficar bem, docinho — Vera disse para mim.

Encarei as frestas entre as tábuas do chão, cheia de vergonha e medo. Ela balançou a cabeça enquanto entrava na cozinha pisando duro e retornou alguns minutos depois com uma xícara de chá, que me entregou.

— Beba isto. Tudo.

Me encolhi no primeiro gole, um gosto forte de hortelã que virou uma queimação nos fundos da minha língua, descendo pela garganta e pinicando meu nariz e meus ouvidos no processo. Eu nunca provara licor antes, mas imaginei que Vera colocara um pouco no chá. Não dava para entender como Martha bebia tanto uma coisa tão nojenta. Vera tamborilou o copo quando me recusei a beber mais. Provei o chá de novo. No terceiro gole, a queimação diminuiu, o gosto estava mais suave, e comecei a ficar mais calma. Mas minha cabeça estava pesada como chumbo e quaisquer movimentos rápidos faziam a sala girar.

— Pode ser que demore um pouco, Martha. Por que você não vai pra casa? — Vera disse para a minha mãe. — Não há nada para você fazer aqui.

— Não, eu quero ficar.

— Eu posso levar ela de volta. Você não precisa ficar.

— Não. — Martha enfiou a mão no bolso de trás da calça. Ela tirou um pequeno maço de notas e os entregou para Vera. — Ele me disse que eu tenho que ficar.

Vera balançou a cabeça de novo, enojada.

— Você sabe, nós, mulheres, precisamos servir para algo nesta terra porque somos as responsáveis por trazer pessoas ao mundo. Mas precisa ser nossa escolha se vamos fazer isso ou não, e com quem o faremos. — Ela balançou a cabeça e revirou os olhos para Martha. — Você fique bem aqui e em silêncio.

Agora, eu estava completamente bêbada, e ficando cada vez mais entorpecida a cada gole do chá. Vera me guiou até um quarto nos fundos. Tropecei um pouco antes de me firmar. O cômodo girou e então parou antes de girar de novo. Fechei meus olhos para interromper uma onda de náusea que tomou conta de mim.

Entrei no quarto e pensei que Vera tinha a maior cama que eu já vira na vida. A grande cama com ornamentos esculpidos ocupava a maior parte do espaço do quarto. Uma imagem de um Jesus loiro e de olhos azuis estava acima da cabeceira, ao lado de uma foto de Martin Luther King Jr. A mesinha de cabeceira tinha uma pequena luminária, uma bíblia bastante gasta e um cesto de novelos de lã coloridos com agulhas de tricô fininhas de um azul metálico. Não sei se foi o chá ou a presença protetora de Vera, mas o quarto tinha um brilho suave e aconchegante que me fez sentir segura, como se eu tivesse chegado em algum tipo de refúgio. A casa de fazenda de Vera era a coisa mais próxima de cuidados de saúde feminina que alguém podia encontrar ou pagar em uma cidadezinha rural pobre do leste da Geórgia.

Vera me fez sentar em uma cadeira. De debaixo da cama, ela pegou uma longa mesa de dobrar, abriu as pernas e colocou a mesa de pé aos pés da cama. Eu a observei, minha cabeça pesando como uma pedra enquanto ela se movia pelo quarto, mexendo em toalhas e cobrindo a mesa com um forro plástico amarelo.

— Beba cada gota do chá, amor. Vai facilitar as coisas.

Bebi, me sentindo mais distante a cada gole, até que o quarto se tornou um caleidoscópio de móveis e imagens. O mundo se encheu com música vinda de algum lugar, distante e abafada.

— Vai doer? — sussurrei.

Vera interrompeu as preparações e ficou de frente para mim.

— Sim, amor, vai doer. — Ela se aproximou. — Vai doer muito. Mas, só de olhar, sei que você é uma garota forte. Muito forte. Garotas como você são garotas corajosas. Sempre se lembre disso. Não importa o que te disserem. Preciso que você seja corajosa hoje, tá bem? — Gentilmente, ela massageou minhas costas. — Agora, preciso que você tire a calcinha.

De novo, fiz o que ela disse. Vera voltou a preparar a mesa. Com tudo pronto, ela cuidadosamente ergueu minha figura magra e cambaleante e me conduziu até lá. Minhas pernas pareciam gravetos e tive medo de que quebrassem. Tudo o que podia pensar era que minhas pernas quebrariam, e eu nunca conseguiria andar outra vez. Nunca mais. Eu queria correr, mas as mesmas pernas que temi que quebrassem não se moviam agora.

— Fique firme, amor. Lembre-se do que eu te disse. Seja corajosa.

Vera me abraçou antes de me deitar cuidadosamente sobre a mesa dura e lisa.

Ouvi a melodia de novo, sons distorcidos de uma música que eu não conseguia compreender. Era hipnotizante. Minha cabeça girava enquanto Vera gentilmente dobrava minhas pernas na altura do joelho e as separava.

— Meu Deus... — ela disse baixinho enquanto tocava as cicatrizes de queimadura de charuto nas minhas coxas. — Fique quietinha, amor.

Me esforcei para entender a melodia que estava ouvindo. Era algo lento, um grupo masculino harmonizando palavras, algo sobre amor e arco-íris. A música não fazia nenhum sentido. Tudo parecia nebuloso, em câmera lenta. Com cuidado, Vera pegou uma fina agulha de tricô azul metálica da cesta de lã. Ela a limpou com uma toalha antes de girá-la dentro de uma garrafa com álcool. Depois, a balançou no ar algumas vezes, como um maestro agitando sua batuta. Virei a cabeça em direção à cômoda. Encontrei a fonte da música — um rádio de madeira, antigo, com botões dourados e linhas demarcando as estações. Era como um grande guarda marrom no centro da cômoda, espalhando música e letras de amor. Concentrei tudo o que tinha dentro de mim no enorme botão dourado — um círculo perfeito, a esfera lisa e redonda.

Estremeci quando Vera colocou a mão na minha coxa. Pude sentir o metal duro e frio quando ela deslizou a ponta pontiaguda da agulha de tricô para dentro de mim. Segundos depois, uma dor rasgou intensa e lancinante, como fogo cortando meu corpo. Agarrei as laterais da mesa. A música foi ficando distante enquanto a dor se espalhava quente e rápida. O botão dourado do rádio ficou turvo em meio a uma onda de lágrimas silenciosas.

Não gritei. Nem um som. Nem um resmungo. Vera me disse que eu era forte e corajosa, e eu acreditei. Mas, mais do que qualquer coisa, não gritei porque estava com medo de ela parar e eu ser forçada a ter um bebê que não queria, de um homem que eu odiava.

Tudo acabou alguns minutos depois. Vera me ajudou a me limpar antes de cobrir meus ombros com um cobertor pesado, azul e repleto de margaridas amarelas.

Antes de sairmos do quarto, ela pegou a minha mão.

— Willie Jay fez isso com você? — Vera sussurrou. — Me conte a verdade.

Eu assenti.

— Hum. — Gentilmente, ela esfregou a queimadura de charuto e apertou minha mão. — Tudo bem, vamos lidar com isso depois. Não se preocupe. Vá para casa com sua mãe. Irei amanhã te ver.

Ela beijou o topo da minha cabeça e me envolveu em outro abraço cálido. Voltamos para a sala de estar, onde Martha estava sentada no sofá, no mesmo lugar em que a deixamos. Ela ficou de pé assim que entramos.

— Você está bem, amor? — Martha perguntou, tentando soar alegre.

Eu nem sequer conseguia olhar para ela.

As duas me apoiaram, cada uma de um lado, enquanto me levavam para o velho Mustang '67 azul de Martha. A dor era excruciante enquanto eu tentava ficar sentada, então as duas me deitaram de costas, e Vera me cobriu com o cobertor.

Achei que eu não fosse resistir ao caminho de casa. E, por mim, não faria diferença. Em silêncio, pedi a Deus que me deixasse morrer. Ninguém se importaria. Garotas negras desapareciam todos os dias, e eu podia ser uma delas. Outro jovem rosto cheio de promessas que sumiria com o tempo e com a memória. Ninguém sentiria minha falta, e toda a dor e o peso no meu coração também desapareciam.

Não morri. Mas algo dentro de mim morreu. Fiquei uma semana sem falar. Era como se toda a dor e a náusea daquela noite tivessem tomado conta de mim, selando meus lábios e minhas emoções. Guardei tudo em uma bolsa de segredos. Era o que Vera chamava de "segredos de túmulo". Do tipo que eu nunca compartilharia com mais ninguém. O que eu não sabia era quão pesada essa bolsa se tornaria.

Algumas mulheres dizem que ter um bebê muda uma pessoa. Não ter um também pode mudar.

PARTE 3
A LUTA

Chillicothe, Geórgia, julho de 1979

Eu quase nunca passava tempo com os colegas da escola. Principalmente porque tinha medo de que me perguntassem algo pessoal, como o motivo pelo qual minha mãe bebia o tempo todo ou por que ela se casara com Willie Jay, ou então como era viver com alguém tão cruel.

Mas um grupo de garotas da minha turma ia se reunir em um sábado à tarde. Uma delas morava na mesma rua que Willie Jay e insistiu que eu fosse. Elas iam "curtir" e ouvir músicas. Só decidi ir porque estava quente lá fora, e eu sabia que ela tinha ar-condicionado. Meu plano era ficar por uma hora e então inventar uma desculpa para ir embora. Mas, de alguma forma, enquanto eu estava lá acabei me divertindo. Nós rimos e dançamos, e ninguém me perguntou sobre Willie Jay ou Martha. Ninguém me fez sentir mal por não estar usando calça jeans Gloria Vanderbilt ou o mais novo tênis da Reebok. Sem me dar conta, passei quase a tarde toda lá, mas, quando percebi, corri de volta para casa para garantir que Martha e Sam estavam bem.

O carro de Willie Jay não estava por perto, e isso me deixou aliviada. Entrei na casa quente e vazia e chamei por Sam. Nenhuma resposta. Talvez ele estivesse lá fora, brincando. Fui à cozinha para preparar um sanduíche de geleia e notei Martha sentada nos degraus da varanda dos fundos, balançando para a frente e para trás, encarando o vazio. Eu a observei da porta por um segundo. Talvez tivesse voltado a beber, e os demônios houvessem retornado.

— Martha?

Ela não me respondeu.

Saí pela porta de tela para o calor brutal. Enquanto me aproximava, vi lágrimas rolando pelo rosto dela e um feio resquício da raiva de Willie Jay: um galo roxo-avermelhado na lateral de sua testa. Ele tinha batido nela outra vez.

— Martha?

Continuou sem responder. O que havia a ser dito?

Me sentei no degrau da varanda ao lado dela. O corpo balançava, lágrimas silenciosas desciam pelas bochechas.

Gentilmente, toquei o ombro dela.

— Você está bem? Cadê o Sam?

Era como se ela estivesse em choque ou algo assim. Balançou a perna e envolveu os braços ao redor do corpo, focada no galpão vermelho desbotado do outro lado do quintal. Segui seu olhar e foi quando ouvi os choros suaves e fracos. Meu coração disparou. Levei apenas alguns segundos para perceber o que estava acontecendo.

Corri direto para o galpão. Abri a trava enferrujada. Sam caiu para fora, chorando e encharcado de suor. O rosto estava vermelho e as mãos em carne viva, arranhadas. Ergui seu pequeno corpo encharcado e o coloquei de pé. Eu não sabia dizer onde terminavam suas lágrimas e começava o suor. Ele chorou em meus braços enquanto cruzávamos o quintal. Olhei para Martha, ainda na varanda, chorando e se balançando. Quando a alcançamos, eu estava com tanta raiva que queria estapeá-la.

— Ele me disse que Sam roubou uma coisa e precisava ser disciplinado — Martha gaguejou entre as lágrimas. — Disse que, enquanto Sam estivesse fazendo barulho, era sinal de que ele estava bem.

— Qual é o seu problema?! Estamos no meio do verão! Vem, Sam, vamos entrar e pegar uma água gelada.

— Ele me disse que Sam ficaria bem lá — chorou Martha. E mesmo assim não se levantou da varanda.

Eu a ignorei e ajudei Sam a se sentar na mesa da cozinha. Corri para a pia e servi um copo de água. Observei enquanto ele o bebia de uma só vez. Tornei a encher o copo e entregar a ele.

Eu iria para o internato em um mês. Mas Sam não ficaria seguro com Willie Jay ou *Martha*. Agarrei ele pela mão.

— Vamos.

Subimos na grande varanda de Vera, que dava a volta na casa, um lugar que sempre parecia convidar as pessoas a entrarem para rir, descansar e deixar seus problemas do lado de fora. E, não importava a hora do dia, o cheiro de alguma coisa boa sempre enchia a casa.

Vera estava cozinhando quando Sam e eu chegamos. O velho ventilador estava empoleirado no balcão e soprava ar quente por toda a sala, falhando miseravelmente em resfriar qualquer coisa. O que tornava o espaço confortável era o sorriso com covinhas de Vera.

— Olá, meus docinhos!

Sam se sentou em uma das cadeiras marrons e começou a girar a bandeja cheia de condimentos que ficava na mesa da cozinha.

Fiquei de pé ao lado dele.

— Oi, srta. Vee.

— Vocês estão com fome? Tenho um pouco de presunto que sobrou. Posso fazer sanduíches.

— Não, obrigada — falei.

Vera deu uma olhadela em Sam antes de se virar para mim. Ele continuou a girar os condimentos em silêncio. Seus olhos estavam inchando de tanto chorar, e algumas picadas de mosquito começavam a aparecer em seu rosto e nos braços.

— Sammy, amor, posso conseguir umas costeletas de porco. O que você acha?

Nada. A bandeja girava lentamente.

Vera me olhou de novo. Mordi o lábio inferior.

— Sammy, você quer assistir TV? — ela perguntou.

Sam se levantou da cadeira e foi para a sala de estar. Vera e eu nos encaramos e esperamos até ouvirmos a trilha sonora alegre de um programa começar no outro cômodo.

— Nunca vi Sammy recusar minhas costeletas de porco — Vera disse enquanto retornava ao balcão. Ela começou a mexer na farinha. — Ellie, venha me ajudar a fazer o bolo.

Me aproximei e fiquei ao lado dela.

— Quebre seis ovos.

Tirei uma tigela do armário e abri o pente de ovos.

— O que aconteceu?

— Eu só saí por algumas horas e...

— Não, não. Isso não é culpa sua. Você não tem como ficar de guarda vinte e quatro horas por dia. Só me diga o que aconteceu.

— Ele o prendeu no galpão do quintal e disse a Martha para abrir só se Sam parasse de fazer barulho.

Vera pousou a peneira e olhou pela janela.

— Deus do céu.

— Srta. Vee, não entendo como ele pode ser tão mau se é policial.

Terminei de quebrar os ovos.

— Querida, mesmo se eu vivesse mil anos, nunca entenderia algumas pessoas. — Ela voltou a mexer a tigela.

— Às vezes acho que Martha odeia a gente. Ela está dizendo que não vai me deixar ir para a escola. — Minha voz começou a falhar enquanto eu lutava contra as lágrimas. — Falou que precisa que eu a ajude em casa e que não tem dinheiro para me mandar para a Virginia, então não posso ir.

— Já te falei, cuidei de tudo. Vou conversar com ela.

A voz autoritária de Vera me acalmou.

— Por que ela se casaria com um homem como Willie Jay? Por que ela ficaria com alguém que nos trata desse jeito? Odeio ele.

— Não sei, docinho. Só o bom Deus sabe por que as pessoas tomam as decisões que tomam. E não diga que odeia.

Vera ergueu a peneira e começou a preparar a farinha.

— Há tipos diferentes de justiça no mundo. Willie Jay Groover vê a justiça de uma forma. Outras pessoas veem de maneira diferente.

Encarei Vera por um momento. Apenas o bastante para o início de uma ideia brotar. Uma ideia que eu vinha embalando e nutrindo desde a primeira vez que Willie Jay me tocou. Uma ideia muito grande e má para eu expressar em palavras.

— Como posso ir para a Virginia e deixar Sam aqui? Não acho que eu poderia me concentrar na escola sabendo que Sam tem que morar sozinho naquela casa com Martha e Willie Jay.

Vera terminou com a farinha e limpou as mãos. Ela se virou para mim com uma mão no quadril.

— Escuta, você conseguir essa bolsa de estudos foi a melhor coisa que aconteceu em Chillicothe desde que cheguei aqui. E estou falando de anos. Se você não for, vai decepcionar muita gente, e principalmente vai desapontar a si mesma. Vá para a escola. Eu cuido do Sam.

Ficamos em silêncio. A trilha sonora alegre da televisão soou de novo.

Enfim reuni coragem suficiente para perguntar a Vera sobre minha ideia. Cheguei um pouco mais perto dela.

— Posso te perguntar uma coisa?

— Claro.

Vera pegou a lata de açúcar e começou a medir outro ingrediente para o bolo.

— O que você acha que aconteceria a Martha e Sam se Willie Jay não estivesse mais por perto quando eu me for?

Percebi um pouquinho de hesitação em Vera antes de ela despejar a última xícara de açúcar na tigela com farinha.

— Suspeito que Martha e Sammy ficariam bem. O que você acha?

— Concordo.

Vera nunca tirou os olhos da tigela.

— Mas talvez seja difícil tirar Willie Jay daquela casa.

Joguei fora as cascas de ovos e voltei para perto de Vera.

— Acho que não seria tão difícil se alguém ajudasse.

Vera pressionou os lábios em uma linha fina.

— Acho que sim. Pegue a essência de baunilha para mim.

Entreguei a ela o frasquinho marrom. Ficamos em silêncio de novo.

Vera mediu o líquido em uma tigela separada, bateu a colher medidora nela e me entregou o frasco.

— Acho que todo mundo pode precisar de uma ajudinha de vez em quando.

Sam e eu ficamos na casa de Vera até anoitecer. Ela cozinhou costeletas de porco com macarrão e queijo para Sam, e fez minha bebida favorita, refresco de uva com limão. Comi dois pedaços de bolo depois do jantar. Nunca provei um bolo tão bom.

37

A volta para Atlanta me deu tempo para pensar, mas não trouxe clareza. Passava das cinco horas, e eu estivera fora do escritório o dia todo. Enfim escutei minhas mensagens de voz, todas de chamadas que eu havia ignorado ao longo do dia:

Sucão:

— *Ei, Ellice. É o Sucão de novo. Queria ver como você está. Você vai ter que me retornar minhas chamadas. É o único jeito de eu parar de te ligar.*

Anita:

— *Oi, Ellice. Sou eu, a Anita. Jonathan está te procurando. Falei que você tinha um compromisso fora do escritório. Ele queria saber quando você voltaria. Só me ligue de volta quando puder.*

Grace:

— *Oi, Ell. Como foi a demissão? Você saiu daquele inferno racista? Vamos tomar uma bebida depois do trabalho. Quero saber como foi. Me liga. Tchau.*

Willow:

— *Oi, Ellice, querida. Aqui é a Willow. Está tudo bem? Jonathan acabou de sair do meu escritório batendo o pé. Disse que você desapareceu e que ninguém consegue contato com você. Não tenho certeza do que está acontecendo, mas me ligue. É urgente.*

Sucão:

— *Você sabe que sou eu. Liga logo, porque sou persistente.*

Hardy:

— *Ei, Senhora Advogada, Rudy acabou de me contar sobre aqueles envios para a Libertad. Vamos cuidar disso. Enquanto isso, me ligue quando puder.*

Anita:

— Ellice, sou eu de novo. Me liga de volta? Jonathan e Nate estão te procurando. Jonathan disse algo sobre precisar de notícias suas para fechar um acordo e que você sabe do que ele está falando. Você está bem? Me ligua, tá? Tchau.

Anita:

— Oi, Ellice, meu expediente está acabando. Jonathan veio de novo... pela terceira vez hoje. Ele disse que ainda não tinha notícias suas e que ia falar com a detetive Bradford. Disse que você sabe do que eles vão conversar. Ellice, espero que esteja tudo bem. Estou preocupada. Ok. Tchau.

Desliguei o telefone. Pelo jeito, todos queriam saber se eu estava bem. Todo mundo queria falar comigo. Uma semana antes, eu estava sentada em um escritório frio e apertado com todos os meus segredos guardados. E agora, estava presa naquele atoleiro infernal de chantagem e assassinato.

Eu precisava ir ver Vera. Tinha que vê-la, só tocá-la para saber que tudo estava certo, que o mundo ainda fazia sentido de alguma forma. Eram quase seis horas quando parei no estacionamento vazio da casa de repouso.

Abri a porta do quarto de Vera e fiquei surpresa ao encontrá-la acordada e sentada na poltrona.

— Ellice, amor, que surpresa agradável. — As tranças grisalhas dela estavam enroladas e presas de forma a cruzar o topo da cabeça. Uma rainha negra usando sua coroa prateada.

Suspirei de alívio. Eu estava perdida, mas Vera estava lúcida.

— Só queria te ver, Vee.

— Sente-se, amor.

Não tirei o casaco nem peguei uma cadeira. Em vez disso, caí de joelhos, apoiei minha cabeça no colo dela e comecei a chorar. Lágrimas jorraram de algum poço profundo cheio de pânico e medo dentro de mim. E tudo sobre os joelhos frágeis de Vera.

— Amor, você está bem? — Vera gentilmente acariciou meu cabelo, enrolando meus cachos entre seus dedos finos. Seu toque gentil provocou mais lágrimas e uma onda de culpa e remorso que eu não tinha o poder de interromper. — Ellie, me diga agora, ele te incomodou de novo? Falei para a sua mãe que ela não pode deixar homem nenhum mexer com os filhos dela. Ele te machucou de novo?

Ah, Deus. Ela me reconhecia, mas sua mente estava presa em Chillicothe. Eu estava exausta emocionalmente demais para trazer Vera de volta ao presente.

— Não, Vee, eu só queria ficar com você.

— Tudo bem, amor. — Vera começou a cantarolar baixinho. Um louvor que reconheci imediatamente: "Ele observa o pardal". O coral cantou aquele louvor na primeira vez que coloquei os pés dentro de uma igreja, logo depois que Sam e eu fomos morar com Vera. Depois que tudo desmoronou.

Depois que Vera salvou os bebês.

Ela comprou roupas para nós, e foi a primeira vez que usei um vestido novo. Era da cor de maçãs verdes frescas com flores rosa bordadas no decote e na bainha. Tive medo de me sentar com aquele vestido porque era bonito demais. Lembro-me de correr os dedos ao longo do bordado várias vezes, pasma por algo tão lindo pertencer a mim.

Vera acariciou meu rosto suavemente antes de tirar um lenço branco e macio do bolso. Ela enxugou minhas lágrimas.

— *Shhh*, chega, minha querida, você não precisa chorar.

Era como se eu estivesse de volta à varanda dela em Chillicothe.

— Ellie, querida, você precisa se lembrar, família é importante. Mas tem família boa e família não tão boa assim. Tem família que é podre e pronto.

Ela estava certa. Infelizmente, eu caíra na família Manson ao entrar na Houghton.

Vera continuou a acariciar meu cabelo.

— E Willie Jay... bem, mais podre impossível. Ele usa o trabalho e a lei para fazer o que quiser. Você pode não ser tão poderosa quanto ele, mas você é bem mais esperta.

Fechei os olhos, ouvindo.

— Aprendi faz muito tempo que família é quem você ama e em quem confia, não quem a lei diz que você deveria amar. Aquele canalha não conta. Ele não ama ninguém nesta Terra, só a si mesmo.

Vera recomeçou a cantarolar, mas parou depois de alguns minutos.

— Ellie, você fez o que eu te falei? — perguntou firmemente.

Não respondi. Não fazia ideia do que ela estava falando, mas não importava. Eu estava com a única pessoa no mundo que me amava. Nada mais importava. Eu só queria que ela voltasse a cantarolar. Eu só queria ela e aquele pardalzinho que Deus observava.

— O que você fez com o frango e os bolinhos que fiz?

Abri os olhos.

Agora, eu sabia onde Vera estava mentalmente. Um pânico percorreu meu corpo. O segredo do qual passei quase toda a minha vida fugindo estava borbulhando na mente debilitada de Vera. Um segredo mortal e criminoso emergindo como um corpo saindo da sepultura. Ergui os olhos a tempo de receber um olhar severo de Vera.

— Responda, criança. Você fez o que te mandei?

— Vee, está tudo bem. Fiz o que mandou.

Em um instante, minha mente foi tomada por memórias de um assassinato e pelo medo do que Vera poderia ter dito ao mundo.

Mal falamos daquela noite desde que aconteceu. Então me dei conta. Quantas vezes ela confundira um enfermeiro ou auxiliar comigo e compartilhara aquela mesma memória? Talvez com um estranho aleatório, como Jonathan ou Max quando eles trouxeram as flores.

Vee se inclinou à frente.

— Você fez *exatamente* como eu te disse?

Assenti solenemente.

— Ótimo. Que ótimo. Então não há nada com o que se preocupar.

Dei um sorriso fraco e Vera sorriu também antes de se recostar na poltrona.

— Agora seque as lágrimas, amor. Você não tem tempo para ter medo. Está lutando por sua vida. Como eu sempre te disse, use seu coração para amar, mas use sua mente para lutar.

Chillicothe, Geórgia, julho de 1979

Julho em Chillicothe é como estar dentro de um forno. Já passava das onze horas da noite. Mesmo àquela hora, a casa estava tão quente que o linóleo estava morno e pegajoso sob meus pés descalços. De pé em frente pia, lavando pratos, eu tremia. Precisava me certificar de que a cozinha estava limpa antes de Willie Jay chegar em casa. Sam estava com Vera, e Martha adormecera no quarto uma hora atrás. Seus "demônios" estavam de volta, e eu a ouvi chorar no quarto antes de cair no sono.

Agora eu estava esperando.

Poucos minutos depois, ouvi o barulho do carro de Willie Jay rosnar até estacionar na garagem. Ele sempre exigia que seu jantar fosse servido na mesa bem quente quando chegasse em casa. Enxaguei o sabão das minhas mãos e corri para o fogão. Com um pano de prato, tirei a caçarola quente do forno. Minhas mãos tremiam tanto que quase deixei cair. Peguei um prato no armário e um garfo e uma colher na gaveta. A porta do carro bateu, e eu espiei pela janela acima da pia. Rapidamente, servi o frango e os bolinhos da caçarola no prato. Consegui colocá-lo na mesa no exato momento em que Willie Jay passou pela porta dos fundos.

Ele entrou na cozinha em silêncio, ainda vestindo o uniforme azul de policial. Nunca lavava as mãos antes de comer, e eu olhei com nojo para a sujeira sob suas unhas. Era regra dele sentar-se sozinho à mesa e jantar primeiro. Eu, Sam e Martha comeríamos o que restasse.

Willie Jay olhou para o prato, inspecionando-o como se algo estivesse errado. Meu coração estava batendo tão forte que quase tirou meu fôlego.

— Parece que você está virando uma cozinheira de mão cheia, garota.

Eu estava com medo demais para dizer qualquer coisa. Apenas assenti.

Então ele me olhou dos pés à cabeça e lambeu os lábios com um sorriso horrendo.

— Depois do jantar, talvez você seja a sobremesa.

Willie Jay deu uma risada alta e terrível, e eu me afastei, observando-o fazer uma oração antes de comer. Depois da primeira mordida, riu alto.

— Está bom demais. Você e o Sammy vão ter que jantar sanduíches de geleia.

Na terceira mordida, gotas de suor já se acumulavam na testa dele. Ele a secou, mas não parou de comer.

— Deus, está quente aqui — resmungou. — Abra a janela!

Fui até a janela acima da pia e abri apenas uma fresta. Ele deu mais algumas mordidas e então parou. Enxugou a testa novamente com as costas da mão antes de afundar na cadeira. Me encarou com um ar vazio, como se estivesse olhando através de mim. Recuei contra o armário, atingindo um copo de plástico, que caiu no chão com um baque surdo. Seu olhar ainda estava preso em mim. Eu não tinha certeza se ele tinha percebido o que estava acontecendo. De repente, a mão direita dele caiu sobre a mesa; o garfo retiniu contra o prato antes de cair no linóleo. Alguns segundos depois, ele arfava antes de enfim cair no chão da cozinha.

Observei calmamente enquanto Willie Jay convulsionava pelo que pareceu uma eternidade, seu corpo se contorcendo em espasmos. Eu saí de perto algumas vezes, disparando entre a cozinha e o corredor, de olho no quarto de Martha, para ter certeza de que ela ainda estava dormindo. Na última vez que voltei para a cozinha, olhei séria para ele. Willie Jay estendeu o braço na minha direção, como se implorasse por minha ajuda. Não me mexi. Só me concentrei na sujeira sob suas unhas até que ele deixou o braço cair.

Por fim, Willie Jay parou de se mover. Sua boca se abriu, cheia da última mordida que deu nos bolinhos. Seus olhos eram duas fendas, pouco abertas. Encarei o homem deitado no chão.

Morto.

Eu não conseguia explicar, mas algo dentro de mim se desfez — um alívio ou, talvez, uma estranha alegria por saber que Willie Jay nunca mais iria fumar outro charuto ou queimar outro pedaço de carne humana. Ele nunca mais trancaria outra pessoa inocente na prisão, ou outra criança indefesa em um galpão de quintal.

Peguei o telefone na parede e disquei.

— Sou eu. Terminei.

Então me recostei na cadeira da cozinha por cinco minutos com Willie Jay caído no chão, aliviada por ter acabado.

Ouvi o carro na entrada da casa. Meu coração batia alto e rápido. Corri para a sala de estar e espiei pela janela da cozinha antes de abrir a porta e cair nos braços de Vera, chorando.

— *Shhh*... Está tudo bem, docinho. Tudo está bem agora. Cadê ele?

— Na cozinha.

— Cadê Martha?

— Dormindo. Ela estava muito mal hoje.

Nos apressamos para a cozinha e começamos a trabalhar.

— Pegue os pés dele. Vou dar um jeito nos bolsos — ordenou Vera.

Por mais que eu odiasse chegar perto daqueles pés, removi os sapatos e meias enquanto Vera esvaziava os bolsos. Disse que as coisas podiam cair dele, então era muito importante retirá-las primeiro. Enfiei as meias dentro dos sapatos e os coloquei sob a pia, junto com as coisas que Vera havia tirado dos bolsos dele, incluindo a arma e o coldre.

— Vem, vamos tirá-lo daqui — disse Vera. Enfiei a mão embaixo do armário e peguei uma lona cinza. Corri ao redor da mesa e abri a lona no chão, ao lado do corpo; juntas, Vera e eu rolamos Willie Jay sobre ela e o cobrimos. — Vá abrir a porta dos fundos.

Fiz o que foi pedido e então me juntei a ela na mesa. Ficamos olhando o volume na lona por um momento.

— Lembre-se, você é uma garota corajosa. Está pronta?

Assenti.

— Pronta.

Vera agarrou a extremidade superior da lona e eu carreguei a parte inferior. Juntas, arrastamos o corpo para fora da porta da cozinha, descendo os degraus dos fundos e até a margem do rio. Ele era tão pesado que tivemos que parar algumas vezes só para recuperar o fôlego ou ajustar a lona em volta do corpo. Eu suava. Meus braços doíam. Mas alguns minutos depois, estávamos na margem do rio com Willie Jay aos nossos pés.

A mata estava silenciosa, como se os pássaros e os animais prendessem a respiração, testemunhas do que estávamos prestes a fazer. A corrente do rio batia na margem. Puxei a lona. Enfiei o pé debaixo do corpo de Willie Jay e dei um chute forte, empurrando em direção à margem. Eu o observei deslizar devagar em direção à água enquanto me afastava. Um minuto depois, ouvi um estalo forte e, em seguida, uma rajada de água espirrando e se movendo. Então parou. Silêncio mortal, outra vez.

De volta à cozinha, envolvemos os pertences de Willie Jay na lona cinza, junto com o prato, o garfo, a colher e a caçarola com o restante do frango e bolinhos — misturados com estricnina. Vera enfiou o pacote sob o braço.

— Vou cuidar do carro dele agora. Se alguém vier me procurar, diga que fui ali e já volto. Não deixe ninguém entrar na casa até eu voltar. Ouviu?

— Sim, senhora.

— Agora, o que aconteceu aqui esta noite é o que chamamos de segredo de túmulo. Você deve mantê-lo para si. Ninguém pode saber disso, nunca. Entendeu?

— Sim, senhora.

Abracei Vera com força, nós duas presas em um aperto de amor e vingança. Ela enfim soltou o abraço, me deu um tapinha nas costas e saiu.

E nenhum de nós — Sam, Vera, ou eu — falou o nome de Willie Jay Groover outra vez.

38

Ame com o coração. Lute com a mente.

Era como se Vera tivesse entoado um grito de guerra bem no meu ouvido. Tentei imaginá-la se intimidando com o xerife Coogler, Willie Jay ou seu estuprador. Ela nunca se intimidou. Era uma mulher que viajara pela estrada esburacada da pobreza, do racismo e do machismo. E passara por tudo aquilo enquanto ajudava outras mulheres. Vera se envergonharia se soubesse que eu estava sentada em casa chorando por conta da ameaça de homens como Jonathan e Max. Ela não deixaria.

Troquei de roupa. Suéter preto de gola alta, jeans e um par de botas Sperry. Liguei para a detetive Bradford. Ela não atendeu, então deixei uma mensagem. Peguei o pen drive de Max e o panfleto da mesa da minha cozinha, guardando-os no bolso da minha parca. Peguei meu celular, a carteira e as chaves.

Jonathan e Max me subestimaram. Podiam ter me pegado, mas eu ainda não estava rendida. Tinha sido ingênua ao pensar que não iriam me matar porque eu era a única negra no andar executivo. Sim, não me matariam, mas escolheram fazer algo muito pior. Queriam me destruir. Decidiram machucar as pessoas que significavam algo para mim. Sam. Vera. Rudy.

Rudy.

Antes de eu sair de casa, disquei o número dele.

— Oi, sou eu. Você ainda está no escritório?

— Sim. Por que você está me ligando no celular? Não está no vigésimo?

— Não. Escute. É muito importante. Preciso que você faça exatamente o que estou pedindo. Pegue os documentos dos quais falamos esta manhã, estão na minha mesa. Leve-os para a detetive Bradford no Departamento de Polícia de Atlanta o mais rápido que puder. Diga a ela que tenho mais evidências. Depois, vá para casa. Não importa o que aconteça, *não* volte ao escritório.

— Evidências? O quê?

— Faça o que eu digo. Saia do escritório.

— Ellice...

— É muita coisa para explicar agora, mas você está em perigo. Tem a ver com o acordo com a Libertad. Confie em mim. Vá buscar os documentos agora. Leve-os para a Bradford e vá para casa, ficar com a sua família. Te ligo mais tarde.

Em seguida, liguei para Beachwood e confirmei que Vera estava bem e que ela estava proibida de receber visitas; não poderiam deixar ninguém entrar.

Fiz mais uma ligação.

— Sucão, é a Ellice. Preciso da sua ajuda. Podemos nos encontrar?

— Com certeza. — Ele nem hesitou. Combinamos um lugar.

Desliguei e segui para a garagem. Enquanto eu tirava o carro, vi a Escalade preta estacionada do outro lado da rua. Meu estômago revirou. Me convenci de que eu estava surtando de novo.

Trinta minutos depois, me sentei em uma mesa diante de Sucão na Varsility da North Avenue, uma icônica loja de fast food de Atlanta desde 1920. Ele escolheu o lugar e me fez lembrar de Sam. Vestia uma jaqueta de couro e jeans. Seus dreadlocks saltavam toda vez que movia a cabeça. Seu sorriso fácil marcava presença.

— Tem certeza de que não quer comer alguma coisa? É por minha conta — ofereceu Sucão. — Me sinto mal por comer e você não.

— Obrigada. Não precisa.

Ele deu uma grande mordida em seu cachorro-quente de queijo e chilli e limpou a boca com um guardanapo.

— Acho que você finalmente entendeu que eu não ia parar de te ligar até que falasse comigo, hein?

Tentei sorrir.

Ele assentiu.

— Gosto do seu cabelo.

— Obrigada. — Toquei alguns cachos na minha nuca. Pela primeira vez desde que o conheci, eu me sentia desconfortável e assustada perto de Sucão. Não de uma maneira ruim. Era mais um desconforto por ter que pedir ajuda a um estranho. Mas me lembrei das palavras de Sam: *Ele é decente... é gente boa.*

— Vi as notícias. Sobre você. Como você está?

Não respondi logo de cara. Será que era seguro confiar nele? Teria eu outra escolha? Ele deu outra mordida e me observou em silêncio.

— Preciso encontrar seu amigo, aquele que você disse que arranjou o emprego para Sam.

— Por quê?

— O cara que contratou Sam também o matou.

Suco franziu a sobrancelha.

— Como é que você sabe disso?

— Porque eu trabalho com ele. Mas a polícia não acredita em mim.

— Você conhece o cara que atirou em Sam? Mas que diabos?

Sucão soltou o cachorro-quente na bandeja e limpou as mãos. Me encarou por um longo período sem piscar, como se precisasse que eu continuasse falando ou não acreditaria em mim.

— Acho que esse cara planejou contratar Sam para me convencer a dar andamento a algumas atividades ilegais na empresa onde trabalho. Quando comecei a investigar, o cara que matou Sam tentou me incriminar pelos assassinatos. Também acho que ele matou mais duas pessoas inocentes ligadas à empresa.

Sucão fez mesma expressão chocada de Grace.

— E você trabalha com essas pessoas?

— Olha, sei que é loucura, mas preciso encontrar alguém que possa confirmar minha história. E seu amigo pode ser essa pessoa. Só preciso fazer algumas perguntas para ele.

— Escuta, linda, preciso ser sincero com você. Tenho certeza de que as pessoas vão entender o que você está passando agora, com a morte de Sam e tudo. Mas a real é que ir à polícia para confirmar a história de um suspeito não é algo que os meus amigos vão querer fazer. Só estou dizendo.

— Você disse que Sam era como um irmão para você. Vai me ajudar ou não?

Sucão me encarou, a boca em um sorrisinho de lado, como se estivesse debatendo consigo mesmo.

— Quer saber? Deixa pra lá.

Me levantei.

— Espera.

Sucão tornou a limpar as mãos e pegou o celular. Discou um número. Ele me encarou enquanto falava no celular.

— Ei, Mack. E aí? Cara, preciso de umas informações. Lembra do Sammy Littlejohn? É, sei que é complicado. Você sabe quem arrumou pra ele aquele trampo de vigilância?

Me sentei na cadeira e ouvi ansiosamente.

— Ah, é. Ele ainda está no mesmo lugar? Ah... Perfeito! Te devo uma, cara. Até mais.

Sucão desligou e enfiou o celular no bolso. Sorriu para mim.

— Deixa eu terminar o cachorro-quente e aí a gente vai dar uma volta.

As coisas estavam indo bem até que chegamos no estacionamento.

— Deixa o carro aqui. Depois eu volto com você para buscar — orientou Sucão.

Fiquei tensa. Eu só o tinha visto algumas vezes. A única coisa que eu sabia sobre ele era que estivera com Sam na prisão, onde se conheceram, por um crime que eu não sabia qual era. Eu não sabia nada sobre o homem que estava prestes a me levar a Deus sabia onde. Eu sequer sabia o *nome verdadeiro* dele!

Sucão deu meia-volta quando percebeu que eu não estava caminhando ao seu lado.

— O que foi? — Ele ficou boquiaberto por um momento. Então percebeu o motivo da minha hesitação. Abriu os braços em um gesto de inocência. — Ellice, você é irmã do Sam. Eu nunca te machucaria. Para de drama. Vamos encontrar o filho da puta que matou o seu irmão.

Ele se afastou. Hesitei por um momento. *Por favor, Deus, me mantenha segura*. Com essa oraçãozinha, segui Sucão pelo estacionamento.

Enfim paramos em frente a um Audi A6 mais antigo. Ele pegou o chaveiro e abriu a porta do passageiro para mim. Me rendi e entrei no carro.

Sucão deu a partida, e o motor ronronou. O purificador de ar liberou o cheiro limpo de pinho fresco.

— Que chique — falei enquanto colocava o cinto.

— Você quer dizer que esse carro é chique demais *para mim*.

— Não falei isso! — retruquei, ofendida por ele pensar que eu estava fazendo algum tipo de julgamento estereotípico. Mas ele era amigo de Sam... Então, talvez eu estivesse mesmo.

— Calma. Na verdade, também estou impressionado com as minhas bênçãos. Deus tem sido bom para mim, mesmo eu não merecendo.

Sucão arrancou do estacionamento e foi em direção ao sul pela Interestadual 75/85. Era sexta à noite na hora do rush, o que significava que ficaríamos no carro por um tempo. De repente me senti compelida a papear.

— Então, por que te chamam de Sucão?

Ele riu.

— Hmm... Tem certeza que quer saber?

— Você não quer me contar?

— Não é isso. É só que eu não conto essa história para muita gente. — Ele me olhou com um sorriso brincalhão. — Algumas pessoas não dão conta de ouvir. Elas acham que estou mentindo ou ficam confusas.

— Manda ver.

— Bem, eu estava morando com uma mulher. Ela era gerente numa firma de advocacia no centro. Não sabia na época, mas ela estava roubando dinheiro da empresa. Quando descobriram, quiseram que eu testemunhasse contra ela. Sabe, contar tudo sobre roupas, joias e coisas caras. Pensaram que eu devia saber o que ela estava fazendo. Enfim, não testemunhei.

— Por que não?

— Ela tinha um filho pequeno de outro relacionamento. Eu não queria ajudar o Estado a separar a mãe de um filho. Garotinhos negros, e garotinhas negras também, já lidam com coisas demais para serem enfiados em abrigos ou deixados com parentes abusivos. Enfim, o promotor tentou me pressionar a testemunhar contra ela. Apresentou acusações contra mim por ajudar e encorajar uma criminosa. Pensaram que eu aceitaria um acordo e deporia contra ela. Mas eu não fiz isso.

Sucão contornou uma cerca ao lado da estrada e foi para o oeste na Interestadual 20.

— Então o que aconteceu?

— Fui morar no Presídio Estadual de Dodge. Muitas pessoas me disseram que eu era burro por ir para a prisão por causa de uma mulher. Enfim, foi onde conheci seu irmão. Quando disse a ele por que eu estava lá, Sam começou a me chamar de "Sem Suco" porque o Estado tentou me espremer e não conseguiu nenhum suco. — Ele riu. — Aí, o apelido pegou.

Dei uma risadinha.

— Você acabou de inventar essa história.

— Confia em mim, não inventei. Seu irmão era engraçado.

A imagem de Sam inventando um apelido bobo para ele me fez rir também. Senti culpa enquanto olhava pela janela, para a paisagem que passava zunindo.

— Chega de falar de mim. Vamos falar sobre o babaca que você está namorando. Dá pra ver que ele está fazendo um mau trabalho em te fazer feliz.

Revirei os olhos e continuei olhando as árvores passando.

— Larga ele, seja lá quem for. Você parece que não é feliz há muito tempo.

— Se você falar que eu deveria sorrir mais, vou gritar. Odeio quando homens dizem isso.

Sucão riu.

— Eu nunca te diria isso.

— Além disso, você não me conhece. Como sabe se estou feliz ou não?

— Bem, você está certa. Não te conheço, mas nas poucas vezes em que te vi... tem algo em você. Um tipo de tristeza pesada. Está nos seus olhos.

— Caramba. Outro macho palestrinha tentando me explicar os meus próprios sentimentos.

— Estou falando sério. Um sorriso não mostra como alguém se sente. Os olhos sim. Como é aquele negócio de os olhos serem a janela da alma? Se você quer aprender muito sobre uma pessoa, observe o que ela faz com o olhar. Olha direto nos seus olhos? Desvia o olhar quando você fala com ela? Olha ao redor, para conferir o ambiente? Está sempre segurando as lágrimas?

Sucão sorriu de novo. Desviei o olhar para a rodovia.

— Ou evita o olhar, como você? — provocou com uma risadinha.

Decidi mudar de assunto.

— Então, o que aconteceu com a mulher?

— Foi presa também. E depois... Bem, nunca mais seria igual. Seguimos caminhos diferentes. Depois que saí, peguei o pouco dinheiro que tinha, pedi um pouco mais emprestado e comecei minha fundação.

— Você tem uma fundação?!

Sucão balançou a cabeça devagar.

— Lá vem você de novo.

De repente, fiquei constrangida. Ele estava certo. Presumi muita coisa antes de entrar naquele carro.

— Ajudo homens a se reerguerem depois que saem da prisão. O sistema de liberdade condicional, as casas de recuperação, em nada ajudam esses homens que já não tinham nada antes de ir para a prisão e que saem com menos ainda. Eu os ajudo a encontrar empregos, coloco um teto decente sobre suas cabeças. Recebi um dinheiro há alguns meses, então comecei alguns programas para garotos também, depois da escola. É por isso que passo tanto tempo em West End, Vine City ou na Bankhead Highway. Talvez eu possa sair de lá algum dia se conseguir ajudar os jovens e evitar que parem na cadeia, para começo de conversa.

— Isso é incrível.

— Sei como pode ser difícil encontrar emprego depois de cumprir pena. Muita gente decide o futuro com base no passado. Acredito que, se você mantiver a cabeça erguida, uma coisa não tem que ter a ver com a outra. Por isso fiquei perto de Sam. Ele era inteligente, só tomou algumas decisões ruins. E agora, depois de finalmente ter me escutado, isso acontece. Sammy era um bom homem. Não merecia isso.

— Eu sei. Ele era.

Rodamos em silêncio pelos próximos dez minutos.

Sucão enfim saiu da rodovia e dirigimos por uma avenida principal cheia de restaurantes e antiquários. Poucos minutos depois, entramos no estacionamento do Douglas County Plaza e estacionamos em frente a uma loja.

Quase desmaiei quando li a placa acima da entrada.

Tri-County Outfitters

39

— Ellice, você não vai sair? — perguntou Sucão.

Minha cabeça girava. Tri-County Outfitters. O panfleto na mala de Michael e embaixo do mata-borrão da mesa de Max. Tudo que eu conseguia pensar era no fato de que dois homens — Sam e Michael — de partes muito diferentes da minha vida estavam ligados ao lugar onde eu estava naquele instante.

E agora, os dois estavam mortos.

— Ellice... você está bem?

Enfim olhei para Sucão enquanto ele segurava a porta do carro aberta para mim.

— Ah... Sim. Desculpe.

Eu nunca tinha estado dentro de uma loja de armas. O lugar era enorme, estava lotado de clientes, e muitos deles usavam bonés vermelhos com "tornar a América ótima de novo" bordado. Um cliente usava uma camiseta vermelha com a bandeira da Confederação e as palavras "Não é Ódio". Alguns deles nos observavam com olhares desconfiados enquanto entrávamos. Parecia exatamente o tipo de lugar que Max Lumpkin frequentaria.

Me virei para Sucão.

— Não tenho um bom pressentimento sobre este lugar.

— Confie em mim. Não é diferente de muitos outros lugares em Atlanta. Acham que estamos aqui para comprar algo. Vão aceitar nosso dinheiro. Eles só não nos convidam para o jantar de domingo. — Ele deu um leve aperto no meu braço e sorriu. — Vai ficar tudo bem.

Um cara grandão com cavanhaque e cabelo curto se aproximou de nós no balcão.

— Posso ajudar vocês?

— Sim, senhor. Como vai? Estou procurando o Robert. Ele estava me ajudando alguns dias atrás.

— Beleza. Vou trazer ele — disse o homem.

— Obrigado, senhor. — Sucão olhou para mim e sorriu depois que o homem se afastou. — Tenho que dançar conforme a música.

— Entendo. Um irmão faz o que tem que fazer. — Eu sorri.

— Olha, enquanto estivermos aqui, você é minha namorada...

— O quê?!

— O cara com quem vamos conversar me deve um favor, mas não quero que ele perca o emprego. Só me acompanha. — Sucão estreitou os olhos para mim.

— O que foi?

— Estou verificando seus olhos para ver o que eles me dizem, agora que te chamei de minha namorada. — Revirei os olhos e ele me deu uma piscadela. — Só estou tentando aliviar a tensão. — Ele esfregou meu braço. — Sério, parece que você está prestes a disparar uma dessas armas. Relaxa.

Olhei ao redor da loja. A única arma que eu já vira na vida foi a de Willie Jay quando ele voltava para casa e a colocava na prateleira de cima do armário. As armas eram como um objeto estranho e assustador para mim. Eu nunca tinha visto tantas em um só lugar. Armas na parede, em estojos de vidro, em prateleiras. Estavam por toda parte. Se aquilo era só uma loja, quão grande seria aquela indústria e quão violenta nossa sociedade havia se tornado?

Um jovem branco de calça jeans e camisa abotoada apareceu atrás do balcão. Se eu o tivesse visto em qualquer outro lugar, poderia tê-lo confundido com um programador de computadores no centro da cidade.

— Thaddeus Johnson! Bom te ver de novo.

Thaddeus?

— Rob. Como você está? Talvez você possa mostrar algo pequeno mas poderoso para a minha namorada aqui. Atlanta não é mais a cidadezinha amigável que costumava ser.

Me encolhi quando ele me chamou de namorada. Eu sabia que era só um joguinho. Duvidei que fizesse diferença para o cara atrás do balcão.

— Com certeza. Vamos lá.

O cara nos levou até o final da loja, onde nós três ficamos sozinhos. Sucão e o vendedor casualmente examinaram as armas de uma caixa.

Continuei olhando para o outro lado da loja, me perguntando quantas vezes Sam já havia entrado ali. Ele era extrovertido, mas aquilo não me parecia o tipo de lugar que ele frequentaria. Estava assim tão desesperado por um emprego?

Sucão baixou a voz.

— Rob, eu preciso de algumas informações. Você arrumou trampo para um amigo meu. Um cara negro chamado Sammy Littlejohn.

Sucão apontou para uma arma dentro do estojo.

Os olhos do cara dispararam rapidamente pela loja. Ele se abaixou e pegou uma arma do estojo e a entregou a Sucão.

— Sim. Conheço ele. — A voz do cara baixou para o mesmo tom da de Sucão.

— Ouvi dizer que você o apresentou para um cara que o contratou. — Sucão inspecionou a arma como um cliente interessado. — Talvez para trabalhar para uma empresa no centro?

— Eu não, mas meu chefe conhece um cara. Queria alguém em sua equipe de segurança, para fazer algum trabalho de vigilância. Ele disse que estava procurando ajudar caras como nós... sabe?

Sucão devolveu a arma e examinou o estojo novamente. Meu estômago deu um nó nervoso. Parada naquela loja, na frente daquele cara, era como se eu estivesse refazendo os passos de Sam, e queria chorar.

— Que tal aquela? — Sucão apontou para uma arma preta pequena. — Qual era o nome dele?

O cara tirou outra arma e a entregou para que Sucão examinasse.

— O nome dele? Jonathan Everett. É um de nossos melhores clientes. Muito amigável. Do tipo que abraça todo mundo.

Fiquei surpresa. *Abraça todo mundo?*

Rapidamente, peguei meu celular e procurei pelo site da Houghton. Minhas mãos começaram a tremer. Cliquei em uma imagem da liderança da empresa. Mostrei o celular para o balconista.

— Este cara aqui? Jonathan Everett? — falei enquanto apontava para a foto.

O cara olhou para o meu celular, sobrancelhas franzidas. Ele tornou a olhar para mim.

— Tem alguma coisa errada. Esse aí não é o Jonathan.

Desci mais a página.

— E esse cara aqui?

— É, é ele. — Ele apontou para uma foto de *Hardy King*.

— Acho que os nomes estão errados aí. O nome diz Hardy King, mas esse é o nosso cliente. É o cara que vem e faz os pedidos.

Hardy estava se passando por Jonathan para comprar armas.

Fiquei gelada, minha cabeça leve e tonta.

— Tem certeza?

— Ei, você é policial ou algo assim? — O cara me deu um olhar suspeito. Eu estava estragando o disfarce de Sucão.

— Não — respondeu Sucão, antes de abaixar a voz ainda mais. — Ela não é policial. É a irmã do Sammy.

O cara tornou a me olhar, suas suspeitas mal aliviadas pela explicação.

— Sinto muito. Não vejo Sammy desde que o apresentei a Jonathan. Só o que sei é que esse cara precisava de alguém para ajudar na equipe de segurança. Ele queria alguém que tivesse cumprido pena na Estadual de Dodge.

— Ele especificamente disse Estadual de Dodge? — perguntei.

O cara hesitou, como se estivesse se perguntando se deveria dizer alguma coisa.

— Sim.

Eu estava com raiva de mim mesma por ter interferido na conversa e levantado suspeitas.

Sucão interrompeu.

— Só queremos informações. Ninguém saberá que veio de você. Tem minha palavra. Esse cara é um dos seus melhores clientes, né? O que ele compra?

O cara olhou nervosamente para o estojo. Ele falou alto de novo.

— Ah, e esta aqui? É uma Smith & Wesson Shield nove milímetros. É bem fina, fica fácil levar na bolsa.

O cara grandão reapareceu nos dando um olhar cheio de suspeitas.

— Vocês estão bem? Rob está ajudando direitinho?

— Sim, senhor, com certeza está. Minha namorada está com dificuldade para escolher — Sucão disse com um sorrisão. O cara devolveu o sorriso.

Alguém lá atrás gritou:

— Chuck, aqui. Preciso da sua ajuda.

O grandalhão se desculpou e foi ajudar outro cliente.

Desta vez, o vendedor me entregou uma arma pequena. Quase a deixei cair. Eu nunca tinha segurado uma arma.

— Aquele é o meu chefe. Desculpe, Sucão, mas vocês têm que comprar alguma coisa ou ir embora.

— Desculpe, mas quantas armas ele compra? — perguntei.

— Olha, o cara disse que é chefe de segurança em uma empresa... Cavern...

Me lembrei dos documentos de envio que Rudy tinha me mostrado.

— Cavanaugh?

— Sim, Indústrias Cavanaugh. Ele vem, faz a compra e as enviamos para as equipes de segurança dele pelo país. O caminhão pega a encomenda todo mês. É tudo o que sei.

— Um caminhão de entrega da Houghton?

— É.

Antes que eu pudesse fazer outra pergunta, Sucão interrompeu.

— Para onde ele está enviando as compras?

— Não sei. É meu chefe quem monta as caixas.

Sucão me olhou.

— Você está bem? — Assenti. — Obrigado, cara, de verdade.

Sucão e eu caminhamos para o carro em silêncio. Ele abriu a porta para mim, e entrei. Eu podia sentir as primeiras lágrimas vindo. Alguns segundos depois, ele entrou no carro.

— Fala comigo. Qual é o lance com as fotos?

— O cara da foto, o nome dele é Hardy King. É o chefe do departamento de segurança da empresa onde eu trabalho. Achei que fosse meu amigo.

— Você acha que esse tal Hardy matou Sam?

— Sim.

Jonathan não matou Sam. *Hardy* matou.

Tudo parecia fazer sentido. Hardy tinha acesso ao sistema de crachá de segurança para fazer uma cópia para Sam. Ele me mostrou os registros do banco e fingiu me ajudar. Queria que eu pensasse que Jonathan tinha matado Michael e meu irmão. Ele deve ter contratado Sam, se passando por Jonathan. Ele sabia que Sam me diria para quem estava trabalhando. Hardy deve ter deixado o bilhete no meu carro, as flores no quarto de Vera. Mas por quê?

Sucão deu a partida no carro.

— Então sua empresa precisa de poder bélico suficiente para que o chefe de segurança tenha que despachar armas mensalmente? O que ela faz?

— É uma empresa de entregas via caminhões e não precisamos de armas para fazer nosso trabalho.

— Meu palpite é que esse cara, Hardy, está fazendo compras por quem não pode.

— Espera aí. Como assim?

— É um negócio e tanto por aqui. Alguém com antecedentes criminais não tem aprovação para comprar armas, então contrata alguém que está limpo para fazer a compra por ele. As pessoas fazem isso o tempo todo aqui na Geórgia, compram armas e as enviam para outros estados com leis mais rígidas. A Geórgia é um dos lugares mais fáceis do país para comprar uma arma. Meu palpite é que esse tal Hardy deve ter transformado isso em um negócio ou se envolvido com algum tipo de fanático do clube de armas ou algo assim.

Encostei minha cabeça no vidro da porta do carro, refletindo sobre o que Sucão disse. Os pedidos de envio para Ohio e Illinois. E as remessas recentes para San Diego. Hardy deve ter criado a Cavanaugh como uma falsa empresa para enviar as armas nos caminhões da Houghton. Michael tinha uma cópia do panfleto da loja de armas. Ele deve ter descoberto o que Hardy estava fazendo e por isso foi morto. Hardy não sabia que Michael odiava armas, então encenou o suicídio de maneira totalmente errada. Depois me lembrei das palavras de Max na festa de Nate, seu sotaque sulista soando em meu ouvido: *Não acho que a Libertad deva fazer parte disso. É muito arriscado.*

Dei um pulo no banco do passageiro.

— Ah, meu Deus!

— Ellice, você está bem?

Tudo começou a se encaixar, como a lente de uma câmera focalizando um rosto. A Irmandade. A luta. Os soldados de infantaria. As armas.

Hardy estava armando os soldados da Irmandade!

40

Quando Sucão e eu voltamos ao Varsity para buscar meu carro, outra ideia começou a se formar, muito parecida com a que se formou em Chillicothe quando me inscrevi para a bolsa de estudos na Coventry. Cultivei aquela ideia até que um plano floresceu, no verão de 1979.

E agora eu tinha um novo plano.

Agradeci a Sucão pela ajuda e assegurei que não precisava de uma escolta para casa. Ele tinha feito tanto quanto eu estava disposta a permitir. O resto eu precisava fazer sozinha. Apesar da minha recusa, ele me seguiu assim mesmo, até a entrada da garagem. Acenei e o observei ir embora. Depois, dei meia-volta dentro da minha garagem. Fosse lá quem tivesse matado Sam, eu não queria ouvir explicações, mas também não lhe daria uma segunda chance.

Eram quase nove da noite quando parei na garagem da Houghton. O saguão estava vazio. Silencioso. Passei pela segurança com meu novo crachá, como se fosse uma manhã brilhante de segunda-feira. Dei um aceno amigável para o jovem guarda. *Um dos soldadinhos de Hardy.*

— Srta. Littlejohn, está tudo bem?

— Está sim. Hardy deixou alguns documentos na mesa dele para mim. Disse que eu podia passar no escritório para pegar. — Decidi que um pouco de conversa fiada e simpatia podiam me ajudar. — Vi que o quarto elevador ainda está com problemas, hein? É melhor jogar fora e comprar outro.

Ele riu.

— Você tem razão.

Entrei no elevador e fingi um sorriso para o guarda quando as portas se fecharam. Apertei o botão para o vigésimo em vez de para o décimo nono, onde Hardy trabalhava. Em seguida, entrei no ambiente escuro e ameaçador que o sistema de iluminação reserva criava no andar executivo. Não acendi as luzes. Eu precisava da escuridão para trabalhar. Antes de sair do vigésimo andar, peguei na minha mesa uma pequena lanterna e fui para o escritório de Hardy no décimo nono andar. Talvez eu estivesse correndo um grande risco. Mas valia a pena.

Sam estava morto. Hardy era meu agora.

Cheguei no décimo nono andar. O layout era exatamente o mesmo do Departamento Jurídico, escritórios ao longo das paredes externas e um labirinto de cubículos no centro. Eu o conhecia como a palma da minha mão.

Fui direto para o escritório de Hardy. Tirei a lanterna do bolso do casaco. Como de costume, o escritório estava uma bagunça, papéis espalhados e as mesmas duas canecas de café meio vazias ainda na mesa. Me admirava ele não ter uma infestação de baratas. Entrei atrás da mesa de Hardy e silenciosamente comecei a vasculhar as gavetas. Pensei que a primeira era a gaveta de lixo, até que abri outra que estava ainda mais bagunçada.

Abri a gaveta de lápis. Dentro, um antigo cartão de felicitações. "Para Meu Marido Amoroso. Feliz Dia dos Namorados". O cartão, amarelado e desgastado nas bordas, exibia um grande coração vermelho na frente. Dentro, um pequeno obituário: "Celebração da vida de June Cavanaugh King". O obituário era adornado com pequenas flores e uma foto de June no centro — cabelo curto, pérolas e um sorriso educado. Folheei. June e Hardy foram namorados de infância, sem filhos, adoravam viajar, jogar bridge e pescar. E no final, a lista das pessoas que ajudaram a carregar o caixão incluía Nate Ashe.

Coloquei o obituário de volta no cartão e devolvi tudo para a gaveta. Foi então que percebi o brilho do metal. Dei uma segunda olhada. Lá dentro da gaveta estava o broche de lapela com bandeiras duplas. Hardy era da Irmandade. Eu estava mesmo surpresa?

Procurei no aparador. Outra bagunça colossal. Não havia qualquer sentido na disposição das coisas. Passei rapidamente por todos os arquivos marcados com a palavra "segurança". Já estava desistindo quando vi um envelope caído no fundo da gaveta. Movi várias pastas e consegui tirá-lo de lá. Na frente: "Libertad". Dentro, três celulares descartáveis e um crachá de identificação com o nome "Littlejohn", provavelmente o mesmo que ele deu a Sam para entrar no prédio. Coloquei tudo de volta dentro do envelope e o enfiei no bolso do meu casaco.

Alguns segundos depois, o elevador apitou. Minha intuição divina entrou em ação. Soaram passos lentos, pesados e desajeitados. Desliguei a lanterna. Deixei a gaveta aberta, saí de trás da mesa de Hardy e corri pela sala, batendo minha canela contra uma pilha de papéis e caixas empilhadas perto da mesa. A dor subiu pela minha perna como um torpedo. Consegui sufocar um grito e me espremer atrás da porta do escritório. De repente, os passos pararam.

— Ellice, você está aqui?

Hardy.

41

Ele tinha chegado mais rápido do que eu pensara, mas tudo bem. Não havia necessidade de apressar as coisas. Ouvi seus passos. Hardy estava vindo para o escritório. Cada passo atingindo o chão era como um tambor gigante.

Vamos, Hardy.

O suor se acumulava na linha do meu cabelo. Ele se aproximou da porta do escritório, bem como eu esperava. Ouvi o elevador soar outra vez. Em seguida, mais passos.

A voz de um homem:

— Sr. King?

— Aqui — respondeu Hardy.

— Sr. King, está tudo bem?

— Tem certeza de que ela disse que estava vindo ao *meu* escritório? No décimo nono?

— Foi o que ela disse. Falou que você deixou uns documentos para ela e pediu que viesse buscar. Te liguei assim que ela apareceu no prédio, como você pediu.

— Bom trabalho, filho.

— Quer que eu acenda as luzes?

— Não. Talvez ela tenha descido para o Departamento Jurídico. Confira o escritório de Rudy Clifton — disse Hardy.

— Sim, senhor.

Eu podia ouvir o guarda do saguão disparando pelo corredor, seu cinto com a lanterna e as chaves tilintando contra a cintura. Espiei pela fresta entre a porta e a parede. A silhueta volumosa de Hardy estava do lado de fora. Ele entrou no escritório e deu uma olhada rápida lá dentro.

Estava a apenas alguns metros de mim agora. Apenas alguns centímetros de madeira me separavam do homem que havia assassinado meu irmão.

Seja paciente.

O suor escorria pelas minhas costas, por baixo da parca e do suéter de gola alta. Minha cabeça estava enevoada, como se eu fosse desmaiar. Prendi a respiração. Tentei não me mexer.

Ele estava estranhamente quieto. Espiei de novo. Hardy estava no centro do escritório agora.

Mesmo na penumbra, eu podia ver sua expressão confusa enquanto observava a desordem do outro lado da sala. E, então, viu a gaveta aberta.

Ele se aproximou do aparador e se jogou na cadeira com um baque surdo. Acendeu um abajur de mesa e girou sua figura corpulenta em direção à gaveta. Olhou para dentro e viu a lacuna deixada pelo envelope perdido. Observei enquanto ele folheava os arquivos, procurando desesperadamente.

Qual seria a sua próxima jogada? Observei e esperei, o suor escorrendo da ponta do meu nariz agora. Minha boca estava seca. Eu mal conseguia pensar através da onda de medo e ansiedade que tomava conta de mim.

Espere, Ellice. Fique calma e espere.

A sala estava sufocante, meu suéter encharcado e pegajoso. Minha canela começou a doer. Fechei os olhos. Lutei contra o medo e a dor e me concentrei na minha *ideiazinha*. Quando tornei a olhar, Hardy estava coçando seu cabelo curto.

Devagar, saí detrás da porta.

— Oi, Hardy. Procurando por mim? — sussurrei.

Ele deu um pulo.

— Oi, Ellice. Preciso falar com você.

— Sobre o quê? A Irmandade? — Vi seu sorriso frágil se desfazer em choque. — Ou talvez você queira falar sobre o motivo de ter matado meu irmão.

Ele se levantou.

— Ellice... — Começou a dar a volta na mesa.

Saí correndo para o corredor mal iluminado. Eu não era bem uma corredora, mas sabia que conseguia ser mais rápida do que ele.

Isso, Hardy. Vamos.

O pânico passava por mim como um trem-bala. As batidas do meu coração martelando nos meus ouvidos.

Corri para dentro do labirinto de cubículos.

— Ellice, vamos lá. Vamos conversar sobre isso, que tal? Não é o que você está pensando. Cadê você?

Encontrei um cubículo vazio e engatinhei para debaixo da mesa. Cada som emitido no andar vazio era como um rugido. Os passos das botas com sola de borracha, rangendo sob seu peso. O farfalhar da jaqueta batendo contra a calça. Tudo isso me esmagando de terror. Prendi minha respiração. Devagar, os passos dele passaram por mim.

— Ellice? Saia daí. Vamos... só... conversar. Ellice?

As botas passaram. Ele estava a poucos metros de mim. Arfando. Suspirando. A perseguição estava começando a cobrar seu preço. Saí de debaixo da mesa do cubículo engatinhando, esperando pela próxima oportunidade. Um segundo depois, saí.

— Hardy!

Ele percebeu que eu estava atrás dele. Virou-se e começou outra perseguição. Corri em linha reta para a escadaria.

— Ellice!

Passei por mais cubículos, avançando para o canto mais distante do andar. O latejar dentro da minha cabeça sincronizado com a besta latejante no meu peito. Eu estava encharcada de suor e medo.

Vamos, Hardy.

Cheguei na porta da escadaria. Com Hardy ainda no meu encalço, corri pela porta. Ela bateu atrás de mim com um estrondo forte e alto. Alguns segundos depois, eu o ouvi chegar na escada. Subi correndo, para o vigésimo andar. Eu mal sentia meus pés.

— Ellice. Ellice! — A voz dele ecoava pelas paredes.

Os passos pesados de Hardy continuavam a me seguir, a circunferência de seu corpo o desacelerando mais uma vez.

Corri para dentro do vigésimo andar. Ainda estava escuro. Apenas as luzes fracas a cada poucos metros. Foi a minha vez de diminuir o ritmo, esperando que Hardy me alcançasse. Ele ofegava, pesado como um cavalo de corrida.

— Ellice, foi tudo culpa do Jonathan. Ele estragou tudo.

Seja paciente, Ellice.

Olhei por cima do ombro. Ele ainda estava atrás de mim e se movendo muito mais devagar agora. O ar de seus pulmões estava quase acabando, o corpo lutando para respirar em meio ao suor e à exaustão.

Só mais alguns metros, Hardy.

— Vamos conversar. Falei com Rudy sobre os carregamentos. Você não deveria ter descoberto. — Diminuí o ritmo, dando a Hardy tempo para me alcançar. Mas ainda mantive um ritmo acelerado. E então aconteceu. Ele sacou uma arma e a pressionou contra as minhas costas. — Senhora Advogada, por favor não me force a usar isto. Vamos até o seu carro. Podemos dar uma voltinha e conversar.

Até parece.

Hardy poderia pressionar dez armas contra as minhas costas e não me faria encolher. Eu ainda estava lutando por Sam, da mesma forma que fizera a vida toda. E como Willie Jay, Butch Coogler e todos os que machucaram meu irmão, ele ia perder.

— Anda!

Comecei a andar em direção ao elevador. Devagar. Pelo caminho mais longo.

A respiração de Hardy estava quente contra o meu pescoço.

— Acho que você tem umas coisas que me pertencem — disse ele.

— Você atraiu meu irmão até aqui um dia antes de matar Michael só para que ele estivesse nas imagens da segurança. Mas por que você o matou?

— Me desculpe por isso, Senhora Advogada. Tudo o que você precisava fazer era esperar. Eu te dei os extratos bancários, tudo o que precisávamos para nos livrar de Jonathan. Eu teria consertado tudo. Desculpa, precisei me livrar do seu irmão para fazer dar certo.

Fique calma.

— E era você na casa do meu irmão? Você tentou arrebentar minha cabeça?

— Eu não podia deixar que você se virasse quando o celular tocou. Teria estragado tudo. Como eu disse no começo, Jonathan é um lixo. E ele estava trazendo lixo para a empresa também, sujando o legado de Nate com todos aqueles estrangeiros. Eu só precisava me livrar dele.

— Então você fingiu ser Jonathan para enviar as armas e matar meu irmão?

— Supus que ele tinha te contado que estava trabalhando para Jonathan. Pensei que a polícia pensaria que tinha sido ele. Eu não sabia que iam te acusar. Senhora Advogada, você tem muitos segredos.

— Por que fingir ser Jonathan para enviar as armas?

— Se alguém descobrisse, era ele quem pagaria o pato.

— E por que matar Michael e Gallagher?

— Foi ideia do Jonathan — Hardy revelou enquanto arfava. — Michael ia expor a ele e a todos os estrangeiros. — Hardy riu. — Lembre-se, eu só fiz o que me mandaram.

Me lembrei das palavras de Jonathan na festa de Nate: *Eu dei a ele a porra de um serviço simples e ele estragou tudo!*

— E aparentemente você fez tudo errado. Não sabia que Michael odiava armas.

— Continue andando.

— Hardy, você fez tudo isso para nada. Max nunca vai te promover. Enviar armas, matar pessoas. Nada disso será suficiente. Eles não te respeitam. Max, Jonathan, eles estão só te usando.

— *Cale a boca*. Continue andando.

— Você não precisa fazer isso, Hardy. Aquela organização, a Irmandade? Acredite em mim, vocês não vão se safar com o que estão planejando.

— Eu estava preparado para abrir uma exceção para você. Já que teve uma infância difícil. Mas agora não posso. Você entende, né, Senhora Advogada?

Fique calma, Ellice. Fique calma.

— Eu gostava de você, embora seja uma... — ele se interrompeu. — Vamos só dizer que não levo tão a sério quanto Max. Eu teria aberto uma exceção para você, mas agora não posso mais. Você poderia arruinar tudo, incluindo o legado de Nate. Não posso deixar isso acontecer.

Só mais alguns passos.

Nos aproximamos dos elevadores. Parei pouco antes do vestíbulo do elevador. As poucas luzes do teto refletiam o suor saindo da testa de Hardy.

— Aperte o botão — ordenou ele.

— Não vou a lugar nenhum com você — falei calmamente.

— Aperte o botão!

— Não — falei baixinho.

Ele me encarou por um momento antes de balançar a cabeça, frustrado. A perseguição cansou Hardy, o deixou fraco, desconcentrado. A respiração dele ainda estava rápida. Ele deu alguns passos para dentro do vestíbulo. Tropeçou na pilha de tábuas que cercava o elevador quebrado. A arma caiu no chão.

— Merda!

Hardy se virou na direção dela e se inclinou para pegá-la. Peguei um cano do andaime do elevador e o golpeei na nuca com um baque surdo. Ele tropeçou novamente, desta vez na frente do poço aberto do elevador.

Tornei a tentar golpeá-lo. Hardy agarrou a outra ponta. Eu o segurei o mais forte que pude. Mas Hardy era ainda mais forte. Ele deu um puxão rápido no cano.

Mas eu o soltei.

Foi como se tudo estivesse em câmera lenta. Eu soltei. Hardy cambaleou. A força de seu puxão e o volume de seu corpo o fizeram cair para trás. Seus olhos se arregalaram de horror ao perceber que não havia chão abaixo. Nenhuma parede para amortecer sua queda. Nada atrás dele, exceto um poço escuro de elevador e o eco de seus próprios gritos.

E, por causa da regra de Nate, não há câmeras de segurança no vigésimo andar.

Nenhuma filmagem para mostrar o momento em que cheguei no andar executivo minutos antes e vesti minhas luvas. Nenhuma câmera para me flagrar enquanto eu desmontava o andaime de madeira em torno do quarto elevador. Ou quando empilhei as tábuas perto da entrada. Ninguém para ver quando usei uma das tábuas de madeira para abrir uma fresta no elevador quebrado, me ajudando a separar as portas. Não havia câmeras de segurança para me flagrar enquanto eu preparava o túmulo de Hardy — um longo buraco negro com vinte andares de profundidade.

As palavras da detetive Bradford passaram pela minha cabeça. *Por que tantas pessoas ao seu redor acabam mortas?*

A estática dos rádios da polícia e o fervilhar dos paramédicos ecoava no saguão cavernoso da Houghton. O efeito estroboscópico das luzes vermelhas e azuis de todos os carros da polícia refletia nas janelas altas de vidro e fazia meus olhos doerem. Sentei-me em uma cadeira de couro no saguão, olhando para a detetive Bradford.

— Hardy King estava enviando armas para o Norte — expliquei. — Parece que ele, Jonathan e Max são parte de um grupo executivo de supremacia branca chamado a Irmandade. Algumas semanas atrás, ele começou a enviá-las para perto da fronteira, parte do acordo com a Libertad, mencionado no memorando do Gallagher. Você teria que falar com Jonathan Everett sobre isso. Ah, você também pode querer falar sobre o dinheiro que ele está lavando para a Libertad. — Me levantei, enfiei a mão no bolso da parca e peguei o panfleto, o pen drive de Max e o envelope do escritório de Hardy. Entreguei tudo à detetive. — Há um carregamento de armas marcado para quinta-feira, saindo de uma loja de armas em Shelton chamada Tri-County Outfitters. Não sei o que a Irmandade está planejando, talvez algum tipo de guerra racial. Seja lá o que for, não pode ser bom. Com tudo isto, você deve conseguir ligar os pontos.

Bradford pegou os itens e me encarou, atordoada.

— Por que você não nos falou sobre isto antes?

— Porque antes eu não sabia. — Esfreguei minha nuca e a encarei. — Eles estavam tentando me chantagear para que eu fizesse parte de tudo isso. Essa informação também está no pen drive.

— Do que você está falando? Te chantageando como?

Não respondi diretamente à pergunta.

— Vou pra casa agora. Não matei meu irmão, detetive. Mas Hardy King o matou, e isso ainda não faz sentido para mim. Foi como se meu irmão fosse algum tipo de lixo solto que ele podia descartar como parte de seus planos criminosos racistas. Terei que viver com isso pelo resto da minha vida. Tenho que viver com o fato de que trabalhei com as pessoas que mataram meu irmão. Sentei-me em reuniões com elas e almocei com elas. E o tempo todo elas sorriram para mim. Homens que queriam ver pessoas como você e eu mortas, apenas por conta do tom da nossa pele. Só espero que você possa parar seja lá o que esses cretinos estejam planejando fazer. Não os deixe matar outras pessoas.

42

Quatro dias depois, Anita entrou no meu escritório, olhos vermelhos e bochechas coradas.

— Para, Anita. Você vai me fazer chorar, e eu choro feio — falei.

— Não acredito. Não consigo acreditar. Também não quero trabalhar aqui. Para quem vou comprar flores?

Balancei a cabeça e ri.

— Você vai ficar bem. — Eu a abracei e então a soltei e apertei suas mãos. — E não coma tantos Snickers da sala de descanso, está bem?

— Ok, mas você tem que me prometer que vai pendurar uma foto ou outra no seu próximo escritório.

— Prometo.

Ela riu e me abraçou de novo antes de sair da sala.

Eu não queria retornar ao escritório. Para ser sincera, fiquei surpresa de ter vindo. Me chocou o quão bem eu lidei com os olhares imbecis e as saudações desconfortáveis quando entrei no prédio. Eu poderia ter evitado e deixado tudo como estava. Como Anita disse, eu não tinha uma única coisa de valor sentimental no meu escritório. Mas talvez eu tenha voltado para tornar real o fato de que eu estava realmente saindo da Houghton. Ou talvez eu tenha voltado porque minha ética de trabalho me compelira a pelo menos organizar as coisas para a pobre alma que teria que lidar com a bagunça jurídica que Jonathan, Max e Nate criaram. Parei por um momento e olhei para o parquinho lá embaixo. Eu ia mesmo sentir falta da vista.

— Olá, srta. Littlejohn. Posso falar com você?

A detetive Bradford entrou no meu escritório com um casaco de lã azul-marinho que parecia algo que eu poderia usar. Belo corte. Material de qualidade. Ela era mesmo bonita.

— Detetive, entre.

Fiquei tensa, me preparando para o inevitável. Não há prazo de prescrição para o crime de assassinato nos Estados Unidos. E a detetive Bradford era muito mais inteligente que o xerife Butch Coogler. Ao entregar aquele pen drive, eu abri a porta para todos os meus segredos mais sombrios.

— Queria te agradecer pessoalmente. — Ela se sentou em uma das cadeiras brancas de linho. — A informação que você nos deu foi extremamente útil. Nós a entregamos para o FBI e para o departamento responsável. Aparentemente, a Irmandade estava alinhada com vários outros grupos de supremacistas brancos, incluindo um especialmente perigoso chamado Irmãos da Herança. A Irmandade levava armas e dinheiro para eles. Juntos, planejavam atacar paradas e eventos para Martin Luther King em Columbus, Ohio e Chicago. Você evitou que muitas pessoas se machucassem.

— Então, todos no time executivo faziam parte da Irmandade?

— Temos certeza de que Jonathan Everett, Maxwell Lumpking e Hardy King estavam envolvidos. Por conta do estado cognitivo do sr. Ashe, é difícil dizer. Também não temos certeza sobre quanto o sr. Ashe sabia sobre as armas. Aparentemente, havia mais do que apenas alguns vice-presidentes na Houghton envolvidos na Irmandade. Rastreamos o grupo em pelo menos seis outras empresas do país. Você tem sorte. Parece que o sr. King realmente gostava de você e convenceu Max Lumpkin a não te matar.

— Ah, sim. Que sorte a minha.

— Como você disse, o sr. Everett estava lavando dinheiro para a Libertad. Aparentemente, ele montou o esquema no ano passado. Os caminhões da Houghton foram usados para contrabandear dinheiro sujo pela fronteira dos Estados Unidos, onde foi depositado em vários bancos americanos. A Houghton transferia o dinheiro de volta para Ortiz e para o pessoal da Libertad como parte de seu *empreendimento conjunto*. Quando o governo mexicano começou a mexer nos assuntos financeiros da Libertad, os depósitos diminuíram até que arranjaram a documentação para provar a legitimidade do tal acordo. Aparentemente, o sr. Sayles, aconselhado pelo sr. Gallagher, se recusou a fazer parte. O sr. King foi instruído a assassiná-los em troca de uma promoção executiva ao vigésimo andar.

De uma forma distorcida, todos pensavam que estavam salvando o legado da família de Nate.

— Por que eles estavam enviado dinheiro pela fronteira?

— Quando o diretor financeiro descobriu o acordo que o sr. Lumpkin e o sr. Hardy haviam feito para a Irmandade, para enviar armas nos caminhões, ele quis se juntar à ação. Fez Hardy enviar armas para San Diego, onde o contato dele as transportou pela fronteira até o México, como parte do acordo com a Libertad. Depois de matar o sr. Sayles, você era a esperança deles de continuar o esquema.

— E Willow Sommerville, a vice-presidente do RH? Ela era parte disso também?

— Pelo que pudemos apurar, não.

Fiquei feliz. Willow era outra mulher tentando sobreviver em uma cultura tóxica. Ela escolhera um método de sobrevivência — diferente do meu, mas estava sobrevivendo mesmo assim. Era corajoso da parte dela ter a força de continuar em frente em um lugar como a Houghton.

— Então eles tentaram me chantagear para me juntar a eles. — Respirei fundo e me preparei para a próxima pergunta. — Você viu os arquivos naquele pen drive?

— Sim.

— Tudo?

Bradford deu de ombros.

— Você está falando de alguns recortes de jornais antigos e um relatório mal escrito pelo xerife do condado de Tolliver sobre uma investigação de décadas atrás? Uma investigação inconclusiva, sem cadáver? E quanto a Violet Richards, não tenho ideia de quem seja, nem me importo.

Meus olhos se arregalaram.

— Mas...

— Srta. Littlejohn, posso ser sincera? No primeiro dia em que entrei neste prédio, contei seis pessoas negras. Quatro delas trabalhavam lá embaixo na equipe de segurança. As outras duas eram você e eu. Talvez houvesse mais algumas, mas meus instintos diziam que não seriam muitas mais. Talvez os manifestantes estivessem certos o tempo todo. Talvez você devesse passar um tempo focando em seu futuro. Não tenho certeza sobre o que vai acontecer com esta empresa. O FBI está neste corredor agora pegando evidências de vários outros escritórios daqui. O sr. Everett, o sr. Lumpkin e o sr. Ashe estão sob custódia. Você salvou várias pessoas inocentes. Pense nisso como seu presente de despedida da Houghton Transportes. — Ela se levantou. — Obrigada novamente pela ajuda.

A detetive saiu do meu escritório. Me virei para a janela para dar uma última olhada no parque.

Quando eu era mais jovem, costumava fingir que tinha nascido na cidade de Nova York ou em Chicago, como se Chillicothe, na Geórgia, nunca tivesse existido. Quando Vera e Birdie me enviaram para o colégio interno, entrei em minha nova vida. Saí de uma caixinha e entrei em outra. Mas minha vida falsa de escolas de elite e sucesso profissional nunca aliviou de fato a dor assustadora de crescer pobre, negra e mulher na zona rural da Geórgia. E toda a raiva e o ódio dos quais eu tinha total direito de sentir foram reprimidos por um coro de vozes me dizendo para perdoar, para ignorar, para olhar para o outro lado. Então aquilo ficou preso, fervendo por dentro. O tempo todo, tentei explicar às pessoas por que eu precisava estar em uma determinada sala de aula ou ser digna de um determinado emprego. Mesmo depois da minha ascensão, eu ainda explicava por que precisava estar ali, com um lugar à mesa, tendo poder sobre as decisões.

Peguei minha carta de rescisão da gaveta e a coloquei sobre a mesa. Agora, eu podia fechar aquele pequeno compartimento da minha vida.

Sucão estava certo. Eu não era feliz, verdadeiramente feliz, havia muito tempo. Porque eu estava muito cansada, muito exausta de fazer malabarismos com todos os pedacinhos falsos da minha vida, lutando contra todos os -*ismos* de ser negra e mulher nos Estados Unidos. Agora, tudo o que eu queria fazer era tirar minhas luvas de boxe e descansar.

43

Em um dia frio e úmido de neve, dirigi pelo caminho serpenteante de cascalho do cemitério. Lápides cinzentas e pretas chamavam atenção enquanto eu cruzava a paisagem e subia até uma grande árvore magnólia que ofereceria sombra e proteção eterna para o local de descanso final de Sam. Dois homens estavam perto de uma retroescavadeira. Um deles encarava o celular, enquanto o outro olhava na minha direção, palitando os dentes. Os dois esperaram a vez de jogar terra sobre o caixão do meu irmão mais novo. Uma pequena tenda azul com as palavras "Jardim Memorial de Chillicothe" estampadas em letras brancas estava sobre o caixão de Sam e fornecia abrigo da neve que começava a cair. O caixão, cinza metálico e coberto por rosas brancas, estava quieto como um soldado solitário em repouso sob a tenda. E de pé, ao lado do caixão de Sam, estavam Rudy, Grace e Sucão.

Fiquei surpresa enquanto me aproximava.

— O que vocês...? Como vocês sabiam?

— Você achou mesmo que não estaríamos aqui por você? — Grace perguntou enquanto me abraçava.

Rudy sorriu e me abraçou também.

— Já falei, você é minha chefe e minha amiga. Só porque eu trabalho para você, não quer dizer que não me importo contigo.

Sucão agarrou minha mão e a apertou.

— Estamos esperando por outras pessoas, querida? — perguntou a sra. Gresham.

— Não.

— Posso recitar um verso da Bíblia se você quiser.

— Claro, pode ser — falei.

Grace e Sucão ficaram cada um ao meu lado, nós três nos dando as mãos.

A voz da sra. Gresham era suave e gentil.

— "Quem deve nos separar do amor de Cristo? Problemas ou dificuldades ou perseguição...

Eu tinha tanta certeza de que ia conseguir me segurar. E provavelmente teria conseguido, se não tivesse me lembrado de quão burra fui ao tentar manter Sam e tudo da minha vida que vinha de Chillicothe em segredo, um segredo que não era mais secreto. Um segredo que nunca valeu a pena manter, para início de conversa.

— ... Não, em todas essas coisas somos mais do que vencedores por meio Dele, que nos amou...

Lágrimas turvaram meus olhos, um barril de pólvora de emoções que explodiu.

— ... pois estou convencida de que nem a morte nem a vida...

Chorei por toda a inocência perdida entre mim e Sam. Chorei por tê-lo deixado para trás e saído em busca de um futuro sem ele. Chorei pelo meu irmão mais novo que nunca chegou a ser uma criança. Mas, principalmente, chorei por toda a dor que tinha causado a ele.

— ... nem altura nem profundidade, nem qualquer outra coisa em toda a criação, será capaz de nos separar do amor de Deus".

Ela terminou, e todos se afastaram para me dar um pouco de privacidade em meu luto. Peguei uma das rosas brancas que cobriam o caixão de Sam. Foi o momento mais solitário de toda a minha vida. Eu só esperava que ele soubesse o quanto eu o amava e o quão longe eu tinha ido para protegê-lo e lutar por ele.

Alguns minutos depois, a sra. Gresham gentilmente tocou meu braço e me deu um pacote pequeno de lenços de papel.

— Você vai ficar bem, querida?

— Vou sim. Obrigada. — Sequei meus olhos.

Rudy se aproximou.

— Então, a máquina de rumores está funcionando de novo. E não gosto do que estou ouvindo — disse ele, meio de brincadeira.

— Desculpa, mas não há lugar para mim lá.

— Ouvi dizer que há uma vaga para você no topo da organização. Você sabe que as pessoas *me contam coisas*, e elas me disseram que o comitê quer que você assuma o cargo de CEO. Talvez para ajudar a empresa a ter um recomeço.

— Você quer dizer que querem me dar outro cargo em posição alta para eu ter que consertar a bagunça que criaram? — Balancei a cabeça com a ideia. — Além disso, o conselho está cheio de racistas e fanáticos. Não. Estou bem. Confie em mim, eles não querem pessoas como você e eu lá dentro. Esses manifestantes na frente do prédio sempre souberam.

— Não discordo, e é por isso que preparei meu currículo. A propósito, obrigado por me salvar. Me assusta pensar que trabalhamos com aquele tipo de gente. — Rudy e eu ficamos em silêncio por um momento. — Então, o que você vai fazer?

— Vou tirar um tempo para mim. Fazer algumas coisas que estou negligenciando. Mas vou manter contato.

Eu o abracei antes que saísse em direção ao carro.

Grace me abraçou.

— Estou aqui por você, garota. Passo na sua casa hoje mais tarde. — Então ela se inclinou e sussurrou: — Quem é esse gato de dreadlocks?

Ela me fez sorrir.

— Tchau, Grace. Te vejo depois.

Procurei por Sucão, mas não o vi, então fui em direção ao meu carro.

— Ei, linda! Espere aí.

Olhei por sobre o ombro.

— Thaddeus.

Ele estava vestindo jaqueta esportiva, jeans e uma camiseta de gola aberta. As borboletas voltaram.

Sucão me deu um sorriso gentil.

— Por favor, não me chame assim. Parece a minha mãe falando, e não quero pensar na minha mãe quando olho para você. Pode me chamar de Thad ou Sucão.

Sorri. Ele era engraçado e também me lembrava de Sam. Thad me acompanhou até o carro.

— A gente podia sair de novo — disse ele. — Talvez um bom restaurante, em vez de uma loja de armas cheia de supremacistas brancos.

Mordi meu lábio inferior.

— Agora não. Preciso dar um jeito em algumas coisas.

Sucão assentiu, compreensivo.

— Bem, você tem o meu número... e agora eu tenho o seu também. — Ele deu uma piscadela. — Sou persistente.

Me inclinei e o beijei na bochecha.

— Obrigada por tudo.

Agora, eu tinha uma última coisa a fazer para colocar minha vida em ordem.

Uma semana depois, eu estava no escritório de Miriam Beazer, diretora da Casa de Repouso Beachwood. Um quadro de avisos pendurado na parede continha várias notas e folhetos e um desenho com as palavras "Eu amo a Vovó" rabiscadas em letra de criança. Miriam estava sentada diante de mim, tentando puxar papo e rindo nervosamente.

— Você vai assinar todas as áreas destacadas. — Ela abriu uma pasta e pegou uma pequena pilha de papéis antes de me entregá-la. — Tem certeza disso, srta. Littlejohn? É uma responsabilidade enorme, e com a sua carreira...

— Tenho certeza absoluta. — Comecei a assinar a papelada. De alguma forma, a decisão pareceu certa. Muita coisa acontecera nas últimas duas semanas, e dar uma chance a Vera pareceu melhor do que qualquer outra coisa que eu fizera em muito tempo.

— Srta. Littlejohn, te asseguro que a srta. Henderson nunca esteve em perigo aqui em Beachwood. Segurança é nosso...

— Só prefiro levá-la para casa — falei, sem desviar o olhar dos documentos enquanto os assinava. — Acho que Vera vai ficar mais confortável em um ambiente conhecido.

— Mas quem vai cuidar dela? — A preocupação na voz da mulher era suficiente para me pressionar a olhar para ela.

— Eu vou. Ela é a minha família, e quem melhor para cuidar dela do que a família? — Sorri e deslizei os papéis de volta pela mesa. — Contratei uma enfermeira particular para me ajudar. Acho que Vera deve passar seus dias preciosos em sua fazenda, dormindo na própria cama. Um lugar que ela conhece e ama.

Terminei a papelada e saí do escritório. No saguão, Vera estava em uma cadeira de rodas, usando um vestido florido e um casaco, o cabelo em um suave rabo-de-cavalo grisalho. Ela se parecia com uma criancinha na manhã de Natal. Sorrindo. Animada. Feliz.

Beijei o topo da cabeça dela.

— Vamos para casa, Vee.

Um ajudante empurrou a cadeira de rodas e me auxiliou com o cinto de segurança dela no carro.

As pessoas dizem que você não deve voltar para casa. Não sei se estão certas. Nunca considerei Chillicothe minha casa, pelo menos não até aquele momento. Eu sempre ansiara muito por viver em outro lugar. Por ser outra pessoa. Só então eu percebera que fora tudo em vão. Fui ferida e presa no aperto paralisante dos segredos e das mentiras. Todo mundo tem segredos. E, não importa quão antigo um segredo seja, ele sempre parece estar bem ali na superfície da consciência, impulsionado por todo o esforço que fazemos para suprimi-lo. Mas é raro um segredo nunca vir à tona.

Cedo ou tarde, todos vêm.

Os meus vieram.

No dia em que aceitei aquela promoção no escritório de Nate, foi como se o destino acendesse um fósforo em meu esconderijo mortal. Mas talvez tudo devesse acontecer como aconteceu. Ter meus segredos expostos à luz do dia era o que eu precisava para, enfim, perceber o que era realmente importante. Família. Lar.

Ainda faltavam dois meses para a primavera. Fosse o aquecimento global ou a natureza fria do clima de Atlanta, mas de alguma forma havia um aumento agradável na temperatura e um céu azul-claro para acompanhar. A brisa amena soprou em torno da barra da minha saia enquanto eu entrava no carro ao lado de Vera. Dei a partida e dirigi para a Interestadual 20 Leste, em direção à casa da fazenda de Vera em Chillicothe.

Abri o teto solar e deixei todas as janelas abaixadas. O ar fresco atravessou o carro, tocando meu rosto e bagunçando meus cachos.

— Isso é bom, Ellie.

Era bom mesmo.

Tinha gosto de liberdade.

Agradecimentos

Primeiramente, agradeço a Deus, cuja mão divina está por todo este livro que você segura nas suas.

Decidi escrever uma história sobre a família e todas as maneiras pelas quais somos conectados e nutridos uns pelos outros. Por isso, tenho muita família para agradecer por me ajudar nessa jornada.

À minha nova família: minha editora extremamente talentosa, Asanté Simons, por acreditar neste livro desde a primeira vez que o leu e em todas as leituras posteriores. Obrigada por me ouvir e por me fazer acreditar que nenhuma pergunta era pequena ou boba demais. À minha incrível equipe da HarperCollins William Morrow, incluindo Lucia Macro, Lainey Mays, Virginia Stanley, Chris Connolly, Liate Stehlik, Jennifer Hart, Kaitlin Harri, Christina Joell, Ploy Siripant, Diahann Sturge, Rachel Weinick, todo o comitê Lead Read e a equipe de vendas.

À mulher que realizou todos os meus sonhos de escritora, minha excelente e fantástica agente, Lori Galvin. Obrigada sempre por sua sabedoria, graça e pela quantidade certa de honestidade para me controlar ou me deixar correr livre! Você é um anjo na Terra.

E um grande obrigada a Allison Warren, Shenel Ekici-Moling, Erin Files e toda a equipe de gerenciamento criativo da Aevitas. Obrigada por segurar minha mão e me guiar por esta viagem louca e emocionante.

Agradeço a Paul Monnin, por me ajudar a acertar os detalhes de ética jurídica. E a moukies (sua visão e sabedoria são ouro puro!).

Para minha família encontrada: The Yale Writers Workshop, mais especialmente Jotham Burello, Lori Rader-Day, Hallie Ephron e Sergio Troncosco. A Brandi Wilson, Julia Dahl e Richard Krevolin por sua franqueza inabalável e apoio ao ler as primeiras páginas deste livro. A The Association of Corporate Counsel — Atlanta Chapter Women's Initiative, Kellye Garrett, Wendy Heard, minha família de Pitch Wars e Crime Writers of Color. E às minhas "irmãs": Cheryl Haynes, Angela Cox, Michonne Fitzpatrick, Cheri Reid, Juli Harkins, Rachel Gervin, Key Wynn e Melloney Douce.

Para a família que tenho a sorte de ter ganhado com minhas certidões de nascimento e casamento: Myra, Herman Jr. ("Red"), Carolyn e todos os outros do grupo dos Morris, e para Linda, Bertha, Paul, Michael, Sandra e o resto do clã Hightower. Seu amor e apoio são ilimitados.

À família que dei à luz: Alexandra, Mitchell e Ashton, meus preciosos docinhos. Obrigada por serem o maior presente da minha vida. Vocês me deixam orgulhosa todos os dias. E, sem dúvida, vocês três são a melhor torcida de todos os tempos!

E, por último, para a família que tive a bênção de conhecer e me casar: Anthony Hightower, minha rocha e o vento sob minhas asas. Seu humor por excelência, sua força silenciosa e seu apoio inabalável têm me erguido desde nosso encontro às cegas há tantos anos.

Este livro foi publicado em fevereiro de 2022 pela Editora Nacional
Impresso pela gráfica Exklusiva